Tres chupitos en Mikonos

Tres chupitos en Mikonos

Josu Diamond

Papel certificado por el Forest Stewardship Council®

Primera edición: noviembre de 2022

© 2022, Josu Diamond
Autor representado por Editabundo Agencia Literaria, S. L.
© 2022, Penguin Random House Grupo Editorial, S. A. U.
Travessera de Gràcia, 47-49. 08021 Barcelona

Printed in Spain — Impreso en España

ISBN: 978-84-666-7266-5
Depósito legal: B-15.434-2022

Compuesto en Llibresimes

Impreso en Romanyà Valls, S. A.
Capellades (Barcelona)

BS 7 2 6 6 5

A mi chico,
por ser mi faro cuando estoy a la deriva

Prólogo

La arena era blanca, tal y como la recordaba. Los años no habían pasado en vano para ninguno. Sin embargo, ese momento sí que era distinto, impecable; lo recordaría para siempre, porque aunque pareciera un sueño, no lo era. Con cada paso, sentía el calor de la arena bajo los pies. Era incómodo, pero lo ignoró. Al igual que el calor del sol o el chocar de las olas contra la costa.

Alzó la vista y vio a su hombre en el altar.

Y sin poder evitarlo, sonrió.

1

El viaje

La estación de Atocha era incluso mejor de lo que Mauro jamás habría soñado. El interior estaba decorado como si fuera una selva, una auténtica locura, pues en la cabeza del pueblerino ciertas cosas de la gran ciudad aún le seguían pareciendo verdaderos espectáculos visuales. Le habría encantado fijarse en la disposición, en esas pequeñas terrazas junto a las enormes palmeras, pero no tenía mucho tiempo para perderse en los detalles, porque tenían que correr. Y mucho.

—Vamos, es por aquí —gritó Iker señalando unas escaleras mecánicas con la mano.

Tanto Andrés como Mauro giraron al mismo tiempo y sus maletas chocaron entre sí.

—Joder —se quejó Andrés, que decía ser muy cuidadoso con su equipaje.

Cuando finalmente los cuatro amigos estuvieron sobre la rampa automatizada para subir a la planta de arriba, Gael se permitió soltar un suspiro, una mezcla de estrés y recuerdos de su despedida con Oasis en esa misma estación no hacía demasiado tiempo.

—Espero que nos dejen pasar —dijo el colombiano mirando su teléfono. De pronto, su expresión cambió y de divertida pasó a ser alarmista—. Babies, cierra en cinco minutos. ¡Corran!

No tuvieron más remedio que salir disparados, empujando a

cualquier persona que pasara por su lado. Por fin alcanzaron la planta desde donde saldría el AVE, aunque primero debían superar el control de seguridad. ¿Les daría tiempo? Mauro estaba sudando, Andrés se mordía los labios con fuerza, Iker tenía el ceño fruncido y Gael se lo tomaba con su calma habitual en situaciones de tensión.

—Como no espabiléis... —escuchó Mauro que una de las chicas que revisaban los billetes le decía a Iker. Este, a sabiendas de su actitud y su enfado por llegar tarde, se volvió para calmarse. Mauro le hizo un gesto para decirle que se relajara. Luego se apresuraron de nuevo, esta vez a meter sus maletas en la cinta de seguridad.

—Dos minutos —anunció Gael con una sonrisa.

—¿Cómo te puedes reír, tío? —soltó Andrés con la voz entrecortada; le faltaba la respiración. Como todos, estaba demasiado nervioso.

Por fin consiguieron pasar el control de seguridad. Mientras cruzaban la terminal, Mauro se sintió desfallecer, pero ahí veía el cartel enorme con la ciudad a la que se dirigían. Un chico les esperaba debajo, frente al mostrador, con una sonrisa algo tensa.

—A puntito, ¿eh? —bromeó incómodo.

Ninguno de los amigos sonrió, por Dios, ¡con el estrés que llevaban encima!

Bajaron otra rampa mecánica. Los operarios, ataviados con el uniforme de Renfe, les hacían gestos con las manos. Corrieron, corrieron y corrieron.

Y ahí estaban.

Metieron las maletas como buenamente pudieron mientras las puertas del tren se cerraban. De hecho, la mochila que Andrés llevaba a la espalda se vio apretujada entre ellas.

—Nos hemos salvado —dijo Mauro casi sin respiración.

Volvieron a comprobar los billetes, ya que no habían alcanzado a subirse a su coche. Así que, tratando de calmarse, marcharon a investigar en qué vagón se encontraban con exactitud y dónde narices estaban sus asientos. Era la primera vez de Mauro en un AVE, por lo que se sentía completamente fascinado: los sillones reclinables, esas ventanas tan grandes, el airecito que entraba por el conducto del aire acondicionado...

Ah, claro, porque a todo esto... era el último día de julio. En apenas unas horas entraría agosto en sus vidas.

Si no hacía setenta y tres grados, no hacía ninguno.

Cuando los amigos llegaron al fin a su coche y sus asientos, el tren ya estaba en marcha. Una vez sentados, dejaron escapar un suspiro al unísono que despertó sus risas.

Ya no había estrés.

—Si lo hubiéramos perdido, nos habríamos quedado en tierra, ¿eh? Que no nos han dado mucho margen tampoco —dijo Iker, cuyo malhumor desaparecía poco a poco.

—Es que podrían haber avisado antes —se quejó Andrés al tiempo que ponía los ojos en blanco.

—¿Cree que lo hacen para que la gente no vaya? —preguntó Gael.

—No tiene sentido, rey —le respondió Andrés con una sonrisa—. Entonces ¿para qué lo organizan? Lo suyo es que se llene.

Mauro se encogió de hombros cuando las miradas de sus amigos se dirigieron hacia él, que era el que faltaba por hablar.

—¿Estás bien? —le preguntó Iker gesticulando con los labios. Mauro asintió con la cabeza; parecía que solo necesitaba recuperar un poco el aliento después de la paliza que se habían pegado.

No era la primera vez que los amigos pisaban Barcelona. De hecho, la última fue hacía unos meses, para rescatar a Andrés de las temibles garras de Efrén, su novio tóxico que se acostaba con medio Sitges sin protección y cuyas consecuencias habían resultado fatales para el pequeño twink de ojos azules. Pero vaya, que como habían visitado la ciudad con anterioridad, Mauro ya se temía que le sudara hasta lo innombrable a causa de la humedad en cuanto bajara del tren.

Los amigos esperaron un taxi en Sants mientras Iker corría a encenderse un cigarro como loco y Gael se desperezaba. ¿Les iba a costar un ojo de la cara un trayecto de quince minutos? ¡Por supuesto! Pero no había otra. Ir desde la estación hasta el puerto era casi línea recta, pero con el tráfico que siempre había en la ciudad tardarían un poquito más. Y claro, el taxímetro seguiría sumando por cada semáforo, cada señal de STOP y cada idiota que se parara en doble fila.

—No hace falta, gracias —le dijo Iker al conductor, que se había ofrecido a meter el equipaje de todos en el maletero.

Mauro no pudo apartar la mirada de Iker que, al cargar con esas pesadas maletas, sus brazos lucían más grandes, más venosos... Dios, era una delicia. Además, llevaba una camiseta de tirantes que dejaba al descubierto desde los hombros hasta el pecho.

¿Y lo bien que estaban? En eso apenas pensaba. Se había acostumbrado a que todo fuera sobre ruedas. Después del fallecimiento de su padre, parecía que de verdad hubiera cambiado. No hizo ningún tipo de circo por haberse quedado dormido junto a él, ni trató de evitarle. De hecho, habían llegado a bromear sobre sus besos.

Los cuales no habían vuelto a pasar, por cierto.

Bueno, vale. Mauro no iba a negar que un poquitito de tensión entre ellos sí había, aunque por primera vez se intuía como mutua y sin ningún tipo de peros. Y cero mal rollo, únicamente felicidad.

Solo que no daban otro paso más allá.

Por miedo a cagarla.

Era mejor así.

Y ahí estaban, en el puerto. Lo habían conseguido. El sonido de las gaviotas, de la gente gritando y correteando y de las bocinas parecía poner banda sonora a aquel momento, el cual habían esperado con ansia durante treinta largos días.

Mauro cerró los ojos, respiró y olió el mar en el ambiente mientras que Gael bostezaba —siempre estaba somnoliento y todavía no se había recuperado de la siesta que se había echado en el AVE—, Iker volvía a encenderse otro cigarro alegando desconocer si podría fumar durante el crucero y Andrés, pues bueno... Andrés tenía los ojos vidriosos. Todos sabían lo importante que sería para él vivir esa experiencia, no por nada, sino porque su vida había sido una mierda durante las últimas semanas y ahora, con la novela casi terminada en tiempo récord, necesitaba disfrutar, aunque fuera un poquito. Se lo merecía.

El calor del sol golpeándoles en la frente les hacía sudar. ¿Qué podrían esperarse en pleno julio? Olía a crema solar y humedad, pero también a verano y vacaciones.

Ninguno de los amigos había dormido nada la noche anterior,

pero ahí estaban, con las maletas frente al puerto, dispuestos a vivir esa experiencia. El crucero era como en las fotografías: imponente, lleno de colores, con toques de purpurina y dibujos gigantes de las drags más famosas del mundo. Sin duda, se trataba de un barco gay en todos los sentidos de la palabra. Y bueno, quizá un poco más, porque cuando Mauro se fijó en cómo iba vestida la tripulación, se quedó boquiabierto. ¿Cómo era posible que existieran tacones tan altos?

La cola para entrar al monstruoso barco era enorme y se apreciaban más músculos y bronceados falsos que cabezas. Eso sí, la excitación se palpaba en el ambiente. Los cuatro amigos estaban, como era de esperar, también nerviosos: aquel viaje iba a ser una auténtica locura y todos necesitaban algo así para romper con su rutina y dejar atrás todo lo malo que les había dado aquel año.

De pronto, escucharon una voz familiar detrás de ellos. Mauro se volvió, sorprendido al reconocerla, y le dio un codazo a Iker para que viera de quién se trataba.

¿Cómo no? Jaume estaba ahí, mirando el teléfono y hablando con su novio, Rubén. En persona era incluso mejor que en fotos, joder. Iker abrió los ojos y, al volver a su posición original tratando de no hacer contacto visual con aquel chico, se dio cuenta de que delante de ellos había alguien con quien tampoco esperaba encontrarse ahí.

Diego. El puto Diego. Sonreía, con esos dientes perfectos que tanto le habían excitado. O sea, sus dientes no, pero sí él en conjunto, vamos. En ese momento se estaba sacando una selfi mientras llamaba a sus amigos para que posaran. Todos, faltaría más, del mismo estilo que Diego: guapetes, jóvenes y cuerpos de escándalo. Obviamente iban a estar ahí, eran carne de las WE Party, donde se habían sorteado tantísimos tíquets para el crucero.

En esa ocasión, fue Iker quien le dio un codazo a Mauro para que se fijara en que... sí, era Javipollas. ¿En serio? Aquello no era posible. Mauro e Iker compartieron una mirada que reflejaba muchas emociones, desde incomodidad a sorpresa, porque Javi parecía enfadado y también el que debía de ser su novio a juzgar por cómo se cogían de la mano. No se auguraba buen rollo para nada.

Y entonces Gael golpeó a Andrés con el codo y le señaló a un chico que fumaba un cigarro unos metros más allá. Su mundo se deshizo en miles de pedazos, que se convirtieron en risa al mismo tiempo. Era Lucas G. Murillo, su antiguo jefe. ¿Desde cuándo...? Llevaba puesta una camiseta floral abierta, dejando entrever los pelos rizados del pecho y abajo... Dios mío, Andrés no quería mirar, pero es que era el short más pequeño y ajustado que había visto en la vida.

Al cabo de unos segundos, aún casi sin saber si reír o llorar, Andrés le devolvió el golpecito a Gael y, con un gesto de la cabeza, le indicó que se fijara en otro chico aún más allá, más al fondo. Era... No, no podía ser. ¡Se lo habría contado! Pero no, su sonrisa resultaba inconfundible. Estaba rodeado de otros chicos altos y musculosos como él y un par de chicas que llevaban unos vestidos vaporosos. De repente, un grupo de jóvenes chilló y se lanzó a por los influencers. Porque sí, pese a ir cubierto con gafas de sol y un gorrito, Oasis era reconocible.

Y como si ese espejismo quisiera romperse de pronto, un hombre tatuado y de piel oscura pasó distraído por delante de Gael. Cargaba con una maleta enorme y en las manos, el folleto informativo del crucero. Continuó sin percatarse de que Gael lo miraba. Gael, su expareja. ¿Qué narices hacía ahí Felipe? ¿De verdad tendría que convivir con él en medio del océano durante diez días?

Unos segundos fueron suficientes para que los amigos se dieran cuenta de que en aquel crucero no iban a estar solos ni tranquilos. Que las vacaciones se acababan de truncar de una manera impensable. Por lo que habían comprobado, al menos una persona del pasado de cada uno de ellos estaría allí para asegurarse de que la experiencia fuera inolvidable en todos los sentidos de la palabra.

Y eso no era, para nada, una buena noticia.

—No me jodas, tío.

2

Mauro

Después del mal trago de ver a toda esa gente, Mauro supo que el crucero no iba a ser tan genial como debería. Sin embargo, en cuanto les entregaron sus billetes y pudieron entrar —todo esto, claro, tratando de no ser vistos o establecer contacto visual con ninguna de las personas de su pasado—, sus sensaciones cambiaron.

Aquel viaje iba a ser increíble.

Primero subieron por unas escaleras nada interesantes, en un lateral que parecía casi un hangar tipo parking donde algunas personas habían dejado aparcados sus coches. Eso le sorprendió, ¿desde cuándo un barco podía llevar coches? ¡Era una locura! Seguro que con tanto peso se hundirían. Cerró los ojos un momento, intentando apartar ese pensamiento de su cabeza. No sabía cómo lo hacía, pero siempre conseguía pensar en lo negativo.

Una vez los amigos subieron a lo que sería la primera planta, los azafatos y las azafatas, con sus inconfundibles vestuarios coloridos, les dieron la bienvenida con una sonrisa. Les pidieron la información para indicarles cómo llegar hasta sus camarotes, no sin antes indicarles también cómo podían echar un rápido vistazo a aquel monstruo marino.

—Primero tenemos que verlo, antes del check-in —dijo Andrés, emocionado.

Todos asintieron y arrastraron sus maletas hasta llegar a... No,

¿cómo era posible? Mauro se agarró a la barandilla, que aun pintada de blanco quemaba por el sol, mientras la brisa le mecía el pelo como para recordarle que estaba vivo, que eso era de verdad.

—Madre mía —musitó Iker, también embobado.

Frente a ellos se alzaba una increíble estructura de varios pisos, barandillas como en las que se encontraban ellos, pero hacia arriba. Con un vistazo rápido, Mauro pudo contar hasta treinta niveles. En la parte más cercana a donde ellos se hallaban había una especie de chiringuito de playa, con mesas y sillas. Ya había gente tomando algo, celebrando que enseguida partirían camino a una experiencia inolvidable.

Pero es que lo mejor de todo era lo que había después de esa terraza: una piscina gigante con trampolines y toboganes que se deslizaban desde diferentes puntos hasta llegar a ella. Todo era colorido, decorado como si fuera un parque de atracciones, pero gay, lleno de purpurina, plumas y palmeras.

—Estoy flipando —dijo Mauro al cabo de unos segundos. Sus amigos continuaban contemplando la majestuosidad de aquel crucero cuando un par de chicos pasaron por detrás.

—Joder, ¿y esto es solo la Zona A? Mira que el año pasado era grande, pero este se lo han currado aún más.

Después de eso, desaparecieron y dejaron de escuchar sus voces. Mauro se volvió hacia Gael, que estaba a su lado.

—¿Zona A?

—Yo miré y pues hay como cinco zonas —afirmó este, también embobado con la piscina, las palmeras y los hombres en bañador que ya daban vueltas por ahí.

—¿Como esta? —Ese fue Andrés, que tampoco daba crédito.

—Sí, hay cinco zonas exteriores diferentes y luego está el interior. Tenéis toda la información en la carpeta compartida de Google Drive, ¿eh? Que parece que solo me lo he mirado yo —dijo Iker algo molesto, aunque era el que sin duda había estudiado más el crucero—. Hay restaurantes, un centro comercial, casinos...

—No —negó simplemente Mauro, mientras acompañaba la negativa con su cabeza—. Es que es imposible.

Iker no pudo evitar reírse. Luego se estiró y tomó de nuevo su maleta.

—Bueno, podemos ir tirando a las habitaciones, nos damos una ducha o lo que sea para ponernos más cómodos y dar una vuelta.

Los amigos asintieron en silencio. Era una buena idea, porque se habían estresado demasiado pensando en que no llegarían a abordar el crucero corriendo por Atocha y luego ansiosos en el taxi.

Gael y Andrés tomaron la delantera mientras hablaban fascinados, e Iker ralentizó un poco su paso para quedarse atrás a propósito. Puso su mano sobre el hombro de Mauro.

—Es fuerte, ¿no?

—Sí. No me lo imaginaba así —admitió Mauro, de pronto con la garganta seca.

El contacto de Iker le seguía haciendo volar. Incluso después del beso, de ese elefante gigante en la habitación del que nadie hablaba, se seguía permitiendo soñar un poquito con que Iker y él...

—Es por ahí. —Iker interrumpió sus pensamientos, señalando con la mano una puerta—. Estamos en una zona exterior, los que ganamos el concurso estamos más o menos en el mismo sitio.

Mauro no dijo nada mientras se dirigían hacia la recepción, donde tuvieron que esperar un buen rato para dar sus datos y que les entregaran las llaves de sus habitaciones, que no eran más que unas tarjetas de plástico rosas que Mauro no entendía cómo eran capaces de abrir una puerta. Es decir, seguro que alguna noche les robaban. ¿Qué tipo de seguridad era esa?

Una vez terminaron esa gestión, consultaron en las paredes la dirección que debían tomar; según Iker, era como un hotel gigante. El sonido de las ruedas de sus maletas se entremezclaba con las voces de la gente emocionada, que se colaba a través de las puertas de los camarotes que iban dejando atrás.

Una vez llegaron a su zona, Mauro se percató de que el lujo y los colores habían ido desapareciendo poco a poco. Ahora, era solo un pasillo largo y estrecho con un montón de puertas a su izquierda.

—A ver, sí, son estas; camarote 302 y el 303 —dijo Iker tras consultarlo en el teléfono.

—Perfe —sonrió Andrés, que los acababa de ver y señalaba el cartelito con el dedo. Luego sacó la poco discreta tarjeta y abrió la puerta.

Todos intentaron entrar al mismo tiempo, chocando entre ellos y estallando en risas. La habitación daba a una especie de terraza no muy grande y había una cama doble, un sofá pequeño y una puerta que daba a un baño. No era demasiado espacioso, a decir verdad, lo que hizo sentir a Mauro un poco incómodo.

Solo había una cama. Y dos habitaciones.

¿Iba a pasar lo mismo que en Sitges?

—Veaaa, pero si tenemos hasta un cóctel de bienvenida —exclamó Gael al ver una bandeja con dos copas de martini multicolor sobre la mesa que sostenía una televisión de pantalla plana.

—Pero solo hay dos —dijo Mauro.

—Claro, el otro camarote tendrá los otros dos. —Andrés se encogió de hombros mientras tomaba uno de los cócteles. Bueno, el que quedaba, porque Gael ya sostenía el suyo en las manos.

—Id a la otra por los vuestros y brindemos —les dijo Gael.

Mauro tragó saliva.

—Vamos. —Iker volvió a agarrar su maleta y salieron de nuevo al pasillo. La otra habitación estaba al lado, pared con pared. Y parecían delgadas.

Iker se sacó la tarjeta rosa del bolsillo y la pasó por un lector lateral, la puerta emitió un sonido y se abrió unos milímetros. Los dos entraron en silencio. El camarote era idéntico al de sus amigos.

Solo había una cama.

Ambos se quedaron mirándola y luego cruzaron miradas. Iker trató de esbozar una sonrisa, pero se le dio mal.

—Yo duermo con Andrés —le anunció Mauro, antes de que su amigo dijera nada.

—Están a nuestro nombre, en teoría no podemos cambiarnos...

La forma en la que Iker lo dijo no sonaba fastidiada, sino vaga, como si aceptara su destino. Pero Iker Gaitán no dormía con nadie y lo había dejado claro cientos de veces. No iba a ser una excepción, así que debían buscar algún tipo de solución. Quizá Mauro podría dormir en el sofá.

—No importa, pedimos en recepción...

—Maurito —le interrumpió Iker. Luego se acercó. Era como siempre, tan imponente y grande y sexy que Mauro, entre una cosa y otra, se sentía mareado—. Ya nos apañaremos.

Después de eso, lanzó su maleta sobre la cama, se volvió a por un cóctel y salió de la habitación con él para brindar con Andrés y Gael en el otro camarote.

Mauro se quedó ahí parado unos segundos, mirando a través de la terraza, dejando que el sol que entraba le cegara un poquito. Respiró hondo y luego dejó su maleta junto a la de Iker sobre la cama. La misma cama donde dormirían. Se mordió el carrillo para no sonreír, debía comportarse como un adulto. Sus amigos le llamaron desde la otra habitación.

¡Ostras, el brindis! Le estaban esperando. Buscó la mesa con las bebidas con la mirada.

El cóctel se derramó al cogerlo porque Mauro no podía dejar de temblar.

3

Gael

—Es que es una movida.

Andrés estaba de brazos cruzados mientras Gael se apoyaba sobre la jamba de la cristalera de la terraza. Hacía un rato que se habían tomado los cócteles y cambiado de ropa, y ahora esperaban a que Mauro e Iker les dieran el aviso para salir a explorar el crucero.

Por eso, en el tiempo muerto, Gael no había podido evitar corroborar a través de Instagram que Oasis se encontraba ahí de verdad y que no había sido un sueño febril.

—Que no me importa, pero yo pensaba pasarlo con ustedes —le dijo Gael, que estaba preocupado de verdad.

Que el chico que le gustaba estuviera a bordo del mismo crucero significaba verle más tiempo, pasar más momentos con él... Y aunque Gael lo ansiaba, al mismo tiempo implicaba también un compromiso que no sabía si estaba dispuesto a afrontar. O a que fuera recíproco. Quizá Oasis tuviera otros planes, ¿no? Al fin y al cabo, estaban en el mayor crucero gay de la historia: el Rainbow Sea. Aquello podría irse de madre con mucha facilidad.

Quizá ni siquiera le hacía caso.

—A ver, que tampoco tenéis que veros todos los días, hija —dijo Andrés, que había aguantado diez minutos de monólogo de rayadas de Gael.

—Pero pues no sé, baby. Imagine que me gusta un man y...

—Tsss. Te voy a parar aquí —le interrumpió Andrés, con las palmas de las manos extendidas—. ¿Te gusta Oasis o no? Porque si en tu cabeza ahora te vas a liar con no sé quién, pues mal vamos, nena.

Gael negó con la cabeza. Luego asintió. Y volvió a negar.

4

Iker

—Madre mía, madre mía.

Mauro se sujetaba con fuerza a una de las barandillas del barco mientras miraba fijamente cómo se alejaba el puerto. El aire les golpeaba a los amigos en la cara. Y eran caras felices, sonrientes, con un sol aún batallando por calentar todo lo que pudiera en esas últimas horas del día.

—No va a pasar nada —trató de calmarlo Iker, que apoyó la mano sobre el hombro de Mauro. Lo acarició durante un breve instante, constatando que ni Gael ni Andrés vieran ese tipo de muestras de afecto. Al fin y al cabo, nadie más sabía aún lo del beso.

—Me voy a marear —casi confirmó Mauro cuando pareció perder ese nerviosismo que siempre le caracterizaba con las nuevas experiencias—. ¿Y qué pasa si vomito?

Andrés puso los ojos en blanco.

—Hija, he traído unas pastillas. Para ti. —Como Mauro se sorprendió mucho por sus palabras, reculó entre risas—: Bueno, para todos. Pero es normal si nos mareamos, sobre todo al principio.

—¿Y si nos hundimos? —añadió Mauro, ahora con un poco de sorna.

—Papi, pues yo caigo como una tabla.

Gael se llevó las manos a los laterales, las pegó a su cuerpo y caminó dos pasos con los pies juntos, como si fuera, literalmente, una tabla de madera. Los amigos se rieron a carcajadas.

—Tienes que ir más al gimnasio —le dijo Iker.

—Yo soy estirado; usted, ancho —observó Gael, lo cual era cierto. El colombiano tenía muy buen cuerpo, pero era más estilizado y desgarbado, a la par que fibrado, que el de Iker, que era casi dos metros mastodónticos de muchas horas de entrenamiento y algún que otro batido de proteínas.

Los amigos siguieron haciendo bromas, pero de pronto Iker se encontró a sí mismo distraído. El oleaje le infundía a respirar, viendo la espuma blanquecina enrollarse consigo misma. Observó las gaviotas planear al surcar el cielo, y se quedó pensativo... Porque sentía calma.

Después de un mes de idas y venidas, peleas con el casero, con ansiedad por subir contenido a la plataforma para adultos, la pérdida de su padre... Habían sido tantas cosas en tan poco tiempo, tantos cambios en su vida, que no había sabido gestionarlos del todo. Tenía varias cosas claras, aunque no todas ellas.

Bueno, de hecho, había una a la que todavía le daba vueltas, sin haber llegado a una conclusión que le convenciera al cien por cien.

Y la tenía justo al lado, fingiendo ser Leonardo DiCaprio.

Con suerte, si había un iceberg, haría todo lo posible para que cupieran ambos en la tabla.

El primer destino del crucero era Ibiza, como no podría ser de otra manera. Por supuesto, el que todo el mundo ansiaba era la mítica isla de Mikonos, el paraíso gay por excelencia. Al menos así se lo pintaban sus seguidores de OnlyFans e Instagram, que parecían más nerviosos que él porque visitara la isla griega.

Iker revisaba su teléfono cuando de pronto escuchó el ruido de una silla arrastrada por el suelo tras él.

—¿Qué haces aquí? —le preguntó Mauro. Se puso frente a él y se sentó. En su mano, una copa.

—Nada, descansar un poco.

—No has bailado tanto, anda.

Como era la primera noche y acababan de zarpar, la fiesta había comenzado. O al menos en la zona donde se hospedaban. Hacía un rato había habido bastante movimiento de gente, pero no en aquel momento, pues apenas había nadie bailando en la pista de baile... y los que sí no eran del gusto de Iker. Eran muy mayores y la música parecía bastante antigua. ¿Estaban acaso en la Zona de Homosexuales Jubilados?

Eso sí, la felicidad le había recorrido el cuerpo al ver que no había ningún tipo de restricciones en cuanto a fumar o quitarse la camiseta, que eran dos de las cosas que más le preocupaban en el mundo antes de embarcar. Lo supo cuando vio a un señor de unos sesenta años quitársela y lanzarla por la borda. Ninguna persona de la tripulación le dijo nada y, por la cara de susto de Iker, el señor le señaló un cartel en la pared que corroboraba que ese crucero se preocupaba más por sacar dinero que por la integridad de las personas. Nada nuevo para el colectivo, pensó algo apenado.

La travesía hasta la isla balear era de casi nueve horas. Llegarían por la mañana y todo el mundo estaba impaciente por conocer y salir de fiesta por Ibiza. Probablemente más por lo segundo que por lo primero. Iker estaba seguro de que en cuanto atracaran, por muy temprano que fuera, la gente comenzaría a beber como loca. Y bueno, a drogarse también, ¿por qué no? ¡Eran vacaciones!

Iker miró a Mauro.

—¿Qué bebes?

Este se encogió de hombros y se llevó la copa a la boca. La apuró tanto que casi se la bebió por completo en apenas unos segundos.

—Well... —dijo Iker, sorprendido.

—Hay que disfrutar. Vamos. —Mauro lo agarró del brazo y le dio un pequeño tirón para que su amigo se levantara.

Pero Iker no lo hizo.

Se quedaron mirando durante unos segundos que se hicieron eternos. Fue un momento intenso, lleno de palabras que no se podían decir pero moría por pronunciar en sus labios, lleno de una tensión que podría resquebrajarse en cualquier instante y tener consecuencias inesperadas. Lleno de...

Mauro, al final, soltó el brazo de Iker cuando este se puso de pie. La distancia entre ambos era mínima.

Duró poco.

—Vamos, que hay que emborracharse, coño —casi gritó Iker, y ambos se dirigieron hacia el lugar donde todo el mundo bailaba.

Después de pedirse una copa en el bar, los cuatro amigos se dirigieron a investigar el resto del crucero. ¿Habría más chicos sin camiseta bailando en otras zonas? ¿Cómo eran las demás piscinas? ¿Habría sauna? A decir verdad, era un lugar tan grande que parecía una ciudad y podrían pasarse explorándolo a saber cuánto tiempo.

Armados con una copa en la mano, llegaron a unas escaleras mecánicas. El ambiente era distinto, algo más frío, como si la zona estuviera medio cerrada y el aire acondicionado no fuera capaz de cubrirla por completo. Sin embargo, no importaba, porque a esas alturas todos habían bebido las copas suficientes como para que las inclemencias meteorológicas les importaran poco.

—Joder, parece un centro comercial —comentó Andrés.

Y era verdad. Allá donde Iker mirara era capaz de identificar marcas de ropa reconocidas, tiendas de souvenirs e incluso..., ¿eso era un cine? Iker se frotó los ojos, con cuidado de no derramar su bebida, pero no, su vista no le engañaba.

—¿Os apetece ver una peli?

Señaló el lugar a sus amigos, que fliparon tanto como él.

—Surrealista —dijo Mauro entre dientes.

Cuando las escaleras mecánicas los dejaron en el piso de arriba, vieron que al fondo había luces de color en plena acción. Provenían de una zona exterior, separada por unas puertas de vidrio semitransparente. Sin embargo, no parecía haber demasiado movimiento. Era extraño.

Según fueron acercándose, de pronto llenos de curiosidad, la música comenzó a hacer acto de presencia; no solo les retumbó bajo los pies con cada paso que daban, sino incluso en el pecho, como si los bajos de los altavoces fueran como el resto del barco: condenadamente inmensos.

Fue Iker quien abrió las puertas, no sin antes mirar a sus amigos con una sonrisa bobalicona. ¿Cuántas copas llevaba? Se sentía un poco mareado.

Y todo explotó.

La música techno los golpeó como si de una ola se tratara, las luces cubrieron sus caras e iluminaron sus miradas. Frente a ellos, una fiesta de niveles casi apocalípticos, con hombres vestidos de cuero o con muy (muy) poquita ropa, varias piscinas y jacuzzis, puestos de bebida decorados con flecos y carteles con purpurina y un par de drag queens canarias con plataformas de medio metro.

—Joder —dijo Iker para su sorpresa.

—Somos los pringados del barco, acá con esta fiesta y nosotros por allá... Nada que ver —sentenció Gael.

Era cierto. La fiesta que se desarrollaba frente a sus ojos parecía sacada de una película mamarracha, con decenas de elementos mezclados en una batidora. Pero no, era real. Iker se fijó en un cartel enorme con letras coloridas.

FIESTA DE BIENVENIDA. TEMA LIBRE
¡Zarpen, maricones!
Dirección: Ibiza, nena
#RainbowSea

Los amigos se dejaron llevar por la emoción del momento y se abrazaron, luego saltaron sin importarles sus copas y decidieron que su viaje no había empezado hacía unas horas, sino que comenzaba ahí.

Ahora, sí que sí.

5

Andrés

Aunque la noche pintaba bien, no lo hacían tanto los nervios que le hacía sentir un posible encuentro con Efrén.

En el momento vital en el que estaba Andrés, con un libro prácticamente terminado, con la infección crónica estable y con unos amigos estupendos, su expareja no era más que un cero a la izquierda. Sin embargo, sentía un hueco en el pecho causado por un hombre que se había aprovechado de su inocencia, de su dulzura y que se lo había arrebatado todo.

Jamás perdonaría que Efrén fuera consciente de su infección. Seguía sin comprenderlo.

Así que ahí estaba el swiftie, bailando como buenamente podía entre tantos cuerpos sudados. Se había dejado llevar —quizá— demasiado por las copas, las risas y el buen rollo. Gael estaba siendo un poco más cauto, porque según él quería disfrutar más de otros lugares en los que emborracharse en el crucero. Tanto Mauro como Iker le habían abucheado, pero Andrés estaba siendo un poquito más amigable con él: no todos los días uno lo pasaba mal por amor.

Es por ello por lo que Andrés y Gael, ahora más unidos que nunca, hacían un intento por bailar bachata. Realmente era un ritmo latido indefinido y el oído de Andrés no era tan fino. Las manos de Gael estaban sobre su cadera y le marcaba los tiempos dándole golpecitos con los dedos, aunque... no servía de nada.

—Ustedes los españoles ni bailar saben, parce —se quejó Gael, mofándose de Andrés.

—¿A que te bailo unas sevillanas que te quedas moñeco?

Andrés hizo unos movimientos que supuestamente eran flamenco y Gael tuvo que aguantarse la risa.

—Eres venenosssa, nena —le dijo Andrés y, de pronto, su sonrisa desapareció de sus labios. Fue solo un segundo. Un minisegundo.

Ese chico te está mirando. ¡Te está mirando!

Y no era cualquier chico.

Debía admitir que se parecía un poco a Efrén, en eso de tener la cara como un ángel y ojos azules, por lo menos. Este tenía barba, cerrada, profunda. Su piel era oscura, no como si se hubiera pasado con los rayos UVA, ni tampoco como Gael; era un tono que Andrés jamás había visto. Misterioso, atractivo. Ah, y mayor.

No en plan cincuentón, pero desde luego más de treinta sí que tenía. Estaba mirando a Andrés con demasiado interés e incluso le había guiñado el ojo. El chico se distrajo charlando con sus amigos y, a los pocos segundos, volvió a cruzar la mirada con Andrés, que también le respondió con una sonrisa, aunque apartó un poco la mirada porque no quería parecer un acosador.

El hombre era una delicia. Tenía una mirada penetrante, unos brazos con algunos tatuajes a color que le hacían muy sexy... Llevaba la camisa abierta y se le entreveía un cuerpo no curtido de gimnasio, sino más normal, con una pequeña protuberancia, probablemente de tomar muchas cervezas.

No se habían mirado ni tres veces, pero el chico avanzó tras disculparse con sus amigos. Iba en dirección a Andrés. ¡Madre mía! Ahora, de frente, era mucho mejor. Alto, potente, un buenorro de estos en condiciones. Y le estaba haciendo caso a él.

Poco importaban otras cosas; si la mirada era como aquella, Andrés estaría preparando la boda. De hecho, se lo imaginaba de blanco, en contraste con su tono de piel.

Cuando se dio cuenta de que aquello iba a pasar, de que le iba a entrar semejante hombre, por supuesto que...

Me mojé.

—Hey —le dijo este.

Andrés se percató de que sus amigos lo miraron de reojo y

comentaron algo entre ellos. El rubio tragó saliva y respondió como pudo, porque estaba algo nervioso.

—Buenas. ¿Con ganas de Ibiza?

El hombre sonrió de medio lado.

—Estoy preparado —dijo señalándose, haciendo referencia a su camisa abierta—. Soy Adonay, pero todo el mundo me llama Ado.

Lo siguiente fue su mano en el hombro de Andrés, se dieron dos besos como saludo y se quedaron mirando fijamente. Estaba claro que se gustaban, ¿o se estaba volviendo loco? Ay, ahora tenía dudas. Todas las dudas del mundo.

—¿Y tú? No me has dicho tu nombre.

Entre la música, las copas, el calor... Andrés se sentía un poco mareado. Le dijo cómo se llamaba y Ado comenzó a hablarle de su nombre, que no le gustaba del todo y por eso lo abreviaba. Tenía un acento que no identificaba de primeras, se percató Andrés.

—Oye, ¿y de dónde eres? —terminó por preguntarle.

Mientras hablaban, bailaron un poco al ritmo de la música, aunque no demasiado. Era como mirarse sosteniendo los vasos en la mano y mover un poco los pies y la cintura. Eso sí, había demasiada gente y no paraban de empujar a Andrés. ¿Acaso era invisible? Por algo no salía tanto de fiesta: era algo que le ponía de los nervios.

—Soy gallego —había respondido el chico.

—Lo digo por tu acento, porque gallego no es, nene —le dijo Andrés, con sorna.

Ado abrió los ojos, como entendiendo.

—Ah, claro. Soy gitano. También somos maricones y eso, ¿eh?

Ahora todo cuadró en la cabeza de Andrés: su belleza no habitual, con ese tono de piel morena, esos ojos que destacaban tanto con el resto de su cara... Y el acento, por supuesto. No era muy marcado, pero sí lo suficiente como para percibir un deje distinto.

Después de eso bebieron de sus copas. En ningún momento dejaron de mirarse a los ojos.

—Me pareces muy guapo, jodío —le dijo de pronto Ado.

Andrés se sonrojó.

—Y tú. Aunque un poco mayor para mí, no sé —le picó.

Oye, ¿de dónde sale este ligoteo? Nenaaa.

Se había arriesgado con el comentario, pero Ado se rio y mostró los dientes, que eran blancos y perfectos. Y todo en él lo era, maldita sea. Cada segundo que pasaba, Andrés se ponía más como una moto. ¿Terminaría pasando algo entre ellos? ¿Era muy pronto tras haberlo dejado con Efrén?

Ostras. ¿Y si Efrén lo estaba viendo?

Sin poder evitarlo, Andrés se volteó para observar el panorama. Trató de hacerlo de la manera más disimulada posible, pero fue evidente que no lo había conseguido porque Ado pareció confuso.

—¿Estás bien? —Lo dijo acercándose un poco más, colocando la mano en su cadera.

Andrés asintió con la cabeza.

—No es nada. ¿Quieres que nos alejemos un poco? Entre los que pegan codazos y que estamos cerca del altavoz... No me entero de nada.

Se dirigieron hacia un lateral, donde no había tanta gente. Unos bancos de madera rodeaban la zona de fiesta, por así decirlo, separados por palmeras artificiales. Era como si de pronto desconectaran de todo ese barullo, aunque la música quedó retumbando de fondo. Cuando los dos se sentaron, Ado colocó el brazo tras Andrés para rodearle la espalda.

¿Esto va muy rápido o es normal?

A decir verdad, Andrés no tenía demasiada experiencia... en nada. Sí en tontear, sí en salir, sí en intentarlo con chicos. ¿Pero eso de estar de fiesta y querer con alguien? No recordaba ninguna situación similar y, de hecho, acababa de hacer lo que tanto había odiado de Iker: dejar a sus amigos de lado por un chico. Sin embargo, los buscó de nuevo con la mirada y estos se la devolvieron. Enseguida se dieron la vuelta aguantándose la risa, pero animándole con gestos.

Vale, todo estaba bien. Podía respirar tranquilo.

No es como si necesitara su permiso para nada, solo que se sentía incoherente con sus actitudes del pasado. Aunque, ¡qué coño! La gente cambiaba.

—¿Seguro que estás bien? —le preguntó entonces Adonay.

—Claro —asintió Andrés con una sonrisa.

—Llevas un rato callado.

Andrés tragó saliva cuando Ado se acercó un poquito más y pudo verle más de cerca. La mirada era penetrante y le hacía sentirse desnudo... en el buen sentido. ¿O eran imaginaciones suyas por el alcohol? Quién sabía, aunque poco importaba en ese momento.

Y cuando Adonay le posó la mano en el muslo y buscó sus labios, Andrés no pudo hacer más que corresponderle y deshacerse, junto a él, en un primer beso tras una rotura del corazón que marcaba, de manera irrevocable, el inicio de la sanación de sus heridas.

6

Gael

Gael estaba intentando no beber demasiado. Algunas de las copas parecían estar incluidas, las sencillas, nada de cócteles más complicados. Los chupitos también había que pagarlos y cuando había visto el aguardiente de tapa azul, se le había antojado demasiado. Siete euros cada chupito. Era un robo, pero... se había tomado uno.

Todavía no les habían ingresado el dinero prometido en el viaje. De hecho, no tenían ninguna noticia al respecto y Gael se temía que no iba a terminar bien. ¿Alguien se fiaba, acaso? Todo sonaba demasiado bonito como para ser verdad, aunque con los precios de las cosas que no iban incluidas estaba, honestamente, flipando. No se quería ni imaginar Mikonos, porque todo el mundo le había advertido de lo caro que era allí hasta tomarte un agua en cualquier bar. Decidió no pensar en eso demasiado; ya se preocuparía más adelante. Así que decidió pedirse otro chupito para aclarar un poco la mente y permitirse disfrutar.

—Oye, te vas a poner fina —le advirtió Iker, quien le había acompañado en esa segunda ocasión a la barra. La brisa marina le despeinaba un poco el pelo, que ahora lo tenía un poquito más largo de lo habitual—. Invítame a uno, venga. Que hace tiempo no tomamos guaro.

Brindaron, se quejaron del ardor en la garganta cuando el alcohol pasó por ella y volvieron a la pista de baile. Por el camino,

Gael vio bastante revuelo en uno de los laterales, en el lado opuesto al que Andrés había ido. Y como si fuera una aparición de estas de la Virgen, con aro de luz y todo, pudo ver a Oasis. Destacaba entre todo el grupo de personas a su alrededor. Había ráfagas de luz, además. Gael pestañeó rápido, por si se trataba de algún tipo de alucinación. Pero no, había un hombre de rodillas con una cámara enorme entre las manos sacándole fotos a Oasis y a sus amigos y amigas influencers.

—¿Sabías que venía?

Era Mauro, que se le había acercado por un lateral, apareciendo de la nada.

—No, no tenía ni idea. Llevamos unos días donde hablamos un poco más intermitente... Es raro.

Venga, ahora no toca drama ni abrirse, bebé. Usted siga con la fiesta.

—Tampoco hace falta hablar a todas horas. —Mauro se encogió de hombros. Tenía las mejillas rojas por culpa del calor casi efervescente de aquella pista de baile y, por supuesto, de las copas. Y la humedad, claro.

—No sé, baby. ¿Cree que vaya a saludarle?

Mauro, como respuesta, le dio una cachetada en el culo como diciéndole: venga, atrévete. Gael no podía estar más contento de ver hacia dónde se dirigía Mauro a nivel personal; si hacía unos meses, en Sitges, su cambio ya había sido notable, ahora... Algo había pasado que le hacía sentirse incluso más valiente.

Gael tenía sus teorías, aunque necesitaba esas vacaciones para confirmarlo. E involucraban una palabra que comenzaba por *I* y terminaba por *ker*. Algo se le escapaba, pero lograría averiguarlo.

—¿Vas a ir o no? —le preguntó Mauro con insistencia.

—Deséeme suerte. Sus amis son así como raritas.

Los dos se rieron y Gael comenzó a esquivar a la gente, a caminar entre cuerpos cubiertos de sudor y semidesnudos. No apartaba la mirada de Oasis: destacaba tanto por su altura como por su belleza y por esos tatuajes. Era como si brillara.

Antes de llegar a él, este se dio cuenta, se disculpó rápidamente de sus amigas y se encontraron a medio camino.

Y para sorpresa de Gael..., Oasis se le lanzó.

Fue bastante literal: extendió los brazos, pegó un brinco y le rodeó la cadera con las piernas. Ahora Gael tenía a Oasis aferrado a él como un mono, con la cabeza sobre la suya en un abrazo raro y lleno de felicidad. A los pocos segundos, Oasis se despegó.

—Ayyy, pero ¿cómo que estás aquí? Cuando me dijiste que te ibas de vacaciones no tenía ni idea... Nada, nada. Pero ¡qué guapo! Madre mía, si lo llego a saber antes... Tengo una suite, ¿sabes? Vengo a trabajar. Habérmelo dicho y te colaba. ¿Cuánto cuesta el crucero? Debe de ser carísimo, por Dios. No me lo puedo ni quiero imaginar, o sea que no estoy diciendo nada de que no tengas dinero... Madre mía, perdóname, ¿vale? No sé si me estoy explicando. Solo que no tengo ni idea y tiene pinta de costar mazo. Literalmente es una monstruosidad y no entiendo cómo puede mantenerse a flote con todo este peso que debe de llevar encima. ¿Tú lo sabes? Ay, madre mía, que no te estoy dejando hablar para nada.

Gael lo miraba sin saber cómo reaccionar. Cuánta efusividad de pronto para haber perdido el contacto que habían tenido esas últimas semanas. ¿Sería no por interés, sino por estar demasiado ocupado? Quién sabía realmente, pues el trabajo que desempeñaba estaba lleno de idas y venidas, lo podía ver a través de sus historias de Instagram.

—Lo gané en un sorteo, baby —dijo Gael de manera escueta.

—¡Claro, claro, claro, claro! —repitió Oasis con los ojos abiertos.

—¿Está bien?

El colombiano ahora sí se preocupó, porque Oasis no paraba de moverse y hablar rápido, con los ojos abiertos como platos y una expresión de sorpresa perpetua.

—Estoy superfeliz, tío. Nos estábamos sacando unas fotos guapísimas, joder, qué alegría verte, ¿puedo darte un beso? —Gael no estaba seguro de cómo reaccionar y no fue consciente del gesto que hizo, pero apagó un poco a Oasis—. Lo siento, perdón. Es la primera noche y... No sabemos qué va a pasar en los puertos. Tampoco lo vamos a tirar y, total, es gratis. Pero eso luego te lo cuento mejor o no sé, quizá no te digo nada y listo, Calisto. —Terminó su discurso con una palmada al aire, en plan sentencia.

Entonces Gael comprendió a lo que se refería.

—¿Y cómo lo han traído?

—Nos lo han dado. ¿Ves? Al final voy a terminar hablando. ¡No debí decir eso!

—¿Quién? ¿Y el qué? Cálmese, baby. Respire.

Oasis le señaló con la cabeza una parte más alejada para hablar. Se despidió de sus amigas con un gesto, como diciéndoles que volvería enseguida. Fueron a refugiarse a un sitio tapado, detrás de unos arbustos bastante altos. Había gente pululando por ahí, sobre todo dándose el lote, pero era ideal para charlar sin tener que alzar demasiado la voz, que ya empezaba a flojear debido al alto volumen de los altavoces.

—Nada, yo no suelo drogarme, pero... yo qué sé. Estoy dejándome llevar, ¿sabes? Fluyendo en la vida. Ahora estoy en plan #Fluye. No porque me pague una marca, sino *rebranding*.

Gael asintió con la cabeza como si entendiera algo de lo que decía la versión loca de Oasis.

—Sin mente, baby. Yo también consumo a veces —le dijo Gael. Ahora, al ver que estaban un poco en el mismo bando, no temió admitirlo. Tampoco le hacía daño a nadie y era en momentos puntuales, sin contar, claro, cuando lo hacía con los clientes.

Pero no iba a pensar en eso ahora. No era el momento ni el lugar, con Oasis delante, en pleno reencuentro, en medio del mar.

—Y contestando a tu otra pregunta... Es un poco más turbia. ¿Estás preparado? Aunque bueno, yo he visto ya de todo en esta vida. Y no debería decirlo, pero tú eres de confianza. Eres mi parcerito.

Gael no pudo reprimir una sonrisa que en otras circunstancias habría tratado de ocultar, pero el detalle había sido bonito e inesperado. Quizá no todo estaba perdido con el influencer.

—Cuénteme, pues —le insistió.

Por más que lo intentara, Gael era incapaz de apartar la mirada de sus brazos, cara, cuello, labios... Lo deseaba. No podía negarlo: lo anhelaba. Con todas las letras. Se dio cuenta de que lo había echado más de menos de lo que podría admitir. Verle en persona siempre cambiaba su visión de las cosas y es que la distancia era una mierda. Como una catedral.

—La organización, o sea, la marca que nos ha traído, mejor dicho. —Oasis se encogió de hombros—. Nos dijeron que harían cualquier cosa por vernos felices y de repente... Pum. Una de mis amigas lo pidió de broma y vino uno del equipo de comunicación a darnos a cada uno. Todo en el máximo secreto, como en una película de narcotraficantes. Uy, no debería decir esa palabra demasiado alto.

—Usted más mentiroso —le dijo Gael con sorna golpeándole el pecho, porque era algo surrealista. ¿No podía inventarse una excusa mejor? Carecía de sentido.

—Que es verdad —respondió Oasis, serio—. Te lo juro y te lo juro.

Gael decidió no darle demasiada importancia y cambiar de tema, aprovechando que por fin lo tenía delante después de semanas.

—Bueno, ¿cómo le fue en este tiempo? ¿Qué es lo que hizo? No para por redes.

Oasis se encogió de hombros. De pronto, pareció abatido, hinchó los carrillos de aire y lo soltó en un largo suspiro.

—Ya sabes, un poco lo de siempre... Perdona por no haber estado tan pendiente, ¿vale? He tenido mil cosas y además me agobié.

—¿De qué?

—De... lo que sea que sea esto —dijo, acompañado de un gesto de la mano.

Gael tragó saliva, inquieto.

Vamos a hablar de ESE tema.

—Bueno, no importa, ¿sabe? Si no le interesa, pues cada cual con su vida. Aunque fue que aún no me dio verga y eso sí que me daría rabia —trató de disimular el colombiano con una broma, que esperó ocultara su nerviosismo.

—Eres tan idiota —se rio Oasis, y luego su semblante se tornó serio. Desconectó su mirada de la de Gael, cogió aire y habló—: Me vinieron muchas cosas de golpe: mi familia, varios trabajos que no me terminaban de gustar, contratos horribles que me explotaban... Muchas responsabilidades y poco disfrute de la vida. Y la verdad es que me agobié mucho, Gael. Yo creo que por todo este estrés fue que empecé a pensar cosas de las que ahora me arrepiento, pero todo es tan distinto contigo... De verdad. Vives lejos y eso para mí hace que todo sea un poquito más complicado, y mira que sabes que viajo mucho y en realidad podemos vernos, pero soy muy cercano, cariñoso. Yo necesito tenerte cerca, tocarte y sentirte.

Gael no supo qué responder. Así que no lo hizo.

—Entonces me dije a mí mismo: ¿y si dejamos de hablar tanto?

¿Y si consigo dejar de pensar en él? Es que, Gael, eres lo único en lo que pienso. —Ahora sí, Oasis alzó la mirada y la clavó en la de Gael—. Necesitaba dejar de rayarme, porque tampoco eres muy claro.

Se quedaron en silencio unos segundos. Había demasiada información que procesar así de golpe. Gael no sabía qué sentir, solo que un torrente de ¿lágrimas? le estaba pugnando por salir de los ojos. Le escocía la garganta; era una sensación horrible, pero humana al fin y al cabo. Se estaba enfrentando a sentimientos que, hacía apenas unos minutos, había comentado con Andrés que no quería afrontar.

Pero a veces en la vida no hay escapatoria.

—Yo tengo miedo —confesó finalmente el colombiano.

—Pues... parece que estamos un poco igual. ¿Qué hacemos?

Gael no tenía respuesta. Estaba totalmente en blanco. Sentía que la situación, con la fiesta a su alrededor, era un poco anticlimática. Se suponía que iban a ser unos días de locura, fiesta... Pero con Oasis ahí, debía enfrentarse a sus miedos y sentimientos encontrados.

Oasis sonrió y miró hacia detrás, donde estaban sus amigas. Ellas seguían posando para las fotografías y los flashes continuaban inundando esa parte de la terraza. Cuando Oasis se volvió, su sonrisa se había ensanchado.

—¿Sabes qué? Me piro contigo, que le den a la marca. Vámonos.

Agarró a Gael de la mano y tiró de él. El colombiano se dejó llevar, porque el contacto le había electrificado. Oasis comenzó a correr y Gael trató de mantener el ritmo. Corrían y corrían entre la gente, la tripulación, las mesas de las terrazas; Oasis huía de sus obligaciones, Gael sentía que todo volvía a encajar.

Y cuando llegaron a un lugar apartado, completamente solos, se besaron como si el fin del mundo los fuera a arrasar en ese mismo instante.

7

Mauro

¿Dónde estaba Gael? Hacía rato que le habían perdido de vista. Andrés seguía charlando y tonteando con un chico bastante guapo y, si no se equivocaba, por el rabillo del ojo había creído ver que se besaban.

Ahora Mauro sabía que ya había superado su límite de alcohol. Quizá no debería haberse pedido esa última copa, pero ya que la tenía en la mano... Qué más daba, ¿no? Iker se encontraba a su lado, también parecía mareado, bastante borracho a juzgar por cómo se tambaleaba sobre los talones mientras bailaba. Estaban un poco a la par, en realidad, y habían pedido el mismo número de copas en la barra libre, aunque su amigo había comentado algo de que también había tomado chupitos de aguardiente con Gael.

De pronto, entre un movimiento de baile y otro, entre cuerpos perlados en sudor y el intenso olor a popper, Mauro se chocó con alguien. Realmente le pisó el pie, un pisotón de estos que casi le rompen un hueso. Casi hace crack. De forma automática, la persona a la que había pisado le empujó para quitarlo de en medio y, cuando Mauro se volvió ofuscado —con Iker ya alerta, por cierto—, se dio cuenta de quién se trataba.

—Javi —musitó Mauro.

Y sonrió.

Había bastado un solo segundo para darse cuenta de que ya no le hacía daño verle, volver a saber de él. Debido a su problema por haberle llamado gordo y el show que había montado Iker para dejarle mal, no habían vuelto a coincidir en la librería. Si Javi se sentía mal por el tema..., poco importaba ya. Lo que ahora primaba era que Mauro no lo hacía y que había superado esa situación desagradable. Eso le hacía más fuerte, ¿no? Él al menos notaba cierto fuego en su pecho que le envalentonaba de alguna extraña forma.

—Anda, Mauro. Vaya pisotón me has pegado.

Sigues exactamente igual. Has cambiado cero.

Lo único diferente era que Javi le daba la mano a un chico, que se la apretaba mucho, como si temiera que se separaran.

—Perdón —se disculpó Mauro y luego bebió de su copa.

—No sabía que venías al crucero —le dijo Javi. Parecía incómodo, o al menos eso se podía leer en sus ojos, como si no quisiera estar ahí, como si no quisiera hablar con él.

—Fue un sorteo. De la WE Party —aclaró, y no supo muy bien si por hacerse el enrollado o para encajar un poquito más entre toda esa gente, sobre todo delante de Javi, que estaba seguro de que lo seguía viendo como un pringado más.

Este asintió con la cabeza. La persona de la que iba de la mano, quien Mauro supuso que era su novio, tiró de él para que se marcharan. Tenía una cara de perros horrible.

—Bueno, nos vamos —se despidió finalmente Javi. La incomodidad había crecido y de pronto desapareció, arrastrado por su pareja, entre la multitud.

Mauro, aún perplejo con la dinámica tan extraña que acababa de ver, notó las manos de Iker sobre sus hombros. Se puso a su lado y le dijo:

—Así que Javipollas ha vuelto con ese señor... Gael ya me lo había contado. No le conviene para nada.

—¿Quién es? —preguntó Mauro, muerto de curiosidad y arrugando la nariz, un gesto que el colombiano le había pegado al hablar de cotilleos.

—Roberto, toda una eminencia en Chueca... Pero en plan mal. Es un gilipollas. —Iker chasqueó la lengua y se volvió aún más hacia Mauro—. ¿Te acuerdas de todo lo del popper y que Javi estaba amenazado? Que le contó a Blanca y Rocío que si querían matarle y no sé qué... Bueno, pues eso.

Con el alcohol que tenía en las venas, Mauro fue incapaz de rememorar esa información al instante pese a la ayuda de su amigo. Así que hasta que no hubo mirado al infinito (que por cierto, el cielo estaba lleno de estrellas; era precioso, aunque se movían mucho), no asintió con la cabeza al recordarlo todo de golpe.

—Pues era él. Vamos, seguro no, segurísimo.

—¿Su propio novio le amenazaba?

—Ay, no, Maurito —le dijo Iker, riéndose—. El cabecilla es el gilipollas este, el Roberto. Y pues conozco a varios ex suyos y todos dicen que está pirado de la cabeza... —Iker se encogió de hombros—. En fin, no voy a decir que Javipollas me dé pena.

Mauro tragó saliva, sintiéndose culpable.

—Hombre, tampoco vamos a ser malos... Seguro que ha cambiado.

—¿Tú crees?

Pero como ninguno de los dos tenía respuesta para ello, siguieron bailando junto a Andrés, que en ese momento rodeaba con los brazos a su conquista. Y ambos sonreían.

Pese a que Mauro sabía que la última copa le había sentado fatal, fue inevitable que, debido al aire en la cubierta del barco, no sintiera la boca seca. ¡Necesitaba hidratarse, hombre! Al volver de la barra con una bebida para él y un vodka con piña para Iker, casi se chocó con un chico.

—Cuidado, hombre —le dijo este, malhumorado.

Mauro no tuvo tiempo de responder, pues estaba demasiado concentrado en que no se le derramaran las copas. Cuando llegó donde su amigo y le ofreció la bebida, sintió un vuelco en el corazón. Y en la boca del estómago. Y los pelos de todo su cuerpo se pusieron de punta.

Porque Iker, como agradecimiento, abrió mucho los ojos y sonrió. Y después se acercó a darle un beso en la mejilla. Pero no fue rápido ni efusivo. Fue lento, se acercó despacio, permitiendo que Mauro pudiera olerle. Amaba su olor.

Al separarse, Mauro suspiró. Iker alzó su copa y le hizo un gesto para brindar.

Claro que no todo iba a ser de color de rosa.

Quizá Mauro fue demasiado exagerado al alzar la copa, emocionado como estaba por ese nuevo contacto con la persona que tanto le gustaba y..., bueno, elevó el codo demasiado, con tan mala suerte que perdió un poco el equilibrio. Por más que Mauro trató de no caer, su zapatilla se enganchó con uno de los cables del equipo de sonido. Luego, ya asumiendo qué iba a ocurrir, e intentando salvar la copa, se retorció en el aire con tan mala pata que volvió a tropezarse.

Como movido por una ventisca de aire, avanzó unos metros trastabillando y llegó a lo que más temía. No le dio tiempo a apartarse, pero ahí estaba: la piscina.

Mauro cayó como un saco de patatas. Salpicó todo a su alrededor. Quienes estaban más cerca de la piscina se apartaron, algo molestos por las repentinas gotas de agua fría que les habían atacado. Y Mauro... Mauro trataba de no ahogarse, chapoteando como podía, boqueando. Y la copa ¿dónde estaba? Intentó coger aire como pudo, pero le era imposible entre lo borracho que estaba y la vergüenza que sentiría cuando se calmara y todo el mundo le reconociera.

Entonces...

Entonces Iker la cagó.

8

Iker

Madre mía, Maurito. En esto no cambias.

Iker no pudo evitar que Mauro se cayera a la piscina. Casi al instante en el que el cuerpo de su amigo tocó la superficie, comenzaron las risas a su alrededor. Si fuera cualquier otra persona, él mismo se estaría riendo. Pero no, era su Mauro. La rabia le recorrió todo el cuerpo, debía evitar esa escena a toda costa.

¿Por qué seguía siendo tan impulsivo?

Le dejó la copa a la persona que tenía al lado, que ni siquiera sabía quién era.

—Sujétamela, porfa.

—Uy, si eres el de Instagram. Pues a ti cuando quieras, guapo...

Pero Iker no lo escuchó. Se lanzó a la piscina de cabeza. Poco le importaba su ropa, el teléfono móvil en su bolsillo. En teoría era acuático, un iPhone 13 que se había comprado con sus ingresos de OnlyFans. Aunque ahora, ¿qué más daba?

Ya voy a por ti. Aguanta.

No tardó demasiado en alcanzar a Mauro, que se había desplazado aleteando hasta la zona más profunda. Iker notaba la mirada de todas las personas de la fiesta puesta en ellos, riéndose o preocupados o molestos. Murmullos. La música continuaba, pero la expectación era aún más alta que lo que el DJ pinchaba.

—Hey, cálmate.

Mauro boqueaba asustado, incluso con el brazo de Iker ya rodeándole y haciéndole flotar.

—Tranquilo —volvió a insistir Iker—. Te estoy sujetando, no te vas a hundir.

En aquel punto de la piscina, Iker no hacía pie, así que le tocó realizar más esfuerzo que nunca nadando con un solo brazo. Poco a poco lo consiguió. Ignoró a la gente de la fiesta, ignoró lo mojado que estaba, lo mal que Mauro se sentiría por ser el centro de atención.

Una vez llegaron al borde, ambos apoyaron los codos. La escalera apenas estaba a un metro. Cogieron aire.

—No hacía falta —le dijo Mauro entonces, entre respiración y respiración.

Iker lo miró sin comprender y su amigo le devolvió una mirada de ojos llorosos, vergüenza, odio. Tantas emociones... y ninguna era la que Iker esperaba.

—¿Qué...?

—Te crees que soy un puto crío. Déjame en paz.

Acto seguido, Mauro se impulsó hacia arriba para salir usando la fuerza de sus brazos. Estaba tan lleno de rabia que se raspó parte del brazo y la tripa, pero lo consiguió. Y luego, sin más, desapareció entre la gente de muy malas formas.

Iker se quedó en la piscina sin comprender lo que había pasado. Aún no se había calmado y trataba de recuperar el aliento.

—Hey, ¿vas a querer tu copa? —le preguntó el chico al que se la había dado antes de sumergirse en el agua. Con un gesto de la cara, Iker dejó claro que ya poco le importaba ese cubata, y despúes salió de la piscina en busca de alguien que le diera un maldito cigarrillo. Los suyos habían quedado empapados.

9

Andrés

—Oye, ¿estás...?

Andrés interceptó a Mauro antes de que abandonara la fiesta. Este estaba de espaldas, se detuvo un segundo y se dio la vuelta.

—No te preocupes, no... No importa. Voy a secarme. Ahora vuelvo.

—¿Seguro?

Mauro asintió, esbozó una sonrisa tranquilizadora y luego desapareció. Andrés se quedó con una sensación extraña, porque la escena parecía sacada de una película. A Mauro siempre le pasaban ese tipo de cosas, así que estaban acostumbrados. Buscó a Iker con la mirada, al que vio en la otra punta con un cigarro en la boca y a un chico que le hablaba sin parar mientras le daba fuego con un mechero. Luego buscó a Gael y no lo encontró. Así que se volvió para regresar con Adonay.

—¿Tu amigo está bien?

Andrés asintió con la cabeza.

—Es normal en él, es muy torpe —dijo entre risas.

Después continuaron bailando unos minutos, pegados, como antes. Andrés estaba sorprendido de sí mismo, pero había un fuego en él que jamás hubiese creído posible, y mucho menos después de todo lo que había sucedido con Efrén.

Sin embargo, debía vivir.

Ya había besado a Adonay un par de veces. Sus labios eran carnosos y aunque la barba era un poco molesta, había pensado en cuando... Uy, mejor no pensar en eso o se iba a poner tonto en medio de la pista de baile.

Los labios de ambos volvieron a buscarse. Los besos estaban cada vez más llenos de deseo, pasión, lujuria. Cada vez quedaba más claro que esa noche no iba a terminar de una manera aburrida. El beso, en esta ocasión, no fue tan corto. Adonay parecía tener más ganas que antes. Jugaron con sus lenguas, que ahora habían pasado a enredarse la una con la otra.

Ado llevó las manos a las caderas de Andrés y lo atrajo hacia sí, y este sintió una dureza muy firme sobre la pelvis, lo que le hizo tragar saliva mientras continuaban besándose. Cuando por fin se separaron, Andrés notó que le ardían las mejillas.

—Me estoy poniendo malo —le dijo Ado e hizo un gesto para tratar de bajar la erección; tiró de la camiseta para cubrirla.

—Uff —fue lo único que pudo decir Andrés.

¿Y si esa noche volvía a hacerle creer en él, en su poder de seducción y por fin disfrutaba de algo sin compromiso? Estaba harto de creer en el amor, le habían roto las ilusiones y ¿para qué?

Andrés sonrió de medio lado y se acercó a Adonay. Apoyó la frente contra la suya, las narices chocando, a punto de besarse de nuevo. De manera disimulada, Andrés llevó su mano al paquete de este. Seguía igual de duro. Adonay aguantó la respiración. Cuando la tensión parecía a punto de estallar, Andrés dijo entre dientes:

—¿Y si le ponemos solución?

10

Gael

—Bueno, pues... Esta es mi suite.

Gael estaba perplejo. La diferencia de aquella habitación con la suya era más que notoria. No solo era, al menos, el doble de grande, sino que lo de que tenía dos plantas era cierto. Unas pequeñas escaleras conducían desde la parte baja —lo que parecía una sala de estar con un sofá, una mesita y acceso a una terraza bastante decente— hasta la parte de arriba, donde había un baño completo y una cama de matrimonio. Pero de estas de hotel, una king size: extragrande y extracómoda.

—Qué envidia, parce. La mía es bien chica —comentó el colombiano.

Oasis sonrió, se volvió y le dio un golpe en el brazo en modo juguetón.

—¿Es chica? Y yo que pensaba que sería grande...

—No tuve queja aún.

Cuando ambos estallaron en carcajadas, esa tensión en el ambiente que se había construido —que no era ni negativa ni positiva, simplemente era tensión— desapareció por completo, y los dos se dieron cuenta de que la noche acababa de dar un giro imprevisto.

Estaban solos. Llevaban tiempo sin verse. Y se tenían demasiadas ganas.

Destaparon una botella de champán que Oasis sacó de la mininevera y, para servirla, salieron a la terraza. Era más grande de lo que Gael había apreciado en un primer vistazo, con un par de sillas y una mesa de madera. Además, sus vistas daban directamente al mar que, ahora de noche, le provocaba una sensación en el pecho de vacío absoluto e incluso miedo, pero al mismo tiempo de inmensidad. Ver el océano desde esa perspectiva nunca había estado en su lista de sueños por cumplir y, sin duda, en ese momento lo habría tachado sin temor a equivocarse.

Se habían quedado de pie, apoyados sobre la barandilla que los separaba del abismo. Estaba fría al tacto, o es que quizá Gael estaba demasiado caliente. Lo pensó cuando miró a los ojos al chico que se encontraba a su lado, que tanto le gustaba y con quien había compartido tantas horas abriéndose. Rezó para que todo saliera bien y que aquello no fuera un espejismo.

—Por nosotros —brindó Oasis, alzando la copa.

Gael hizo lo mismo, se miraron y chocaron los vasos de cristal. El tintineo reverberó, porque en esa terraza no había ruido, como si las fiestas que se sucedían en la cubierta del barco estuvieran a kilómetros y kilómetros de distancia.

Ambos apuraron sus copas hasta el final. Volvieron a llenarlas y a brindar. Oasis parecía ahora un poquito más calmado, como si el efecto de lo que fuera que hubiera consumido se desvaneciera por minutos. Por otro lado, Gael supo que esas copitas le afectarían, ya que aún no se le había pasado la tontería de los chupitos y cubatas que había tomado. Y claro, si mezclaba...

—¿No le caerá bronca? —preguntó Gael, pensando en la sesión de fotos que Oasis había abandonado para estar ahí con él.

—Un poco —respondió este mientras se encogía de hombros—. Pero mi representante ya sabe que estas cosas tampoco es que me gusten demasiado, hay mucho falserío... Y que soy un alma libre. Más ahora con todo lo del #Fluye.

—Ah, ya...

Oasis se volvió hacia Gael.

—Entonces teníamos algo de lo que hablar.

El colombiano tragó saliva, de pronto inquieto, porque no se esperaba aquel cambio repentino de dinámica.

—¿Dejarnos llevar?

La respuesta de Gael pareció ser perfecta, porque Oasis sonrió con toda su cara, incluso con los ojos aguados, mostrando toda su sonrisa.

—Vale —dijo simplemente.

Y después de eso, el magnetismo entre los dos no pudo ofrecer más resistencia.

Se besaron; uno de esos besos que es como un choque, fuerte y furioso pero insistente, sin dejar a nadie a salvo. No se dieron cuenta, pero las copas se escurrieron de entre sus dedos en cuanto se buscaron mutuamente con las manos. Necesitaban tocarse y acariciarse, pues ambos se anhelaban tanto que lo sentían casi como un dolor terrible en todo el cuerpo.

Oasis daba pequeños mordiscos y usaba muy bien la lengua, mientras que Gael había adoptado una actitud un poco más dominante, girando poco a poco, hasta colocar a Oasis de espalda a la barandilla. Gael lo rodeó con sus brazos, colocándole uno a cada lado, impidiéndole el movimiento. Y una vez estuvo así, separó sus labios de los suyos.

—Uff —fue lo único que dijo Oasis—. Me pones mal.

Gael esbozó una sonrisa de medio lado.

—Yo ya estoy mal —respondió este, echando un rápido vistazo a su entrepierna, que ahora estaba a centímetros de Oasis. Y este, claro, no se podía mover, aprisionado como estaba.

Gael mantuvo esa tensión y poco a poco se fue acercando. Notaba una llama en su interior, algo que había deseado durante meses. Pensó en la suite, una habitación solo para ellos, una cama, diez días de crucero. Las posibilidades eran infinitas.

Y nada ni nadie los podría frenar.

Oasis fue quien rompió la tensión acercándose al colombiano y volviendo a besarle con furia. Sin embargo, en aquella ocasión, Gael se apretó contra él, dejando que todo su cuerpo lo aplastara contra la barandilla. Ahora, sus erecciones chocaban. Gael apretó contra el hierro, sus nudillos blancos, queriendo aspirar la esencia de Oasis, queriendo que sus pieles se rozaran durante toda la noche.

—Joder, joder —casi se quejó Oasis, al liberarse del beso de Gael, que ahora lamía con cuidado y erotismo el cuello del influencer—. Como no pares...

—No lo haré —susurró Gael entre beso y beso.

Pero Oasis era incapaz de hablar, con los ojos en blanco, apretado contra la barandilla, excitado.

—¿Estás... seguro? —fue lo único capaz de musitar entre dientes.

Entonces Gael se detuvo un instante. Buscó la mirada de Oasis y asintió con la cabeza despacio. Se sentía con todo el poder.

—No pararé, baby.

Y sin esperar una reacción por parte del influencer, Gael lo agarró de la cintura y le dio la vuelta. Ahora era Oasis el que se agarraba como podía a la barandilla, sintiendo la presencia de Gael detrás, su respiración en el cuello... Y su tremenda erección rozándole el trasero.

Cuando Gael comenzó a lamerle el cuello de nuevo y a ejercer más y más presión con su bulto, ambos supieron que ya no habría vuelta atrás.

11

Mauro

Iker es un puto gilipollas.

En la cabeza de Mauro sonaba una canción que no podía identificar, que decía algo así como *I need a hero*. Odiaba la ironía de que su cabeza reprodujera nada más y nada menos que una canción sobre ser rescatado cuando justamente había odiado tanto la humillación de ese hecho.

Al llegar a la habitación se había desnudado sin más reparo. Luego buscó entre su ropa algo adecuado para continuar la noche, aunque no estaba seguro de que volvería a la fiesta. O sí, joder, qué coño. Claro que iba a volver; Iker ya no le amargaría nunca más, fuera por la situación que fuera.

¿Cómo era posible que después de haber hablado de una forma tan tierna, de esa cercanía y ese beso en la mejilla... se comportara como un idiota integral?

Mauro, sin comprender, golpeó el colchón con el puño. Se hizo daño. Así que dejó que la furia abandonara su cuerpo de otra forma que no le lastimara también físicamente.

Una vez se hubo cambiado, se tumbó para calmarse. Con las manos sobre los ojos para intentar evitar el mareo del alcohol, empezó a notar que todo le daba vueltas. Era, sin duda, lo que más temía: marearse con el oleaje. Así que terminó por levantarse, todavía algo mosqueado, pero decidido a volver a la discoteca al aire libre. En unas horas estarían en Ibiza y aquel viaje no había hecho más que comenzar. Abrió la puerta y...

—Hey.

No me jodas.

Había alguien en el pasillo, esperando frente a la puerta de su habitación. Mauro reconocería esa voz hasta debajo del agua, porque había sido un sueño y después, una pesadilla.

—Héctor...

Ahí estaba, plantado, con las manos en los bolsillos.

—¿Quieres algo? —Mauro no supo de dónde salió aquel desdén, pero no pudo evitarlo. No se le había pasado el enfado con Iker y lo que menos le apetecía era enfrentarse a su expareja, que tanto agobio le había hecho sentir.

Mauro cerró la puerta tras él porque un pensamiento cruzó por su cabeza: ¿y si se te cuela en la habitación y te monta un espectáculo de celos?

Pero Mauro no sabía que eso último iba a pasar igualmente, y además no tardó en llegar.

—Bueno, queda claro que no os podéis separar —dijo Héctor, con los ojos entrecerrados, mostrando su rabia. Por la forma de hablar que tenía, Mauro supo que no se encontraba bien: había bebido demasiado.

—Madre mía, no me lo puedo creer. ¿De verdad, Héctor? ¿Me lo estás diciendo en serio? De verdad que no hay quien te entienda.

—¿Quieres pelea?

Mauro abrió los ojos, una mezcla de risa y miedo.

—Mejor salimos de aquí y vamos a que tomes el aire...

—Claro, porque estoy loco. Tú —pronunció aquello con tanto ímpetu que dejó escapar saliva— siempre crees que tienes la razón y no me da la gana. Y menos cuando sigues con ese imbécil...

—¡Eh! —lo cortó Mauro antes de que dijera algo de lo que se pudiera arrepentir. Apretó los puños, la rabia contenida. ¿De dónde sacaba las agallas? Lo desconocía. El miedo había abandonado su cuerpo y ahora se encontraba a sí mismo en una posición superior. Quizá tenía algo que ver que Héctor estaba demasiado borracho, y que en cuanto se le fuera un poco la pinza tropezaría consigo mismo o algo así—. Vamos a relajarnos.

Héctor se mantenía en pie a duras penas y se movía como el resto del barco, de un lado para otro. Mauro se atrevió a acercarse un poco y darle un pequeño empujón para indicarle el camino.

—Tira —le dijo.

Los dos caminaron sin decir nada hasta salir del pasillo, subir unas escaleras y dar por fin con la cubierta. Era una zona intermedia, no del todo exterior, pero sí corría una brisa lo suficientemente fuerte para que a Héctor se le pasara... aquello.

—¿Mejor?

Su exnovio asintió con la cabeza.

—Bueno, yo voy a volver a la fiesta —intentó escaquearse Mauro—, porque no creo que...

—¡Por supuesto! Por supuesto y por supuesto. A volver a por Iker a comerle la polla.

—¿Qué narices te pasa? —Mauro no pudo evitar alzar la voz—. Pensaba que habíamos terminado bien, que todo estaba superado... Ha pasado tiempo, Héctor. Aprende.

—Ja. Me lo dices tú. Cuando los dos venimos de sitios parecidos, una mierda de lugares, llenos de mierda y gente de mierda, y sin vida. Contigo pude vivir y ahora no vivo, y para vivir así mejor dejo de hacerlo, me emborracho y vengo al crucero a vivir la vida que nunca viví, la vida de gay...

—Te estás rayando —volvió a cortar Mauro—. Y yo me voy a ir.

Cuando se volteó, dispuesto de verdad a buscar a sus amigos en la fiesta —aunque no le apetecía demasiado volver a ver a Iker—, sintió que algo tiraba de su camiseta. Puso los ojos en blanco y se dio la vuelta para darle esa última oportunidad a Héctor. Algo le decía que se lo debía, en cierto modo, por la forma en la que lo había dejado plantado.

Así que ahí estaba Mauro, dándole una última oportunidad, plantado frente a él, expectante.

—Mira —comenzó Héctor—, yo lo siento, pero es que no lo puedo evitar. No me gusta lo que tienes con Iker y sé que en el fondo eso fue lo que hizo que nos separase...

No pudo siquiera terminar la palabra, porque vomitó como una fuente sobre Mauro. Ambos se quedaron en silencio, lo único que se escuchaba era el vómito escurriéndose por la camiseta y salpicando contra el suelo.

—Lo siento —trató de disculparse Héctor, intentando sonreír.
Me quiero matar.

12

Iker

Iker también pensaba que las cosas con Mauro estaban bien. No mejor que nunca, pero sí algo mejor desde aquel incidente. Por llamarlo de alguna manera, vaya, porque él al menos tenía un buen recuerdo de él.

Vamos, el beso.

Pensando en aquello, se le vino a la mente que tendrían que compartir cama. Se le hizo un nudo en el estómago y, para tratar de deshacerlo, tomó una de esas decisiones de las que más tarde se arrepentiría.

Se viene la putivuelta, cariño.

Pidió un chupito de aguardiente después de buscar a Gael y escribirle un mensaje. Como no apareció, decidió tomárselo solo, pedirse un buen copazo de vodka con piña y marchar entre el gentío. No era la primera vez que daba una putivuelta y, de hecho, aunque era extraño en cierto sentido porque siempre se le acercaban a él, necesitaba hacerle sentir a sus piernas que estaba huyendo físicamente del conflicto con Mauro.

Se introdujo entre la multitud. De los allí presentes, Iker era el único que estaba mojado por haberse lanzado a la piscina con ropa. Había abierto la veda, al parecer, porque ahora había bastante gente salpicando y zorreando ahí dentro, claro que en bañador. De pronto, los cuerpos sudados que iban rozando a Iker según caminaba entre ellos no le importaron, porque estaba concentrado en que su vaso no se cayera y en mantener la compostura.

Jaume.

¿Cómo no?

Pese a llevar unas horas en la fiesta, no se había percatado de su presencia hasta aquel momento. Recordó brevemente cuando le había visto antes de abordar el crucero, con su novio, ese con el que tenía un pacto más que extraño y retorcido pero que parecía servirles y hacerles felices. Pensó en su conversación con el DJ en la plaza de Chueca, donde se lo había confesado. Algo en su interior tiró de él, en su estómago, al mirar a la cara directamente a los dos. Primero a uno, luego al otro. Había algo pendiente con el novio de Jaume.

El simple hecho de pensarlo hizo que la entrepierna de Iker se estremeciera, lo que parecía ya un acto reflejo cuando se trataba de Jaume... y ahora también de su chico.

El DJ lo saludaba animándole a subir a la tarima desde donde pinchaba. Parecía haber llegado hacía poco y aún se estaba preparando para el set. El otro disc-jockey estaba terminando, sin cascos, comentándole algo al oído mientras. ¿Debía subir a decirle al menos hola?

Pues claro que sí, idiota. Ahora sois «amigos».

—Ya te había visto, maricón —le dijo Jaume entre risas en cuanto Iker atrajo su atención al saludarle con la mano.

Iker sonrió y subió por las escaleras que daban acceso al pequeño escenario, no sin notar un golpe en el pecho. Provenía de un brazo gigantesco, tatuado y con las venas a punto de estallar.

—Prohibido el paso. Por favor, retírese. —La forma en la que el segurata lo dijo no dejaba lugar a dudas e Iker, con su metro noventa y fuerza de sobra para defenderse, sintió que se hacía caquitas ahí mismo.

—Viene conmigo —salió Jaume en su defensa.

El guardia de seguridad lo miró por encima de sus gafas de sol y alzó la ceja, pero finalmente quitó el brazo del pecho de Iker y este pudo subir a la tarima. Jaume y él se abrazaron de una forma un poco extraña, ambos tratando de no enredarse con los cables del suelo o golpearse con los enormes auriculares que el DJ llevaba ahora a medio poner sobre el cuello.

—¿Qué tal, guapísimo?

Tenían que hablar a gritos, aunque Iker pensó que no le molestaba demasiado, porque al no escucharse bien debía fijarse más en sus labios para leerlos y comprenderle.

—Bien, viviendo la experiencia Rainbow Sea —bromeó Iker, haciendo alusión a la frase publicitaria que había impresa por todos lados.

—Espero que disfrutes de la música al menos. —Jaume le guiñó el ojo.

Iker fingió poner cara de asco y respondió:

—¿No tienes nada bueno? Casi me duermo...

La frase se vio interrumpida cuando Jaume golpeó a Iker en el hombro entre risas y luego, casi al instante, ambos se quedaron como pasmados mirándose a los ojos. La tensión era obvia, y parecía ser que no haber hablado demasiado en esas semanas, el buen rollo del crucero y el alcohol habían diluido cualquier barrera.

—¡Jaume! —se escuchó de pronto. Un grito de un técnico, a juzgar por su indumentaria. Lo que dijo después fue ininteligible para Iker, pero comprendió que debía marcharse.

—Lo siento —se disculpó el catalán juntando las palmas de sus manos.

Iker se marchó con un suspiro y bajó las escaleras con cuidado. Ni siquiera había tenido oportunidad de presentarse a Rubén, la pareja de Jaume, pero había sido más que suficiente el haber cruzado miradas. La atracción era más que evidente.

Según bajaba las escaleras, se sentía más y más borracho. Y fue al posar el pie en el último escalón cuando alzó la mirada y vio a Diego. Justo de frente, a pocos centímetros. Iker tragó saliva; no esperaba encontrárselo tan de cerca ni tan de repente. Comenzó a sentir cómo la rabia le subía por el cuello e iba directa a las manos.

—Cuánto tiempo —dijo Diego con una sonrisa bobalicona. Sujetaba una copa medio vacía en la mano y algunas gotas le recorrían el pecho. Tenía la camisa mojada, por lo que estaba claro que acababa de tirársela encima. Parecía bastante borracho.

Y moreno.

Y alto, fuerte.

Y seguía estando igual de bueno.

Sin embargo, Iker no dijo nada. Tan solo se lo quedó mirando, y Diego... hizo lo mismo. La gente bailaba y pasaba por su lado, como si ellos no existieran. Aun así, Iker sabía que aquello no duraría demasiado, porque vale que estuviera borracho y no pudiera apartar la vista de Diego pensando en cosas en las que no debía pensar, sino que al mismo tiempo sentía la mano cada vez más apretada.

Lo hizo de manera mecánica, sin darse cuenta, pero ahí estaba: su puño partiéndole la cara a Diego.

La reacción de todo el mundo llegó como un tsunami, arrasando. Con los ojos aún entrecerrados y mareado como estaba, Iker vio entre la marabunta de gente que lo separaba de Diego cómo este trataba de recuperarse tras trastabillar. Aunque bueno, por lo pronto no parecía que hubiera sangre.

Mierda, has fallado.

Iker forcejeó con varios brazos y piernas y manos y entre gritos consiguió liberarse, pero Diego estaba ahora protegido por sus amigos, que también parecían querer pelearse, así que más gente entró al trapo de la batalla que se había desatado y los sujetaban para evitar más conflicto.

Finalmente, alguien le dio un empellón a Iker, y como todo había pasado tan rápido, estaba algo desubicado. Terminó saliendo del grupo de gente que hasta hacía unos segundos bailaba y disfrutaba de la primera noche de fiesta a bordo del crucero.

No supo cómo terminó ahí, pero ahora andaba camino a su habitación, entre los pasillos de los camarotes. Notaba un dolor en el puño derecho y la camisa le bailaba demasiado alrededor del cuerpo. Una vez llegó a su cuarto, se percató de que estaba rota; tenía hilos colgando y algún que otro botón había desaparecido. Ni siquiera recordaba qué había pasado exactamente después de pegar a Diego, de tanta adrenalina que había en su cuerpo.

¿Se había equivocado? ¿Esa era la mejor forma de abordar la situación? Iker se miró al espejo y trató de calmarse, de pensar con claridad... y fue una misión imposible.

Decidió cambiarse de camisa; la fiesta no iba a terminar, no por alguien como Diego. Después del problema con Mauro y la piscina no se iba a dejar amedrentar más. Que por cierto, ¿dónde narices se habría metido?

Y como por arte de magia, en aquel momento irrumpió en la habitación oliendo a mil demonios.

—¿Qué ha pasado? —preguntó Iker sin poder evitarlo.

En la mirada de Mauro aún había reparo, como si no quisiera dar su brazo a torcer con el enfado y, al mismo tiempo, un grito de ayuda mezclado con el humor de la situación al verse empapado en vómito.

—Héctor —dijo escuetamente Mauro, que fue directo al baño. Se escuchó la ducha abrirse y cuando Iker se dispuso a entrar para echarle una mano, este añadió algo—: Ahí en la puerta hay un chico un poco enfadado.

Iker abrió los ojos sorprendido. ¿Sería Diego? ¿Quería más pelea?

Joder. A este me lo cargo.

—Ve, no te preocupes, Iker —lo calmó Mauro y acto seguido se escuchó la mampara de la ducha correr. Así que Iker cogió aire, decidió que ya se preocuparía de su amigo más adelante y salió de la habitación.

En efecto, Diego estaba ahí. Como hacía tan solo unos minutos del puñetazo, todavía tenía la cara roja, aunque parecía haberse secado la sangre y ya no goteaba. Le había dado de lleno en la mejilla, aunque parecía estar bien si no fuera por las aletas dilatadas de la nariz, la mandíbula apretada...

—Menudo gilipollas —le dijo simplemente este. Se acercó a Iker y ninguno dijo nada, solo se miraron de nuevo, como antes del percance.

—No lo siento —admitió Iker en un susurro.

Diego tragó saliva de forma visible, cogió aire y se arrimó incluso más. Ahora sus narices casi se tocaban. Iker debía ser fuerte, porque sentía el odio en las venas a punto de estallar. Diego seguía oliendo a Diego, a ese perfume que durante semanas le había vuelto loco en el trabajo. Y entonces vino el recuerdo de su excompañero de trabajo ataviado en ese traje que le apretaba tanto y marcaba cada centímetro de su piel; esos brazos que iban a reventar la camisa blanca, esos pantalones a punto de estallar por su trasero.

Quería volver a pegarle un puñetazo en la cara. Se sentía sucio al pensar de ese modo. ¿Qué cojones le estaba pasando? No podía ser solo el alcohol. No, Iker se conocía lo suficiente como para saber que no se trataba de eso. A veces, simplemente, había chicos de los que le era más complicado desligarse a nivel sexual, como si no hubieran terminado de hacer todo lo que podrían haber hecho.

Y de pronto Diego pareció estar pensando casi lo mismo, porque llevó su mano a la entrepierna de Iker y la manoseó brevemente. Iker no supo cómo actuar en ese momento; pestañeó algo contrariado, pero sin decir nada.

Diego bufó y le dijo:

—Esto en verdad me gustó mucho, ¿lo sabes? Si no estuvieras tan bueno, te juro que...

—¿Qué? —le interrumpió Iker, con una curiosidad genuina por hacia dónde quería tirar su excompañero de trabajo.

—Nada, déjalo. —Diego se apartó, pero ahora su actitud había cambiado. Llevó la misma mano que acababa de estar sobre el pene de Iker a su cara y se acarició el golpe, rojo—. En otras circunstancias...

Iker comprendió y deseó no haberlo hecho, porque se puso como una moto con la velocidad en la que alguien enciende un mechero.

—No me jodas, Diego —fue lo único que respondió y luego le dio la espalda para volver a la fiesta, para olvidar todo lo que estaba pasando y dejarlo atrás, joder, porque eso no podía estar pasando. Demasiadas emociones diferentes en muy pocos minutos; necesitaba tomar un poco el aire, fumarse un buen cigarro. O dos.

—Espera. —La mano de Diego le cogió del hombro y apretó lo suficiente como para que Iker se volviera.

Se miraron durante unos instantes, quietos en medio del pasillo. Iker sintió una gota de sudor correrle por la frente. Estaba ¿nervioso? No sabría si esa era la palabra. Y con Mauro ahí a tan solo unos metros... Todo era borroso y confuso.

Diego terminó por lanzarse a besarlo.

Al principio Iker se dejó llevar, porque en muchas ocasiones tu cuerpo actúa sin pensar. Los labios de ambos se fundieron sin miedo y con ganas. Iker lo besó e incluso lo mordisqueó y de pronto se sintió estúpido. Lo empujó para que se separaran. No había sido más que un acto reflejo.

—¿Qué te pasa? —casi le gritó Diego con las manos en alto.

—Estás mal —le respondió Iker—. Después de lo que me hiciste... Tío, no me calientes.

Diego le guiñó un ojo.

—No me refiero a eso y lo sabes. —Iker volvió a darse la vuelta para marchar, pero cuando dio el primer paso se arrepintió de no pelear, de no buscar explicaciones, de no dejarle las cosas claras a ese gilipollas. Así que se giró sobre sus talones—. Me jodiste vivo, Dieguito. Lo sabes, ¿no?

Su excompañero de trabajo no dijo nada; ahora parecía arrepentido e incluso desvió la mirada un instante hacia el suelo.

—Yo no...

—¿No pretendías joderme?

Diego negó con la cabeza. El arrepentimiento en su rostro se tornó más acuciante cuando volvió a mirarle a los ojos.

—No era mi intención, ¿sabes? Fue Leopoldo. Él me dijo que intentara..., pues bueno, hacer algo contigo, a ver si picabas. No sé, lo siento. Luego me enteré de todo y me sentí como una mierda. Y ahora te encuentro aquí y...

El mundo de Iker solo necesitó aquello para volverse aún más negro y romperse en miles de pedazos.

13

El otro viaje

Rocío había llegado al pueblo de Blanca con el corazón desbocado, muchas ganas de sexo y una maleta hecha a la carrera.

Todo lo que conocía o había visto u oído del mundo rural se deshizo en cuanto el autobús que daba vueltas por la provincia la dejó en la única parada de aquel lugar desamparado, alejado de todo. Más dejado aún que de la mano de Dios, y todavía más allá del quinto pino. Aunque claro que para alguien de la capital, todo lo que no tuviera metro estaría siempre casi tan alejado como la mismísima Australia.

Por lo que Mauro y Blanca le habían contado, Rocío se imaginaba el típico pueblo castellano moderno, con alguna que otra tiendecita y un par de colegios públicos con cero presupuesto y muchas ganas de hacer excursiones a lugares más poblados, pero no se esperaba esas casas de piedra —algunas reformadas, aunque no demasiadas— y una parada de autobús cuya única señal era un cartel pintado con brocha y pintura azul oscura.

Podría decirse que se había quedado en shock. Era el tipo de pueblo que solo veía en películas y que su mente era incapaz de concebir como una realidad para miles de personas.

Así que esto es a lo que se refieren con la España vaciada...

El siguiente paso de su plan sería encontrar a Blanca. Lo más probable era que no quisiera hablar con ella, que corriera en dirección contraria y le montara un pollo. Y sería normal, puesto que no habían acabado en buenos términos, y Rocío ni siquiera había dejado pasar un tiempo prudencial para que ambas se calmaran y pudieran abrirse a la opción de perdonarse y, quizá, volver a intentarlo.

Y sin embargo, ahí estaba Rocío, asiendo la maleta del mismo modo que Mauro lo había hecho hacía unos meses al llegar a la ciudad: llena de dudas e incertidumbre. Caminó durante unos minutos sin rumbo fijo, fascinada por la quietud de las calles, por la arena que había en la no demasiado alta acera y que hacía que se confundiera con la carretera. Lo único que perturbó el silencio durante su caminata fue un tractor que pasó por una de las calles adyacentes.

—Ay...

Había tropezado con algo.

Con alguien, mejor dicho.

—No me jodas, tía.

Era Blanca.

—Es que ¿cuáles son las posibilidades?

—Mmm, tía, estamos en un puto pueblo. Somos cuatro contados.

Después de encontrarse en la calle, Blanca no había sabido cómo reaccionar. Rocío tampoco. Era inevitable no saber cómo sentirse, contrariadas y llenas de reproches. Pese a todo, su magnetismo era innegable y por eso se habían abrazado y caminado juntas en silencio hasta llegar a uno de los bares del pueblo.

Tampoco había muchas opciones más y los torreznos sabían a culo de mono.

Ahora charlaban, intentando dejar enterrada el hacha de guerra de una vez por todas. Haber vuelto a mirarse a los ojos las había convertido en una versión cutre y desaliñada de los Osos Amorosos, un contraste destacable, ya que Rocío se había sentido más como la novia de Chucky de camino a ese maldito pueblo.

—Ya, pero no sé. No tenía plan, pensaba seguir dando vueltas, llamarte... —dijo Rocío mientras se llevaba una aceituna a la boca.

Blanca bebió de su cerveza y apoyó los codos sobre la mesa.

Ahora estaban más cerca y Rocío no pudo evitar mirarle el escote, que debido a la nueva postura de su interlocutora, destacaba notablemente.

—Córtate, anda —le recriminó Blanca. Pero no se movió ni un milímetro e incluso se sonrojó. Seguía estando igual de preciosa que hacía... muy poco tiempo, vaya. Llevaban separadas días, ni siquiera les había dado tiempo a desconectar la una de la otra.

—Perdón. Son mil cosas —se disculpó como pudo Rocío. También se llevó la cerveza a los labios y se bebió media jarra de un trago. Necesitaba un buen chute.

—¿Me has echado de menos? —disparó de repente Blanca, sin miramientos.

Rocío no pensaba abrirse ahí, sabiendo que su conversación sería retransmitida durante días por los cotillas del pueblo de los que Blanca tanto le había hablado. ¿Era normal preocuparse por eso? ¿O a Blanca ya no le importaba nada?

—Sí —respondió finalmente Rocío, tratando de no dejarse en evidencia con un atisbo de sonrisa en sus comisuras.

Era evidente que Blanca ansiaba esa respuesta, porque soltó el aire contenido en sus pulmones y se relajó. Luego, Rocío se fijó en sus ojos, ahora aguados. Siempre le habían fascinado, tan redondos y saltones. Transmitían tantísimo con tan poco.

—No me llores aquí, tía —la cortó Rocío entre risas.

—Es que no sé qué nos ha pasado.

Después de eso, la puerta de la sinceridad quedó abierta. Hablaron, rieron y soñaron juntas de nuevo. Quizá sí era cierto que la ciudad las había vuelto un poco locas, especialmente el tema de no ponerse etiquetas. Terminaron por perdonarse, no sin admitir que ambas habían estado equivocadas y prometiendo que lo intentarían de verdad.

Esta vez sí.

Rocío se alegró de saber que Blanca y ella estaban por fin en la misma página.

—Entonces ¿qué hacemos?

La pregunta vino por parte de la madrileña, que ya notaba el trasero atrapado en la silla antigua y desvencijada del bar. El calor era mortal. Necesitaba huir de ahí hacia un aire acondicionado.

—Vamos a mi casa y me ayudas a hacer la maleta.

—¿Vuelves? —La sorpresa de Rocío era evidente; no esperaba un cambio tan repentino, pues a pesar de todo Blanca parecía bastante segura de su decisión de regresar al pueblo hacía tan solo unos días.

—Claro. Volvemos. Las dos. Y espero que para una larga temporada.

Ambas rieron y brindaron.

El piso que habían alquilado en Madrid no era tan céntrico, pero Vallecas era un barrio emblemático y con mucha historia. Algunas personas dirían que peligroso, y las habían intentado convencer de que era mejor mudarse a otro lugar, pero el lugar que habían encontrado las había enamorado sobremanera.

Empaquetar todas sus pertenencias en cajas, mover sofás y camas había sido una odisea digna de libro. Si no fuera por la ayuda que tuvieron, habrían muerto con el calor de la ciudad en pleno julio.

—Venga, que estoy en doble fila. ¡Marchandooo! —gritó Iker mientras pitaba el claxon.

Los amigos se habían ofrecido a echarles una mano e incluso habían alquilado entre todos una furgoneta. Hicieron una cadena humana para pasarse bolsas, libros y cajas. Para bajar uno de los sofás del salón —que Rocío había adquirido hacía un par de años en El Rastro— y el somier, tuvieron que ayudarse entre todos mientras Iker se desesperaba con los taxistas tratando de pasar por cualquier resquicio libre.

—No me lo puedo creer —había dicho Mauro en un momento dado, mientras descansaba apoyado en la pared—. Es imposible que tuvieras tanta mierda.

—¡Chisss! —le había chistado Rocío llevándose el dedo a los labios—. Nada de mierda, son recuerdos.

—Bueno, un poco cerda sí que eres —atacó Blanca—. ¿Para qué quieres guardar la colección de cromos de *Harry Potter y el cáliz de fuego*?

—Porque vale una pasta —había respondido Rocío molesta con la mano sobre la cadera.

—¿Y lo vas a vender, acaso? —se atrevió a preguntar Mauro, con voz de repipi, a lo que Rocío respondió fulminándole con la mirada y agarrando el álbum fuertemente contra su pecho.

—Mi tesssorooo.

Todos terminaron por reír y asumir que Rocío era la reencarnación del siglo XXI de Diógenes, y cuando descargaron todo en la acera frente al nuevo piso de sus amigas, pareció que el barrio les diera la bienvenida con un sol esplendoroso, una brisa deliciosa y el cantar de los pájaros.

Blanca cogió a Rocío por la cadera y la besó en los labios.

—Vamos a tener una casa preciosa —le prometió.

Las semanas pasaron. Iker, Gael, Andrés y Mauro no dejaban de hablar del crucero. Habían discutido con ellas en alguna ocasión porque ahora vivían a casi una hora en transporte público y siempre les daba pereza moverse, pero la lasaña casera de Rocío fue lo que los convenció de manera definitiva para pasarse por el piso para una pequeña fiesta de inauguración.

Allí hablaron de planes de futuro... y presente.

—Es que nos vamos enseguida —se quejó Andrés mientras masticaba con tesón la lasaña—, que si no yo venía y os echaba una mano para decorar el salón que lo tenéis... Me voy a callar, nena, que te pones enfurecida.

Rocío le había matado con la mirada, porque sí, el piso no estaba nada mal decorado, pero el salón era probablemente la peor parte de todas: demasiados pósteres frikis y demasiadas tontadas. (Esto lo pensaba Blanca, claro, para ella era ideal).

—Te voy a pedir por Amazon algún libro sobre el minimalismo, a ver si te entra en la cabeza —continuó Andrés.

—Ve, déjalas, es su apartamento —defendió Gael.

—¡Gracias, gracias! ¡Viva Colombia! —gritó Rocío.

14

Andrés

A decir verdad, Andrés ni siquiera se reconocía. ¿Qué narices hacía ahí, en la habitación de un tío al que acababa de conocer, tan cachondo que se subía por las paredes?

Pues hijo, perder el miedo a la vida.

—¿Estás bien? —le preguntó Adonay, acercándose.

Andrés asintió con la cabeza. Realmente estaba sorprendido. La habitación era más grande que la que compartía con Gael, aunque parecía que por allí hubiera pasado un terremoto: la maleta abierta con toda la ropa fuera, botes de colonia en cada esquina, calcetines encima del pomo de la puerta del baño e incluso un par de botellas de agua aplastadas en el suelo a medio beber.

—Perdón por el desorden —se disculpó Ado—. Soy un poco caótico.

—Ya veo, ya —dijo Andrés intentando quitarle hierro al asunto, y no tuvo mucho tiempo de añadir nada más para tranquilizar a su ligue, porque este se abalanzó sobre él.

Se besaron de nuevo, como si ya fueran habituales. Sin embargo, al no estar ahora rodeados de gente, Andrés se sintió un poquito más liberado y fue él quien se lanzó a por algo más. Rodeó con sus brazos a Adonay, que soltó aire, quizá sorprendido, quizá excitado. Ahora su beso se había tornado más furioso, como si necesitara a Andrés, y las manos se entrelazaban como en una batalla por ver quién acariciaba más centímetros de piel.

—Vamos a la cama —le dijo Ado, su voz casi un ronroneo.

El colchón los recibió de golpe y rebotaron un poco. Rieron ante la situación, pero continuaron besándose. Sin parar. Andrés estaba tumbado sobre Adonay y notaba su erección en el ombligo, pugnando por escapar de su prisión. Sí, todo daba vueltas. ¿Y qué? Estaba disfrutando de una situación así por primera vez en su vida.

Andrés tenía miles de preguntas en la cabeza y ninguna respuesta. Se balanceaba entre la indecisión y la excitación, ambas incompatibles, cuando él solo quería dejarse llevar.

Comenzó a besarle el cuello y Ado gimió de placer.

—Cuidado, que me pongo muy tonto... —le advirtió este.

Andrés sonrió con malicia. Lo tenía muy cerca, sus labios prácticamente rozándose.

—Entonces sigo. —Las palabras salieron de la boca de Andrés con determinación, casi de forma instintiva. Continuó besando y lamiendo el cuello de Ado hasta que este comenzó a mover la cintura de forma más exagerada, como anhelando rozarse con el cuerpo de Andrés—. Venga, que te echo una mano.

El rubio paró y centró su mirada en la de Adonay, que parecía rebosar de una excitación furiosa. Andrés se atrevió a levantarle un poco la camiseta, besarle el pecho y el estómago. Había pelo suave, músculos sin marcar, pero hacerlo era delicioso.

Cuando perdió el miedo a seguir bajando... lo hizo. Fue poco a poco, con la punta de la lengua fuera, lamiendo y mordisqueando allá donde pudiera. Ado respiraba fuerte. La mano de Andrés alcanzó su paquete turgente, tan duro como una piedra, a punto de escaparse de la cintura del pantalón. Solo sería moverlo medio centímetro para liberar el glande y comenzar a besarlo.

—¿Puedo? —preguntó, alzando la cabeza y lanzando de nuevo una sonrisa de medio lado.

Y...

Adonay se había quedado dormido.

—Oye —le insistió, moviéndole con fuerza. No hubo respuesta.

Mmm, ok.

—¡Oye! —Andrés puso los ojos en blanco.

Esto es increíble.

Molesto, se levantó de la cama. De reojo se vio en el espejo; su erección apretaba el pantalón y ahora que se daba cuenta, notaba el líquido preseminal en el calzoncillo. Joder, sí que estaba cachondo.

Suspiró y se llevó las manos a la cadera, contemplando la habitación y a Ado dormido, que ya empezaba a roncar ahí tirado, con la polla dura destacando en el centro.

—Surrealista —susurró Andrés. Y empezó a reírse de forma resignada, sin saber muy bien por qué. Si era el destino diciéndole que se alejara de los hombres, poco importaba, pues ya se había lanzado a dar un paso en la dirección correcta: una sin miedos y con amor propio. Y por qué no, también sexo. Sentía que Efrén le había arrebatado también esa parte de quererse a uno mismo a través de la sexualidad y había quedado claro que no, que era capaz de recuperarse de eso y de mucho más—. Pues nada, rey —le dijo a la nada—. Me voy a ir.

Como era de esperar, Adonay no respondió. De hecho, su respuesta consistió en un ronquido más fuerte.

Andrés pensó en dejarle su número de teléfono o alguna de esas cosas de película romántica, pero se verían en el crucero a la hora del desayuno con cara de no haber dormido y unas legañas enormes. Así que si el destino quería que terminaran lo que habían empezado, acabaría sucediendo.

Por el momento, Andrés se marchó, cerrando la puerta con delicadeza y sintiéndose extrañamente tranquilo.

Se había demostrado a sí mismo que podía recuperarse de todo.

15

Mauro

Mauro no quería pensar en Iker en la habitación, ni en ese chico tan atractivo que le había esperado en la puerta. Tratando de evitar encontrarse con él —y también porque el vómito de Héctor parecía radiactivo y no salía ni a tiros—, estuvo en la ducha aproximadamente media hora.

Claro que el pedo había desaparecido tal y como había venido: de golpe y porrazo.

Así que cuando salió, algo renovado por el chute de energía del agua fría, se dirigió hacia la fiesta. Las luces y la música seguían exactamente igual que como las había dejado, sin demasiados cambios. Esperó cruzarse con Iker, quería saber cómo se encontraba, aunque terminó por no darse de bruces con nadie.

Ninguno de sus amigos parecía estar ahí.

Después de pedirse una nueva copa se dirigió hacia una de las barandillas. Quería tomársela tranquilamente, contemplando el mar oscuro, sintiendo la brisa en la cara. Había mucho en lo que pensar, también mucho de lo que preocuparse y, sin embargo, en aquel momento lo único que no abandonaba su mente era el vómito de Héctor sobre su ropa.

16

Gael

Las horas habían pasado tan rápido que Gael no había sido consciente de las copas que habían tomado ni de los besos juguetones que habían compartido. Solo estaba seguro de que lo que fuera que hubiera entre Oasis y él crecía a pasos agigantados.

Por eso, cuando Gael había empotrado a Oasis contra la barandilla de la terraza de la suite, todo se había convertido en una montaña rusa inolvidable.

De verdad.

Oasis había hecho un aspaviento cuando con un leve movimiento de la cintura había notado la enorme erección de Gael contra su trasero. Había cerrado los ojos y soltado un largo suspiro, como tratando de contenerse.

—No me lo puedo creer —susurró a nadie en particular.

Gael le besó lentamente el cuello y jugó con el lóbulo de sus orejas. Oasis no se movía, parecía tenso pero gozando al mismo tiempo. El pene de Gael disfrutaba del roce con el culo de Oasis, aunque hubiera ropa de por medio, y este lo movía poco a poco, en círculos. Hasta que llegó un punto en que los besos no eran suficientes, ni tampoco esa danza del vientre nacida de la necesidad.

El colombiano agarró de nuevo a Oasis, esta vez de los brazos, y le dio la vuelta. Ahora estaban frente a frente; Oasis con la boca seca, Gael sin recordar cuánto tiempo hacía desde que se hubiese excitado tanto por un chico. El influencer trató de decir algo, pero no pudo.

—¿Se encuentra bien? —preguntó Gael, preocupado.

Oasis asintió rápido con la cabeza, como si temiera perder la posibilidad de algo por responder lento. Con su bienestar confirmado, Gael se acercó para besarle de nuevo. Sus manos rodearon el cuello de Oasis con suavidad mientras lo besaba.

—Uff, tío. Me matan —dijo Oasis al cabo de unos segundos.

—¿Qué pasa? —preguntó Gael entre beso y beso. No escuchaba bien, solo tenía el latido de su corazón metido en los oídos, en su entrepierna, en el pecho. Estaba desbocado.

—Como me vean aquí... así...

Gael se apartó un poco. Miró alrededor.

—No hay nadie.

Oasis cerró los ojos y suspiró. Al abrirlos, su mirada había cambiado: ahora devoraba. El colombiano se volvió a acercar, obedeciendo aquellos ojos y sus intenciones. Los besos y lametones se convirtieron en furiosos e incluso rabiosos, tantas ganas contenidas y tanta conexión. Las manos de Oasis comenzaron a jugar en la cadera de Gael, bajando de manera peligrosa y comenzando a...

—Dios —exclamó Gael en cuanto sintió las manos de Oasis rodear su pene.

Se besaron de forma aún más colérica, si es que era posible. La mano de Oasis disfrutaba de cada centímetro del colombiano, bajó más abajo, a los testículos, y luego volvía a subir, agarrándola con fuerza, soltándola. Gael quería morirse, deshacerse en mil pedazos y que Oasis lo recogiera con su lengua. Era como estar al borde del orgasmo; el contacto estaba siendo sencillamente mágico.

Jamás había sentido esa chispa.

Entonces Oasis apartó a Gael hacia atrás y tomó el relevo de dominar, colocando a un Gael casi mareado contra los barrotes. Con su pene ya medio liberado, en parte fuera del calzoncillo, Oasis parecía divertido con la estampa.

—¿Qué pasa? —preguntó Gael entre quejidos, sin asumir lo que estaba pasando por fin, sin comprender la pausa ni la mirada de Oasis.

—Nunca me imaginé... esto —dijo simplemente el influencer.

—¿El qué?

Antes de responder, Oasis se acercó. Se quedó cerca, muy cerca de los labios de Gael, el cual sintió su pene hacer tope con Oasis.

—No me imaginaba —respondió en un susurro— tener esta conexión. No la he tenido con nadie. Y mucho menos me he liado con alguien tan... grande. Va a ser divertido. Si es que quieres seguir...

Gael tragó saliva y asintió. Estaba seguro.

—Claro, bebé.

—¿Entonces? —Oasis lo miraba deleitado, sonriente, fascinado. Y por supuesto que excitado. Se le notaba sonrojado—. Haremos lo que quieras.

El colombiano no tuvo tiempo de responder nada, porque las manos de Oasis habían vuelto a bajar a su pene.

—Pff. Flipo —comentó Oasis, y Gael no podía casi mantenerse en pie. Echó el cuerpo para atrás, dejándose caer un poco sobre la barandilla, perdiendo de vista a Oasis, y lo siguiente que sintió fue algo húmedo.

En cuanto volvió en sí, abrió los ojos y la cabeza recuperó su posición anterior, vio a Oasis clavándole la mirada de forma provocativa y un hilo largo de saliva cayendo de su boca hasta aterrizar en su erección.

—Así mejor —dijo, y se puso a masturbarlo, ahora lubricado.

Gael ya no pudo contenerse y tuvo que aguantarse las ganas de gritar; terminó por emitir un gruñido que temió se escuchara en las habitaciones de alrededor.

¿Esto está pasando? ¿Así se siente hacerlo con una conexión tan especial?

El colombiano se dejó hacer; su mente iba y venía, como si no pudiera soportar tanto placer. Le temblaban las rodillas y solo quería besar a Oasis. Lo buscó y sus labios volvieron a unirse, desesperados, mientras la mano del influencer no paraba. Cambiaba de ritmo, rápido, lento, frenético, delicado. Gael estaba orgulloso de decir que tardaba mucho en correrse, pero aquel día... Parecía que fuera a explotar en cualquier segundo.

—Pare —le ordenó a Oasis, apartándole el brazo con la mano. Este lo miró sin comprender, con una sonrisa a medias.

—¿Qué pasa?

La respuesta de Gael fueron sus actos, porque agarró la camiseta de Oasis y se la quitó en un instante. Luego fue a por su pantalón e hizo lo mismo, dejándoselo por las rodillas. Este terminó de quitarse la prenda sacándosela con los pies y quedó ahí, frente a él, completamente desnudo. Ahora era el turno de Gael, que se desnudó él mismo. La ropa de ambos ahora junta en una esquina.

Se besaron. Sus penes erectos chocaban, se rozaban. La brisa del mar los golpeaba y refrescaba, porque aquello era ardiente, lleno de fuego.

Poco a poco Gael fue llevando a Oasis hacia una de las tumbonas de la terraza. Le dio la vuelta sin decir nada, le besó brevemente el cuello y luego lo empujó. Oasis cayó sobre sus manos, se quedó a cuatro patas. Supo lo que venía, era evidente. No tenían que hablar para entenderse. Así que, como si estuviera ensayado, antes de que los labios de Gael lamieran su trasero, Oasis se encorvó y lo alzó.

La lengua de Gael comenzó a explorar aquello. Primero a lametones lentos, luego absorbía un poco (y Oasis gemía sin poder evitarlo), aunque también hubo pequeños mordiscos. Estaba disfrutando de lo lindo. El ano de Oasis se fue abriendo con la ayuda de Gael. Ahora estaba lleno de saliva, y la lengua del colombiano sabía a él. Una lengua que no dejaba de vibrar, que no se detendría ni por todo el dinero del mundo, porque había encontrado un tesoro.

Una vez aquello estaba completamente empapado y algo dilatado, Gael continuó con la ayuda de sus dedos. Oasis vibró. Primero con uno, luego dos. Gael se iba abriendo camino, lo necesitaba. Y tanto que lo necesitaba.

Sin decir nada y al cabo de unos minutos de pasión entre gemidos, se alzó de nuevo y agarrando el miembro con su mano, golpeó las nalgas de Oasis. Este trató de contenerse, aunque fue incapaz.

—Venga —le exigió.

Gael escupió sobre sus dedos y con ellos se lubricó el pene cuan largo era. Acercó el glande a la abertura y justo cuando comenzó a rozarlo, a notar ese calor, se echó para atrás.

—Dime que tiene condones.

¿Cómo no había caído antes?

Oasis señaló su maleta, que se veía a través de los vidrios. Gael fue corriendo y la removió por completo hasta encontrar una caja de doce unidades. Volvió a la terraza, con el culo de Oasis abierto y completamente en pompa, esperándole. Se puso el condón y ahora sí, era el momento. Juntó toda la baba posible en su mano y la posó sobre el glande.

Introdujo la punta con lentitud, poco a poco. Oasis se agarró fuerte a la tumbona y cerró los ojos del esfuerzo.

—Me dice cómo va —le pidió el colombiano.

Oasis asintió con la cabeza al mismo tiempo que daba a entender que siguiera. El pene de Gael fue desapareciendo poco a poco, con lentitud, dentro del influencer. Una vez estuvo introducido casi por completo sintió que había desbloqueado al fin el último nivel de un videojuego.

Estaba pasando. Por fin.

Gael sabía que debía ir con cuidado, así que sus primeros movimientos fueron lentos para dejar que Oasis pudiera adaptarse y respirar. Su entrada se dilataba rápido, por lo que no le estaba costando demasiado acostumbrarse.

Así que fue aumentando el ritmo. El colombiano agarró con garbo los cachetes de Oasis y comenzó a bombear con más fuerza. El sonido de los choques de la piel de cada uno reverberaba con eco en esa terraza, y Gael comenzó a notar un fuego aún más ardiente en su interior. Necesitaba destrozarlo.

Colocó los pies en otra postura para mejorar la penetración y también la velocidad. Oasis no se quejaba, solo gemía y parecía a punto de llorar de placer. Gael se mantuvo firme durante minutos, sin vacilar, en ese vaivén constante, en ese choque de pieles incesante.

—¿Bien? —preguntó en un momento dado.

—Bien —respondió Oasis en otro.

Luego, Oasis se irguió, quedando solo sostenido por sus rodillas sobre la tumbona. El pecho de Gael tocaba su espalda y ahora podía besarle el cuello, o mejor...

Gael rodeó con su brazo el cuello de Oasis. Quizá ejerció demasiada presión, pero no le importó en aquel momento. Ahora, con el ancla puesta ahí, su cadera parecía moverse con más soltura y el bombeo al que se vio sometido Oasis era de récord.

—Joder, joder, joder —murmuraba este.

El colombiano no pudo evitar morderse los labios casi de la

rabia con la que estaba follando a Oasis, apretándole el cuello, de espaldas, en medio del océano. Se retó a sí mismo a aumentar más aún la fuerza y la velocidad, y lo consiguió, haciendo que Oasis gritara y gimiera demasiado alto.

—Sigue —le pidió este.

Gael obedeció, aunque al cabo de unos segundos tuvo que parar para coger algo de fuerzas. Se separó con cuidado de Oasis, sujetando la base de su pene para que el condón no se perdiera. Entonces Oasis se volvió, completamente excitado. Era como un dios griego; ese cuerpo y esos tatuajes eran un sueño.

—¿Todo bien entonces? —casi se burló Gael, señalando su miembro.

Oasis asintió con la boca abierta y se lamió los dientes con la lengua, visiblemente cachondo.

—No ha salido sucio, ¿no? —La pregunta de Oasis parecía preocuparle, pero Gael negó con la cabeza, dejando claro que de ser así, poco importaba.

Así que Oasis se acercó al colombiano para besarle y seguir con aquello.

—Siéntate —le ordenó.

Gael se dirigió a la tumbona y se dejó caer. Las piernas bien abiertas, el pene durísimo apuntando al cielo. Oasis no tardó en encaramarse sobre él entre besos y caricias. La forma en la que ahora ambos sentían la penetración era muy distinta e hizo que Gael se estremeciera, que sus rodillas flaquearan. Oasis no podía dejar de besarle, así que el colombiano aprovechó la postura para rodearle los hombros y la cabeza con los brazos, alzar un poco la cadera y comenzar a bombearle así, sintiendo cada centímetro de su pene arrasar dentro del influencer.

—Es demasiado —se quejó Oasis—, pero no vas a parar.

Y Gael no paró.

17

Iker

Iker había intentado de todo para conciliar el sueño.

Le había sido imposible.

Ahora contemplaba el puerto de Ibiza; el crucero parecía un corazón, latiendo cada vez más lento, con menos ruido, y el mar se iba calmando a su alrededor. Perdía velocidad poco a poco; el puerto estaba cada vez más cerca. Iker se llevó la palma de la mano a la frente. No tenía fiebre, aunque lo pareciera.

Si le preguntaran, confirmaría que había tenido delirios. Su mente había vagado durante horas a lugares oscuros: recuerdos de su padre, verse a sí mismo en la cola del paro, el puñetazo a Diego... Revivía esas imágenes de manera intensa en un círculo vicioso constante.

Todo eso le había llevado a perder el sueño.

¿Y Mauro? También lo había perdido de vista hacía horas. No tenía ganas de buscar a sus amigos. A ninguno de ellos, a decir verdad. Cada uno había terminado la noche por su cuenta.

ANDRÉS
Me voy a sobar un rato
Avisadme en Ibiza 🔥

MAURO
OK
Yo tomando el aire
Luego a dormir

GAEL
Ocupado
Oasis
Nos vemos mañana
🐗🐗🐗

ANDRÉS
Ya es mañana

MAURO
El sol está saliendo

GAEL
Adiós, dejen de molestar

Iker había releído la conversación del chat grupal durante un buen rato, escribiendo y borrando sus mensajes. Era evidente que Mauro, el único con el que tenía esperanzas de que le fuera a buscar verdaderamente preocupado o quizá quien más le conocía desde hacía menos tiempo, no iba a ir tras él. No después del drama de la piscina. Igualmente —y para su sorpresa— Iker sentía que debían hablarlo, estaba harto de que después de su beso...

Un golpe.

El barco se había detenido por completo.

Acababan de atracar en Ibiza.

18

Mauro

El sol en aquella isla golpeaba más que en cualquier otro lugar que Mauro recordara. Le daba en la frente haciendo que le picara, y aunque Andrés se había empeñado a echarles crema a todos y los había perseguido con un bote enorme por el puerto, sabía con certeza que se quemaría la nariz.

—¿Qué tal anoche?

La voz que venía detrás de él era de Iker. La gente que había bajado del barco caminaba sin pausa, todos un poco borrachos todavía, pero dispuestos a disfrutar de unas horas de turismo en aquel paraíso ibicenco. Y por la noche, por si no quedaba claro ya, más fiesta.

Mauro se volvió para mirarlo. Se notaba a leguas que no había dormido.

—Tienes cara de culo —dijo sin poder evitarlo, casi arrepintiéndose al instante.

En serio, ¿después de lo de ayer quieres más movida?

Pero bueno, si la culpa fue suya. ¡No soy su princesa en apuros!

Iker puso los ojos en blanco, cogió aire y se armó de paciencia. Su pecho aumentó considerablemente de tamaño. ¿Incluso con lo que fumaba tendría buena capacidad pulmonar? Mauro pensaba en eso mientras esperaba la respuesta de Iker, tratando de no distraerse demasiado.

—Imagina —dijo este finalmente, con un gesto de molestia.

—¿El qué? —preguntó Mauro sin comprender la expresión.

—Pues la cara que tengo, idiota. No he dormido nada.

Mauro de pronto se sintió culpable. Si había pasado algo malo...

—No te rayes. —Iker hizo un gesto con la mano—. Mis rayadas.

Tanto Andrés como Gael charlaban entre ellos algo apartados, en un momento también íntimo, aunque quizá no tanto como el que Mauro e Iker estaban viviendo en esos instantes. Porque este último se acercó, imponente como era, aunque no parecía especialmente intimidante.

—¿Seguro? —no pudo evitar preguntar Mauro.

A su mente llegó un flash, un recuerdo de Iker mojado en la puerta de casa después de haber ido al entierro de su padre, pidiéndole perdón a Mauro por ser como era... y prometiendo que no volvería a pasar.

—Estoy bien. No quiero preocuparte —respondió Iker para sorpresa de Mauro, que alzó las cejas—. ¿Qué pasa?

—Nada, nada —trató de disimular.

—Hombre, esa cara que has puesto... Estás pensando algo. Pero ¿sabes qué? No sé si quiero saberlo. He tenido una noche de mierda, si te soy sincero.

Iker había sido bastante claro no solo con sus palabras, sino con su tono de voz. Fue como una sentencia: no se va a hablar más de ningún tema porque lo digo yo.

—Vale. —Mauro acabó por rendirse—. No hace falta que te diga que, bueno..., estoy aquí. Lo sabes.

Su amigo esbozó una media sonrisa, como si no quisiera mostrarse tan alegre por aquellas palabras. Y cuando respondió, esa punzada de esperanzas que Mauro siempre tenía en el pecho volvió a hacerse un poquito más grande.

—Tú siempre estás, Maurito.

19

Rocío

La librería ya no era lo mismo. Sin Mauro, los días eran rutinarios, cansados y absurdos. A eso había que sumarle su cada vez más gélida relación con Javi, el cual parecía haber caminado hacia nuevas amistades y jamás se había disculpado por sus comentarios gordófobos. Había cosas imperdonables, y esa era una de ellas. La postura que Rocío tomó en su momento se había mantenido inamovible. Lo seguiría siendo incluso si Javi se disculpase, pero como no iba a pasar...

Sin embargo, Mauro y Javi estaban en el mismo crucero: el Rainbow Sea. La experiencia no era del todo del agrado de Rocío —quizá solo irían a ver las drags internacionales que actuaban o a Chanel Terrero, que después del #Chanelazo de Eurovisión se había convertido en su fan número uno— y, honestamente, alguien tenía que quedarse en la librería... Aunque en agosto, ¿quién cojones se quedaba en Madrid?

Pregunta trampa. La respuesta era: ni un alma. De hecho, miró por la ventana y vio un total de cero unidades de personas paseando por calle. No solo era el calor, sino la necesidad de huir de la capital, que moría, y disfrutar de ciudades de playa o turismo en cualquier otro lado que no fueran las mismas calles de siempre.

Rocío suspiró mientras revisaba facturas, aburrida. Ni siquiera era su trabajo, pues era el jefe quien debería encargarse de ello, pero ¿dónde estaba? En efecto, disfrutando de unos días de vuelta y vuelta al sol y música en uno de los miles de festivales que había ese año. Si su verano iba a consistir en eso, en encerrarse en una librería sin clientes y hacer trabajo de oficina que no le correspondía, podría afirmar con total seguridad que sería el peor de toda su existencia.

Pensó en Blanca: en sus fracasos, sueños frustrados... Alejarse del pueblo y vivir una nueva vida. La estaba comenzando ahora, de hecho, y sentía un poco de envidia de verla emocionada con las cosas que a Rocío hacía tiempo habían dejado de emocionar. Eso sí, estaban en un punto inmejorable de la relación, ahora sí, por fin, pero ¿dónde quedaba ella? ¿Cuál era su futuro? ¿Desde cuándo la rutina y el aburrimiento habían pasado a formar parte de su vida diaria? Ella no era así. Se había dejado comer por la gran ciudad y su necesidad de sobrevivir y no vivir. Así que se estaba empezando a cansar de ser paciente y ahorrar cuatro duros al mes para buscarse algo mejor, porque ese momento parecía no llegar nunca.

A veces se sentía asfixiada.

Hoy era uno de esos días.

20

Gael

Aunque ahora se encontrara en plena ruta turística por la isla de Ibiza, Gael no podía dejar de pensar en que la noche anterior había vivido un maldito sueño y que ahora... La realidad le golpeaba de un modo inevitable.

Veía a Oasis al fondo, con el resto de sus amigos y amigas de profesión. Recordó el desayuno de aquella misma mañana, en la suite, con fruta fresca, un café delicioso y decenas de pastelitos entre los que elegir. Se podría acostumbrar a vivir con ese tipo de lujos a cambio de... lo que fuera que tuvieran. Ahora se sentía confundido, contrariado. ¿Qué estaba pasando entre ellos?

Trató de establecer contacto visual con el influencer. Este parecía bastante atareado posando para grabar un vídeo, para el cual le animaban entre vítores. Oasis caminaba como si estuviera en una competición para luego acercarse al móvil y tapar la cámara con la mano. Le había explicado que le gustaba mucho hacer buen contenido, así que Gael supuso que eso tendría algún tipo de relación con las transiciones que realizaba siempre en sus vídeos.

Por más que Gael lo buscara con la mirada, este parecía demasiado concentrado en su trabajo, por lo que soltó un suspiro y volvió a mirar al frente. Todo el mundo vestía de blanco —o al menos lo intentaba—, pero por alguna extraña razón el suelo estaba algo embarrado y los bajos de los pantalones de la gente que se había atrevido a llevarlos largos ya no eran tan blancos.

> Deja de mirarme, anda 😇

Gael sonrió en cuanto recibió aquel mensaje de Oasis. Volteó la cabeza para buscarle, pero le había perdido de vista.

> Deje de desaparecerse

> Deja de controlarmeee
> Aunque me gusta un poco

> Gas
> Ni en broma, bebé 🐷

> Ya, perdona
> Dónde andas?

> Pues acá donde me vio
> Se fue?

> No, seguimos la ruta
> Nos encontraremos seguro
> Pero bueno, que...
> A ver...
> 🙈🙈🙈

Qué pasó?

Sería loco decirte que...
Ya te echo de menos? 😶

Para el colombiano aquello significó un nuevo sofoco. Ya daba igual el calor, el sudor que perlaba cada poro de su cuerpo... Ahora la temperatura había subido aún más y amenazaba con ahogarle. Tragó saliva como pudo.

No, pues yo igual

Y guardó el teléfono corriendo. No quería ver la respuesta. ¿Qué estaba pasando? Le temblaba la mano.

¿Aquello se estaba convirtiendo en algo real? O mejor dicho: en algo *aún* más real.

21

Andrés

¿Así es como se siente Iker? Porque vaya flop.

Su cita de anoche —si es que se podía llamar cita— había terminado de manera fatídica. Y era terrible si lo pensaba... Sin embargo, sabía que no tenía nada que ver con él. Ado estaba excitado, lo había sentido él mismo con sus propias manos. ¡Él era sexy! Le parecía increíble que algunas de las heridas provocadas por Efrén se hubieran cerrado en tan poco tiempo y, al mismo tiempo, era algo que debía de suceder en algún momento. Por supuesto que el alcohol le había ayudado a desinhibirse, porque en ninguna otra situación habría permitido tener un momento como aquel. Bueno, también el haberse dedicado en cuerpo y alma esas últimas semanas a desahogarse escribiendo su libro podría haber ayudado.

Así que vale, aquel chico se había quedado frito, pero la pasión había estado presente.

—¿Qué más, baby?

Gael se acercó por detrás y le puso una mano sobre el hombro. Andrés notó al instante que estaba empapado, porque la tela de su camisa blanca se quedó pegada bajo la palma del colombiano.

—Gas, usted suda como una cerda.

—Cómeme el coño —respondió Andrés entre risas, zafándose de su amigo con un movimiento—. Pero bien, estoy... bien. Sorprendentemente bien, si te soy honesto. Aún no me he derretido del todo.

—¿Y eso? ¿Qué pasó? —preguntó el colombiano, ignorando la broma que Andrés había añadido con rapidez para desviar la atención de su verborrea.

La respuesta de Andrés estaba a su alrededor, porque Gael estaba lleno de una chispa de vitalidad que jamás había visto en él, y porque Mauro e Iker caminaban delante de ellos muy juntitos, quizá demasiado, y parecían estar pasando un buen rato riendo y charlando.

—Porque vosotros estáis bien —dijo simplemente Andrés.

Gael sonrió, visiblemente emocionado.

—¿Aún borracho? —bromeó este.

—No, joder. Es que tienen que ser unas buenas vacaciones, ¿sabes? Estoy harto. De todo. Y, coño, creo que nos las merecemos.

Ninguno de los amigos volvió a decir nada mientras caminaban. Tomaron fotos a algunas casas frente a la costa, esquivando como buenamente podían al resto de los turistas, muchos provenientes de los cruceros que ensombrecían como titanes el puerto.

—Y bueno, ¿cómo va esa novela?

Andrés soltó un suspiro antes de responder.

La novela, la novela...

—Está casi terminada, aunque no es una novela como tal —dijo sonriente. Miró a Gael a los ojos y vio que su interés era genuino, lo cual le armó de valor y confianza para contarle más detalles.

Justo cuando se disponía a ello, apareció otro chico.

—Anda, pensaba que se mantenía ocupado con sus amigos influencers —le dijo Gael con sorna.

Era la primera vez que Andrés veía a Oasis, el medio novio de su amigo, en persona y la verdad... No quería pensar cosas salidas de tono, pero definitivamente era un chico muy atractivo. Le sorprendió la vitalidad que emanaba y la cantidad de tatuajes que asomaban por debajo de su ropa, todos pequeños, sencillos, pero que denotaban una buena visión estética. Se dieron dos besos a modo de presentación y el influencer se puso al lado de Gael.

—¿De qué hablabais? —preguntó este, interesado.

De pronto Andrés se sintió extraño. No conocía de nada a aquel muchacho más allá de lo que había hablado sobre él con Gael. Sabía lo especial que era para su amigo, porque para él significaba más de lo que quería admitir en un primer momento, pero la novela de Andrés no dejaba de ser sobre algo muy personal y abrirse de esa forma con alguien con quien no tenía tanta relación... No sabía si sentirse en Terreno Confianza al cien por cien.

—De su novela... o lo que sea que es —dijo Gael, señalándole con el pulgar, y luego se volvió de nuevo hacia Andrés—. Le he dicho que es muy buenito, juicioso, que ahora está escribiendo un novelón.

Que Gael hablara de eso con Oasis le hizo sentir, de forma repentina, un calor que le subió desde los pies a la cabeza y lo rodeó por completo. Como un abrazo invisible.

—¿En serio? —Los ojos de Andrés se iluminaron.

Gael se encogió de hombros.

—Claro, bebé. Pues yo le hablo a Oasis de ustedes, ¿cómo no le voy a contar que tengo un amigo que será *beteler*?

—QUÉ.

Andrés no pudo evitar reírse a carcajadas.

—Usted es idiota, machi —se quejó Gael—. Eso de que venden muchos libros.

—Best seller, coño —dijo Andrés tratando de recuperarse de la risa—. Descarga Duolingo aunque sea, maricón.

Por su parte, Oasis había sido más comedido con la cagada en inglés del colombiano y simplemente se reía por lo bajo.

—A mí me interesa mucho el tema —dijo al final, cuando los ánimos se calmaron—. No he conocido a nadie que escriba por sí mismo.

—¿Entonces? —Andrés estaba genuinamente confuso.

—Mis amiguis de por allí —señaló Oasis con la mano— publican libros. Pero bueno, que no los escriben, ¿sabes? Hay gente en las editoriales que lo hace a escondidas.

—Ah, coño —dijo Andrés, comprendiendo por dónde iban los tiros—. Claro, ya, ya. He currado en editorial, qué me vas a contar... He visto de todo.

—Bueno, ya hablarán de eso ustedes —interrumpió Gael—. Ahora cuéntenos cómo va ese libro.

Andrés cogió aire. Estaba a gusto. Gael y Oasis se compaginaban de forma increíble y estaban en la misma vibra, como si fueran una extensión de la misma persona. Cada uno de una forma, distintos a su modo, pero era indescriptible la manera en la que transmitían buen rollo simplemente estando juntos.

Los amo, son mis hijos. Los shippeo máximo.

—Ya casi la he terminado... Me queda repasar un poco. La verdad es que nunca en mi vida había sido capaz de escribir tan rápido y aunque no es un libro muy largo, sí que siento que he podido medir cada palabra, ¿sabes? Estoy muy contento con lo que estoy haciendo.

Seguían caminando en dirección a la playa de Talamanca, donde tomarían el sol y beberían cócteles del todo incluido del crucero que se extendía a algunos de los lugares que visitarían. Se notaba en el ambiente que la gente estaba cada vez más nerviosa por llegar —literalmente— a tumbarse para ponerse morenos. Andrés estaba nervioso por otro motivo: sentir que su mundo interior era interesante.

—¿Y qué harás después? —le preguntó Oasis.

—Quiero publicarlo. Creo que es diferente. Mi trabajo me ha dejado claro que no hay nada como esto... Es una mezcla entre una autobiografía ficcionada y un libro de autoayuda. Es raro, pero creo que a nivel comercial puede funcionar. No hay demasiados libros sobre el tema.

Andrés miró a sus interlocutores con una sonrisa y vio que claramente se había dejado llevar por la ilusión: no habían entendido ni papa.

—Ah, ya —dijo simplemente Oasis, tratando de no mostrarse idiota.

—Bueno —reculó Andrés—, que creo que es un libro que alguna editorial querrá.

—Pero ¿ahora no publican solo gente con seguidores? —preguntó Oasis de forma ingenua—. Lo digo sin saber, pero es la sensación que me da... Vamos, que en mi vida he escrito más que lo que pongo en la descripción de las fotos de Instagram y me han llovido ofertas para sacar libros.

—Claro, el mercado ahora mismo está cambiando, aunque tengo un as bajo la manga.

Gael abrió los ojos, sorprendido.

—¿Y cuál es?

Pero Andrés no llegó a contestar, porque la playa de pronto se presentó ante ellos y solo pudieron pensar en el descanso que merecían.

22

Iker

Mauro estaba en la tumbona de al lado, evitando mirar a Iker por todos los medios posibles. Era demasiado evidente. Le había echado crema en la espalda mirando hacia otro lado, y eso que todo parecía estar mejor entre ellos de nuevo. Eran siempre así: una discusión, una disculpa admitiendo errores, volver a empezar. El contacto entre ellos, sin embargo, era ahora diferente desde que había pasado lo del beso.

Joder.

El beso.

La cabeza de Iker no descansaba mientras terminaba de untarse protección del 50 en todo el pecho. Notaba la mirada de varios tipos del crucero también en esa playa, también en ese chiringuito. Pero él solo se fijaba en la no mirada de Mauro.

¿Se convertiría todo de pronto en un problema? ¿Habrían jodido su amistad para siempre?

Fuera como fuese, el calor embotaba la cabeza. No podía pensar con claridad.

—Me voy a desmayar —se quejó de pronto Mauro, limpiándose el sudor de la frente con la mano. Al volver a colocarla en su posición, las gotas salpicaron el costado de Iker.

—Oye, ten cuidado, Maurito —le dijo este.

Luego no dijeron nada, ninguno de los dos. Gael y Oasis no se enteraban de nada porque estaban demasiado juntos y sin parar de hablar, mientras que Andrés había dejado su toalla a medio poner de las ganas que tenía de bañarse y se lo estaba pasando en grande nadando. ¿Quién se lo hubiera imaginado? Siendo la persona con la piel más blanca que Iker hubiera visto en su vida, no tenía sentido que amara la playa... Iba a terminar como un verdadero cangrejo.

Si ya de por sí parece guiri... Madre mía.

—Voy a pedirme algo. ¿Qué quieres? —le preguntó Iker a Mauro al cabo de unos minutos de silencio incómodo.

Mauro se levantó las gafas de sol. Tenía la parte de las ojeras perladas en sudor y su camisa, aunque un poco abierta por el pecho, se veía completamente aguada.

—¿Estás bien? ¿No quieres que nos bañemos?

Este negó con la cabeza.

—Venga. Ahora tomamos algo, pero vamos a darnos un chapuzón.

—¿Otra vez, Iker? No importa —dijo Mauro, refiriéndose al momento similar que habían vivido en Sitges—. Estoy acostumbrado.

Iker puso los ojos en blanco. Quería agarrar a Mauro de las piernas y correr con él hacia la espuma de mar, tocar la arena mojada con los dedos y lanzarse los dos al agua entre risas. Demostrarle que nadie le haría caso, que nadie le prestaría atención, que no había ningún problema.

Así que se acercó. Notó el calor de la arena entre sus dedos, pero no importaba. El sol le quemaba ahora la coronilla.

—Mauro —le dijo, tocándole el brazo—. Vamos.

Utilizó un tono de voz serio que no dejaba lugar a dudas, ruegos o preguntas.

—No —se negó su amigo de nuevo, sin quitarse siquiera las gafas de sol.

—Maurito —insistió Iker, ahora menos duro.

—No —se negó de nuevo Mauro, aunque menos reticente.

—Porfa, Maurito. Prometo no hacerte demasiadas aguadillas.

El pobre Mauro no pudo evitar sonreír de medio lado y soltar aire por la nariz, tratando de aguantarse la risa.

—Solo si me quedo la camiseta —dijo finalmente en un susurro.

Entonces Iker le dio la mano y ambos se dirigieron al mar. A Mauro le temblaban mucho las piernas y se notaba demasiado. Así que Iker, en un momento dado, se puso detrás de él para taparlo al menos por ese lado y que nadie pudiera darse cuenta. Solo pensaba en que Mauro no se merecía sentirse así siempre. Estaba harto de ver a una persona con potencial y tan buena por dentro verse completamente destrozada por tonterías.

Odiaba ver a Mauro no disfrutar de la vida.

Cuando los pies de Iker tocaron el agua, Mauro ya iba por las rodillas. Y cuando Iker notó chocar el agua fría en la cadera, Mauro había metido la cabeza.

—Vaya, tenías ganas, ¿eh, Sirenita?

Mauro respondió salpicándole e Iker se la devolvió nadando con fuerza hacia él. Al llegar frente a frente, los dos se quedaron quietos, mojados, bajo el sol y entre la sal y el agua, que parecía que fuera lo único que los rodeara, como si el resto del mundo no importara.

—Estás bien —dijo Iker, aunque más que una pregunta fue una afirmación, a la cual Mauro respondió asintiendo con la cabeza.

Se veía precioso mojado.

Iker sonrió sin poder evitarlo. Sus manos fueron a acercarse sin querer —completamente sin querer, él no era consciente— poco a poco a la cadera de Mauro, como si quisiera retenerlo para siempre entre sus brazos.

Pero el hechizo se rompió. Alguien cayó sobre los hombros de Iker y le hizo ahogarse bajo el agua. Por suerte, entre el susto y los nervios, estuvo rápido en clavar los pies en la arena y hacer fuerza hacia arriba, consiguiendo así quitarse de encima a quien fuera que...

—Parce, sí que es duro usted —dijo Gael entre risas.

A su lado Oasis también sonreía y Andrés llegaba rápido dando brazadas.

¿Molestaba un integrante más en su familia? Gael no le había contado demasiadas cosas sobre su chico (supuso que ya lo era, porque no se habían separado en todo el día), aunque tenía constancia de que sí que se había abierto un poquito más con el resto de sus amigos que con él.

Se preguntaba cuál era el motivo de que uno de sus mejores

amigos no confiara y... de pronto se sintió bajo el agua. Ahora no era real, sino de un modo metafórico.

Era él.

Ese era su problema: él mismo.

¿Quizá Gael necesitaba a alguien que alentara sus anhelos? ¿Que le contara cómo es sentir y que no le juzgara por ello? Iker torció el gesto, contrariado, tratando de evitar ir por esos derroteros tan tóxicos. Pero era una posibilidad y quería hablarlo con Gael cuanto antes.

—¿Qué te pasa, maricón? —le preguntó Andrés con un gesto de la cabeza que hizo que todos le miraran de pronto.

—Nada —intentó disimular Iker rápidamente.

Después de eso chapotearon y jugaron con un balón inflable que habían encontrado por ahí, mientras entonaban la sintonía principal de la serie *H2O*. Como era de esperar, Iker fue el que más tantos le coló al equipo contrario, incluso fingiendo nadar como una verdadera sirena. Aunque lo importante era que todos sus problemas habían desaparecido de su cabeza, y era por tener a su familia cerca.

23

Blanca

—Nena, creo que voy a dejar el curro.

Se lo dijo así a Blanca, sin anestesia, mientras cenaban las sobras de la noche anterior.

—¿Qué ha pasado? ¿El puto jefe...?

Rocío negó con la cabeza, tratando de que su chica entendiera que no tenía nada que ver con causas externas o con las discusiones que había tenido con su jefe en esas últimas semanas.

—Quiero hacer cosas. —Se encogió de hombros—. Pero todavía no tengo ni idea de cuáles. Porque yo en verdad... Tía, no sé. Que voy para los treinta y no hago nada más que colocar mangas en una estantería y estoy hasta la pepitilla.

Según fue hablando, su tono de voz aumentó sin que pudiera controlarlo.

—Y vine aquí para otras cosas.

—¿Cuáles? Creo que nunca me has contado nada de eso —preguntó Blanca curiosa.

Rocío chasqueó la lengua.

—Son sueños frustrados, tía. No sé, Blanca, ya hace tiempo que no pienso en ellos.

—Yo curro en una heladería...

—Pero acabas de llegar —replicó Rocío—. Estás empezando una nueva vida. Siempre hay un lugar donde se empieza para despegar.

—Por segunda vez —la corrigió Blanca alzando una ceja, como si fuera un derrota.

—Eso da igual. —Rocío negó con la cabeza—. Lo que importa es que estás, no sé, pues empezando, ¿sabes? Pero yo... siento que he desaprovechado mi talento.

—¿Y cuál es tu excusa?

La mirada que Rocío lanzó a Blanca dejó a esta petrificada.

—No a malas, sino que quiero saber por qué lo dejaste.

—Ah, pues no sé. Te pones con una cosa, con otra... Un trabajo te lleva a otro para pagar el alquiler... Pero no es lo que quiero.

—¿Entonces?

Rocío suspiró. Blanca le tomó la mano.

—Yo quería ser actriz. Es una mierda porque es imposible, y más ahora.

—No digas eso. —Blanca no quería sonar derrotista, necesitaba animar a su chica. A decir verdad, sus ojos estaban bastante más apagados que de normal. Fuera lo que fuera que hubiera estado pensando esos días, había sido difícil de gestionar.

—Lo es, Blanca. Lo es. Es un mundo supercompetitivo y la verdad es que, aunque deje el curro... No lo voy a conseguir. Jamás.

Blanca puso los ojos en blanco, molesta. Y entonces carraspeó y atacó.

—¿Por qué te haces de menos? Tía, eres la puta Rocío. La Rocío que le saca una sonrisa a cualquiera y le sube el ánimo a todo el mundo. La Rocío de la que le hablo a todo dios porque eres fascinante. Sin ti no hubiera vuelto a Madrid. Tienes arte para todo, cualquier tontería que hagas es maravillosa, porque te entregas. No me jodas ahora con que no vas a conseguir algo, porque de todas las personas que conozco, si alguien se propone alcanzar sueños imposibles esa eres tú.

Rocío quedó visiblemente emocionada y trató por todos los medios de no romper a llorar, aunque en última instancia fue imposible cuando Blanca se levantó para abrazarla.

¿Qué más podía decirle para que no se rindiera? Odiaba ver así a su chica y más en un momento tan bueno como en el que se encontraban. No quería sonar egoísta, pero la felicidad de Rocío era también la suya. Necesitaba que estuviera bien para poder continuar construyendo un futuro juntas. Estaba segura de lo que sentía y de que ahora, por fin, nada ni nadie se interpondría en su camino.

Rocío negaba con la cabeza.

—No sé, no sé... —musitaba sin encontrar las palabras.

Blanca se puso de rodillas y le agarró la cara con las manos.

—Mírame, anda —le ordenó en un susurro. Cuando Rocío alzó la vista, vio sus ojos rebosantes de lágrimas—. Tienes un coño de aquí a Logroño, tía. Te puedes comer el mundo si te apetece ahora mismo. —Rocío rio, a su pesar—. Es que es verdad. Y me voy a terminar cabreando como no te lo creas.

24

Gael

Habían disfrutado de Ibiza como niños pequeños. La resaca había quedado en un segundo plano, aunque eso era porque el viaje tan solo acababa de comenzar. Gael no quería ni imaginarse cómo sobrevivirían a Grecia después de tantos días a un ritmo similar.

Pero ahora nada importaba.

La verdad es que no.

Solo sentía la brisa marítima golpear su cara y la mano de Oasis sujetando la suya. Contemplaban el horizonte sin decir nada, simplemente quietos, sentados sobre el poyete del castillo de Ibiza, el cual no les importaba, porque solo querían estar juntos.

Aunque todo estuviera rodeado de turistas o gente aguantándose las ganas de gritar por reconocer a Oasis, ellos se mantenían firmes en su posición con los ojos cerrados y el contacto estrecho de piel contra piel.

—¿No le molesta? —preguntó Gael al cabo de un rato.

Oasis supo perfectamente a lo que se refería.

—Es normal.

—Le sacarán fotografías. Todo el mundo sabrá...

El influencer apretó aún más sus manos, entrelazando con más fuerza sus dedos.

—Que lo sepan —dijo simplemente, con firmeza en su voz.

Durante media hora no se soltaron las manos. No lo hicieron hasta que el teléfono de Gael comenzó a vibrarle en el bolsillo. Frunció el ceño antes de cogerlo y, para responder, se levantó y se apartó un poco de Oasis.

—¿Luz?

Su abogada parecía seria, a juzgar por su tono de voz.

—Agosto, Gael. Necesito respuestas cuanto antes. Mira que lo estoy haciendo por ti, pero necesitas poner de tu parte... Estamos en un punto demasiado importante como para dejarlo pasar, ¿lo comprendes?

Gael cerró los ojos, de pronto mareado. Había ignorado con tanto ahínco su situación que era incapaz de sobrellevarla en medio de una cita romántica. Su primera cita romántica en tantísimo tiempo; su corazón se estaba descongelando y ahora su abogada lo había resquebrajado de nuevo.

—Claro —dijo simplemente el colombiano.

—Sé que es una situación incómoda, pero Gael... De verdad. Quiero lo mejor para ti. Bueno, para cualquiera de mis clientes. —Gael asintió en silencio—. Así que ponte las pilas, por favor. Te doy dos días para que me des una respuesta.

Y colgó.

Sin embargo, Gael se quedó con el teléfono en la oreja y se puso completamente de espaldas a Oasis, que lo miraba preocupado. Fingió continuar con la llamada unos minutos y luego regresó con él.

—¿Todo bien? —le preguntó Oasis.

Con usted sí. No quiero despertarme.

Gael asintió con la cabeza.

Son mis problemas. Yo los soluciono.

—Todo perfecto —respondió con una sonrisa.

25

Andrés

Era el momento de volver al crucero... de manera opcional. La idea era pasar una noche loca de fiesta en Ibiza. Ahora bien, ese dinero que les habían prometido aún no había llegado, y los ahorros de Andrés se encontraban muy cerca de ponerse de color rojo. Y a nadie con buen gusto le molaba el rojo.

No, definitivamente no estaba en su mejor momento.

—Oye —le dijo a Mauro en cuanto pasó por su lado—. ¿Cenamos en el barco y volvemos? ¿O qué vamos a hacer?

Mauro se encogió de hombros. Se encontraban en el puerto. Gael y Oasis habían desaparecido hacía un buen rato, mientras que ahora Iker estaba charlando animadamente con unos amigos. Bueno, o eso decía él. De hecho, le sonaba la cara de uno de ellos; juraría que era el DJ de la noche anterior.

—No tengo ni idea —confesó Mauro en cuanto se sentó junto a Andrés. Jugó con los pies en el suelo como si fuera un niño pequeño.

—Te molesta, ¿verdad?

Andrés lanzó una mirada a Iker, entre disimulada y demasiado evidente, para que Mauro supiera a lo que se refería.

—¿Por qué debería?

Le debía eso al menos: trataba de disimular, aunque fuera obvio para todo el mundo.

—Claro, nada, nada —trató de recular el rubio y luego cambió de tema—. ¿Cómo ves a Gael?

—Yo bastante bien. Oasis me cae bien —dijo Mauro con una sonrisa—. Es majo.

—La verdad es que me ha sorprendido... No es como que de la noche a la mañana nos vayamos a convertir en inseparables, pero creo que hacen muy buena pareja.

Mauro abrió los ojos sorprendido.

—¿Son novios?

—Nena —soltó Andrés, chasqueando los dedos—. Estás más en tus mundos de fantasía que la Aramís Fuster.

—¿Quién?

—La máxima autoridad mundial en materia de ocultismo. —Al ver que Mauro no captaba la referencia, recondujo la conversación—. Bueno, eso, que yo creo que ya son pareja oficial confirmada cien por cien real no fake.

—Puede ser... —dudó Mauro.

—Es evidente —afirmó Andrés. En su pecho sentía que su amigo había encontrado a alguien con quien era feliz, aunque... Aunque no quería pensar demasiado en la situación de irregularidad de Gael, pues parecía que fuera lo único capaz de estropear esa felicidad.

26

Iker

Pese a que Iker no se había recuperado aún de la noche anterior y estaba a punto de morir —de verdad que lo sentía, como si su cuerpo no pudiera soportar más estar vivo—, mucho menos se había recuperado de la pelea con Diego o por encontrarse con Jaume y su novio.

Y ahí los tenía.

Caminaba de la mano con su chico, Rubén, del cual Iker aún sentía en su interior que era una persona propia de un videojuego o algo similar. Era imposible que fuera tan exactamente su tipo de chico, físicamente hablando, como si sus sueños más húmedos se hubieran convertido en realidad. Los dos fueron directos hacia él en cuanto lo vieron entre tanta gente.

Iker se separó de sus amigos Mauro y Andrés.

—¿Has dormido algo? —fue lo primero que le preguntó Jaume en tono burlón—. Vaya ojeras tienes.

—Cabrón —dijo Iker sonriente. Y luego dirigió su mirada hacia Rubén—. No nos han presentado oficialmente... Soy Iker Gaitán, encantado.

Este fue a darle la mano cuando Rubén se acercó a darle dos besos.

—Somos maricones, amor —dijo mientras rozaba las mejillas de Iker con las suyas.

Al volver a su posición junto a Jaume, Iker se percató de que los dos lo miraban con una sonrisa a medias que parecía decir muchas cosas o ninguna, ya que estaba tan cansado que no sabía distinguir entre realidad y ficción. Igual eran solo imaginaciones suyas.

—Oye, no te ofendas, pero en serio tienes mala cara —insistió Jaume.

Iker soltó un sonoro suspiro, evidenciando así aún más su cansancio.

—No he dormido nada.

—¿Mala noche? ¿Mareos? Nunca te había visto con tantas ojeras —se burló el catalán, aunque frenó en seco en cuanto se dio cuenta de la mirada de Iker, que ya había escuchado suficientes bromas.

—Movidas... —comenzó este a explicarse—. En general. Aparte del drama de la piscina, claro. Y lo del puñetazo.

Jaume asintió con la boca abierta y miró a Rubén, como si hubieran hablado del tema sin saber y ahora comprendieran mejor la situación.

—Joder, mantienes el ritmo de la península, ¿eh, campeón?

—Ya me gustaría estar más tranquilo..., que encima esta noche, nuevo fiestón. En Ibiza nada menos, joder. No me lo puedo perder por nada del mundo. Mañana tocará dormir veinte horas como poco.

—Bueno, ya sabes que los DJ somos los reyes de la noche.

—¿A qué te refieres?

—Conoce a mucha gente en Ibiza —intervino Rubén—. Y bueno, yo no soy demasiado fan de su vida nocturna, pero no voy a negar que de vez en cuando no está mal.

Iker lo comprendió de pronto.

—Va, pero ¿el qué exactamente?

—Te lo enseño luego, después de cenar. O si quieres te doy el número de mi dealer.

—Le invitamos, no importa —dijo Rubén con una sonrisa—. Vamos a estar muchos días juntos en este puto crucero, estoy seguro de que tendremos tiempo de que nos devuelva el favor.

La verdad es que sus palabras no sonaron feas por cómo las dijo, cómo le comía con la mirada, cómo sonreía entre dientes. ¿Menos de dos días de viaje y ya le estaban proponiendo esas fantasías inconfesables que Jaume le había contado en Chueca?

—Hay tiempo de sobra —respondió Iker simplemente, guiñándoles un ojo.

27

Mauro

—Espero que no lo digas en serio.

Mauro estaba enfurruñado. La magnífica idea de Iker de aquella noche para hacer tiempo entre la cena y el inicio de la fiesta (que comenzaba algo más tarde de lo habitual, pasada la medianoche) era ir a un karaoke. ¡Un karaoke!

—Yo canto fatal, ya lo saben —había advertido Gael, pero para Andrés e Iker la idea era la mejor que hubieran tenido en mucho tiempo y no paraban de hablar sobre qué canciones elegirían.

—Ostras —dijo de pronto Iker mirando su teléfono. Puso una mueca que no traía buenas noticias—. Hoy os quedáis sin plan, porque...

Mostró el Google Maps a sus amigos: el karaoke más cercano estaba en la otra punta de la isla.

—Y la fiesta es en Ushuaïa, que está más cerca del puerto que esto... Así que nada. Pero vamos, que no os vais a librar, porque en el crucero hay un pedazo de escenario que os cagáis las patas y alguna noche os tocará escucharnos a Andrés y a mí entonar *Shallow*.

—Me dormí —se quejó Gael, aunque sonreía por haberse librado del mal trago de cantar delante de borrachos desconocidos.

—Bueno, también podemos cantar... ¿Cómo se llamaba, maricón? —le preguntó Iker a Andrés.

Este, para responder, hizo una pose exagerada y comenzó a cantar:

—*Porque desde que estás aquííí, aquí cerca de míííí.*

—Esa es de Amaia —saltó Mauro chasqueando los dedos, muy seguro de su conocimiento musical.

Iker y Andrés comenzaron a reírse.

—¡Aitana! —exclamaron al unísono.

Después de eso los amigos se miraron con complicidad. Había momentos mágicos como aquel, en los que seguía habiendo buen rollo, el mismo que siempre habían tenido y disfrutado. Y ahora estaban en una maldita isla a punto de romper la noche, en la primera parada del crucero gay más grande del mundo.

Si alguien le hubiera dicho a Mauro que ese era el futuro que le esperaba cuando había tomado la decisión de mudarse a Madrid, se habría reído en su cara. ¿Quién se lo podría imaginar? Tenía al lado a Iker, el hombre que mejor olía del mundo y en quien no dejaba de pensar; y ya con eso, honestamente, parecía más que suficiente.

—Pues nada, vamos tirando entonces —anunció Iker, de nuevo comprobando el mapa de Ibiza en el teléfono.

—Tengo muchas ganas —dijo Gael.

Y en verdad todos las tenían. Ushuaïa era probablemente la discoteca más distinguida de toda la isla y, como La Veneno, era conocida mundial. No solo iba gente adinerada para gastarse cantidades ingentes en copas, sino celebrities de la talla de Paris Hilton o David Guetta, por lo que las expectativas estaban por las nubes.

—Por otra noche loca más a vuestro lado. —Iker hizo un brindis invisible con la mano vacía.

Todos fingieron beber de su copa y luego estallaron en carcajadas.

Al llegar, los cuatro amigos se dieron cuenta de que aquella discoteca había sido el destino elegido por casi todos los que iban a bordo del crucero, pues reconocían a quienes ya bailaban y pedían copas en la barra.

—Joder —susurró Andrés—. Me va a tocar encontrarme con...

—No le des vueltas —lo detuvo Mauro e incluso le puso la mano en el pecho al rubio—. Tú a tu bola, ¿vale? No quiero que te rayes por cosas que puedan o no pasar.

—Y si nos lo encontramos... —dijo Iker amenazante, apretando los puños y fingiendo golpear una pared invisible.

Andrés soltó un suspiro aliviado, aunque no parecía del todo convencido. Sin embargo, los amigos caminaron entre la gente hasta llegar a la barra y pedirse las primeras bebidas, para luego hacerse un hueco entre varios grupos de personas muy cerquita de la piscina, a la cual ahora Mauro temería más que nunca después de la noche anterior.

Sin darse cuenta, y por estar pensando en ello, le lanzó una mirada a Iker, que le devolvía la mirada. Ambos la apartaron con rapidez, y Mauro se sintió desmayado.

Y luego bailaron. Y rieron y charlaron.

De pronto, cuando Mauro se encontraba intentando perrear con Gael una canción de Bad Bunny sobre un tití que le preguntaba no-sé-qué, alguien le puso la mano sobre el hombro. Así que Mauro se detuvo sorprendido y Gael también; le abrió paso, mirando al hombre que ahora confrontaba el pueblerino con el ceño fruncido.

—Llevo un rato mirándote —le dijo el desconocido, sereno.

Era un hombre mayor. Rondaría los cincuenta aproximadamente, todo el cabello blanco, incluso el de la barba. Le hacía parecer atractivo, como si estuviera completamente teñido. Era alto, más que Mauro, y llevaba una camiseta ceñida que dejaba entrever su no tan escultural cuerpo. Unas cadenas de oro finas le rodeaban el cuello, en su muñeca reposaba un reloj lujoso y llevaba puestas gafas de sol de esas que solo se ven en supermodelos.

—¿Cómo estás? —El hombre sonrió.

Mauro no supo qué contestar. Se volvió hacia sus amigos consultándoles con la mirada, pero ninguno pareció ayudarle demasiado. A Iker estaba claro que la situación no le molaba demasiado, Gael parecía divertido y Andrés en ese momento se encontraba distraído mientras hablaba con un chico moreno.

—Bien, bailando con mis amigos —respondió Mauro algo seco.

La mano de aquel señor no se despegaba del hombro de Mauro, algo que le empezó a incomodar, y este se dio cuenta.

—Disculpa. ¿Quieres tomar algo? —Mauro miró su cubata casi vacío y le pegó un trago para terminar lo que quedaba. Luego se encogió de hombros y asintió con la cabeza—. Pues vamos.

De camino a la barra, el hombre no dijo nada más que su nombre y solo le sonreía. Mauro no sabía por qué actuaba de esa manera. ¿Estaba ligando? ¿CON UN SEÑOR?

No entiendo qué está pasando.

—¿Qué tomas?

—Lo que sea —respondió Mauro, dejándose llevar. Tenía miedo de que el señor no le fuera a invitar por ser demasiado tiquismiquis, así que había optado por arriesgarse.

Mientras Rafael —así se llamaba— pedía las bebidas, Mauro no pudo evitar volverse y buscar a Iker con la mirada. No quería que se enfadara y lo que estaba sintiendo en la boca del estómago era terrible. Tenía demasiadas preguntas en la cabeza: ¿Iker tenía derecho a enfadarse? Si le sentaba mal aquello, ¿a qué se debía? ¿Realmente a Mauro le gustaba ese viejito? ¿Por qué dejaba que le pagara una copa?

De pronto tuvo miedo de que le drogaran como en Barcelona, así que se acercó raudo a la barra para ver cómo vertían el alcohol y la mezcla en su cubata. Vio que todo estaba correcto y Rafael le entregó la bebida.

Le guiñó un ojo.

—Disfrútala. ¿Vamos por allá? —Le señaló un lugar apartado, lleno de gente, claro, como el resto de la discoteca, pero bastante alejado de donde estaba su grupo de amigos.

Volvió a mirar hacia ellos y ahora, de forma misteriosa, ninguno se encontraba ahí. Vio cómo Iker caminaba entre la gente, Andrés marchaba de la mano con un chico y de Gael... no había señales. ¿Cómo habían podido separarse tan rápido?

Joder. Me han dejado solo.

Pero Mauro miró al hombre y no, no lo estaba. Aunque la situación era extraña y jamás había vivido algo similar, no le daba malas vibraciones, así que cogió aire y sacó una sonrisa.

—Claro.

Con eso, Mauro se adentró entre la gente a pasar la noche con un hombre misterioso.

Y había una parte de él que estaba... disfrutando.

28

Iker

Mauro es gilipollas.
No, tú eres gilipollas.

Iker se debatía entre correr detrás de su amigo y advertirle de lo que estaba pasando o seguir a su bola. Al fin y al cabo, ¿qué eran? ¡Si no eran nada! Ese beso no había significado nada en absoluto, ni que hubieran dormido juntos esa noche en el sofá... Eran cosas normales de amigos y como no lo habían hablado, Iker decidió que eso serían: amigos.

A tomar por culo.

Cuando volvió a conectar con su cuerpo después de pensar para sí mismo, se percató de que Andrés estaba a punto de largarse también.

—¿Qué hace la marica? —le preguntó entonces Gael.

Iker se acercó para hablarle al oído.

—Ni idea.

Ambos vieron cómo Andrés ligaba (¡Andrés ligando!) con un chico moreno con el que parecía tener complicidad. No escuchaban bien qué decían exactamente, pero este parecía pedirle perdón por algo. Finalmente, Andrés relajó los hombros y les dijo:

—Ahora vengo.

Y se piró.

—Me quedo muerta —dijo Iker medio riendo.

Lo que no sabía es que iba a ser tal cual. Justo por el hueco que dejaba Andrés con aquel chico, aparecía un hombre. Tenía la cara roja, todavía lastimada de la noche anterior. Aun así, no parecía avergonzado por ello y mantenía la cabeza bien alta.

Sus ojos se cruzaron.

Diego se detuvo, dejando pasar a gente por su lado. Iker no iba a apartar la mirada, tenía demasiada rabia encima como para hacerle ver que ganaría esa batalla silenciosa.

Entonces Diego le sonrió con malicia y le hizo un escueto gesto con la cabeza. «Ven. Hablemos».

Iker no supo qué hacer más que beber de su copa. Buscó el apoyo de Gael y... no estaba. Había desaparecido.

Así que con tal de no pensar en Mauro haciendo a saber qué con un sugar daddy cincuentón, siguió a Diego entre la multitud.

29

Gael

No tenía ni idea de cómo había llegado hasta ahí, pero los sillones eran comodísimos.

En un momento en que Iker parecía embobado mirando a la nada, Oasis había aparecido por detrás de Gael para cogerle de la cintura y arrastrarlo —literalmente— a uno de los reservados más pijos que jamás hubiera visto el colombiano en su vida.

Estaba junto a la piscina y había menos ruido, pero se encontraban separados del resto de la gente. Menos agobio, menos calor y, sobre todo, una fiesta distinta.

Sobre la mesa había bolsos y iPhones de todos los tamaños y colores, botellas de cava, una cubitera y alguna pastilla medio rota o hecha polvo.

—Ustedes van al doscientos por cien, ¿cierto? —bromeó Gael. Su intención era decírselo a Oasis, que estaba a su lado, pero una de las influencers se rio a carcajadas y le puso la mano sobre la pierna. Tenía las pupilas tan dilatadas que sus iris parecían negros.

—¡Ibiza, a disfrutar! —gritó mientras alzaba los brazos.

Todos gritaron y aplaudieron.

Gael se volvió hacia Oasis, quien lo recibía con una sonrisa y algo en la mano.

—¿Quieres? Te lo echo en la copa, sin problema.

El colombiano no supo cómo reaccionar. Había estado un tiempo alejado del mundo de la noche nocivo y tóxico, aunque le hubiera tocado consumir por su trabajo en España. Drogarse para pasarlo bien en plenas vacaciones junto al chico que le gustaba era algo muy distinto. ¿Y si lo estropeaba todo? ¿Y si se iba de madre?

No supo qué responder, se quedó totalmente pillado.

—Venga, vamos —le dijo Oasis después de ofrecerle un vaso y verter el polvo blanco en él. Lo removió con su propio dedo y se lo chupó sin romper el contacto visual.

De pronto, Gael sintió su entrepierna revolucionada.

—Idiota —susurró este, y Oasis se rio.

Brindaron con sus copas y bebieron un largo trago. Oasis lo rodeó por detrás y le besó en la mejilla, algo que hizo que Gael se pusiera rígido.

—No pasa nada. Hay hasta seguridad —le dijo el influencer al oído.

Y era verdad. No se había dado cuenta hasta ahora, pero había un par de hombres de dos por dos con walkie-talkies en la cadera y los brazos cruzados.

—Usted vive otra vida, esto no puede ser real.

Oasis se encogió de hombros.

—Antes no me gustaba, ¿sabes? Y ha sido muy complicado con el anonimato y todo esto, pero contigo... Me apetece compartirla, contártelo todo. Lo de que no me solía drogar era de verdad, quiero que lo sepas. Pero un verano es un verano, ¿no? Y soy joven. Si no es ahora, ¿cuándo? Hashtag: fluye.

La forma en la que Oasis le hablaba y le miraba, cómo con cada pequeña pausa se mordía el labio inferior como si fueran irresistibles el uno para el otro, el alcohol en su sistema, el sentirse tan especial junto a alguien y que pareciera recíproco...

Todo eso hizo que Gael se liberara de tensiones y aceptara fluir sin importar las consecuencias; eso sí, mientras estuviera Oasis a su lado. Era como su ancla en medio de una tormenta en alta mar.

Y no parecía que tuviera intenciones de separarse, porque de pronto su mano viajó hasta su paquete y lo tocó.

—Necesito que me lo vuelvas a dar —le dijo el influencer en un susurro que volvió loco a Gael.

Este no pudo reprimir su instinto y con la ayuda de su otra mano, apretó la de Oasis contra sus partes íntimas, cerciorándose de añadir un poco de movimiento para que los dedos presionaran bien su miembro a través de la tela.

—Déjela ahí —añadió en voz baja, demandante.

Oasis tragó saliva tan fuerte que se escuchó.

—Nos van a ver —se medio quejó este, pero sin hacer ningún esfuerzo en quitarla, sino que siguió un poco con el juego de manosear delante de todo el mundo.

—Mejor —aseguró Gael—. Aunque nadie nos para bolas.

Cada persona que allí presente estaba en medio de una conversación con alguien, mirando el teléfono o bailando. Literalmente nadie les estaba prestando atención y, tras confirmarlo durante unos segundos, Gael volvió a forzar la mano de Oasis contra su paquete. Ahora más fuerte, con más movimiento. Ante eso, ambos soltaron el aire que contenían sus pulmones con un quejido debido a la excitación.

—Se está despertando —murmuró Oasis. Cambió de postura a una más cómoda y disimulada, pero en breves instantes la erección de Gael sería un pequeño gran problema.

—Usted siga y cállese.

Gael no supo de dónde salía aquella faceta suya; siempre había sido más bien sencillo en cuanto a ese tipo de experimentos y, sobre todo, sin querer llamar la atención en público. Sin embargo, con Oasis todo estaba lleno de primeras veces. Ah, y podía ser que la droga le estuviera afectando más de la cuenta, aunque sentía la cabeza sobre sus hombros.

Pero era como si no pudiera controlar sus instintos.

La mano de Oasis continuó masajeando de manera cada vez menos disimulada. Gael comenzó a sentir el pene cada vez más aprisionado y caliente mientras crecía bajo el calzoncillo. Ahora Oasis debía estirar más los dedos para tapar la erección, haciendo el movimiento más horizontal, centrándose en la base. No alcanzaba con una sola mano.

—No puedo —dijo.

Se miraron durante unos instantes, en los que compartieron excitación, morbo y peligro. Se besaron brevemente, un pico suave, y luego Oasis se apoyó más sobre el colombiano para taparlo con el cuerpo y disimular el movimiento, apoyado sobre el codo, como si estuviera estirándose para alcanzar algo en la mesa. Disimuló bastante bien, medio tumbado, pero aprovechó esos segundos de distracción para, hábilmente, conseguir que la punta del pene de Gael quedase libre por encima de la costura del pantalón. Eso hizo que el colombiano temblara y mirara alrededor, petrificado.

Cuando Oasis se volvió con una sonrisa malévola, descubriendo por completo a Gael y dejándole a la vista de todos, le preguntó:

—¿Demasiado para ti?

Gael se rio y se mordió el labio. Con la ayuda de sus talones se deslizó un poco sobre el sofá para que su cadera quedara ahora más plana y accesible. No había demasiada luz, eso jugaba a su favor. Ahora, un par de las amigas influencers de Oasis se habían marchado y quedaba cada vez menos gente. Un camarero apareció de pronto. Echó un rápido vistazo a la situación y clavó la mirada en la mesa para evitar hacerlo durante más tiempo del debido.

—¿Hace falta algo?

Oasis asintió con la cabeza.

—Sería genial una manta o algo, a veces corre vientecito y hace fresco.

El camarero asintió sin hacer más preguntas. Era habitual que en terrazas de ese estilo dieran mantas para taparse, especialmente si se abrían en época invernal, pero desde luego que no hacía ni pizca de frío. Aun así, el camarero estaba ahí para complacer peticiones absurdas a clientes absurdamente ricos, así que trajo la manta en cuestión de segundos sin decir ni una palabra.

Aunque Gael estaba cómodo en esa postura, sabía que para continuar con el disimulo no tan disimulado (empezaba a ser evidente lo que estaba pasando, y más lo sería ahora con una maldita manta a treinta grados), se recolocó apoyando el pie en el sofá. Oasis lanzó la manta sobre ellos y se cubrió la rodilla, que ahora funcionaba como una tienda de campaña perfecta, ideal para ocultar su mano, que no tardó ni un segundo en estar entre la manta y el miembro erecto de Gael.

Los dedos del influencer, de nuevo demostrando su increíble habilidad, recorrieron con cuidado la punta ya liberada para guiarse. Consiguió abrir la cremallera, la bajó y luego el calzoncillo, consiguiendo que ahora todo Gael estuviera clamando libertad.

—Uff, me voy a volver loco —dijo este en un susurro mientras cerraba los ojos.

—Lo sé.

La mano de Oasis continuó explorando. Primero fue hacia los testículos, con cuidado. Debían ser cautos con los movimientos, pero la situación generaba tanto morbo que cualquier pequeño roce era más que suficiente para sentirlo como el mayor de los placeres. Gael sabía que estaba a punto de despegar; la cabeza se preparaba para volar.

Gael tragó saliva cuando Oasis le agarró por fin la erección, con fuerza, como si no quisiera soltarla nunca más. Y comenzó con movimientos lentos, arriba y abajo, disfrutando del tacto. Ambos acompasaron sus respiraciones a un mismo ritmo. El calor bajo la manta era inconmensurable. Oasis sabía perfectamente lo que hacía. Gael quería explotar ahí mismo. Había que disimular bien. Era una locura. Puro fuego. Pasión.

La erección del colombiano estaba alcanzando nuevas realidades, texturas y durezas. Demasiado morbo y una situación peligrosa: ¿qué pasaba si alguien grababa? ¿Y si las personas de seguridad se percataban de lo que sucedía bajo la manta y los expulsaban?

Pero no importó nada cuando Oasis aumentó a la par el tempo y la presión. Aunque solo una mano no era suficiente para rodear por completo el miembro de Gael, las terminaciones nerviosas parecían estar hipersensibles en ese instante; cada mínimo movimiento, aunque fuera milimétrico, era una onda de placer que recorría su cuerpo al completo.

—No se detenga —le dijo Gael como pudo, con la respiración entrecortada, agarrándose a las costuras de los cojines del sofá.

Oasis se acercó un poco más para corregir su postura. Le ardía la mano y no paraba ni un segundo. Aunque eran movimientos lentos, Gael sentía más adrenalina que en toda su vida.

—¿Te vas a correr? —le susurró Oasis al oído.

Gael negó con la cabeza, aunque no muy seguro. Él tenía bastante aguante, pero notaba unos pinchazos recorrerle las ingles, como si necesitara estallar. Por un momento temió empaparse ahí, delante de todos. ¿Cómo fingiría que no estaba pasando nada, sin gemir o gritar de placer?

—Entonces lo estoy haciendo mal —dijo el influencer, de nuevo con esa sonrisa malévola de medio lado pintada en la cara, disfrutando de su maldad.

Aumentó un poco el ritmo de nuevo, para lo que Oasis tuvo que alzar un poco más la rodilla. El movimiento bajo la manta ya era demasiado evidente. Era obvio lo que estaba sucediendo, en cualquier momento tendrían que parar.

—Dámelo —le decía Oasis al oído.

No. Concéntrese. Aguante.

—Venga —insistió.

La forma en la que Oasis le masturbaba ahora era endiabladamente deliciosa. Gael se preguntó cómo alguien era capaz de hacerlo tan bien en esa postura tan incómoda y, sin embargo, sentía todo su cuerpo atento a ese punto central, como si nada más importara en ese momento.

Flotaba.

—No se lo puedo dar acá —dijo Gael al cabo de unos segundos, cuando se rindió ante la evidencia: no iba a tardar en correrse, estaba sobreexcitado.

Oasis hizo una pausa de unos segundos, aunque no separó los dedos del pene de Gael.

—¿Entonces?

Por primera vez desde que empezaron, el colombiano introdujo su mano debajo de la manta. Agarró los dedos de Oasis y jugó con fuego durante unos segundos, induciéndole a que este agarrara la base y él, el resto que quedaba libre. Acompasaron el movimiento, pero no lo pudo soportar demasiado, pues Gael sintió que así se vendría en cualquier instante. Agarró de nuevo la mano de Oasis para apartarla, se colocó el miembro en una posición estratégica y subió como pudo la cremallera. Lanzó la manta de cualquier forma a un lateral y se levantó.

Oasis lo miraba perplejo.

—Vayámonos a otra parte. Ya. Y se lo doy —le dijo Gael con urgencia en la voz.

Se cogieron de la mano y buscaron ávidos dónde se encontraban los servicios más cercanos. No era la mejor opción, pero en tiempos de necesidad...

Literalmente corrieron hacia allí sin dar explicaciones. Gael notaba su dureza clavada contra el ombligo, apretada por la cintura del pantalón. Las palmas de Oasis resbalaban. Encontraron varios cubículos vacíos, pero eligieron el del final, el más alejado de todos. La música se escuchaba ahora más amortiguada, como si estuvieran en una escena de drogas de una película.

Al llegar, Oasis cerró con el pestillo y se agachó sin que Gael pudiera detenerlo. Lo hizo todo en un segundo: quitarse la camiseta y dejarla sobre la taza cerrada, ponerse de rodillas y sacar la lengua.

—¿Ahí la va a querer? —Y Oasis asintió.

Gael liberó su miembro con dificultad. pero una vez estuvo fuera comenzó a masajearlo con ansia. Había perdido algo de fuerza y la recuperó en cuestión de segundos. La agarró con ambas manos, como a él le gustaba, disfrutando de toda su anchura y largura. Golpeaba tan fuerte que lo notaba en la pelvis; los testículos apretados a punto de explotar por la tensión del calzoncillo. Oasis parecía estar en todo y se los bajó con fuerza hasta las rodillas, arrastrando el pantalón por el camino. Ahora Gael gimió al sentirse liberado.

El influencer cerró los ojos. Verlo así era como un sueño. Totalmente a su merced, cachondísimo, con esos músculos y todos esos tatuajes que cubrían la totalidad de su cuerpo. Era tan condenadamente sexy.

Gael empezó a sudar. Notaba las gotas caerle por la cara. Una salpicó contra la clavícula de Oasis, lo que hizo que sacara aún más la lengua.

—Qué rico —murmuró, provocando que Gael aumentara el ritmo y apretara los diez dedos con fuerza, deseando explotar de una vez por todas.

Abrió los ojos. Estaba llegando. Quería verlo. Nada le pondría más cachondo en ese momento.

Comenzó a notar una quemazón en el glande, luego pinchazos en las piernas, muslos y, de nuevo, en las ingles. Empezó a notar la visión borrosa y el sudor ya no le importaba, sino que formaba parte de él. Sus dedos se debilitaron y cuando el primer chorro salió despedido a la cara de Oasis, perdió de vista los siguientes.

Y empezó a temblar. Tuvo que agarrarse como pudo al dispensador de papel higiénico porque se iba a desmayar. Oasis le había sorprendido y ahora se ahogaba contra su pene mientras Gael se corría como nunca en su vida, a la par que masajeaba sus huevos.

Me voy a desmayar.

Gritó.

No pudo evitarlo. La lengua de Oasis jugaba un papel demasiado importante rodeándole el glande, extrayendo hasta la última gota de su esencia, mientras se forzaba a llegar a la base. Qué importaba asfixiarse en ese momento.

Dios. Dios. Dios.

Al cabo de unos segundos, Gael volvió en sí. Oasis continuaba pegado a él y este lo apartó gentilmente con la mano. En los ojos del influencer se reflejaba una clara sensación: morbo. Tenía la boca abierta, pero ahora por cansancio. Respiraba con fuerza.

—Joder —fue lo único que dijo.

—Joder —corroboró Gael.

Se quedaron ahí plantados unos minutos, mirándose a los ojos. Aún había un rastro de gotas sobre la cara de Oasis, pero no parecían molestarle. El pene de Gael fue volviendo a su estado de flacidez, aunque la situación continuaba siendo excitante: no se le bajaría tan fácilmente.

—Estás loco —se medio rio el colombiano, señalando el rastro de semen.

Oasis volvió a utilizar su media sonrisa diabólica, se puso de pie y se acercó demasiado. Tanto que sus narices se tocaron. Se fundieron en un beso apasionado y Gael volvió a sentir el miembro duro, como un resorte.

No puede ser. Nunca me pasó esto.

La mano de Oasis fue a buscarlo con velocidad, lo rodeó con los dedos y comenzó a masajearlo de nuevo. El calor era horrible. El morbo también.

Gael no hizo nada por evitar que, pese al pequeño atisbo de dolor y la hipersensibilidad de su miembro, Oasis continuara con la masturbación. Era como si nada fuera suficiente.

—La puta droga me hace querer más —le contó entonces Oasis, y comprendió pues a qué venían tantísimas ganas de comerse el mundo.

O, mejor dicho, de comerse a su chico.

QUÉ.

Su chico.

Su. Chico.

¿Lo eran?

Qué importaba ahora, ¿no?

Lo siguiente en lo que pudo pensar Gael era que necesitaba volver a correrse. Fuera como fuera, en el lugar que fuera, en la situación que fuera, pero aquello debía continuar.

Y lo hizo. Vaya si lo hizo.

Gael jamás pensó que su primera vez en Ibiza sería también la primera vez de tantas otras cosas. Y la noche solo acababa de comenzar.

30

Andrés

No quería abandonar así a sus amigos y se sentía un completo imbécil por repetir las actitudes que siempre le habían molestado tanto de Iker, pero es que Adonay lo había pillado por
banda.

Ahora se encontraban charlando al lado de una de las barras de
la discoteca. No parecía existir la misma química que la noche
anterior, aunque Andrés no se sentía para nada incómodo charlando con él.

—De verdad que lo siento mucho, me di cuenta horas después...
Vamos, que casi ni llego a visitar la isla.

—¿Hasta qué hora dormiste, maricón?

—No quieras saberlo —replicó Adonay riéndose.

Andrés esbozó una sonrisa, pero la situación no era tan graciosa. Así que se quedaron mirándose el uno al otro durante unos
segundos.

—Y bueno, ¿cuál es el plan de esta noche? —preguntó finalmente Ado—. Veo demasiada droga...

Andrés puso los ojos en blanco. Era verdad. Casi no estaba
acostumbrado a ese tipo de ritmo en cuanto a fiestas. Si por él
fuera, se quedaría viendo películas —y era lo que casi siempre hacía—, pero había algo en su interior que gritaba querer romper con
las convenciones que él mismo se había impuesto. Entonces sí, aho-

ra quería disfrutar un poco más de las noches, pero no, el tema de consumir sustancias no iba para nada con él.

—Es fuerte. Lo que no entiendo es cómo pasan los controles.

—Hay camellos aquí.

—Parece ser que en todos lados, well...

Continuaron charlando durante un rato sobre el ambiente, el lugar y el clima. Era fácil hablar con él, aunque a cada minuto que pasaba, Andrés iba notando que su interés en Adonay disminuía. ¿Qué estaba pasando?

Ah, claro.

El fuego en su mirada se había perdido, era como si ahora fueran los mejores amigos pese a haberse estado enrollando la noche anterior. ¿En serio era esto lo que pasaba si no se terminaba de consumar la situación? Andrés no podía creerlo; era imposible que así fuera. Quizá hubiera algún motivo más para haber perdido el interés.

—Bueno, voy un ratito con mis amigos, ¿vale? Van a estar preguntándose qué narices ando haciendo —le dijo de pronto Ado mientras Andrés estaba inmerso en su torrente de pensamientos.

Se dieron dos besos en las mejillas como despedida y no pasó demasiado tiempo hasta que Andrés puso los ojos como platos al recordar que no tenía ni idea de dónde estaban los suyos. Al marcharse, había dejado a Gael... No, a Iker... ¿O era Mauro...?

Ostras, ninguno de ellos. Estaba solo.

Y como por arte de magia, se le acercaron un grupo de tres chicas corriendo, emocionadas.

—¡Buah, es que eres monísimo!

—Te he dicho que se parecía de lejos a Carlos, ¡son clavados!

—Qué va, tía, este es más guapo y rubio, o sea, mírale los labios. Me muero y me quedo muerta.

—Carlos es guapísimo, ¿eh? No te ofendas —le dijo entonces directamente una de ellas.

—Porque no eres Carlos, ¿a que no? —La pregunta venía de otra amiga, la más alta de todas, que vestía un top de punto y una falda tan corta que parecía anecdótica.

—Soy Andrés —respondió este confundido.

—¡Ay, qué mono!

Andrés no supo quién narices decía qué, porque tenían la misma voz, el mismo peinado, la misma ropa. Eran clones las unas de las otras.

—De verdad que no me puedo creer la de gays que hay aquí.

—Estáis todos buenísimos.

—Qué pena que estoy soltera en un sitio como este...

—Pero ¿desde cuándo en Ibiza no podemos ligar las hetero?

—¡Tía, no digas esa palabra! ¡Está prohibida!

—Pero lo somos, ¿no?

—Esta noche seremos lo que surja. Con el Jäger Red Bull sí que me dan alas.

—Del infierno, será. Con eso poto, tía.

—Bueno, vamos a dejar que nos hable Carlos 2.0. ¡Si es monísimo!

—¿Te gusta Taburete?

Andrés tuvo que tomar aire durante un segundo antes de responder. Era la primera vez que le dejaban una pausa real para decir algo y parecía una pregunta muy importante para ellas, pues tenían los ojos abiertos, expectantes y vidriosos, deseando que se declarara el fan número uno del grupo de cayetanos por excelencia.

No pudo evitar una mueca al responder:

—No sé.

—Has puesto cara de asco, pero no te preocupes, si lo decía porque está por aquí de fiesta mi Willy. Ay, mi Willy, mi Willy...

Se refería al cantante del grupo, el hijo del infame Bárcenas y por el cual babeaban miles de personas, algo que Andrés nunca había podido comprender. Recordó una frase sabía que siempre rondaba su mente: aunque estés en mala racha, no te folles a un facha.

—¿Y cómo os llamáis? —preguntó Andrés, rindiéndose ante la evidencia de que aquellas mariliendres le acompañarían un buen rato quisiera él o no.

—Sara, Luna y Caye.

Me tienes que estar vacilando.

—¿Caye de Cayetana?

La chica en cuestión asintió. Era la más normal del grupo, no destacaba para nada porque era la única sin maquillaje.

—Nunca he conocido a nadie que se llamara Caye —admitió Andrés, sorprendido.

—Ahora te he cambiado la vida, Carlos 2.0. Y nos toca dar una putivuelta, ¿te vienes?

El brazo de la chica más alta se acercó al de Andrés, y este no tuvo reparos en enlazar el codo con el de ella para caminar en formación entre tantísimo hombre guapo, alto y musculoso.

¿Qué podía salir mal? No tenía un plan mejor.

Y se dispusieron a descubrir Ushuaïa.

31

Rocío

—Tía, estoy flipando.

Blanca se acercó. Las dos se encontraban tomando algo en una terraza en Pedro Zerolo, que hacía un mes había estado hasta los topes debido al Orgullo. Ellas en primera fila, por supuesto, para ver a Chanel. Lo de que Rocío se había convertido en su fan número uno era verídico. Verla dar el Pregón le había costado un pequeño esguince, pero había merecido la pena.

—¿Qué pasa?

El teléfono de Rocío estaba desbloqueado y mostraba un documento en PDF. Se trataba de su nómina de ese mes. Ya era oficial, había dejado el trabajo; en cuestión de horas se había decidido, no quería perder el tiempo más de lo que ya lo había hecho.

—No puede ser.

—Hombre, llevo unos cuantos años...

Pero la cantidad reflejada en aquel archivo era mucho más de lo que cualquiera de las dos se hubiera imaginado.

—¿Tanto me corresponde de finiquito? —Rocío se había quedado completamente sorprendida. Según fue asumiendo que en unos días recibiría esa cantidad en la cuenta, sintió que toda la tensión acumulada iba desapareciendo de sus hombros y que se iba desentumeciendo poco a poco, como si una nueva Rocío comenzara a aflorar—. Con esto podemos... Nada, es una locura, tía.

Blanca frunció el ceño, bebió de su cerveza y colocó una mano sobre el muslo de Rocío.

—No hay mejor momento para cometer locuras que ahora.

Ante eso, Rocío bufó.

—Tía, ¿qué te pasa? ¿*Cometer*? ¿Quién eres? ¿Shakespeare?

Las dos se rieron, aunque Blanca estaba esperando su momento para decir algo. Rocío la miró a los ojos, expectante.

—Lo digo en serio. ¿Qué has pensado?

Rocío llevaba unos días dándole vueltas a esa idea. Contaba con que si dejaba el trabajo tendría un buen finiquito, al menos dos mil euros, pero no aquella cantidad... Y eso hacía que las posibilidades de su aventura se volviesen más reales que nunca.

Tragó saliva y se lo contó a Blanca.

Ella no se lo pensó ni un segundo. Aceptó.

32

Mauro

Aquel señor no bailaba demasiado. Mauro se preguntaba si podía. ¿Sufría de ciática? ¿O qué edad tendría realmente? A decir verdad, no habían hablado mucho; era como si aquel señor solo quisiera charlar de vez en cuando, cada tres o cuatro canciones... Mauro lo había cronometrado. Eso sí, no se sentía incómodo a su lado y, en realidad, le venía bien que le pagara alguna que otra copa en aquel lugar.

Cuando al cabo de un rato Rafael se acercó un poco más a Mauro, rozándole la cintura con la mano, este se preguntó si quería que pasara algo.

Sexo. Con ese señor.

¿Sería posible?

El mundo de Mauro comenzó a girar. Solo había mantenido relaciones sexuales con Héctor, las cuales habían conseguido abrirle la mente y que comprendiera lo equivocado que había estado con todo el tema de la virginidad. Era un invento, ¿verdad? Qué más daba.

Y qué más daba en aquel momento todo eso.

La mano de Rafael continuaba sobre su cadera y al ver que Mauro no la había rechazado, se había acomodado. El hombre se acercó un poco más con una sonrisa de medio lado.

—Eres como un osito —le dijo. Por la forma en la que pronunció aquellas palabras y su mirada, Mauro no lo interpretó como un ataque, sino como algo incluso cariñoso, así que sonrió.

—Gracias —replicó escuetamente.

¿Tengo que devolver el piropo? ¡Es un señor!

Pero el siguiente paso lo dio él, aproximándose más y más a Mauro, hasta cerrar los ojos y buscarle con un beso. Fue un pico, el primer acercamiento, con el que debía de asentar las bases, tener cuidado. Mauro no sintió nada, a diferencia de lo que había sentido cuando besó a Iker.

Iker.

Iker.

Iker.

Ay, madre mía. Se preguntó dónde se encontraría y si estaría bien. Quizá pasar la noche con Rafael no estaba siendo la mejor idea, pues no quería que ni Iker ni ninguno de sus amigos se enfadara.

De pronto, Mauro se imaginó a Iker enrollándose con alguien. Con quien fuera, daba igual. Allí había demasiados hombres como él: altos, musculados. Entre ellos se atraían como imanes, porque parecían tener algún tipo de morbo turbio por tirarse a sus versiones idénticas. Alguna vez había leído algo del estilo en internet.

Mauro trató de concentrarse en el presente. Rafael lo miraba como si el siguiente paso tuviera que darlo él, lo cual era lógico en cierto modo. Sin embargo, antes de eso, necesitaba aclarar un poco las ideas.

—Voy al baño un momento, enseguida vuelvo —le anunció al señor. Este asintió con la cabeza, normal.

Bien, no le molesta.

Ya en el baño, Mauro escuchó ruido proveniente del fondo. Aspavientos, bufidos, rugidos. ¿Qué había ahí, un puto animal? No quiso acercarse demasiado, aunque... Vale, sí, por la parte de abajo se veían pies. Dos pares de pies. Decidió hacer oídos sordos y meterse en uno de los cubículos. Sacó el teléfono para hablar por el chat grupal.

> **MAURO**
> Chicos
> Dónde estáis?
> Nos hemos perdido todos o qué? 🫥

Pasaron un par de minutos en lo que Mauro orinó y se apoyó contra la pared, esperando respuesta. Una sensación de soledad comenzó a recorrerle el pecho y pensó en Rafael, aguardándole.

> **IKER**
> Todo bien
> Tú?
> El resto?

> **MAURO**
> En el baño

> **ANDRÉS**
> S.O.S.
> RESCATADME
> 💀💀💀

> **MAURO**
> Qué pasa?
> Foto de tu ubicación

> **ANDRÉS**
> [Foto]
> Cayetanas
> Miedo
> Pijos
> ¡!!

IKER
JAJAJAJA
Qué esperas en Ibiza?
Venga, haz caso a Mauro
Y voy para allá
Aunque estoy ocupado...
Necesito unos minutos

GAEL
Yo acabo de salir del baño
Os veo luego

MAURO
Anda...

GAEL
🤷

Mauro contuvo una sonrisa y decidió dejar correr el tema. ¿Serían Gael y Oasis los que hacía unos minutos estaban montando esa bulla? Sería una coincidencia graciosa... Aunque le recorrió un escalofrío.

Puaj. Le has escuchado follar.

Sí, mucho puaj, pero te recuerdo que ya le has visto la polla.

Intentando evitar que su mente continuara por esos derroteros propios del alcohol, se volvió a centrar en el grupo.

MAURO
Yo igual puedo ir a rescatarte
Pero estoy con el señor 😑

IKER
El sugar

MAURO
No sé

ANDRÉS
Hija, claro
El papá de azúcar
🍬🍫💰🍩

MAURO
No sé

IKER
Deja de hacerte el tonto
Maurito, Maurito... 👀

MAURO
Bueno, le distraigo
O igual quiere venirse
Os importa?

IKER
Qué, estáis casados?
Madre mía
Has venido a la fiesta con nosotros xd

MAURO
Exacto
Y te has pirado 👻
Lo de siempre, vamos...

ANDRÉS
Toma, nena
Pa que hables 😇

IKER
Os odio
Enseguida voy
Termino una cosa
Y me aparezco ahí

MAURO
Muy ocupado?

IKER
No te importa

MAURO
Lo que yo haga tampoco 🙄

ANDRÉS
OMG
No voy a ser yo quien lo diga

MAURO
??

IKER
??

ANDRÉS
🖤 #IKAURO 🖤

Mauro tardó un rato en comprender aquello, pero en cuanto lo hizo quiso lanzar el teléfono por el retrete. Volvió a leerlo. Una, dos, tres veces. Incluso una cuarta, que fue cuando asumió lo que podía significar. ¿Era realmente la unión de su nombre con el de Iker? Le sonaba de haber visto en algún foro de los suyos de fantasía palabras así, que surgían uniendo el principio y final de los nombres o combinándolos de diferentes maneras... No se podía creer que Andrés hubiera puesto eso EN EL MALDITO CHAT GRUPAL.

Pagaría dinero por ver la cara de Iker. Le ayudaría a entender qué estaba pasando entre ellos (si es que estaba pasando algo, claro). ¿Hasta qué punto había cosas en la mente de Mauro que eran o no eran reales?

Necesitaba aclarar sus dudas.

Se preguntaba si esa noche podría hacerlo.

33

Gael

El cuerpo de Gael parecía haber sufrido un cambio, pues ahora se sentía mucho más relajado e incluso notaba hormigueos por toda la piel. Podría ser el consumo de sustancias o el haberse corrido de manera casi olímpica. Fuera como fuese, estuvieron un rato dentro del cubículo mientras Gael respondía el chat grupal. Bueno, como pudo, porque en realidad hacía demasiado calor ahí dentro.

—Vamos ya, ¿no? —preguntó Oasis.

Gael asintió con la cabeza y guardó el iPhone en el bolsillo trasero. El viento —sí, la brisa no, era viento, literal— le azotó la cara. Ahora sí que era definitivo que estaba bajo el efecto de las drogas, a un nivel incluso superior a hacía una hora. ¿Sería el calor lo que le había hecho aumentar las sensaciones?

El influencer y el colombiano caminaron de la mano; Oasis guiaba el paso, como si se conociera aquello de memoria.

—¿Ha estado muchas veces? —le preguntó Gael, genuinamente curioso de pronto.

—Claro. Me conocen. Hemos tenido varias acciones publicitarias en Ibiza y al final... Terminamos siempre aquí.

—Vaya vida —bromeó Gael.

Cuando salieron del servicio fueron directos al reservado, en el que no había más que un par de amigas de Oasis grabando unas stories mientras brindaban con falserío. En cuanto terminaron de hacerlo, ambas fueron a postearlo; la sonrisa no les duró más de media milésima de segundo: el mismo tiempo que el botón de grabar había estado encendido. Por ese nimio detalle, Gael empezó a comprender por qué Oasis amaba y detestaba casi al mismo nivel su mundillo. Si era siempre así, habría que tener cuidado con los cuchillazos por la espalda.

—Hey —saludó Oasis.

Entabló conversación con sus amigas mientras Gael se quedaba ahí plantado de pie. Desconectó totalmente, pues se sentía un poco mareado. Fijó la vista en el sofá donde hacía un rato se habían metido mano y notó de nuevo un cosquilleo, ahora más centrado en la entrepierna. Meneó la cabeza para que esa imagen se borrara de su pensamiento, pero le costó. La manta seguía allí tal y como la dejaron.

Gael trató de enfocar, aunque no se encontraba demasiado bien. Y en cuanto fue consciente de ello, de cómo le bajaba la tensión, probablemente se pusiera amarillo y se le dormirían las manos... Todo volvió a ser normal. Recuperó el bienestar de nuevo en cuestión de segundos. Aun así, y a sabiendas de que puede que ese aviso que su cuerpo le había lanzado volviera en breve incluso un poquito más fuerte, se acercó a Oasis. Las amigas de este le lanzaron una mirada incómoda, pero eso solo se reflejaba en los ojos, claro, porque sus sonrisas eran amplias y perfectas.

—¿Vamos? —preguntó Gael, sin querer molestar.

Oasis lo captó sin tener que hacer más preguntas. La expresión de Gael fue suficiente. El influencer se apartó a los pocos segundos y ambos caminaron cogidos del brazo hasta salir de la zona de reservados.

—Mezclémonos con la plebe —bromeó Oasis—. Pero antes, espera. —Rebuscó en sus bolsillos y sacó una bolsa con unos cristales traslúcidos de tono blanquecino. La tiró al suelo para luego pisarla con los zapatos con fuerza. Se agachó, comprobó algo y agarró lo primero que pudo coger de la mesa: un cenicero que parecía pesar un quintal. Aplastó con muchísimo esfuerzo aquella bolsa, que parecía resistir. Una vez hubo terminado, se levantó y le mostró a Gael el resultado con una sonrisa—. Ahora sí.

Los cristales se habían convertido en polvo y había triplicado el espacio que ocupaban dentro de la bolsita transparente. Oasis sacó una pajita de uno de los vasos abandonados, la cortó con los dientes y tumbó la bolsa para que el polvo se esparciera en su interior. Se llevó el trozo de plástico a la nariz y esnifó. Se lo pasó todo a Gael, que sin saber muy bien por qué, hizo lo mismo que el influencer. Luego, este se lo guardó todo como si nada hubiera pasado, como si no se acabaran de meter una raya de lo que fuera aquello delante de los guardias de seguridad.

—No te preocupes —le dijo Oasis, como si le estuviera leyendo la mente—. Están acostumbrados.

—¿Qué fue?

Gael sintió cómo sus fosas nasales se adaptaban a aquel olor químico tan fuerte. A los pocos segundos le bajó por la garganta, como quemándola, pero... le hacía sentir tan bien.

—Es mefe, mefedrona. Tiene mil nombres. La droga de moda. Te encantará. —Oasis sonrió y le guiñó un ojo—. Ahora sí estamos preparados para seguir la fiesta.

34

Iker

Cuando Iker abrió los ojos, lo primero que pensó fue cuánto le pesaban, como si se hubiera pegado los párpados con pegamento. Era incómodo y... todo le daba vueltas. Notó que estaba apoyado sobre algo blandito, aunque no tanto como para tratarse de una almohada. A los minutos, cuando empezó a sentirse algo mejor, se incorporó poco a poco. Vale, había dormido sobre su propia ropa hecha un bulto. La estiró como pudo y se la puso, aún sin ser consciente de dónde se encontraba.

Ya vestido, miró alrededor. Era una habitación del Rainbow Sea, eso lo tenía claro. Su maleta y la de Mauro no estaban, por lo que ese no era su camarote. Debería de estar incluso en otra zona diferente, porque la distribución y el papel de las paredes eran distintos. Fue entonces cuando se temió lo peor y escuchó el ruido de la cisterna del baño.

Por la puerta apareció Diego, tan solo vestía un calzoncillo bien ceñido.

Incluso a esas horas y con esa resaca, no podía evitar sentir admiración y deseo por ese cuerpo.

¿Pero acaso eres idiota? ¿No has aprendido nada? Eres terrible.

—Buenos días —le dijo Diego de forma escueta con una sonrisa maliciosa que le llegaba a los ojos, como si hubiera esperado ese momento. Era una expresión que dejaba claro que había ganado, que su meta había sido conquistada de alguna forma... Una forma que Iker aún no había sido capaz de recordar. ¿Qué había pasado aquella noche? Joder, le dolía demasiado la cabeza. Aún le costaba abrir bien los ojos.

El recochineo evidente de Diego hizo que a Iker se le inflaran las venas. Fue tal cual. Notó cómo se le tensaba el cuello y se le cerraban los puños sin poder evitarlo. Aun así, mantuvo la calma. Lo tenía a tan solo un par de zancadas, a unos metros. Sería fácil volver a... No, no caería de nuevo en su trampa. El morado del día anterior continuaba en su cara. ¿Por qué estaba siendo tan gilipollas? Si lo odiaba con todo su ser. Le había jodido la vida, su puto sueldo mensual, así como la relación con su padre... Aunque de eso, en el fondo, estaba más que agradecido. Claro que nunca se lo confesaría al maldito Diego, ni a sus malditas piernas, ni a su maldito culo que se le marcaba con ese maldito calzoncillo.

—Me voy a ir —le anunció Iker en cuanto respiró fuerte durante unos segundos para tranquilizarse.

Su excompañero de trabajo asintió y luego se lamió el labio superior con la boca entreabierta con un movimiento lento y sensual mientras llevaba al mismo tiempo su mano al calzoncillo y lo bajaba unos centímetros para mostrar aún más piel. Iker no pudo evitar lanzarle una mirada furtiva, pero en cuanto se dio cuenta de su error, cerró los ojos y alzó la vista para clavarlos en los de Diego.

Más que nada porque se conocía. No podía evitar dejarse llevar por este tipo de... situaciones. Estaba tratando de cambiar. Juraba que lo intentaba, que había hecho promesas... Pero ¿por qué no dejaba de encontrarse siempre en el mismo punto, como cayendo en espiral? En ese momento no sabía si odiaba más a ese ser o a sí mismo.

—Todo ha sido un error. Eres un psicópata.

Diego no respondió, simplemente... se bajó los calzoncillos. Cayeron hasta sus tobillos, dejando una semierección a la vista. Aquel chico desde luego que era el pack completo, maldita sea.

—Vete si quieres —le dijo al final—. Pero ayer no pudiste terminar. No te recordaba tan flojo, señor Gatillazo.

Joder. Este sí que sabe cómo pincharme. Me cago en la hostia.

—Dime. ¿Hicimos algo?

—¿No te acuerdas? —fue la respuesta de Diego, con un tono de burla evidente en la voz.

Iker negó con la cabeza. Estaba respirando más rápido de lo habitual. Y necesitaba un cigarro de manera urgente. Notó el sabor de la nicotina sobre su lengua, ansioso.

—Dímelo, Diego. —Ahora sí, este pareció achantarse. Iker había sacado fuerzas (y su voz gutural) desde la más pura necesidad.

Diego negó con la cabeza.

—Estábamos los dos demasiado borrachos, me temo. Incluso me he encontrado la tarjeta de mi habitación rota. A saber cómo llegamos aquí. —Mientras hablaba, seguía tocándose el pene semierecto, su pecho definido—. Pero mejor así. Ahora estamos despejados. Me tienes a tu disposición, venga. —Era un reto; él lo sabía—. Hazme lo que quieras.

Aquellas últimas cuatro palabras fueron un susurro ronco, lleno de deseo, y las ganas de hacer miles de cosas con él volvieron a Iker de forma casi instantánea, al igual que la furia de hacía unos minutos. Todo al mismo tiempo, todo revolucionado. El fuego le recorrió el cuerpo entero; sintió una presión en el paquete y los labios secos, necesitados de la boca de Diego. Trató de reconducir sus deseos hacia otro lugar, pese a lo difícil que se lo estaba poniendo.

Pero... debía ser fuerte.

Una vocecita en su cabeza no dejaba de repetir un nombre, cual cacofonía en una casa encantada. Era una vocecita que siempre estaba ahí. Siempre. A veces la ignoraba, pero hoy no. Le hacía asentarse, ser consciente de que lo que pudiera pasar en un momento de locura sería condenarse para siempre, un error que jamás debería haber cometido.

Mauro, Mauro, Mauro.

Iker cogió aire y sin decir nada más, se lanzó a la puerta y salió disparado de allí. Deseó no volver a cruzarse con Diego en el resto del viaje, porque no sabía si la siguiente vez podría soportarlo.

35

Rocío

Ya estaba más que decidido: iba a ser una sorpresa.

La cobertura a bordo del Rainbow Sea parecía ser una absoluta y completa mierda, por lo que las videollamadas que habían intentado hacer con sus amigos —especialmente con Mauro— se habían quedado en proyectos de verse la cara. Bueno, si esos píxeles podían considerarse siquiera una cara.

En realidad había sido Blanca quien había propuesto que su visita a Mikonos fuera algo para sorprender a los chicos. ¡Se morirían de ilusión! O no, quién sabe, igual estaban demasiados liados... En sentido literal.

—Pero yo creo que va a estar bien. Eso sí, he estado mirando un poco por encima los planes de la isla y no hay demasiado que hacer...

—¿A qué te refieres?

—Sol, playa, fiesta. Ver maricones pasear. —Se encogió de hombros—. Y sí, hay como unos molinos, pero para eso me voy al pueblo de al lado, ¿sabes? Para algo vengo de la tierra de Sancho Panza.

Rocío se colocó el bolso en una mejor posición para que no le rozara los pechos, aunque no aminoró el paso. Hacía demasiado calor en Madrid e ilusa de ella, se había calzado las Vans altas tipo botas. Si había un premio por ser la persona más ridícula de la ciudad en plena ola de calor la primera semana de agosto..., era ella, sin duda.

En una de las tiendas por las que pasaron caminando retumbaba el nuevo hit del último álbum de Beyoncé, una canción disco que hacía que cualquiera se pusiera a bailar de pronto, a lo flashmob. Rocío se imaginó a sí misma meneando el trasero al ritmo de esa música, pero entre palmeras y cocos, mujeres bellas y el olor a mar, con...

—Oye, nena —la despertó Blanca de su ensoñación—. Que ya casi hemos llegado. No me digas que te va a dar un patatús.

—Con este calor, hija... Lo raro es que no me dé.

Ambas rieron mientras entraban en la agencia de viajes. El presupuesto era limitado, porque sí, aunque la suma total había sido sorprendente, no iban a desperdiciar la oportunidad de que su piso se convirtiera cada vez más en un hogar. Era su proyecto. Había que invertir en comprar muebles nuevos, darle una capa de pintura... Quizá se estaban tomando demasiadas molestias al ser un piso de alquiler, pero ninguna de las dos era capaz de quitarse de la cabeza convertir aquellas paredes en su nidito de amor. Y por precaución, tampoco lo decían en voz alta. No querían gafar esta segunda oportunidad casi divina que el destino les había otorgado para que su relación funcionara.

—Díganme —les dijo un hombre vestido de traje. Rocío cerró un momento los ojos, como asimilando esa vestimenta, aunque a decir verdad la oficina era casi casi el círculo polar ártico.

Blanca y Rocío tomaron asiento, algo nerviosas. Rocío echó un rápido vistazo a las imágenes que había tras la mesa: pósteres enormes con destinos de ensueño y parejas heterosexuales disfrutando con sus hijos pequeños de playas paradisiacas. Ellos correteando en la arena jugando y, seguramente, chillando como energúmenos. Vamos, sonaba como algo superdivertido. Nótese la ironía.

—Nos gustaría visitar a unos amigos en Mikonos y la verdad es que andamos un poco perdidas. Hemos mirado por internet, pero... Debe de haber algún error.

—¡Claro que os podemos ayudar! En Águila Viajes siempre estamos disponibles, ¡incluso en agosto! —El agente, cuyo nombre estaba en una chapita en su pecho y parecía decir «Julián», encendió el ordenador y trasteó mientras continuaba hablando—: Es verdad que a estas alturas la cosa está complicada, chicas. No os voy a mentir. Pero bueno, vamos a intentarlo. ¿Fechas?

Entonces Rocío comentó toda la información de la que disponían gracias a internet sobre el crucero, las posibles rutas que harían... Cuando terminó, la cara de Julián había cambiado. Ahora no estaba feliz y tragó saliva antes de hablar.

—Esto es la semana que viene —anunció, como si fuera una sentencia de muerte.

Blanca y Rocío asintieron con la cabeza.

—¿Hay algún problema?

Julián dejó de mirar a la pantalla, cruzó los dedos entre sí en una posición muy de Señor Que Tiene Que Explicar Cosas A Una Mujer Joven y respondió:

—Diría que estamos al noventa y nueve por ciento de capacidad. Los vuelos están por las nubes, aunque tampoco sé cuál es vuestro presupuesto... De todas formas, Mikonos es una isla que se puede disfrutar de muchas maneras. No hay por qué hospedarse en buenos lugares...

—Mira —interrumpió Rocío, con la palma de su mano marcando el tempo frente a la cara del agente de viajes—, te voy a parar un momento. Primero, no sabes, como bien has dicho, del presupuesto que disponemos y segundo, solo hemos venido aquí porque esta es una negada para todas estas movidas y yo tengo miedo de cagarla comprando un billete de avión para otra ciudad, que no me incluya maleta por querer pagar tres duros o yo qué sé qué cojones. Simplemente... danos un presupuesto.

El agente pareció recular un poco, así que pidió disculpas y se mantuvo tecleando durante unos minutos, haciendo clic, clic, clic y mandando archivos a imprimir a una fotocopiadora al otro lado de la oficina. Al cabo de un rato se levantó a por todos esos folios, agarró un bolígrafo rojo y comenzó a explicarles todas las opciones disponibles a las chicas. En su mirada había malicia, como si estuviera diciendo: ¿veis, niñas estúpidas, que yo tenía razón?

Pero Rocío aquel día estaba calentita. Y no por los más de cuarenta grados a la sombra que hacía en Madrid.

—Nena —le dijo a Blanca, en cuanto Julián terminó de comentarles todas las opciones—, entonces ¿con cuál nos quedamos? —Señaló dos de los presupuestos intermedios—. ¿Prefieres suite con vistas a la piscina o mejor este hotel sin suite pero con vistas al mar?

Blanca pilló enseguida la burla en el tono de Rocío, recogió el testigo y continuó:

—Ay, cari, no sé, mientras sea exterior para que me dé la brisa cada mañana... ¿Alguno tiene bufet? —le preguntó directamente al agente de viajes, y luego se giró hacia Rocío—. Ya sabes que yo sin mi té matcha con hielo y bebida de soja no soy nadie, espero que tengan opciones veganas para las comidas y las cenas.

—Los dos tienen bufet —respondió Julián escueto, de pronto molesto.

—Mmm, entonces elige tú, Rocío —sonrió Blanca, mostrándose despreocupada de manera visible—. Yo mientras pueda ponerme morenita para darle envidia a nuestras amigas del club de pádel...

Rocío tuvo que aguantarse la risa, no, la carcajada que borboteaba en su garganta. Tragó saliva con fuerza, se mordió los labios por dentro y desvió la atención de Julián haciendo que se le cayera un cacao para los labios del bolso. Cuando volvió a su posición, después de agacharse, estaba algo más relajada.

—Bueno, entonces lo tenemos decidido, creo yo —dijo, seria.

Finalmente, se decidieron por el hotel cuya habitación era estándar pero con vistas al mar. El precio era... Bueno, mejor no pensarlo demasiado. Pero necesitaban vacaciones, querían compensar a sus amigos con su presencia allí durante unos días y por qué no, ¡pasarlo de puta madre!

Se marchaban en cinco días. Rocío ya estaba pensando en las lavadoras que tendría que poner, en que si pedía bikinis en Shein no le llegarían a tiempo... Sin embargo, la imagen que más se repetía en su mente era la de Blanca y ella paseando por la orilla del mar, cogidas de la mano, respirando calma, paz y tranquilidad. Blanca iría con un vestido vaporoso, como si fuera una ninfa reconciliándose con su tierra llena de deidades, y Rocío la miraría sin necesitar nada más, protegiéndose los ojos del sol, pero pasando tiempo sin estrés por primera vez junto a su amada.

36

Andrés

Malta no era el lugar que más ilusión en el mundo le hacía conocer a Andrés, pero buscando imágenes en Google, la verdad es que le había sorprendido su arquitectura. No tendrían demasiado tiempo para explorarla —pues no dejaban de estar en un crucero con una duración limitada para las excursiones— y por lejanía, les tocaba pasar una noche más a bordo del Rainbow Sea. Esperó y deseó que sus amigos pensaran como él: noche tranquila de cena y pelis. O igual, quizá, un poquito de karaoke, que la noche anterior el plan había muerto según había sido propuesto.

Ostras. La noche anterior.

Se giró en la cama para encontrársela vacía. ¿Cuántas noches llevaban de viaje? Ahora mismo estaba medio dormido, así que no estaba seguro de si habían sido tres noches y dos días, pero de lo que sí estaba seguro era de que Gael estaba haciendo una vida por su cuenta.

El desayuno del crucero era maravilloso, y a Andrés le vino el olor de los cruasanes a las fosas nasales a través de la ventana que daba a su miniterraza. Eso hizo que se vistiera con rapidez, no sin antes buscar como un loco un ibuprofeno en la maleta y beberse medio litro de agua embotellada. Le quedaba poca, tendría que comprar más en las máquinas expendedoras. La vendían a precio de oro porque era la única forma de tomarla en aquel barco, aparte de en los restaurantes o bares.

Bajó a desayunar solo. No le apetecía encontrarse con sus amigos, por más que su vena cotilla necesitara conocer los detalles de las noches de cada uno de ellos, pero había tenido una idea para su velada de relax y resaca. Más tarde se lo propondría a los chicos por el chat grupal. Ahora, honestamente, lo que necesitaba era desconectar un poco del todo el ruido de la discoteca que aún parecía reverberar en su mente, y tomar mucho café para centrarse en su verdadera misión para esos días.

Terminar, de una vez por todas, el maldito libro.

Una hora y media después y con tres cafés en el cuerpo, Andrés repasaba las últimas frases que había escrito antes del crucero. Se había sorprendido a sí mismo de la facilidad con la que había logrado plasmar algunas escenas reales o sentimientos. Claro que estaba motivado, porque no solo sentía que aportaba algo diferente —o que, al menos, nunca antes se había leído algo similar—, sino que había una cierta parte de venganza velada en esas páginas.

Pensó en Efrén y también en Lucas, su jefe. No se lo había vuelto a cruzar desde el primer día, cuando le había visto en el puerto de Barcelona, y casi que lo prefería así. Tenía toda la estrategia montada en su cabeza y eso le generaba casi más ansiedad, por llamarlo de alguna manera, que el hecho de terminar el libro como tal. Nada podía cambiar sus planes. Todavía no.

¡Aunque ahora tocaba concentrarse!

Según su escaleta, que era una especie de guion donde dividía la historia por capítulos para no perderse o atascarse debido al síndrome de la página en blanco, en el día de hoy debería enfrentarse a una escena un poco más dura de lo habitual. Sin embargo, notaba la efervescencia de la cafeína en sus venas; incluso el tic nervioso del ojo le invitaba a focalizarse en eso.

El ruido de las teclas fue lo único que se escuchó en esa habitación durante las siguientes horas.

Ojos de infierno. Ese podría haber sido su nombre. Jamás alguien fue tan bello y al mismo tiempo capaz de ocultar la negrura más insólita conocida por el ser humano. Esa crueldad, de experto desgarrador de corazones, había sido la luz al final del túnel, uno en el que concluía como persona. Luz, no. Pero avanzaba en silencio, privado de mi vista, alejándome de quienes me advertían de mi inconsciencia. Las paredes de este túnel estaban llenas de promesas; las podía tocar con mis propias manos, incluso saborearlas, porque lo anhelaba todo tanto que poco importaba que a veces supuraran veneno. Así que, al cruzar el umbral de lo que parecía la puerta a la claridad —por supuesto que había, pero muy al fondo— y cuando di un paso para alcanzarla, no había suelo. Caí. Fue terrible. Un pozo sin fondo. La negrura comenzó a machacarme, ahora por dentro, comiéndome como si fuera un insecto. Me convertí en lo que repudiaba. Gritaba sin poder salir. Notaba mis manos en los barrotes de mi prisión, aunque esta fuera imaginaria. Mis propios límites destrozados por esos ojos de infierno. Él era el ángel caído: había venido a buscarme.

Al terminar aquella parte final del capítulo, se percató de que había escrito más de tres mil palabras sin darse cuenta. Poco a poco, se acercaba a su meta. Y también se fijó en que si seguía a ese ritmo, terminaría el libro mucho antes de lo esperado.

Por lo que volvió a colocar sus dedos sobre las teclas y dejó volar su inspiración.

37

Mauro

Ikauro, Ikauro, Ikauro...

Mauro llevaba todo el día queriendo abofetear a Andrés. ¿Dónde se había metido ese condenado rubio de ojos azules? No respondía al WhatsApp desde hacía un buen rato, y ya casi era la hora de merendar. Ni siquiera le había visto el pelo a la hora de la comida. Bueno, de hecho, a ninguno de sus amigos... Gael estaría con Oasis, e Iker...

Ay, no quería pensar demasiado en él, pero aparte de Andrés, era a quien más pensamientos le había dedicado durante el día. Por qué no había aparecido en su camarote resultaba todo un misterio y claro, no podía evitar preguntarse si era algo que su amigo estaba haciendo a propósito. Su maleta seguía prácticamente intacta, como si no le importara usar la ropa más de veinticuatro horas pese a haber salido de fiesta, sudado y quizá hasta haberse echado encima algún que otro chupito cuando iba demasiado borracho.

¿Le estaba evitando? Porque si era así, no se estaba esforzando demasiado en disimular.

Al principio, la idea de compartir habitación casi parecía un sueño hecho realidad. Ya que, al fin y al cabo, dormirían juntos. ¡Eso era importante! Pero tal y como estaban sucediendo las cosas, se le antojaba cada vez más improbable...

Entonces, justo en el momento en que Mauro miraba con fijeza las sábanas deshechas solo en su lado, Iker entró por la puerta. Pareció sorprendido por encontrarlo ahí.

—¿Pasa algo? —lanzó Mauro, mordaz, sin saber por qué de pronto sentía rabia en el pecho. Había explotado como una granada. Boom. Sin aviso.

Iker no dijo nada. Parecía cansado y... sucio.

—Noche agitada —fue lo único que dijo antes de meterse en la ducha—. Y voy a explotar.

Aquello último lo dijo de manera casi enfurecida.

Mauro escuchó el agua golpear el suelo, la mampara cerrarse. Se asomó, curioso —y lleno de rabia, no podía olvidarse—, sin querer mirar demasiado, aunque era inevitable. La ropa de Iker estaba en el suelo del baño. No era demasiado grande, así que destacaba bastante, y lo hacía parecer más desordenado de lo que ya estaba de por sí. La puerta permanecía abierta de par en par y la ducha se encontraba en línea recta, justo en su campo de visión. En aquel momento Iker se enjabonaba la cabeza de espaldas. El vapor hacía complicado que se viera algo más que sombras y líneas, curvas, el color de su piel.

No supo durante cuánto tiempo estuvo mirando, pero Iker se dio la vuelta y sus miradas se encontraron de manera directa. Este no hizo ningún gesto de sorpresa; era como si lo hubiera estado esperando. Mauro —sin saber tampoco por qué, pues se sentía guiado por una fuerza magnética— tampoco apartó sus ojos de los de Iker mientras a este le corría el agua por la cara.

Y luego, poco a poco, siguió su mano, que bajaba por su cuerpo hasta su entrepierna, que... Joder.

Ahora Mauro entendió aquella última frase de Iker: parecía a punto de estallar.

38

Iker

Dejar la puerta del baño abierta no había sido un error, quería... probar. Le había surgido una curiosidad que necesitaba explorar de alguna forma. La típica idea loca que te viene basada en razonamientos tanto lógicos como ilógicos, o incluso a causa de la resaca, pero que se ancla tan profundo en tu cabeza que no puedes dejar de pensar en ella. E Iker no entendía por qué.

Ah, sí.

Porque estaba cachondo a reventar.

El casi haberse acostado con Diego (supuso, pues no recordaba nada) parecía no haber sido suficiente. El habérselo encontrado en calzoncillos en la habitación, queriendo más... Lo odiaba tanto... Y más odiaba excitarse al pensar en él.

Pero quien no se iba de su cabeza era Mauro.

Mauro.

Siempre. Era. Mauro.

Así que le alegró saber que se había atrevido a mirar cuando se había dado la vuelta en la ducha, porque era justo lo que andaba buscando. Era una maldita prueba y Mauro parecía haberla superado.

No pensaba apartar la mirada ni un momento de los ojos de su amigo. No lo haría. Quería ver qué pasaba, a dónde les llevaba todo eso. Lo que fuera que hubiera entre ellos, tanta tensión y tantas tonterías...

¿O quizá se estaba equivocando?

Le temblaban los brazos y las piernas. Estaban rompiendo demasiadas barreras de pronto, ¿o no?

Fuera como fuese, no podía evitarlo. Ahora mismo no pensaba con la cabeza sobre sus hombros, sino con la otra. Por eso cuando llevó su mano a su durísima erección, no pudo negarse a sí mismo soltar un gemido de placer.

Hostia. ¿Hace cuánto no estás así de duro?

Mauro lo miraba y se mordía el labio con un gesto distraído, una traición de su propio cuerpo. Parecía sentirse culpable por mirar, pero ¿no comprendía que era casi una invitación? ¿Que se lo había puesto a huevo?

Era como decirle: *Sí, pueden pasar cosas, joder. Date cuenta de una vez, da tú el paso porque yo no puedo. No sé por qué, pero pueden pasar cosas, Maurito. No te saco de mi puta cabeza en ningún momento del día.*

Iker cogió aire y, sin desviar la mirada de la de Mauro, comenzó a masturbarse.

39

Mauro

Aquello debía de ser un sueño. La forma en la que Iker lo miraba podría derretir glaciares. Si ese crucero fuera de verdad el Titanic, no habría accidente, en serio. El calor de la habitación comenzó a ser insoportable, el vapor inundaba cada rincón.

Hostia.

Iker había abierto la mampara. Durante unos segundos se perdieron de vista. En cuanto el vapor desapareció, los ojos de Iker seguían fijos en los de Mauro.

Tragó saliva, nervioso.

En serio, eso no podía estar pasando. ¿En qué momento haría Iker algo así? ¿A qué se debía? La mente de Mauro divagó durante unos segundos, calculando todas las opciones posibles, pero ninguna explicación era suficiente para entender que tuviera a su amigo/hombre de sus sueños tocándose delante de él a las seis de la tarde en mitad del océano.

Y pese a todo, era real. Porque ahí seguía Iker, sin apartar sus ojos de los de Mauro, entrecerrados, como tratando de contarle algo muy secreto, muy caliente, muy excitante. Fue entonces cuando Mauro se atrevió a mirar hacia abajo, a seguir el brazo fuerte y musculado de Iker, sus venas, sus pelos... Llegó hasta su mano. Se rodeaba el pene con los dedos. Era la primera vez que podía apreciarlo en persona y era incluso mejor de lo que había imaginado

—o contemplado en ese vídeo filtrado del que *tanto* se arrepentía de haber visto por error.

La mano de Iker recorría cada centímetro de su miembro con lentitud, disfrutando de la situación. Mauro volvió a sus ojos y conectaron, pero él estaba quieto: no se atrevía a hacer nada más que tratar de salivar para no ahogarse, pues jamás había tenido la boca tan seca. También necesitaba recordarse a sí mismo que respirar era necesario para vivir o se desmayaría ahí mismo. La cabeza le daba vueltas, notaba las venas de la frente golpeándole con cada latido de su corazón acelerado.

De pronto, el movimiento de Iker aumentó de velocidad. Sus hombros se movían y rebotaban con ahínco. Mauro no pudo evitar continuar mirando a su entrepierna. El agua seguía salpicándole, las gotas caían por ese cuerpo esculpido por los dioses, como en un anuncio de perfumes: sensual, erótico, lleno de posibilidades. Ojalá fuera una de esas gotas para poder acariciarle sin temor, o permanecer ahí sobre su piel cuanto tiempo quisiera.

Incluso a esa distancia, Mauro fue capaz de escuchar un gemido de Iker. Fue débil, pero lo suficientemente alto para escucharlo desde el otro lado del camarote. Iker entrecerró la boca, mordiéndose el labio inferior con tanta fuerza que Mauro temió que terminara por sangrar, y puso los ojos en blanco, disfrutando del placer que se estaba dando a sí mismo. Ahora acompañó la masturbación con la otra mano, con la que se recorrió el pecho hasta alcanzar sus pezones, y comenzó a tocarlos con suavidad. Ahí Iker pareció no poder contenerse más y gimió más alto, más fuerte.

El movimiento de brazos y hombros aumentó, lo que indicaba que su excitación, también. Era como si no pudiera parar. La mano que acogía su pene lo apretaba con fuerza, aunque el ritmo parecía mantenerse prácticamente igual. Eso sí, sus ojos seguían clavados en los de Mauro.

—Mírame —le dijo en un escueto susurro. Era una orden, una orden que hizo que todos los pelos del cuerpo de Mauro se pusieran tiesos como escarpias.

Obedeció sin dudarlo. Ni un segundo.

Iker gruñó en cuanto sus miradas volvieron a encontrarse.

El agua continuaba empapándole por completo, las piernas, la cara, los pectorales... Poco habría que hacer en cuestión de minutos:

el baño se estaba encharcando, así como la ropa que había dejado tirada en el suelo. Ambos estaban absortos, como en un trance mágico.

Mauro temió moverse o decir algo. ¿Debía hacerlo? Quizá había algo de tensión o de morbo en esa distancia, en Iker tocándose para él, compartiendo solo una mirada llena de deseo acumulado durante tanto tiempo.

No se atrevía a hacer nada. No quería romper ese momento, perder la oportunidad de lo que fuera que estuviera sucediendo en aquel instante.

40

Iker

Estaba perdido en su mirada. Ojalá pudiera contarle todo lo que sentía, cómo sus sentimientos habían aflorado sin darse cuenta, rompiendo cualquier barrera que hubiera intentado interponer entre su interior y la verdad. Ojalá Mauro no se tomara aquello de una manera equivocada.

Iker sabía que era raro. Extraño. Bizarro, incluso. El siguiente paso a darse un beso y quedarse dormidos en el salón... ¿era eso? No sabía el motivo exacto a por qué estaba haciendo aquello, a decir verdad, pero solo podía pensar en cómo la situación lo estaba excitando como nunca nada le había excitado antes.

Porque era él. Se estaba masturbando en la ducha para que él lo viera. Era una invitación, sí, como abrirle las puertas a un mundo de posibilidades. Probablemente era demasiado pronto para que pasaran más cosas, pero no podía negar el morbo que le estaba causando que la persona en la que no había podido dejar de pensar desde la primera vez que lo había visto le estuviera observando en su mejor momento. Al fin y al cabo, él no dejaba de expresarse a través del sexo. Y quizá esta sí era la forma de utilizarlo a su favor, y no acostándose con cualquiera que se cruzara en su camino en cuanto las cosas en su vida se torcían. Afrontarlo de otra forma, disfrutarlo de un modo diferente.

Notaba su pene duro como una roca entre los dedos. Los pezones le dolían de acariciarlos tanto y notaba el agua ardiente golpearle la espalda. Se le pondría roja, estaba seguro. No obstante, no podía parar. No ahora. Sentía los pinchazos propios del placer golpearle como olas por todo el cuerpo. Tenía las piernas agarrotadas. Le encantaba sentirse así: visto, apreciado, cachondo.

Pero si Mauro volvía a mirarle así... Explotaría de verdad. En cuestión de segundos.

—Mírame —volvió a decirle, para que dejara de fijarse en su dureza.

Mauro le hizo caso y al clavar su mirada de nuevo en él, se lamió los labios con un movimiento rápido y casi imperceptible. Estaba nervioso. ¿En el buen o en el mal sentido? ¿Se estaba equivocando?

Esto es un error.

Algo debió de haber cambiado en su expresión, porque Mauro negó con la cabeza y entreabrió los labios, excitado. Le estaba diciendo que todo estaba bien, aunque no se moviera, aunque estuviera clavado como un palo a la cama.

Y claro que Iker no duraría mucho más.

¿Quién en su sano juicio habría permitido una situación así? Solo Mauro. En sus ojos se reflejaba ese aprecio, ese orgullo por ser él mismo. Le transmitía tanto con la mirada. Siempre lo había hecho. Ahora, no solo era excitación, también era incredulidad y un poquito de sorpresa.

Era la primera vez que Iker sentía... eso. Lo que fuera. Su cerebro era incapaz de comprender cómo ahora la excitación no provenía de algo meramente físico, sino que iba más allá. Que la conexión que había formado durante todos esos meses con su compañero de piso le había, por fin, hecho dar la vuelta a la situación. Solo necesitaba sus ojos para saberlo.

Que había algo más. Que todo lo que había pensado en su vida estaba a punto de cambiar.

—Me voy a correr. —No pudo evitar soltarlo con un gemido extraño.

El agua de la ducha continuaba recorriéndole todo el cuerpo. Al aumentar la velocidad para alcanzar el clímax, esta empezó a chapotear, haciendo un ruido explosivo. Las gotas salían despedidas por todos lados, mojando lo que aún no lo estaba. El vapor, el sonido... Todo le hizo volverse loco.

Y sobre todo, la forma en la que Mauro lo acompañaba en su orgasmo con la boca abierta y los ojos entrecerrados. Era como si fueran uno.

Iker tembló mientras notaba cómo expulsaba de su cuerpo tremendos chorros de semen que mojaron el suelo de la ducha, del baño, su ropa tirada. No pudo reprimir el grito que soltó, ni agarrarse a la barra que sostenía la mampara para no caerse ahí mismo. Sus piernas cobraron vida y se movieron, temblaban. El placer recorría cada terminación nerviosa de su cuerpo, como un fuego ardiente imposible de extinguir pese a estar bajo el agua. Notaba cómo su miembro vibraba con cada lanzamiento y no parecía tener fin. Tuvo que cerrar los ojos; solo veía blanco y negro, sombras y figuras. Respiraba sin poder respirar, ahogándose, dejándose llevar por el clímax más brutal y diferente que jamás hubiera podido imaginar en aquella situación.

Al abrir los ojos, cuando notó que su pene ya no aguantaba más y ya se volvía flácido entre sus dedos, buscó la mirada de Mauro al otro lado del camarote.

Pero él ya no estaba.

41

Gael

Pues no, Gael tampoco guardaba demasiados recuerdos de aquella noche. Necesitaba hablar con Oasis para que le refrescara la memoria, pero estaba tan dormido —con su cara de ángel, esas pestañas preciosas de nacimiento que parecieran llevar rímel de manera permanente, esos labios fruncidos— que podía permitirse esperar un rato.

La terraza de la suite era, sin duda, uno de los sitios favoritos de Gael en aquel crucero. No solo por su amplitud, la cual era sorprendente para la cantidad de habitaciones y suites que debía de haber en el Rainbow Sea, sino por lo que había significado el tener allí su primera vez con Oasis. Como se había vestido con lo primero que había pillado, tocó los bolsillos en busca de pistas, pues eran los pantalones que había llevado la noche anterior. Ni siquiera sabía qué hora era, pero el hambre le azotaba la boca del estómago. En uno de los bolsillos traseros encontró una cajetilla de cigarros Marlboro Light a punto de terminarse, con apenas un par de cigarrillos algo chafados. En qué momento había comenzado a fumar..., era todo un misterio.

Sin embargo, para evitar vomitar por ese hambre feroz que ahora le recorría el esófago y tratar de poner en orden su cabeza, se encendió uno mientras contemplaba el mar. El hambre se le pasó en cuanto dio la primera calada. A juzgar por el sol, era mediodía, pasada la hora de comer. En cuanto terminó de fumar, buscó su teléfono sin hacer demasiado ruido, hasta que lo encontró entre las sábanas. Oasis no roncaba, pero respiraba algo fuerte.

Gael se sentó a revisar las notificaciones en una de las tumbonas, no sin antes ponerse las gafas de sol; la claridad era cegadora.

MAURO
Habéis muerto??

ANDRÉS
Nos vemos para cenar

IKER
Tenemos que hablar

ANDRÉS
Quiénes?
Claro, por eso digo
Que nos veamos todos para cenar
Desaparecisteis

IKER
Digo contigo
Pero sí
Todos lo hicimos, maricón
Tú?? 👀

ANDRÉS
Con unas cayetanas mariliendres
REAL
Os cuento tonight

GAEL
Recién desperté

MAURO
Hijo...

IKER
Menos mal
Los mensajes son de hace horas, guapa

ANDRÉS
Nos vemos esta noche
DEJADME CONCENTRARME!!

GAEL
👍
Todo bien, por cierto
Por si pensaban que andaba muerto

IKER
Estarías follando
Menuda llevabas

GAEL
Cómo?

IKER
Ibas moñeco

Si Iker sabía algo de la noche de desfases que había pasado junto a Oasis, le gustaría saberlo cuanto antes. La pregunta era si su chico, aún dormido, también recordaría algo o si, como él, habría borrado cassette.

Así que, mientras tanto, pasó al chat privado.

> Oye, Iker
> Qué vio anoche?

Muchas cosas
Pero ibas fino
😂😂😂

> Explique

Mucha droga, cari
Oasis...
Te gusta de verdad?

> Ajá
> No me vaya a decir nada

Nada de qué?
Me da miedo

> Que me drogue con él?

Tú verás
Ya eres mayorcito 👀
Pero nunca te había visto así
Ni siquiera conmigo

> Ya, pues vea
> Ahora tengo mami acá y no lo sabía
> 🙂

> Luego lo hablamos
> Pero no quiero que te equivoques

Gael no sabía el porqué de una reacción tan violenta, pero no pudo evitar lanzar su teléfono contra el suelo. Menos mal que estaba enmoquetado y rebotó sin hacerse ningún rasguño. No necesitaba que nadie le protegiera, ¿tan difícil era de entender? Podía defenderse de lo que fuera por sí mismo. Era mayorcito como para decidir lo que era bueno o malo en su vida.

Ahora se daba cuenta de que había sido buena idea no hablarle tanto a Iker sobre Oasis. Le habría chafado cualquier tipo de ilusión que hubiera podido tener al principio. Menos mal que había confiado en quienes no le juzgaban tanto, como Andrés o Mauro, con quienes Oasis parecía haber conectado también. Pero al final, Iker se lo ganaba. Él era así, ¿no? Iba de padre con todos, y no podía ser.

Gael cogió aire, pensó en Iker y en sus palabras y musitó:

—Mucha gonorrea.

42

Andrés

A ojos de Andrés, aquella cena era necesaria. No solo para ponerse al día de esas últimas veinticuatro horas donde todos habían perdido un poco el norte, sino porque necesitaba un último chute de inspiración para su libro.

Vale, sí. Estaba actuando de manera egoísta.

Era una especie de biografía, como le había comentado a Gael y Oasis el día anterior en Ibiza, por lo que era imposible ignorar a sus amigos. Algo de sus historias, de sus idas y venidas, amores, dramas y comedias debían aparecer. De esta forma, su historia se comprendería mejor. Era como introducir su vida dentro de una realidad, que era la suya. Obviamente, se estaba tomando ciertas licencias creativas —no iba a venderlos de un modo tan burdo—, pero quizá en la cena podría sacar alguna nueva idea para terminar de cerrar algunas de las historias que quería contar, puesto que esas pequeñas tramas no formaban parte de la escaleta tan concisa que había redactado. Pese a que el centro de la novela era su relación tóxica, la pérdida de sí mismo y el diagnóstico del VIH, aderezar ese melodrama con un poquito más de salseo no le vendría mal a nadie, e iba añadiéndolo según recordaba momentos con sus amigos.

El primero en llegar al encuentro aquella noche fue Mauro. Parecía descansado, aunque en sus ojos había demasiadas posibles lecturas. No era miedo, era otra cosa.

—¿Estás bien?

Mauro se sentó a la mesa, al lado de Andrés. Era cuadrada, por lo que irían dos y dos. No habían contado con Oasis porque así lo había preferido Gael, que les había enviado un mensaje hacía un rato avisando y, de todas formas, Andrés tampoco se habría sentido demasiado cómodo contando sus cosas y escuchando las de sus amigos con una persona que había llegado de forma tan reciente al grupo.

—Sí, no te preocupes —le respondió Mauro, mientras quitaba la servilleta que había sobre el plato y se servía un poco de agua en una copa enorme pensada para el vino.

—¿De verdad, maricón? Mira que tienes los ojos...

Mauro le hizo un gesto con la mano para cortarle, como diciéndole que prefería no hablar del tema. O al menos, no ahora.

—Digamos que hay mucha tela que cortar, como diría mi madre. Pero te cuento después, no delante de ellos, y menos de Iker... Porque es fuerte. —A juzgar por sus ojos abiertos como platos, sí que lo era.

—Venga, cuéntamelo ahora, que como me dejes con la intriga, te araño la cara —le dijo Andrés medio en broma medio en serio.

¿Quién osaba a soltar titulares de un cotilleo jugoso para luego no contarlo en condiciones?

Aun así, si hubiera querido, su relato tendría que haberse visto interrumpido, pues Gael apareció con su típica sonrisa y unas ojeras de campeonato.

—Otro con ojos locos —susurró Andrés, para que solo lo escuchara Mauro. Ambos sonrieron sin ser demasiados evidentes.

—¿Cómo va? —preguntó Gael mientras se sentaba frente al rubio. Luego, se sorbió los mocos.

—Has cogido frío. Tanto andar sin calcetines... —comentó jocoso Mauro. Gael siempre tenía calor y en casa era difícil encontrarlo con algo más que tan solo unos pantalones cortos, incluso en invierno.

—No, pues sí —dijo sin más Gael, ignorando el tema y cogiendo la carta que tenía frente a él—. ¿Ya pidieron?

Andrés negó con la cabeza.

—Vamos a esperar a que estemos todos.

Gael dejó la carta sobre la mesa y suspiró. De pronto parecía molesto, incómodo de estar ahí.

—Nos citamos acá como si fuéramos de reunión, ¿o cómo? —Su voz denotaba justo lo que Andrés había percibido.

—Supongo que cada uno tendrá mucho que contar —respondió, con los ojos entrecerrados y ladeando la cabeza—. O tú me dirás, parcerita. Que es imposible que hayas cogido frío, que seré rubio, pero no soy idiota.

Mauro sí que lo parecía, porque tenía la típica expresión que indicaba que estaba más perdido que un pulpo en un garaje. ¡Y eso que él mismo había consumido en una ocasión! Madre mía, la inocencia —y falta de memoria— de ese chico algún día les terminaría dando un disgusto.

—Yo apenas recuerdo la noche, bebé. No seré de ayuda —confesó Gael, en actitud derrotada. Se le veía algo cansado, como si tuviera la mayor resaca de la historia.

—¿Ayuda para qué? —Andrés tragó saliva, nervioso. Bajo la mesa, se agarró a la silla con un gesto tenso. ¿Sería posible que sus amigos sospecharan que quería utilizarlos solo un poquito para inspirarse? No era su culpa haberse quedado seco de ideas a punto de terminar el libro. No podía pasar de ese verano; su meta estaba marcada y más clara que el agua: abandonaría ese crucero con un manuscrito terminado bajo el brazo.

Antes de que ninguno pudiera contestar, Iker apareció. O mejor dicho, dos grandes círculos morados bajo sus ojos aparecieron, pues era lo único en lo que uno podía fijarse. Aunque quisieran evitar mirarlo, era imposible.

—¿Mala noche? —preguntó Gael, medio en broma, al compartir el mismo aspecto deteriorado que su amigo.

Iker se sentó en la silla libre con un aspaviento y fue demasiado obvio cómo trató de no mirar —ni siquiera echar un rápido vistazo— a Mauro, que quedaba frente a él. Este agachó la cabeza y jugueteó con los cubiertos. Andrés necesitaba conocer cada dato de lo que hubiera pasado entre ellos, pero tomó aire, tratando de calmarse y centrarse, para que reinara un ambiente de serenidad entre los amigos.

—No, nada —respondió Iker al cabo de unos segundos.

Gael se encogió de hombros; ahora no parecía demasiado interesado en descubrir más detalles.

—Supongo que se nos ha ido la cabeza un poco, ¿no? —La

pregunta la había lanzado Mauro, mirando a la nada. Quedaba claro que había una doble lectura en esa frase. Andrés cruzó su mirada con él—. Nos hemos perdido la pista de repente —añadió, reculando un poco.

—Fue una noche loca —corroboró Gael, con una sonrisa a medias, como si estuviera recordando algo.

—Yo tengo todo a medias —dijo Iker.

—Y yo... creo que bebí demasiado. Me viene todo en flashes —admitió Mauro.

—Menos mal que hablé con Oasis antes de venir acá, pero estaba un poco igual. Me falta información. —A Gael parecía divertirle la situación.

Entonces Andrés se irguió y sintiéndose como un verdadero detective dijo:

—Bueno, pues empecemos a rellenar los huecos.

43

Blanca

Blanca estaba a punto de tirarse por la ventana.

Había una lista enorme de cosas que la ponían de los nervios y que hacían que cada minuto sintiera más y más ansiedad en el pecho, ejerciendo presión, restringiéndole respirar.

La primera de ellas era el asfixiante calor de Madrid. No importaba la cantidad de ventiladores o aire acondicionado que alguien tuviera en su piso. Aquel barrio parecía encontrarse en medio del maldito infierno. Sí, la casa muy bonita y todo lo que tú quieras, pero era exterior por dos de los cuatro lados, así que el sol la golpeaba a cada minuto del día. No había forma de escapar. Tan solo quería cerrar los ojos y meterse dentro de un cubo de agua helada con hielos.

La segunda era la maleta, que le venía estresando incluso antes de que hubieran confirmado el viaje. No sabía por qué, pero había ganado algo de peso en las últimas semanas y muchos de los conjuntos o pantalones que solía utilizar en esas fechas le quedaban demasiado apretados. Claro que la única solución que había encontrado era o bien tirar de la ropa al final del armario que no quería volver a ponerse jamás en la vida pero que le quedaba bien, o gastarse parte del presupuesto de las vacaciones en las rebajas de verano de las tiendas de ropa. Igualmente, pensaba echarlo todo a la maleta y apretar, como en las películas.

Sin embargo, había un tema nuevo que la estaba carcomiendo por dentro. Sabía que ver el programa de Ana Rosa era una de las peores ideas que una persona con dos dedos de frente podía cometer, pero... Tenía turno de tarde y no había mucho más que hacer en la casa, que ya lucía impoluta: limpia, barrida y fregada. En la televisión estaban hablando de la viruela del mono. No había escuchado hablar demasiado de ella, aunque en el plató parecían disfrutar de cómo parecía estar afectado solo a hombres que tenían sexo con hombres. Los colaboradores eran incapaces de esconder la sonrisa, los ojos vidriosos, emocionados de no tener que esconderse para señalar a una parte del colectivo como la causante de lo que podría ser una nueva pandemia.

—Has visto esto, ¿no? —le preguntó a Rocío en cuanto entró en el salón con un vaso de zumo de piña.

Esta se sentó, leyó rápidamente los textos y titulares que había en pantalla en aquel momento y enseguida dejó el vaso sobre la mesa con un golpe fuerte. Se estaba tomando aquella mañana con calma porque según ella tenía muchos papeles que rellenar para darse de alta en el paro.

—Menuda panda de fachas gilipollas —dijo sin más, acomodándose en el sofá.

—Pero... ¿y estos? —Blanca se mordió el labio, preocupada. Rocío captó enseguida a lo que se estaba refiriendo.

—No vayas a ser como los de la tele, anda, nena. No porque tengamos amigos maricones en un crucero de maricones van a venir llenos de granitos por todo el cuerpo. No, perdona, pústulas, creo que las llaman.

Aunque Rocío no parecía enfadada, sí algo molesta a juzgar por su tono de voz.

—Ya no es tanto por ellos... Ha sonado mal, perdona —reculó Blanca enseguida, consciente de su error—. Pero es en general, ¿no? La gente no se cuida demasiado que digamos.

Rocío la señaló con un dedo.

—Como tú y como yo, bonita. —Aquella última palabra sonó mal, acusadora incluso.

—No es lo mismo —se defendió Blanca, algo incómoda. Trató de recolocarse en el sofá para disimular, mientras Rocío se volvía más hacia ella con los ojos en blanco.

—Ni que yo fuera aquí la más activista, pero creo que ninguna de nosotras ha sacado el tema de las ITS, ¿verdad que no? Nos lanzamos a la piscina y listo. Y precisamente nosotras tenemos tendencia a contraer algunas muy peligrosas. Tenemos que admitir nuestros errores también. Imagínate que te pego un papiloma o una candidiasis. Es que luego es un coñazo. —Sonrió—. Nunca mejor dicho.

Blanca, como respuesta, se encogió de hombros. Ni el chiste le hacía gracia, ni sentirse acusada de algo que ni siquiera había pensado. Bueno, eso le generaba un tipo de tensión que nunca antes había experimentado. Los hombres con los que se había acostado en el pueblo habían sido unos gilipollas, pero el tema de la infecciones de transmisión sexual no era algo que se comentara demasiado por allí. Era como un mundo aparte, vamos. Además, no terminaba de entender por qué Rocío parecía tan ofendida.

—Perdona, da igual —dijo al cabo de unos segundos, arrepintiéndose de haber sacado siquiera el tema de conversación.

—No da igual —insistió Rocío, aunque ahora más calmada—. Entiendo tu preocupación, es válida y normal. Pero lo que nos tiene que molestar es que esta panda de... —buscó la palabra para definirlos— cayetanos siempre sienta la necesidad de señalarnos.

—Pero nosotras no...

—Blanca —la cortó—. Te voy a parar aquí ahora mismo. ¿Qué te pasa? ¿Has decidido levantarte y elegir la violencia? —Rocío negaba con la cabeza—. Todo esto te lo estoy diciendo para que recapacites y pienses un poco, ¿vale? Porque es lo que te digo, luego escuchamos algún comentario fuera de nuestro entorno y nos ponemos como fieras, pero por dentro tenemos mazo de mierda que combatir y no pasa nada, de todo se aprende. Y todavía te digo más: estoy segura de que estos se cuidan más que nosotras. Hala, ya lo he dicho.

Al final, Rocío apoyó la mano sobre la pierna de Blanca. El gesto indicaba que todo estaba bien, que el enfado era momentáneo. Ambas estaban fatigadas; las pieles, perladas en sudor. Sin embargo, Blanca comprendió a lo que su novia se refería y lucharía por encontrar mejores palabras para expresarse más adelante. Había cometido el mismo error que la gente del programa, aunque a menor escala, que era básicamente dejarse llevar por el primer pensamiento que se le había venido a la cabeza y pronunciarlo en voz alta.

Aun así, no podía dejar de agobiarse por el calor, su ropa pequeña y las palabras de los tertulianos de la televisión.

44

La cena

Después de mirar el menú durante un buen rato, se decidieron por pedir varios platos para compartir, incapaces de decidirse por algo único para cada uno. A fin de cuentas, era uno de los lugares más bonitos del crucero, con decoraciones inspiradas en diferentes partes de Latinoamérica, como un batiburrillo mal llevado pero con cierto encanto. Desde calaveras mexicanas del Día de Muertos pasando por cabezas moáis de la Isla de Pascua, velas con formas de pirámides de la civilización inca y algún que otro cuadro de paisajes del Eje Cafetero de Colombia.

Durante los minutos antes de que el camarero les trajera las bebidas, ninguno de los amigos dijo nada. Fue un poco incómodo, para qué mentir, aunque sentían que se habían fallado los unos a los otros. Y luego estaba Andrés, que comenzaba a sentir ciertos remordimientos por tener una excusa extra desconocida por sus amigos para llamarles a esa cena.

Aunque, por supuesto, por encima de todo estaba ponerse al día y recuperar un poquito el tiempo perdido. Como bien había comentado antes Mauro, se les había ido la cabeza.

—Muchas gracias —le dijo Iker con una sonrisa al camarero, el cual se la devolvió sin demasiadas ganas, como si estuviera harto de todo.

Andrés se aguantó las ganas de reír.

—Stop —le dijo—. No todo el mundo es maricón ni te lo tienes que ligar, amore.

Como respuesta, Iker le sacó el dedo corazón y bebió un sorbo de vino. Pero se detuvo en el último instante.

—Ostras. Brindemos.

Alzó la copa unos instantes frente a él, mientras los demás terminaban de servirse y hacían lo propio. Cuando los cristales rechinaron entre ellos, Mauro e Iker cruzaron las miradas durante medio segundo, más que suficiente para ambos, que apartaron la mirada al momento.

Ya con ese primer sorbo de vino blanco en el cuerpo, era el momento de ponerse manos a la obra. Y es que no solo tenían que contarse sus aventuras de las últimas horas, sino sentirse como jubiladas en clase de patchwork para encontrar retazos de su noche y que todo tuviera sentido.

Gael fue el primero en comenzar a narrar su noche. Omitió algunos de los detalles que sentía incomodarían a algunos de los allí presentes, así que admitió haber consumido alguna sustancia: alcohol. Fingiría haber estado demasiado cachondo por las ganas que tenía de estar con Oasis y por haberlo hecho en lugares más o menos públicos delante de gente importante.

Al fin y al cabo, era una verdad a medias.

—Una vez terminamos allá en los lavabos, bajamos a la pista de baile para calmarnos un poco, pero pues con ese calor que hacía allá... Ahí le saludé, ¿recuerda? —le preguntó a Mauro, el cual asintió—. Después de allá, volvimos a ver a las amigas influencers de Oasis y bailamos y bailamos y creo que estuvimos tomando shots.

—Yo os vi en la barra —corroboró Iker, con el ceño fruncido—. Eso o era alguien muy parecido a ti.

—Bueno, entonces seguimos con la fiesta un rato y de pronto, según me contó ahorita Oasis, empecé a ponerme mal y una de sus amigas se había marchado de repente. Él cree que ella me drogó.

Los amigos se quedaron en silencio, expectantes.

Cuando Gael había descubierto que aparte de lo que había tomado al principio de la noche, el alcohol y esa droga nueva que había estado consumiendo con Oasis llamada mefedrona, era probable que alguien le hubiera metido algo más... Se quedó un poco en shock. Oasis le había dicho que era extraño que ambos hubieran terminado dormidos y tan destrozados cuando uno de los principales motivos por los que la mefe se estaba poniendo de moda era justamente aguantar días enteros despierto sin sentir hambre ni sueño y que afectaba al cerebro menos que la cocaína, que era mucho más nociva.

Todo esto pasaba por la mente del colombiano en aquel momento, antes de continuar con su relato. ¿Se estaba arrepintiendo ya de haberse dejado llevar? Trató de disimular la marca que tenía en su brazo, pero Iker fue más rápido.

—¿Qué te ha pasado?

Antes de que Gael pudiera actuar, Iker lo agarró.

—Un pinchazo —dijo. Las palabras quedaron flotando en el aire. Reprobó a Gael con la mirada, como echándole la culpa, y luego su rostro cambió—. No me jodas, ¿aquí también?

Gael asintió con la cabeza.

—Bueno, lo intentaron. Fui rápido. No llegó a inyectar pero sí... Oasis también tiene una marca pero fue porque se tropezó el man. Suelen pinchar algo que llaman chorri o chorra o no sé qué. Y eso como que le deja muerto, sobre todo si toma alcohol.

Mauro asentía como comprendiéndolo, pero era demasiada información de golpe.

—A ver, ¿cómo es eso de que están pinchando o no sé qué? —se atrevió a preguntar finalmente.

Fue Andrés quien, después de darle un buen trago a la copa de vino, lo explicó:

—Hay gente que se está dedicando a ir por las discotecas o sitios de fiesta con jeringuillas.

—No es una tontería —dijo Iker—. Hay que ir a que te revisen, avisar a seguridad, joder. —Se estaba cabreando de verdad.

—Calme —trató de tranquilizarlo Gael—. Ya fui con Oasis a la enfermería y dijeron que a primera vista no parecía que les hubiera dado tiempo, o sea que nada grave, pero pues en cuanto llegue a España toca hacerse revisión. La de siempre, rutina. Iré a Sandoval. No es como que acá estén preparados para hacer análisis completos.

—Podemos ir al médico en Malta, la siguiente parada —se ofreció Andrés. Sabía que le debía aquello, cuando menos, a su amigo—. Te acompaño sin problema.

—Gracias, baby —le respondió Gael, y el agradecimiento era real en su mirada—. Pero dejen la bobada que no me pincharon.

—¿E identificaron quién era? —preguntó Iker, que necesitaba encontrar un culpable. La noticia le había sentado como un jarro de agua fría, pero ante su pregunta, Gael negó con la cabeza—. Joder.

—Iba con la cabeza tapada, mucha oscuridad... Igual puede que sea de la propia isla, ni siquiera del crucero.

—Ya... —terminó por responder Iker, algo abatido.

Después de descubrir lo que podría haber pasado aquella noche con el colombiano, el ambiente se había chafado un poco. Los amigos no tenían tantas ganas de seguir hablando de la fiesta y lo bien que lo habían pasado, así que charlaron de cualquier tontería mientras esperaban a que les sirvieran la comida, la cual sabía espectacular.

Gael había aprovechado para pedirse una bandeja paisa que se comió a duras penas, mientras que Andrés y Mauro habían optado por tacos al pastor acompañados de ensalada. Iker, por su parte, aseguraba ser el más inteligente al haberse pedido un cuarto de libra de carne poco hecha, algo que casi hizo vomitar al resto de sus amigos.

—No sé cómo puedes comerte eso sangrando. —Había sido la primera frase que Mauro le había dicho a Iker desde que se hubiera sentado a la mesa. Si el ambiente era tenso, ahora se había tornado en algo gélido.

Pero Iker se rio, pinchó un trozo de carne y acercó el tenedor a la cara de Mauro.

—Mira qué rojita está —le dijo en tono burlón, haciendo pucheros con la boca.

Los amigos rieron por la tontería y siguieron comiendo, concentrados en recuperar fuerzas y en tratar de averiguar, cada uno por su lado, en cómo habían pasado la noche. Recabando datos, vaya.

—¿Nada más que añadir? —preguntó Andrés al cabo de un rato. Gael miró al techo pensativo y negó con la cabeza—. Entonces... Venga, Iker mismo.

Este cogió aire y empezó a hablar mientras se peleaba con el trozo de carne, que al no estar demasiado cocinado, era difícil de cortar.

—Bueno, yo la última vez que os vi fue en la pista de baile.

—Ibas con alguien —dijo Mauro simplemente, sin mirarlo a la cara.

Iker asintió con la cabeza. ¿Debería de admitir que de verdad no se acordaba de nada?

—Ah, es cierto, usted se fue con el man ese —apuntó Gael. Antes de que él se hubiera marchado con Oasis, había visto cómo Iker cruzaba miradas con un chico muy atractivo y desaparecía entre la multitud.

—Era Diego. Mi excompañero de trabajo, el que me vendió a mi padre —resumió Iker con rapidez. En aquel momento no estaba seguro de haberles contado la historia con detalles a sus amigos... No estaba demasiado orgulloso de nada de lo que había sucedido, a decir verdad, y menos pensar en Leopoldo Gaitán. Solo de hacerlo, se le revolvían las tripas—. Y creo que nos fuimos a beber y a hablar.

—¿Te llevas bien con él? —preguntó Andrés, curioso de verdad.

—No —respondió Iker, tajante—. La verdad es que... Mirad, os voy a ser sincero. —Dejó los cubiertos sobre el plato y se apoyó sobre los codos—. Vi cómo Mauro se piraba con ese hombre y que Andrés se iba con ese chico del cual no nos ha contado nada y del que espero que nos lo cuente todo... Y dije, pues bueno, al menos es alguien que conozco.

—Pero entiendo que le odias. Vamos, yo le odiaría —dijo Andrés.

Mauro y Gael escuchaban el intercambio atentamente. El colombiano también había pausado su ingesta, parecía lleno, mientras que Mauro se distraía de más eligiendo qué trozos caídos en el plato se comía.

—Sí. O sea, no sé. Actué un poco sin cabeza... Tengo recuerdos vagos de tomar muchas copas, una tras otra.

Luego, el silencio. Era evidente para todos los allí presentes que Iker estaba buscando la mejor manera de continuar con su relato, tanteando las palabras idóneas para expresarse.

—Hoy me desperté en su cama. Según él, no hicimos nada y tiene sentido, porque lo odio. No sé por qué...

—Yo os vi —interrumpió Mauro. Lo dijo molesto—. Al cabo de unas horas. Él te rodeaba con el brazo y tú estabas llorando.

—¿Qué?

Nadie daba crédito a sus palabras. ¿Iker Gaitán llorando en medio de una fiesta? Parecía poco probable.

—Anda, anda —intervino Andrés.

Pero Mauro sabía que tenía razón; recordaba lo que había visto a la perfección. Sí, él también había bebido, pero no tanto como para dudar de sus propios ojos.

—Os lo juro. Y era como si Diego te estuviera dando ánimos, no parecía... que te odiara. —Iker se sobresaltó ante aquello—. No escuché nada de lo que decíais, ¿eh? Solo os vi.

—Supongo que de ahí me llevó a su habitación a dormir.

—A dormir... —replicó Mauro.

—No hicimos nada —se defendió Iker, encogiendo los hombros. Parecía tener bastante claro que no había mantenido relaciones con Diego.

—Un mal pedo lo tiene cualquiera —dijo Andrés, tratando de zanjar el asunto, porque entre Mauro e Iker estaba surgiendo de nuevo una tensión que no era para nada cómoda.

Todos volvieron al silencio, jugueteando con la comida en sus platos. La respiración de Iker se hizo notoria al cabo de unos segundos. Parecía alterado. Mauro, por su parte, era incapaz de levantar la mirada del plato. Hasta que lo hizo para buscar a Iker con ella.

Se vieron. De verdad.

Mauro tragó saliva e Iker le hizo un gesto con las cejas como diciéndole que, por favor, le creyera. Y que no se preocupara. Mauro no sabía qué hacer, porque no dejaba de darle vueltas a la imagen de Iker despertando en la cama con otro... y desfogándose con él en el baño de su habitación. Había algo que no terminaba de encajar del todo.

—En fin, así que tu noche fue algo movidita —comentó Andrés, intentando eliminar la tensión en el ambiente—. Llorando y todo, nena.

Iker volvió a ser él mismo y se rio, añadió un par de comentarios jocosos y ahora pusieron el foco en Andrés.

—Bueno, usted sí que estuvo entretenido —le dijo Gael, guiñándole un ojo—. ¿Quién era ese man?

El rubio soltó un largo suspiro.

—La primera noche me fui con él. No hicimos nada tampoco

—miró a Iker al decir eso—, porque se quedó frito. ¿Os lo podéis creer? Me rayé y todo.

—Son cosas que pasan —trató de calmarle Iker—. Igual iba muy borracho.

Andrés asintió con la cabeza.

—Claro, pero me quedé un poco sin saber qué hacer. Así que nada, anoche me vio y se acercó para pedirme perdón. Sin más. Luego me secuestraron unas cayetanas, como puse por el grupo. Fue terrible, pero al final... Oye, estuve con ellas bastante tiempo. Se dedicaron a perseguir por toda la discoteca al cantante de Taburete. Una de ellas le tiró las bragas.

Los amigos casi escupieron la comida de la boca a causa de las carcajadas.

—¿Cómo, cómo, cómo? No te creo —dijo Iker.

—Real. Me quedé blanco.

—¿Más? —bromeó Gael.

Antes de continuar con su relato, Andrés le sacó la lengua.

—Cuando se calmaron un poco al ver que los seguratas las perseguían ahora a ellas, nos fuimos con otro grupo de cayetanos. Yo te prometo que pensaba que se burlarían de mí o algo, pero todos me llamaban Carlos 2.0. Resulta que soy igual que un amigo suyo... Y yo que pensaba que era única en este planeta —dramatizó Andrés, con una sonrisa—. Me invitaron a todo. La verdad es que fueron majos. Tenían un reservado.

—¿Arriba? —preguntó Gael—. Allá fue donde yo estuve un ratííísimo.

—No, no, en otro sitio. Pero bueno, que no fue nada del otro mundo. Me dejé llevar.

—Parece que fue lo que todos hicimos anoche —comentó Mauro. La verdad es que Andrés se estaba cansando de su actitud molesta y con tantos comentarios con segundas intenciones.

—Mira, si quieres decir algo, habla —terminó por decirle—. Que estás modo pasivo-agresivo. ¿Qué te pasa?

Como respuesta, Mauro respiró profundamente. Luego añadió:

—No es nada.

—Claro que es algo, baby. —Gael alargó el brazo por la mesa para agarrar la mano libre de Mauro, la que no sostenía el tenedor—. Cuente. ¿Pasó algo con ese daddy?

Mauro negó con la cabeza.

—Es que... Me sentí raro yéndome con él. Estaba un poco rayado, pero eso no importa. Y sí me dio un pico, pero después me fui porque me agobié mucho, me sentí sucio. No me apetecía pasar tiempo con alguien con quien no quería estar, ¿sabéis? —Los tres amigos asintieron, pues comprendían perfectamente esa sensación—. Entonces vi a Iker con ese chico, a Andrés corriendo con un grupo de tres chicas por el fondo, a Gael y a Oasis bailando un montón en el medio de la pista de baile... Me sentí bastante solo.

El primero en reaccionar fue Andrés, que estaba a su lado. Le rodeó con el brazo, como dándole un abrazo. Apoyó la cabeza en el hueco del hombro de su amigo.

—Habernos dicho algo.

—No, es que me rayó mucho lo que pusiste en el grupo —terminó por confesar Mauro. Se relajó de pronto, como si todo lo que hubiera estado aguantando se debiera tan solo a eso.

Andrés se quedó de piedra. Rudo, dirigió la mirada hacia Iker, que tenía los ojos abiertos como platos. Todos se miraron entre sí sin hacer ningún gesto, dejando que las palabras de Mauro se asentaran.

—Y-y eso ¿por qué? —Andrés casi se atragantó—. Era una bromaaa.

Pero no colaba. Todos los sabían.

—Da igual —se rindió Mauro, negando con la cabeza. Volvió a concentrarse en sus tacos, ya descompuestos sobre el plato, con los que ahora jugaba con su tenedor—. Si no llega a ser por mí, ni os acordáis de lo que hicisteis anoche.

—Ve —dijo Gael, lo que todos interpretaron como algo afirmativo.

En ese momento, a Mauro le daba vueltas la cabeza. ¿Por qué había sido tan idiota de decir aquello en voz alta? Pero es que no podía más. No solo la noche había sido una locura para los amigos, sino que hacía unas horas Iker se había masturbado delante de él y, además, Andrés había puesto eso en el grupo y como que todo era demasiado evidente, pero él era incapaz de verlo o creerlo. Necesitaba aclararlo con Andrés: ¿pensaba de verdad que podría surgir algo entre ellos?

Su propia fortaleza, esa que él mismo había conseguido crear con el paso del tiempo, se resquebrajaba en momentos como aquel, donde se veía demasiado inferior, demasiado pequeño, demasiado feo. Pasaba de tener esperanza e ilusionarse a aplastarlas él mismo.

Todo era demasiado raro.

—Así que, nena, termina de contarnos —dijo Andrés, con tono cantarín.

Mauro puso todos sus esfuerzos en recordar el resto de la noche, más allá de lo que acababa de contar.

—Pues nada más, la verdad. Luego me dediqué a dar vueltas por el crucero, las terrazas y eso. Tomé el aire... No mucho más.

—Pues vaya. —Andrés parecía decepcionado—. Mira que la historia con el sugar daddy habría sido supermolona, rey. ¿Te marchaste sin decirle nada?

—Creo que sí... Es que no estoy del todo seguro... Me despisté.

Estaba claro con qué se había despistado. Vaya, con lo de Iker, pero nadie lo afirmaría en voz alta. Tampoco pudieron, porque el camarero apareció de pronto preguntando si necesitaban algo más o todo estaba bien.

—Más vino, ¿no? —Fue Iker que, con una sonrisa, parecía querer ahogar las penas en alcohol. Como siempre.

Los amigos asintieron y cuando el camarero volvió con otra botella, parecía que los ánimos se hubieran reanimado milagrosamente. Por un lado, haber recuperado parte de los recuerdos que cada uno había olvidado les había venido más que bien y, por otra, el haberse juntado de nuevo sin tanta fiesta que los pudiera distraer.

Se pusieron al día del resto de temas: el libro de Andrés, la relación de Oasis y Gael —que Iker escuchó en silencio sin aportar nada, apreciando cada matiz en el tono de su amigo para entenderlo mejor—, cómo se sentía Mauro visitando tantos lugares en tan poco tiempo después de una vida en el pueblo o cómo Iker juraba haber visto a un par de famosos caminando por el crucero.

A veces se olvidaban de lo a gusto que se estaba sin tanta tontería de por medio.

45

Iker

Cuando terminó el brownie que se había pedido de postre, el camarero se acercó. Había estado atento, acechando como un águila para cazar a su presa, y le retiró rápidamente el plato. Ahora los cuatro amigos se miraban con una conexión renovada entre ellos. Era la misma que siempre habían tenido y que por diferentes motivos se había ido resquebrajando —o ni siquiera eso, sino más bien que había dejado de fortalecerse a diario—, y se encontraban en paz, por decirlo de algún modo.

Iker había aprendido mucho de Gael por cómo hablaba de sus sentimientos hacia Oasis. No terminaba de tenerlo claro y parecía asustado, y comprendió que el colombiano y él eran las dos caras de la misma moneda. Temían darle su corazón a alguien, al mismo tiempo que necesitaban ese pequeño empujón para cicatrizar sus problemas.

La idea de la cena que había tenido Andrés había sido más que inteligente; era necesario volver a poner los pies en la tierra, una pequeña pausa, porque aunque el objetivo del crucero fuese disfrutar de la vida al completo, no debían olvidar que eran cuatro y que también tenían que compartir tiempo juntos.

Al cabo de unos segundos tras retirar los platos del postre, el camarero trajo la cuenta justo cuando los amigos se disponían a volver a sus camarotes para darse una ducha y pasear un rato por el crucero, como habían comentado antes.

—Estamos en el todo incluido, gracias —le dijo Iker y le mostró la tarjeta de la habitación. Por el color, el camarero debería comprenderlo y marcharse, pero no se movió ni un ápice.

—Lamento informarles de que tendrán que consignar esta cena. —Sonó frío, incluso como si disfrutase de la situación.

Iker miró alrededor. En el resto de las mesas que atendían los camareros parecía pasar por la misma situación, pues se escuchaban quejas y aspavientos por parte de los comensales.

—No lo entiendo —comentó Mauro, mirando la factura—. Esto es carísimo. ¿Cómo puede costar tanto una botella de vino blanco?

El camarero se volvió hacia él.

—Ustedes pidieron tres. Supongo que no les habrán comentado el problema que sucedió con los ganadores de los diferentes sorteos del Rainbow Sea. ¿Obtuvieron su plaza a través de uno de ellos?

Los amigos asintieron con el ceño fruncido, como unidos por lo mismo: el terror más absoluto de tener que apoquinar una cena excesivamente cara, de la cual no habrían pedido ni la mitad de aquellos platos tan costosos si hubieran sabido que no entraba dentro del supuesto todo incluido del crucero.

—Bueno, entonces comuniquen su situación en recepción. Me temo que finalmente el dinero no será entregado vía transferencia, sino a modo de saldo, y deberán conseguir unos tíquets para sus gastos dentro del crucero. Es un sistema que funciona muy bien, no hay nada que temer. Llevamos años procediendo así con algunos huéspedes.

—A ver, a ver, a ver —casi le interrumpió Iker, cogiendo la cuenta—. Esto no te lo vamos a pagar. Te lo voy dejando clarito. Hablamos con recepción y luego...

—Lo siento, primero se paga, luego se devuelve —ahora sí le interrumpió el camarero—. Así se está realizando el trámite con el resto de los invitados mientras se soluciona este pequeño problema. Entonces ¿será en efectivo o con tarjeta, chicos?

La cara de los amigos era un poema, pero la de Gael más, que tenía el rostro completamente desencajado. Iker conocía su situación económica y no tenía problemas en pagar su parte siempre y cuando se la devolviera. No es que alguno tuviera los bolsillos a rebosar de pasta en aquellos momentos. Era verano, Andrés estaba en paro y el colombiano gastaba según producía para mandarlo a su familia.

Claro que el que se encontraba en mejor situación financiera era Iker, pues sus ingresos de OnlyFans —aunque ahora pausados, pues llevaba unos días sin subir contenido nuevo— eran cuantiosos. Y Mauro..., pues Mauro tendría algo ahorrado, supuso. Al principio, cuando se mudó a Madrid, no había sido demasiado consciente de lo cara que era la vida en la capital, pero desde hacía unos meses había guardado un poquito mejor cada céntimo que entraba en su cuenta. Sin embargo, quien debía responder en ese momento era Iker Gaitán, como siempre. Y no le importaba.

Solo le jodía sentirse engañado.

—Yo lo pago con tarjeta —dijo Iker finalmente tras mirar con inquina al camarero—. Pero esto no acaba aquí, es vergonzoso. Ni un poquito de tacto, ¿eh? —terminó por recriminarle.

Odió desbloquear su maldito teléfono con la cara y también odió cuando el camarero le preguntó si quería copia y por supuesto que odió la sensación de fraude y de sentirse estafado que se le quedó por todo el cuerpo.

—Tranquilo —le susurró Mauro al pasar por su lado una vez se dirigían a la salida, camino a la recepción.

—Voy a quemar este puto barco —se limitó a decir Iker, y abrió la puerta del restaurante de una patada.

46

Mauro

—Esto no tiene ningún puto sentido —se quejó Iker.

Siempre va a ser nuestro defensor.

Mauro lo miraba mientras se mordía el labio sin poder disimularlo. La forma en la que Iker había golpeado la mesa, furioso, después de casi media hora de espera para poder hablar con alguien responsable, había hecho que se le marcaran los músculos y que a su mente volviera la escena de la ducha.

Joder.

Jamás podría superarla.

—Lamentamos la confusión, pero no hay nada que podamos hacer. La organización del Rainbow Sea se encarga de otras cosas y no de cómo los pasajeros gestionan su dinero —afirmó el encargado con una mueca. Parecía repetir las mismas frases todo el rato y, a juzgar por la cantidad de gente que se apelotonaba detrás de los amigos, estaría el resto del día escuchando las mismas quejas.

Menuda cagada tan monumental.

—Que no tiene nada que ver con eso, amore —dijo Andrés poniendo los ojos en blanco, aunque mantuvo las formas, con ese tono de voz de perra mala fría y calculadora que le salía cuando se ponía a discutir—. Que venimos invitados, te lo hemos dicho, rey. ¿Entiendes?

El chico volvió a comprobar algo en el ordenador para verificar de nuevo —y quizá por tercera o cuarta vez— que los amigos no estaban mintiendo. Lo había hecho más para que se callaran un poco que para cerciorarse de verdad.

—¿Quieren conocer su balance? —preguntó al cabo de unos segundos—. Podemos darles tíquets o una tarjeta de puntos. Lo que se pase de ahí deberá correr por su cuenta una vez se realice el check-out del camarote a la salida.

—No entiendo cómo no avisaron de esto —murmuró Gael—. Aunque igual, ni que fuera todo incluido de verdad. El guaro sí que no lo regalan, parce.

—¡Es una vergüenza! —gritó alguien desde la parte de atrás de la fila.

—¡CABRONES! —se animó alguien más.

Se notaba una tensión cada vez más creciente en el ambiente. Quizá la organización tendría que haberlo pensado antes de cabrear a miles de personas en un entorno cerrado, en medio de la nada y con botellas de alcohol en cada esquina. ¿Vivirían una revolución? Mauro se tuvo que aguantar la risa mientras se imaginaba los titulares en las noticias: guerra aderezada con cañones de purpurina.

—Les recomendamos que se pongan en contacto con la empresa o entidad mediante la cual fueron invitados —insistió el encargado.

—Era un sorteo, te lo hemos dicho —dijo Iker, con un tono de voz que no dejaba lugar a dudas: estaba a punto de estallar de una vez por todas—. No tenemos ni idea de si aquí hay alguien de...

—Les pedimos disculpas. No son los primeros en sufrir esta situación pero, como les comentaba, no podemos interceder, puesto que es algo que va por cuenta ajena. Les podemos ofrecer esas tarjetas o los tíquets de papel y en cinco días laborables recibirán las devoluciones de los importes que hayan tenido que abonar por este error. Es lo máximo que podemos hacer en estos momentos, y como favor. O lo toman o lo dejan.

Iker se volvió hacia sus amigos a consultarles con la mirada que estuvieran de acuerdo con aquello y seguir adelante con esa compensación momentánea. Mauro no supo si era una fantasía de su cabeza, pero sintió que los ojos de Iker se posaron más tiempo en los suyos que en los de Andrés o Gael.

Porque claro, ahora mismo, después de cruzar miradas, ¿qué más daba el dinero y que les hubieran timado como a idiotas?

Solo podía pensar en esos brazos, en ese vapor abriéndose paso, en esa corrid...

—Esta es la tuya —le dijo Iker y le puso en la mano una tarjeta de color rosa con estrellitas. Arriba ponía su nombre y apellidos.

—Gra-gracias —titubeó Mauro, como si le hubiera descubierto pensando en lo que no debía ser nombrado.

No cruzaron ninguna palabra más con los recepcionistas ni con el encargado, y se marcharon a tomar el aire. Fuera, el viento era frío, aunque agradable al mismo tiempo, ya que los focos que se utilizaban para iluminar las terrazas generaban demasiado calor tras llevar tantas horas encendidos.

—Nos engañaron como a una travesti paraguaya —bromeó Andrés, haciendo referencia a... algo. Mauro sabía que era una frase conocida. Todavía le faltaban unas buenas lecciones de mamarracheo del colectivo.

Los amigos salieron en busca de un poquito de aire a una de las terrazas. Decidieron visitar la Zona C. Mauro notaba el peso de la tarjeta en el bolsillo, como si fuera una piedra ancestral que poseía un gran poder en su interior, al igual que en las novelas de fantasía.

Ostras. Se le había subido el vino de la comida.

Compórtate, que vas a terminar dando vergüenza.

—Aquí mismo —dijo Andrés, señalando una mesa cerca de una de las piscinas. En aquel instante, Mauro se percató de que había luces en su interior y que el agua las reflejaba, bañándolo todo a su alrededor con destellos de los colores del arcoíris.

—¿En serio les vamos a dar más dinero? —se quejó Gael, aunque mientras hablaba, se estaba sentando en la silla.

Una de las cosas que más le había gustado a Mauro de esa terraza era lo moderna que era. Para pedir solo había que escanear un código QR que se encontraba en la mesa y en cuestión de minutos tendrían frente a ellos sus bebidas. Además, las sillas eran más bien sillones, con cojines y de respaldo curvo, haciendo que fuera difícil escapar de ahí cuando uno llevara más de un par de copas.

—Creo que la otra vez te pediste ese —le señaló Mauro a Andrés, que parecía dudar entre un cóctel llamado Patiño On The Beach o una Margarita Seisdedos.

—Es verdad, que me hizo mucha gracia —se rio Andrés. Se decantó por la primera opción y lo añadió a la cesta virtual.

Cuando llegaron las copas, brindaron y no tardaron demasiado en beberse más de la mitad.

—Ahora debemos tener más cuidado... Con todo eso de que no está incluido y que lo estamos pagando —dijo Iker, chafado.

Mauro pensó que tenía razón. Miró su cóctel, uno llamado Bloody Mary Jane Holland, y no pudo más que sentirse engañado.

—Está de hielos hasta arriba. —Su tono de voz fue casi de enfado.

—No es que estemos en la mejor terraza del crucero... —comentó Andrés, también mirando la diferencia entre líquido y sólido de su cóctel. En su rostro se dibujó una clara expresión de decepción.

Gael fue el único que no se quejó en aquel momento, pues de un rápido sorbo había terminado lo poco que le quedaba a su Mojito Mojamuto, y ahora se apoyaba en el respaldo de la silla de brazos cruzados, escuchando atentamente a sus amigos quejarse.

Sin embargo, cuando Mauro cruzó la mirada con la de Iker, ambos tragaron saliva y asintieron con la cabeza, como poniéndose de acuerdo de forma telepática, como recuperando un poquito —solo un poquito— de su conexión.

—Vale, pues yo propongo algo —lanzó entonces Iker—. Ya que parece que se están riendo de nosotros y que ahora hemos dejado de ser unos invitados maravillosos a ser casi una carga... y que los bares como este son un poco timo... —Iker les hizo un gesto a los amigos de que se acercaran—. Vamos al más caro de todos. Tengo una idea.

47

Gael

—Parce, ni de coña —dijo Gael, negando con la cabeza.

Se encontraban a la entrada del lujoso Forchettone, uno de los restaurantes/bar de copas del crucero más lujoso. Estaba en una zona más apartada, con menos ruido, y contaba con su propia pista de baile de madrugada, que incluía desde una terraza de dos plantas con vistas al mar a aspersores de agua para las noches de más calor, por no hablar de que a ciertas horas los camareros se quitaban la ropa y hacían striptease. Solo por los comensales que se encontraban allí cenando deliciosos platos de pasta y pizzas caseras, se podía apreciar que su nivel de vida era mayor, aunque eso no quitara que muchos de ellos fueran a ver ese espectáculo tan... caliente.

—Enseguida les encuentro una mesa —comentó la mujer con pajarita y traje que, desde la puerta abierta de par en par, controlaba las reservas y el acceso.

—Es solo para tomar algo —repitió Iker—. A ser posible fuera, en el segundo piso.

—Compruebo en un momento si tenemos disponibilidad.

Cómo no, el restaurante pijo contaba con una zona preciosa a la luz de las velas, lamparillas y decenas de plantas de todos los colores. Era romántico, a decir verdad, y Gael pensó que no estaría mal cenar alguna noche allí con Oasis. Sería bonito tomarse de la mano, con la brisa marina golpeando sus caras y sonrisas, mientras disfrutaban de una buena comida y esos cócteles multicolor que tenían una pinta increíble.

La mujer desapareció durante un momento para comprobar si había sitio fuera.

Ese era el plan de Iker: distraerla.

Gael sentía que se iba a desmayar. ¿Y por qué por una vez parecía ser el único con dos dedos de frente? Tanto Andrés como Mauro se habían apuntado al plan de Iker sin pensarlo, molestos por el feo que les había hecho la organización con el tema del dinero.

—Venga —animó Iker, acercándose un poco más a la entrada. En cuanto dieron unos pasos, el olor a queso fundido atravesó sus fosas nasales.

—Estoy que vomito —se quejó Gael, llevándose las manos al estómago. Aún notaba el puré de patatas en la garganta. ¡Acababan de cenar, maldita sea! Y no le había sentado nada bien ese cóctel cutre que se había tomado hacía tan solo unos minutos.

—Si creen que vamos a pagar un cóctel de mierda con su dinero de mierda... —dijo Iker, apretando los puños, casi vengativo.

Se cree en pura película de Vengadores, *machi.*

A la izquierda de la puerta, a escasos centímetros, se encontraba la barra del bar donde varios camareros se dedicaban a preparar diferentes bebidas en ese momento. Eran completas: micheladas por los bordes, con espuma e incluso purpurina. Vale, seguían estando en un crucero gay, algo que parecía haber desaparecido en cuanto habían llegado a esa zona del Rainbow Sea.

—Venga, venga —dijo de nuevo Iker.

El primer paso debía darlo Mauro. Entraba dentro de lo que mejor se le daba: ser un maldito torpe. Así que eso hizo. Fingió tropezarse consigo mismo para empujar a Iker y Andrés hacia dentro. Ambos se cayeron casi a cámara lenta, forzando demasiado los pasos y la cara para que no quedara ni rastro de duda de que no era fingido. Andrés cayó sobre sus hombros, en la barra, e Iker un poco más hacia delante, tapándole con su cuerpo enorme.

Sin pensárselo dos veces y mientras Mauro lloriqueaba en el suelo aguantándose la risa —Gael no se movía ni un pelo, atento a su momento—, Andrés escaló como pudo por la barra, alargó un brazo y...

Victoria.

Le lanzó la botella de whisky de un litro a Gael, que la cogió; temía que sus palmas sudorosas le traicionaran y se le escurriera contra el suelo, dejándolo todo perdido, pero no pasó. Sin embargo, en cuanto sus amigos se dieron la vuelta corriendo para comenzar la fase dos del plan, Gael se encontró de frente con la mujer que se encargaba de las reservas. Sus ojos, abiertos como platos, se tornaron acusadores enseguida.

—¡CORRED, CORRED! —gritó Mauro al tiempo que Iker le cogía de la mano; casi salió volando del tirón que le dio.

Gael cogió aire, asió con fuerza la enorme botella entre sus brazos, y salieron pitando por donde habían venido. Subieron y bajaron escaleras, giraron tantas veces que se sintió a punto de vomitar por segunda vez en cuestión de minutos, pero para cuando por fin llegaron a la punta contraria del crucero, en una pequeña terraza con vistas al mar, celebraron el robo con éxito, saltando y abrazándose, eufóricos.

—Que se jodan —dijo Iker, alzando la botella hacia el cielo.

—Ve, yo nunca vi esa marca —comentó Gael, de pronto curioso, cogiéndola de las manos de Iker. La examinó y buscó rápidamente en Google. Tragó saliva al ver los resultados—. Babies, yo creo que nos metemos en buen lío con esta botella...

Iker frunció el ceño.

—¿Qué pasa?

Cuando Gael mostró la pantalla a los amigos, todos abrieron los ojos sorprendidos. No, aquella expresión se quedaba corta. Más que sorprendidos.

—Pero ¿cómo-cómo? N-no entiendo —comenzó a tartamudear Mauro; en su mirada había miedo, temor. Se leía perfectamente que temía entrar en la cárcel por esa tontería, lo que siempre pensaba cuando hacían algo un poquito fuera de la norma.

—Eso tiene que estar mal —dijo tajante Andrés, pero sin dejar de mirar el iPhone de Gael.

—Bueno, pues no importa. ¡Ni siquiera sabíamos que existían botellas de whisky de seiscientos euros! Así que mira, mejor para nosotros. Estará más rico, seguro —celebró Iker, recuperando la botella, de nuevo en sus manos—. Que no decaiga el ánimo. ¡Y que se jodan por habernos toreado!

Las palabras de Iker tardaron unos segundos en hacer efecto, pero los amigos se dejaron llevar por la felicidad, la adrenalina y el saber que habían robado la que quizá era la botella más cara de todo el crucero. Gael guardó el teléfono, hizo una broma sobre que aquella bebida costaba casi lo mismo que un mes de alquiler y volvieron a saltar y celebrar.

Entonces la abrieron y se la pasaron, bebiendo directamente a morro y comentando cómo se habían sentido en una película de espías, con un plan sin fallas, corriendo, distrayendo al enemigo...

Claro que esa diversión se terminó en cuanto dos guardias de seguridad aparecieron detrás de ellos con cara de pocos amigos.

48

Iker

Lo primero que hizo Iker fue agarrar la botella como si fuera un bebé recién nacido, rodeándola con ambos brazos. Pero vaya, que si fuera un bebé de verdad, habría terminado completamente aplastado de la fuerza con que la agarraba.

—Ahora sí que toca correr —casi gritó, y se lanzó como el maldito Correcaminos hacia el lado contrario por donde habían aparecido los seguratas.

No obstante, al cabo de unos segundos, se giró y vio que sus amigos negaban con la cabeza.

Qué pocas ganas de vivir la vida, coño.

Iker regresó sobre sus pasos, con la cabeza gacha y la botella cada vez menos asegurada en su pecho. La adrenalina fue desapareciendo poco a poco. Los guardias de seguridad lo miraban con actitud reprobatoria.

¿En serio la diversión iba a terminar en ese momento? ¿Después de lo bien que se lo habían pasado y de la buena sensación que le había dejado aquella venganza? Sabía que aquello afectaba más bien poco a los organizadores del crucero, pero aun así, se había sentido bien por haberlos jodido un rato.

—Señores, trataremos esto como una broma si devuelven la botella ahora mismo —dijo uno de los guardias. Bordado en su pecho, su nombre: Aceituno. Iker trató de aguantarse la risa.

—La hemos abierto —respondió este sin dudar, centrándose en todos los detalles del uniforme exceptuando el bordado. Sus ojos se posaron en los del otro guardia. Venga, debía ser una broma. Se llamaba Rufino.

Aguantándose las lágrimas como podía, le tendió la botella a los guardias sin mirarles a la cara.

—Tengo derecho a una llamada, ¿no? —preguntó Mauro, al borde del llanto—. Me gustaría llamar a mi amiga Blanca para despedirme de ella. Ay, cuando se entere...

Tanto Aceituno como Rufino estallaron en carcajadas, haciendo peligrar incluso la botella de whisky en sus manos. Mauro buscó a Iker en un intento desesperado de comprensión, un mínimo de entendimiento, y este se acercó. Apoyó la mano sobre el hombro de su amigo y le cortó la risa a los guardias.

—Si no hay nada más que solucionar, nos gustaría continuar disfrutando de esta velada tan increíble. —La forma en la que Iker pronunció aquello no dejaba lugar a dudas de que no estaba de humor.

Los guardias asintieron con la cabeza y se marcharon por donde habían venido.

—Oye, ¿no ha sido un poco raro todo? —preguntó Andrés al cabo de unos minutos.

Se habían apoyado sobre la barandilla, mirando al mar. Iker tenía un cigarro entre los labios y fumaba tranquilamente con los ojos cerrados. No paraba de pensar en el chute de adrenalina que había sentido, sobre todo cuando había tocado el hombro de Mauro y...

—¿Raro por qué? —Gael se había negado a llevar a cabo ese robo en un principio, pero ahora parecía más tranquilo y, sin duda, curioso ante las palabras de su amigo.

—Eran demasiado jóvenes para llamarse así.

—Yo casi me meo de la risa —confesó Iker, recordándolo—. Pero en fin, qué más da. Nos hemos quedado sin ese whiskazo.

La brisa le golpeaba en la cara y le hacía sentirse más relajado. Entre eso y la nicotina, aquella noche dormiría como un bebé.

Ostras.

Dormir.

Al día siguiente llegarían a Malta y, con todo lo de la cena y la botella, se había olvidado por completo de aquella noche, ni de forma natural ni forzándolo, por lo que no había conseguido desarrollar un plan alternativo para no dormir con Mauro.

¿Sería capaz de hacerlo llegado el momento?

Tragó saliva. Buscó el tabaco en el bolsillo de forma compulsiva y se encendió otro sin pensarlo, de pronto sintiendo que se le cerraban las vías respiratorias.

—Cáncer —bromeó Andrés, haciendo aspavientos y quitando el humo de su cara con la mano—. Vas a flipar.

—Quien tenga miedo a morir, que no nazca —dijo simplemente Iker, intentando sonreír como podía, tratando de no pensar en que quizá sería la primera noche que dormiría con Mauro en la misma cama.

49

Rocío

Ir de compras por el centro siempre era una tarea horrible, y más en pleno agosto. Lo bueno era que casi ningún madrileño se quedaba en la capital y la gente que paseaba por las calles eran turistas en su mayoría. Vamos, que las tiendas de ropa no estaban demasiado llenas, y así podía disfrutar del aire acondicionado.

Por eso al llegar a casa, cargando bolsas de papel reciclado con asas endiabladamente incómodas, no tuvieron energía ni para calentar una lasaña del Mercadona en el horno. Pidieron al kebab de abajo lo primero que se les pasó por la cabeza (Rocío, siempre completo y mixto; Blanca, sin lechuga y doble de salsa blanca).

Estaban destrozadas. Sentían las plantas de los pies quemadas por caminar tanto a cuarenta grados. ¡Madrid era un horno! En aquel momento, ya habían terminado de cenar y decidían qué película podrían ver en los servicios de streaming que tenían contratados.

—En serio, a veces me siento idiota.

—¿Por qué, nena?

Blanca puso los ojos en blanco, en actitud molesta. Golpeó el sofá con el mando a distancia.

—O sea, pagamos una pasta cada mes para tener trescientos millones de películas y justo la que quiero ver, no está. —Hablaba mientras gesticulaba mucho—. Es que encima te pone: ¿quizá has querido decir no-sé-qué título? Y vas y le das y te dice que no está disponible. Es que... Aaah.

Rocío miró a su chica sin saber muy bien cómo sentirse. Desde hacía unos días estaba como nerviosa, y se notaba en su actitud. Como por ejemplo, cabrearse porque Netflix no tuviera la película que ella quería ver en ese momento.

—Bueno, pero eso ha pasado siempre —trató de calmarla.

—Si es que al final me voy a comprar un loro, ponerme un parche y tirar por el pirateo.

—Eres más tonta...

—Lo digo en serio —replicó Blanca enfurruñada y lanzó el mando en dirección a Rocío—. Elige tú mejor, lo que sea. Ya estoy harta. Y total, me va a entrar el sueño como siempre a media peli. Así que me la suda. Hala, habéis ganado, plataformas de streaming.

Rocío cogió el mando y buscó en la categoría de comedias románticas. Según avanzaba, leía títulos y veía pósteres, volvió a sentir en el pecho esa sensación tan extraña que se le quedaba cada vez que miraba la cartelera o leía posts sobre las nuevas películas que protagonizarían sus actrices favoritas.

No había nada —o casi nada— donde se sintiera completamente representada. ¿Dónde estaban las comedias románticas de lesbianas? Alguna había por ahí perdida en algún catálogo, pero vamos, ninguna era icónica al nivel de las clásicas para heterosexuales. Ella quería un *Pretty Woman*, donde una empresaria millonaria le comprara Funkos, o una *Chicas Malas* en la que Janis fuera lesbiana en realidad y comenzara una relación con Regina George. Además, en cuanto salía algo interesante, terminaba por tener malas críticas o, si era una serie, cancelarse.

—Ay, mira, esta misma —dijo Rocío, dándose por vencida y emitiendo un largo suspiro al tiempo que pulsaba sobre cualquier cosa.

Puso el aire acondicionado a dieciocho grados y se acurrucó junto a Blanca.

Cuando el ambiente comenzó a estar mucho más fresquito, Rocío se dispuso a acariciar el muslo de su novia con la mano. Le encantaban sus piernas y cómo estaban casi al completo fuera del pantalón, que era muy finito, muy corto y dejaban poco a la imaginación. Rocío no pudo evitar que uno de sus dedos jugueteara con esa misma tela y lo introdujo dentro para rozar mejor su piel. Tampoco pudo evitar que no tardara demasiado tiempo en que ese dedo comenzara a subir poco a poco para tocar esas partes más delicadas, de piel más fina, con más terminaciones nerviosas.

Blanca no llevaba nada debajo del pantalón.

Rocío se mordió los labios cuando notó la libertad con la punta del dedo índice.

Para comprobar que era un buen momento para seguir adelante, Rocío ladeó la cabeza para mirar a Blanca, que tenía los ojos cerrados, disfrutando. Parecía tensa, eso sí. Pero de igual modo, Rocío se envalentonó, sabiendo que el deseo las recorría a ambas ahora que el calor no era tan mortal, y continuó jugando con ese dedo travieso debajo del minipantalón.

El primer gemido de Blanca no se hizo esperar. Rocío tan solo estaba tocando de forma delicada, casi masajeando en algunos puntos, ejerciendo un poquito de presión. Después, se llevó los dedos a la boca y los impregnó de saliva para poder continuar sin tanta sequedad. Al volver, se dio cuenta de que Blanca ya estaba algo húmeda.

—Pfff —dijo, sin poder evitarlo.

Rocío dirigió la otra mano a su entrepierna e hizo los mismos movimientos circulares que le estaba realizando a su novia. Todo era lento, para disfrutar de cada milímetro, de cada segundo, de cada...

—Lo siento —dijo de pronto Blanca. Apartó el brazo de Rocío con cuidado de no parecer demasiado brusca y cerró las piernas—. No estoy... —buscó las palabras, pero no las encontró—. Hoy no estoy, perdona.

Rocío suspiró y volvió a tumbarse sobre su pierna, no sin antes darle un pico en los labios a Blanca y decirle:

—No pasa nada.

Al cabo de media hora, las dos se habían quedado dormidas mientras una película mala se reproducía de fondo.

50

Mauro

Las dos y media de la mañana. Al día siguiente, en torno al mediodía, ya podrían disfrutar de Malta. Si no se iba a dormir pronto, se arrepentiría, porque el plan era hacer turismo exprés; lo tenía más claro que el agua: el dolor de piernas, el dolor de espalda... Ya comenzaba a notarlos.

Pero estaba frente a Iker, tomando cerveza.

Su amigo estaba borracho.

Tanto Gael como Andrés se habían marchado hacía un rato. El primero casi había corrido en cuanto Oasis le había escrito para que se vieran, y el segundo pareció ensimismado consigo mismo de la nada, como en un discurso interno, y se disculpó cuando se marchó a, según él, poner en orden sus ideas.

Así que se habían quedado allí, en una de las terrazas. Pasaban la tarjeta con estrellitas cada vez que pedían una ronda. Las cervezas de Mauro eran con limón; las de Iker, con un chorro de tequila.

¿Cómo no iba a estar pedo?

En parte era algo incómodo, porque no hablaban demasiado. Se miraban mucho, eso sí, y si charlaban, era sobre el crucero o las visitas que querían hacer en Malta o Mikonos.

Entonces el DJ, que Mauro reconocía de vista, pasó por su lado de la mano con un hombre del mismo estilo que Iker: alto, rudo, con mucho músculo. A veces, pensó Mauro, se cansaba de que todo fuera tan... perfecto a su alrededor.

Echó la vista abajo para mirarse la barriga y luego se terminó la jarra de cerveza de un trago.

51

Iker

Venga, no me jodas. Y ahora me tocan estos delante de Mauro. No es el momento. Con lo borracho que voy...

—¡Mira quién está por aquí! Unos yéndose a la cama y los otros de fiesta —bromeó Jaume dándole un apretón a Iker en el hombro.

Este no sonrió de primeras, porque no estaba demasiado seguro de querer hablar con la pareja, y menos en un momento como aquel, cuando se encontraba a punto de lanzarse a sacar el tema de lo que había ocurrido en la ducha hacía apenas unas horas. Y, bueno, sobre lo demás...

Sin embargo, al final fue la mirada de incomodidad de Mauro (¿o eran celos?) lo que hizo que siguiera el juego con rapidez para que Jaume y su chico se marcharan cuanto antes.

—Sí, sí, aquí estamos empezando la noche... ¿Y vosotros ya a dormir? Debéis estar agotados —recondujo como pudo Iker, tirándosela de manera indirecta.

—La verdad es que... uff. Tengo familia en Malta. Nos escaparemos un ratito a su casa, que hace mucho que no los veo. Así que queremos estar descansados —le dijo Jaume.

—Claro, claro. Un descanso, porque lleváis un trote... Hay que descansar siempre —bromeó Iker. Ellos se rieron y luego Jaume buscó de forma evidente la risa en la cara de Mauro, que tan solo los observaba como quien miraba al vacío.

—Bueno, os dejo —dijo rápidamente Jaume, al percatarse de la frialdad de este último—. Siento si hemos interrumpido algo.

Se despidieron con un saludo de la mano y al cabo de unos segundos la calma había vuelto a instaurarse entre ellos dos. Solos.

Vale, ahora sí.

—Yo... Mauro, quiero hablarte de algo.

Este alzó la mirada. En su rostro se reflejaba la curiosidad y un poquito de miedo. Cuando Iker decía que con solo mirarle, sabía lo que sentía, no era mentira. Era como si lo conociera al detalle.

—Vas un poco borracho, ¿estás seguro?

Iker asintió con la cabeza.

¿Estás seguro de verdad?

—Lo de esta mañana ha sido... Bueno —casi se arrepintió de haber comenzado así—, a la mierda. No ha sido raro. No ha sido una locura, al menos por mi parte. Quería hacerlo. Espero que no te haya hecho sentir incómodo.

Estaba claro que Mauro no esperaba que Iker hablara de ello de una forma tan directa y se echó hacia atrás en la silla, poniendo distancia entre ellos.

—Para nada, solo que no me lo esperaba —dijo al cabo de un rato, tras sopesar sus palabras.

—Como has desaparecido...

Iker bebió después de decir aquello. Le había rayado durante todo el día que Mauro se hubiera esfumado no solo después de la escena de la ducha, sino durante todo el día, y que hubiera reaparecido como por arte de magia a la hora de la cena.

—Tenía demasiadas cosas en la cabeza. —Mauro estaba visiblemente nervioso. Tanto que fue a beber de su jarra y, aun estando vacía, se la llevó a la boca. Al posarla de nuevo sobre la mesa, suspiró—. Lo entiendes, ¿no? Que... ha sido inesperado.

Eso era lo que Iker se temía. ¿Por qué había actuado de esa forma? Una parte de su cabeza le decía que era por Diego, que le había puesto cachondo y... Pero no, lo había hecho porque de verdad quería mostrarle a Mauro sus intenciones.

—Perdona, en serio. La he cagado al máximo. Es que no sé... Me cuesta expresarme con palabras a veces. Cuando se trata de mí, es difícil.

—No, Iker. No la has cagado. —Mauro habló con serenidad,

para su sorpresa. Estaba serio. Le temblaba el labio inferior—. Pero necesito que hablemos de una vez por todas. No quiero seguir tirando de una cuerda que parece que va a romperse en todo momento. Es una tensión que aparece y desaparece todo el rato y me estoy empezando a cansar.

Iker apoyó los codos sobre la mesa, sintiendo que se le escapaba, que todo se le iba a la mierda. Era un estúpido.

—Mauro, yo... Tengo que decirte que no entiendo nada de lo que me está pasando. Pienso en ese beso, en esa noche tumbados después de lo del funeral... —Tuvo que hacer una pausa cuando notó que le picaban los ojos—. De verdad que no hay nadie en el mundo ahora mismo que esté más hecho un lío que yo. Pero tengo una cosa clara, una voz en mi cabeza que quiero ignorar porque en el pasado me han hecho tanto daño que soy un cobarde y no tengo fuerzas para enfrentarme de nuevo a eso.

Mauro tragó saliva.

Iker bebió para animarse.

Ninguno de los dos dijo nada durante unos cuantos minutos; tan solo se miraron a los ojos, respirando, sintiendo la brisa del mar.

Al cabo de un rato, Iker cogió aire. Le temblaba todo el cuerpo, le dolía la cabeza. Las piernas, con un tic nervioso bajo la mesa. Pero dio el paso que tanto temía dar.

—Creo que siento algo por ti, Maurito. Lo sé desde hace tiempo, pero he decidido ignorarlo. Por ti, para no hacerte daño. Por mí, para no hacérmelo. Siento que le haya dado tantas vueltas, siento llegar tan tarde o habértelo mostrado de la única forma que sé esta mañana. Verte con Héctor fue más que suficiente para confirmarme lo que siento, y he estado desde entonces sin saber muy bien hacia dónde mirar, qué hacer o qué sentir. He cometido errores y lo sé, de verdad que lo siento, pero solo quería decírtelo. Para que lo supieras —añadió, viendo que Mauro no respondía. De hecho, parecía que le hubiera dado un paro cardiaco, pues lo miraba con los ojos completamente abiertos, la cara roja y se sujetaba con fuerza a la mesa, los dedos blancos de la presión, el pecho subiendo y bajando con velocidad.

—No sé qué decir —dijo al cabo de un rato, con los ánimos más calmados.

Iker sentía que se iba a desmayar. No eran las cervezas con

tequila que llevaba, que eran unas cuantas, era el hecho de haberse abierto de aquella manera y tan de repente con Mauro, su mejor amigo, quien le había acompañado en sus idas y venidas durante tantos meses. ¿Sería recíproco? ¿De verdad había alguna posibilidad de...?

—Tampoco hace falta que digas nada —terminó por decir.

La forma en la que Iker dejó escapar aquellas palabras por sus labios estaba llena de dolor. Vale, había sido un idiota. Si Mauro no sabía qué responder, era por algo, ¿no? Estaba claro. Quizá lo había malinterpretado todo de nuevo, se había vuelto loco, o la había cagado totalmente con la tontería de la ducha. Por qué se había dejado llevar por la ebriedad en aquel momento sabiendo que su relación con Mauro podría ponerse en jaque era todo un misterio, aunque se sentía mucho más liberado, que se había quitado un peso de los hombros. Al menos, se consoló, ganaba en tranquilidad.

—No me lo esperaba —concluyó Mauro al cabo de un par de minutos más durante los que Iker había apurado la cerveza casi entera. Aún la notaba bajar por su garganta.

Dios, estoy muy pedo.

—Igual es mejor que nos vayamos a la cama —comentó Mauro, como quien no quiere la cosa, sin mirarle, de soslayo.

Después de eso, Iker no se acordaba de nada más.

52

Andrés

No lo podía creer.

Andrés contemplaba la pantalla del ordenador en la oscuridad del camarote. Eran casi las cinco de la mañana y estaba solo; Gael, de nuevo, se encontraba pasando la noche con Oasis, e Iker y Mauro... A saber.

Por una parte, Andrés se sentía un poco mal con aquella noche. Sí que le había venido de perlas no solo la cena, sino esa soledad, porque había podido conectar todos los puntos como si fuera por arte de magia, aunque no dejaba de sentir una sensación agridulce subirle por la garganta. ¿Había utilizado a sus amigos para crear su historia? Bueno, en realidad era solo aderezo, pero igualmente...

En realidad, no había escrito demasiado..., simples detalles para mejorar un poco el conjunto. Tonterías sin más, para que ellos aparecieran en más momentos y todo tuviera un cariz algo más realista. Menos mal que lanzaría aquel libro bajo pseudónimo, pues no quería que sus amigos se sintieran mal con algunas de las situaciones que narraba allí.

Siguió tecleando palabras sueltas por aquí y por allá. Añadía adjetivos y cambiaba algunas palabras que le chirriaban por otras, buscando como un loco en su listado de sinónimos offline que había descargado antes del crucero en caso de no tener buena conexión a internet. Poco a poco y en cuestión de minutos, algunas de las páginas pasaron de ser un mero borrador a algo mucho más decente. El poder de las letras siempre le hipnotizaba y fascinaba a partes iguales.

Se estiró en cuanto escribió la palabra «fin», no sin antes tomarse su pastilla Dovato, como cada noche, antes de dormir.

Si le contara el proceso de escritura a cualquier autor, se moriría de envidia. Jamás hubiera pensado, ni en mil años, que pudiera haber terminado un libro tan personal en tan poco tiempo. Aunque bueno, no iba a negar que tampoco era Brandon Sanderson ni buscaba escribir tochos de miles de páginas... Y tampoco negaría que el proceso de escritura había comenzado mucho antes, en su casa, en pleno auge de sus malas decisiones y sentimientos contra Efrén, de donde nacía aquella historia; una venganza que se cobraría bien fría. Solo podía imaginar los ojos de su expareja leyendo esas líneas sobre él, dejándolo por los suelos.

Era su Reputation Era.

Comprobó el número de palabras del archivo y lo maquetó un poquito, dejando algún espacio en blanco al inicio, haciendo una portada sencilla con letras básicas... Casi sesenta mil palabras. Había quedado claro y conciso, pero era más que suficiente.

Eso sí, Andrés sabía que antes de ponerse con las correcciones, cambiar y añadir cosas que trastocaran escenas completas, debía darse una pausa breve y alejarse del manuscrito. Por eso decidió subir el archivo a la nube y borrarlo del escritorio, para no caer en la tentación de retocar siquiera una coma en los siguientes días. Ya apenas enfocaba la pantalla, casi no sabía lo que estaba haciendo; tenía los ojos medio cerrados y visión borrosa a causa del sueño.

Cuando la subida terminó, se lanzó a la cama de un salto, pletórico, agotado, liberado.

Se durmió a los pocos segundos.

53

Carpeta compartida

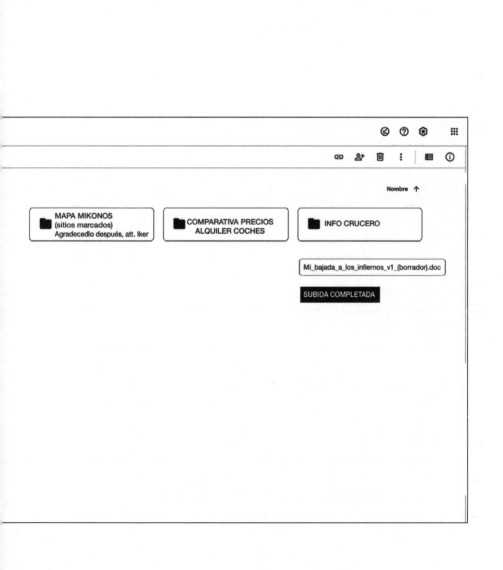

MAPA MIKONOS
(sitios marcados)
Agradecedlo después, att. Iker

COMPARATIVA PRECIOS
ALQUILER COCHES

INFO CRUCERO

Nombre ↑

Mi_bajada_a_los_infiernos_v1_(borrador).doc

SUBIDA COMPLETADA

54

Iker

Lo primero que hizo Iker al despertarse a la mañana siguiente fue comprobar que todo estaba en orden.

Y no lo estaba.

Aquel primer día en Malta parecía haber comenzado más con el pie izquierdo que con el derecho, porque lo primero de todo: ¿por qué había despertado rodeando a Mauro con el brazo? ¿Por qué narices había terminado la noche tan borracho como para que durmieran juntos incluso...? Ay, madre mía. Estaba en calzoncillos, con la pierna enredada entre las de Mauro y una más que notable erección mañanera.

Iker se mordió el labio, nervioso.

Miró al techo.

Cuando pasaron unos minutos, se dio cuenta de qué sentía con exactitud: estaba asustado. No, quizá la palabra que mejor definía lo que sentía era contrariado. Desde luego, no por haber dormido con Mauro, sino porque por alguna extraña razón era la primera vez que... no se sentía mal, que no lo sentía como un error, sino como una evolución natural de las cosas.

¿O era solo su imaginación? Mauro no había estado demasiado receptivo aquella noche. Lo poco que recordaba era extraño, lejano, como si hubiera disociado. Había leído sobre el tema en varias ocasiones, en algún hilo en Twitter, y siempre le había parecido algo curioso. Ahora que era probable que lo hubiera experimentado, se sentía como en un cuerpo ajeno. Los recuerdos iban y venían en flashes, y se veía a sí mismo en tercera persona conversando con Mauro; un Mauro tenso, ojiplático, sin capacidad de hablar o responder algo de lo que Iker esperaba que saliese de su boca.

Volteó la cabeza. Los suaves ronquidos de su amigo, que se encontraba boca arriba, le hacían sentirse a gusto, como en casa. Aquello sí que era extraño. Acercó su mano a la entrepierna y se apretó, tratando de calmar su erección. Volvió la vista de nuevo hacia Mauro. Lo tenía muy cerca. Demasiado cerca. Miró sus labios durante unos segundos, entreabiertos, dejando escapar lentamente el aire. Estaba tan a gusto... No quería despertarlo por nada del mundo.

Contemplarlo dormir le daba paz.

No obstante, Iker se desplazó poco a poco, haciendo el mayor esfuerzo para que Mauro no sintiera ni el menor movimiento. Este terminó por girarse hacia un lado, completamente dormido, pero así Iker pudo moverse con más libertad y terminar de pie. Contempló el camarote con los brazos sobre las caderas. A primera vista, sí, todo parecía estar más en orden de lo que en un principio hubiera pensado.

Fue hacia el baño: necesitaba una ducha helada con urgencia.

Se metió dentro y deseó poder bañarse con, literalmente, cubitos de hielo, porque aquello no se bajaba ni de coña. Después de quince minutos de concentración y cuando su cuerpo comenzó a temblar del frío, salió de la ducha, rendido ante la evidencia. Se secó como pudo, con cuidado de no tocarse la zona afectada, pues no quería darle ninguna excusa a su cuerpo para que siguiera comportándose como un imbécil.

Al mirarse frente al espejo, su mirada fue a parar al teléfono móvil, que reposaba sobre el mueble del baño entre cepillos de dientes, lacas y colonias. Le había llegado una notificación y ahora la luz de la pantalla lo iluminaba todo. Lo cogió: se trataba de un mensaje privado de OnlyFans. Un seguidor le reclamaba el contenido por el que le había enviado una propina de ciento cincuenta euros. No era nada complicado, sino un vídeo de un par de minutos poniéndose y quitándose calcetines largos de deporte.

Joder. Ni me acordaba.

El vídeo estaba grabado desde hacía unos días, justo desde antes de salir en dirección a Barcelona, solo que no lo había enviado. Lo hizo y enseguida el seguidor, que estaba conectado en aquel momento, le agradeció el contenido, aunque prometió no volver a pagar por nada especial si la espera era de días.

> Estaba cachondo la semana pasada,
> pero vale, gracias, supongo
> Pero bueno, ha merecido la pena.
> Madre mía
> Estoy durísimo!!!

> Lo siento
> Y gracias a ti por seguir mi contenido

Por un segundo, Iker tembló. Había dejado de lado su fuente de ingresos principal, demasiado preocupado por pasarlo bien o solucionar sus problemas con Mauro, Diego y Jaume, pasar tiempo con sus amigos o hacer turismo. Pero no olvidaba que ahora ese era su trabajo. Y cuanto más pensaba en que, en cierto modo, era su profesión, más lo odiaba y peor se sentía consigo mismo. Vio el balance de la plataforma y el disgusto se le pasó unos segundos en cuanto vio la cantidad de dinero que había acumulado en esas semanas.

Sin embargo, era la primera vez que Iker sentía que de verdad algo no terminaba de encajar. Porque ahora, a tan solo unos metros, quizá hubiera una razón para no continuar por ese camino. O sí, pero contando con su apoyo.

Madre mía, estoy hecho un lío.

Decidió que ya que estaba tan erecto y no había forma de que aquello se le bajara, se tomaría algunas fotos medio decentes y que sus seguidores no se enfadaran... más de lo que ya lo estaban. Últimamente su contenido tiraba más hacia escenas pornográficas con otras personas y había pensado que encontraría a gente dispuesta a colaborar con él a bordo del crucero. Sin embargo, parecía que todos sus planes estaban cambiando a una velocidad vertiginosa.

Cuando subió un par de las fotos que se acababa de tomar, y una vez estuvo más calmado, se sentó en una esquina de la cama para mirar a Mauro y pensar.

Tenía mucho sobre lo que reflexionar.

Fue en el desayuno, una media hora más tarde, cuando Iker casi se ahogó del susto. Había bajado solo. No quería despertar a Mauro y tenía toda la pinta de que podría dormir durante días.

Se había sentado en una mesa apartada. Tenía demasiados demonios en la cabeza como para escuchar conversaciones estúpidas.

Pero ahí estaba lo que tanto le había sorprendido. Escupió el café sobre la mesa y terminó manchando a un señor que pasaba por su lado.

—Perdón, señor, perdón, perdón —le pidió, con las palmas de las manos en gesto de disculpa.

—Esta juventud... —se quejó el hombre. Tendría unos sesenta años y vestía una camisa hawaiana—. Pero bueno, con lo guapo que eres, me puedes escupir donde quieras.

Le guiñó el ojo y se marchó en busca de unas bandejas para el bufet, como si no estuviera empapado de gotas de café, dejando a Iker más impactado que antes y sintiéndose un poquito incómodo.

Volvió la vista hacia el teléfono móvil. Solo estaba tratando de comprobar cuántos días se quedarían en Malta, en la carpeta compartida del viaje, cuando se había topado con nada más y nada menos que el manuscrito de Andrés. Lo supo porque aunque tuviera pseudónimo, la dedicatoria dejaba bastante claro que se trataba del libro de su amigo. Además de que solo ellos cuatro tenían acceso a la carpeta que con tanto esmero y dedicación había preparado Iker para ese viaje.

No era demasiado largo; quizá podría leerlo en dos o tres horas si se ponía a tope con ello.

Pensó que era todo un detalle que Andrés lo pusiera al alcance de todos. Seguramente, al ser una historia tan dura, necesitaba un empujoncito o consejos. Quién sabía. Iker, desde luego, no era escritor. ¿Qué era lo que necesitaba esa gente?

Se encogió de hombros y continuó desayunando. Poco importaba, porque lo leería igualmente. Se imaginó la enorme sonrisa de Andrés cuando le contara lo que opinaba de su libro y, sobre todo, que le importaba. Porque era cierto, y era posible que no lo supiera al no haber demostrado demasiado interés en él, pero solo era porque no quería presionarlo con el tema. Ahora era su momento de enmendarlo leyéndolo y sorprendiéndolo con su opinión. Quería ayudarle a exorcizar todos esos demonios que había estado impregnando en esas páginas.

Así que empezó a leer el libro de su amigo con una sonrisa y cuando quiso darse cuenta, llevaba más de una hora enganchado a la historia; el café frío, el cruasán mustio, y la expresión de Iker se había transformado en un ceño fruncido. Por debajo de la mesa, apretaba los puños con furia.

55

Mauro

La primera persona a la que Iker acudió fue a Mauro. Le contó todo como pudo, un resumen rápido, y seleccionó un par de fragmentos del manuscrito para que comprendiera la gravedad del asunto. Mauro se dejó hacer, porque aún no se había enterado de nada.

Y comenzó a leer.

> Sí hubo noches de soledad. ¿Había luna? Las persianas evitaban que lo descubriera con mis propios ojos. Al otro lado de la pared estaba mi amigo. Me preguntaba muchas veces si lo era en realidad. Porque ahora mismo me podría tirar por la ventana y nadie se daría cuenta. Tengo la música alta, no puedo respirar, solo quiero deshacerme como se deshace el vodka en mi garganta. Le diré que todo está bien cuando pregunte, pero no suele hacerlo. ¿Me puedo curar solo? El abandono no es bonito, pero me acojo a ello como mi única opción. No le importo a nadie. Y no pasa nada.

Al igual que Iker, los puños de Mauro comenzaron a volverse blancos de tanto que los estaba apretando.

—Tiene que ser una broma —dijo sin dar crédito—. Esto no... No fue así. ¿O es que de verdad se sintió así? Yo intenté que no... Joder.

La mirada que Iker le devolvía decía demasiado. Desde que se mantuviera cauto con su reacción y no se dejara llevar por el pronto hasta que fuera comprensivo hasta cierto punto con Andrés. No supo cómo era capaz de descifrar tantas cosas con tan solo un breve vistazo a sus ojos, pero así era.

Y no le iba a hacer caso.

Aquello era demasiado incluso para una mala bicha autoconsiderada como Andrés. ¿Quién le daba permiso para insultarle prácticamente de esa forma? ¿De venderle como si lo hubieran dejado ahí, como un despojo humano? Sentía vergüenza por su amigo porque no había ninguna necesidad de escribir esas palabras y hacerle sentir como una auténtica basura con patas. Más que nada porque no había sucedido de la forma en la que lo narraba.

—Sigue leyendo —habló Iker en un susurro—. Creo que se le ha ido la pinza, por Dios.

Mauro era incapaz de articular palabras con sentido, solo negaba con la cabeza en bucle, hasta que bebió un poco de la botella de agua que traía Iker en las manos.

—¿Qué sentido tiene? ¿Por qué vendernos? —dijo, recuperando el aliento después del trago. Sentía la boca seca, pastosa, llena de rabia.

Iker se encogió de hombros simplemente, aunque en su expresión se leía enfado e incomprensión, las mismas sensaciones que también recorrían todo el cuerpo de Mauro. Rabia, mucha rabia contenida. Y dolor, decepción.

—No lo sé, pero espero que Gael también esté de nuestro lado. Yo no pienso dejar esto correr. Me parece que hicimos lo que estaba en nuestra mano... —Iker hizo una pausa para beber también—. Aunque eso no es lo peor. Hay cada párrafo sobre mí que te quedas flipando.

—¿Por?

Para no centrarse ahora en él, hizo un gesto con la mano como restándole importancia.

—Luego te los enseño. —Trasteó en el teléfono y seleccionó un nuevo capítulo—. Mira, ahora lee esta parte. Vas a flipar.

La primera noche en que sentí que algo extraño estaba pasando en el piso me sentí mal. Nada de fantasmas, ni de presencias extrañas. Eran mis amigos, palabras grandes, pues no saben serlo. Y ya no por mí; siempre traicionan su esencia anhelando algo más. Parece que no puedan evitarlo, que buscan esas miradas de apoyo o esos vistazos rápidos cuando uno se está cambiando de ropa. Es incómodo, me siento mal. No quiero ser un incordio o sentirme desplazado en mi propia casa, pero... ¿quién le puede advertir a alguien que esa persona no está hecha a su medida cuando yo mismo he cometido ese error? Sería injusto para Mauro decirle que Iker no es más que un sueño en su vida. No me gustaría despertarlo. Todos tenemos derecho a deseos imposibles, y este no es más que un ejemplo de carrera infinita: por más que vayas detrás de la victoria, no has nacido ganador. Se merece algo mejor. Y todos lo sabemos.

Mauro no tenía palabras. Releyó aquel párrafo un par de veces más, en especial el final. Era imposible que Andrés pensara así, completa y rotundamente imposible.

Buscó a Iker con la mirada; sentía los ojos vidriosos, así que no enfocó bien.

Su mano lo rodeó por la espalda y lo atrajo hacia su pecho enorme, cobijándolo bajo el brazo. Ahí fue cuando Mauro se permitió soltar una lágrima. Cayó por su mejilla y goteó hacia su camiseta.

—Es mentira —dijo tan solo. No supo si se refería a lo que decían las palabras de su supuesto amigo, a su amistad con Andrés... Tenía decenas de pensamientos revoloteando sin parar en su cabeza, un nido de pájaros picoteando cada neurona, convirtiéndolo en un zombi de sensaciones.

Iker lo apretó aún más contra su pecho.

—Yo me lo cargo —susurró—. Menudo hijo de puta.

56

Gael

—¡Malta, Malta, Malta!

Oasis saltaba encima de la cama, con las piernas abiertas para no pisar a Gael, que ahora sonreía medio dormido.

—Vea, usted me despierta con cuidado —dijo intentando sonar serio, pero era imposible. ¿Cómo iba a serlo? Le estaba despertando la persona más bonita sobre la faz de la Tierra.

—He pedido el desayuno a la suite —le informó Oasis, bajándose de la cama con una sonrisa, algo que no era complicado pues siempre la tenía puesta, como si fuera un complemento que no se pudiera quitar.

—Se ve delicioso.

Y era cierto. Decenas de pequeños bollos de chocolate, crema y nata, infusiones y café, tostadas, fruta de todos los colores... La mesa estaba a rebosar. Cuando Gael se sentó en el suelo para comer, Oasis le tomó de la mano.

—Me encanta pasar las noches junto a ti. Pero no mientras duermo, ¿eh?, porque ahí no me entero de nada, sino por despertarme a tu lado.

Gael no sabía bien cómo reaccionar, si echarse a llorar, comérselo a besos o devolvérselo con algo igual de bonito. Al final, simplemente se lo quedó mirando con la boca entrecerrada y los ojos acuosos.

—Me estás empezando a enamorar de verdad, cabrón —le dijo Oasis. Luego le acarició la pierna y se pusieron a comer.

A Gael, aquel desayuno le supo mejor que cualquiera que hubiera tomado jamás en su vida.

> **GAEL**
> Nos vemos en el puerto
> Por ejemplo?
> Voy con Oasis
> No les molesta?
>

> **IKER**
> Ok
> Me parece bien

> **MAURO**
> Desaparecido!!!
> A mí me cae bien
> Es majo

> **GAEL**
> Va, bebés, gracias
> Y bueno
> Andrés qué hizo?

> **IKER**
> Me callo
>

> **GAEL**
> Qué pasó ahora

MAURO
Estará dormido
No se conecta desde yo qué sé

IKER
Desde anoche
Lo he mirado antes

GAEL
Será que van a despertarlo

IKER
Sí, rey, no te preocupes tú, eh?
Estarás muy ocupado

GAEL
[Foto]
Vean que sí

MAURO
Joder, qué hambre

IKER
Si acabas de desayunar...

MAURO
Pero eso se ve más rico todavía
Por qué no nos sirven eso?

GAEL

Oasis está en una suite 🔥

IKER

Claro, si es que no eres tonto
Teniendo una suite con esas cosas...

GAEL

Pues los veo en el puerto
En una hora
Me avisan con cualquier cosa
Y si Andrés despierta

IKER y MAURO

57

Andrés

—Joder, joder, joder.

Andrés se cagaba en todo mientras trataba de apagar la alarma del iPhone. Le había despertado tan de golpe que aún notaba el corazón a punto de salírsele del pecho. Al igual que por la noche, era incapaz de enfocar con precisión debido al sueño, que amenazaba con cerrar sus ojos para no abrirlos nunca más. ¡Pero eran las once de la mañana! El desayuno del crucero estaba a punto a acabar y el día en Malta no podía desperdiciarse así. Necesitaba un buen chute de energía. Revisó las notificaciones y vio que había una gran cantidad de mensajes en el chat grupal, que leyó por encima sin darles demasiada importancia. Vale, habían quedado en unos veinte minutos en el puerto. Eso era lo único que le había quedado claro. Y a decir verdad... notaba cómo el barco se movía de una manera distinta; era evidente que estaba quieto y atracado.

Se dio una ducha tan rápido como pudo y en cuanto salió por la puerta vio bastante movimiento de gente caminando por el pasillo para visitar Malta, ataviados con ropa perfecta para las excursiones, olor a crema solar y sonido de chanclas contra los talones.

Andrés lo odiaba. No era tan difícil caminar sin hacer ruido, ¿no?

La gente me supera. Dios, dame paciencia, porque como me des fuerza...

Siguió las filas de personas con algo de prisa hasta que llegó a uno de los halls del crucero. Había varios lugares donde podían desayunar, pero le apetecía aprovecharlo al máximo, así que se dirigió hacia el bufet libre, que quedaba bastante cerca de la zona donde tenían las habitaciones. Esquivó a varios grupos y vislumbró la entrada al final.

Estaba verdaderamente emocionado. Tenía muchas ganas de conocer Malta. Como el buen romántico empedernido que era, no había nada mejor para curar sus males que un buen lugar histórico. Ya empezaba a sentir el olor a pasta bajo la nariz, e incluso...

—Anda, pero mira quién está por aquí.

El cuerpo de Andrés tembló, desde la punta de los pies hasta la rabadilla. Ubicó la voz enseguida. Efrén caminaba con los dedos dentro de las tiras de la mochila, entre su pecho tonificado y la tela del macuto, como si fuera un niño lleno de felicidad esperando la salida de la excursión. Y sonreía como si estuviera disfrutando de aquella escena.

Andrés no dijo nada, tan solo dio un paso hacia atrás como indicándole que le dejaba pasar, acompañando el gesto con un movimiento de cabeza.

—Buenos días —dijo llanamente con un tono de voz formal que no dejaba demasiado a la imaginación. Era más bien un: «Te digo esto por no llamarte otra cosa».

—¿Cómo amaneces?

¿Pero qué cojones le pasa a este ahora? Tengo prisa.

—Voy mal de tiempo, tengo que comer algo...

No le dio tiempo a darle excusas porque alguien entró en escena, le asió del hombro y lo condujo sin más en dirección contraria, siguiendo al resto de la gente. Hasta que no se alejaron lo suficiente de Efrén, Andrés no se atrevió a mirar de quién se trataba. Estaba incluso mareado, no sentía el suelo y todo le daba vueltas. Lo único que lo mantenía caminando era el brazo de aquel hombre, que era...

—Ado —dijo, sorprendido.

El chico sonrió.

—Solo por tu cara vi que necesitabas ayuda. No sé si hice mal —se disculpó este con la mirada.

Ahora se encontraban en una de las salidas del crucero, en medio de un torbellino de gente ansiosa por pisar tierra. Andrés recibió un par de pisotones y algún que otro codazo de algunos que, nerviosos, querían bajarse cuanto antes.

—¿Qué cojones le pasa a la gente?

Ado puso cara de circunstancias. Llevó un dedo a la muñeca contraria, señalando su reloj brillante.

—Solo tenemos media hora para bajar, si no, hay otro turno por la tarde.

—Perdona, ¿qué?

No voy a poder desayunar. Necesito un buen café.

—Sí, no sé, movidas de permisos o algo así. O sales ahora en estos cinco minutos que quedan o te toca quedarte en el Rainbow Sea hasta las cinco de la tarde.

Sin decir nada más, ambos se dirigieron hacia el exterior. El sonido que las tripas de Andrés comenzaron a hacer al percatarse de que no podría desayunar quedó silenciado porque el puerto de Malta, ahora frente a ellos, les dio la bienvenida con su característico tono marrón. Los edificios eran de ladrillo, pero aquella cúpula que se intuía al fondo y por cómo el sol se reflejaba en las estructuras, hacían que pareciera un maldito oasis en medio del desierto.

Andrés no sabía cómo sentirse en ese instante, porque el mundo le daba vueltas y era incapaz de centrar la atención en tan bello paisaje, pero la compañía de Adonay, por muy extraña que pareciera, le había calmado bastante después del encuentro con Efrén.

—Supongo que no lo querías ver ni en pintura, menuda cara tenías —bromeó Adonay una vez pudieron hacerse en un lado para dejar de molestar a la bandida de maricones rinocerontes.

—La verdad es que no —dijo Andrés, pensando si dar más detalles. Pero sí, qué más daba. Además, Ado estaba precioso, con esa barba tan oscura y esa camisa azul que le sentaba de lujo. Con la luz del sol era incluso más guapo que la noche en que se conocieron. Y eso que entre ellos ya no quedaba ni rastro de esa química, ¿o se equivocaba?—. Es mi ex. Me hizo sentir como una mierda y bueno... Tampoco quiero agobiarte con historias, pero en resumen: es un hijo de puta.

—Calla, calla, que de esos tengo yo muchos.

Adonay le dio una palmada en la espalda como para animarlo,

pero a decir verdad Andrés sintió que le quería realizar la maniobra de Heimlich, porque fue más una hostia con todas las letras que un gesto amistoso.

—¡Ostras, perdón! —En cuanto Andrés se recuperó, tosiendo y respirando a bocanadas, los dos terminaron por reírse—. Es que soy un poco bestia a veces, no mido la fuerza. Eso dicen de los del norte.

El rubio se lo quedó mirando durante unos segundos, intentando filtrar sus pensamientos, pero... estaba en Malta, en el puerto de La Valeta, con la brisa marina golpeándole la cara, liberado por haber terminado al fin sus memorias y con un hombre con el cual no había podido terminar lo que habían empezado frente a él.

Así que no, aquella mañana no se sentía demasiado colador: no filtró nada.

—No lo sé, como no me dejaste saberlo.

Ado la pilló al vuelo, sonriendo de medio lado con una clara actitud de tonteo que, de forma repentina, había cambiado lo que parecía haber surgido entre ellos la noche en Ibiza. O sea, ¿le estaba siguiendo el juego? Además, Andrés no supo muy bien por qué había dicho aquello. Era como si su boca fuera más rápida que su mente.

—¿Ah, sí? —preguntó Ado, curioso, alzando las cejas. También con un poquito de pique fingido.

—Es que hay gente que no dura nada, se quedan fritos... —Andrés se encogió de hombros—. Con lo que me gusta a mí un hombre que no mida su fuerza.

¿PERO QUÉ COJONES HACES?

No te va ese rollo. En plan, ni en mil años.

Ya lo sé, coño, pero, o sea, de repente estoy cachondo como una mona.

Hello, ¿de dónde sale todo esto, nena?

Andrés, calma, respira.

NO PUEDO.

—Supongo que eres tan buena persona que sueles brindar segundas oportunidades, ¿o me equivoco? —Ado había aderezado el tono de voz con un ligero ronroneo que sí que hizo que Andrés se estremeciera.

De pronto, por detrás de Ado pasaron cuatro personas que reconocería hasta en el fin del mundo y que se dirigían hacia una de las partes con sombra, bajo el muro que parecía proteger parte de la ciudad. Tratando de no romper la magia con el gallego o distraerse antes de ir con sus amigos, dijo:

—Esta noche. Ya sabes dónde encontrarme. —Después de eso, le guiñó un ojo y se despidió con una sonrisa.

La cual, por cierto, le duró poco.

58

Iker

—No te voy a pegar porque eres mi amigo, pero ya me estás explicando quién cojones te manda tratarnos como una puta mierda en tu puta mierda de libro de los cojones.

Iker estaba fuera de sí. Joder, no podía controlarlo —y no sabía si quería hacerlo—. Pero le había enfurecido tanto ver la reacción en la cara de Mauro... ese dolor, esa angustia. En sus ojos había leído que se creía que no era suficiente para él, que pensar en él siquiera era un sueño, cuando era una absoluta mentira. ¿Cómo podía considerarse Andrés su amigo? ¿Cómo había sido tan estúpido de cagarla de esa manera? No comprendía nada. Era vil y cruel por su parte.

—¿Q-qué? ¿Y-yo? —titubeaba este, sin entender, ahí parado a un par de metros de ellos.

Antes de que Iker pudiera adelantarse, Mauro lo detuvo colocando el brazo sobre su pecho para que no pudiera avanzar más. La verdad es que agradeció el gesto, aunque no lo mostrara en su expresión facial. Por supuesto que no iba a cruzarle la cara a Andrés, pero vamos, no le faltaban las ganas. Solo por hacer sentir bien a Mauro, haría lo que fuera.

Lo que fuera.

—¿C-cómo? —continuaba Andrés, nervioso.

¿Se estaba haciendo el idiota? ¿En serio? Esos juegos absurdos no iban a funcionar con Iker, que tenía muy claro lo que había hecho: venderlos como si más que amigos, fueran enemigos. Como si los odiara en secreto.

—Venga, no me jodas —casi gritó Iker. Sacó el teléfono móvil del bolsillo y le enseñó la carpeta compartida de Google Drive donde estaba toda la información del viaje y el maldito manuscrito del demonio que, desde luego, no había aparecido por ciencia infusa—. Lo dejaste ahí para que lo viéramos, ¿o te crees que soy gilipollas?

Andrés tragó saliva de forma visible y casi se atragantó. Qué, ahora sí se ponía nervioso, ¿no? ¿Ahora que se daba cuenta de la tremenda cagada que había hecho? A juzgar por su reacción, desconocía que el manuscrito había terminado en la carpeta, pero... Era la única persona que podría haberlo hecho.

—Tendrías que haber pensado bien lo que hacías antes de ponernos a parir, joder. —Iker apretaba la mandíbula con fuerza y se le marcaban todos los tendones en los laterales. Mauro apartó el brazo cuando su amigo se relajó, aunque ahora fue Gael quien habló.

—Baby, yo quiero darle una oportunidad para que se explique —dijo Gael con voz calmada.

Al lado del colombiano se encontraba Oasis, su novio influencer, que contemplaba la escena con la boca semiabierta sin hacer siquiera un intento por disimular. A Iker no le incomodaba su presencia en casi ninguna ocasión, pero en ese momento hubiera deseado que se encontraran solo los cuatro amigos, los de siempre. Quizá no era el momento ideal para que una persona que apenas los conocía presenciara aquella conversación, ni para que viera la parte más detestable y furiosa de Iker. También la odiaba, por eso la idea de tener audiencia le repelía un poco.

Pero bueno, no se amedrentaría tampoco por eso. Al menos, no ahora. Ya era demasiado tarde. Estaba de brazos cruzados mirando a Andrés a los ojos o, mejor dicho, comiéndolo con los ojos. En el mal sentido, claro, como si fuera una advertencia.

O hablas o hablas.

—Necesito un poco de agua —dijo simplemente Andrés, haciendo un gesto para que se dirigieran a uno de los vendedores ambulantes con agua fría para turistas. Cuando compró una botella y tras bebérsela casi de un trago, pareció un poco más relajado—. No sé qué ha pasado.

—Si quieres te lo digo yo, que nos has puesto a caldo en... —comenzó Iker.

—Bebé —lo cortó Gael con un movimiento de cabeza—, deje que nos cuente su versión. Siempre hay dos versiones de las cosas. Así que dejemos que hable, ¿sí?

Iker también fulminó a Gael con la mirada y luego pasó a señalar a Mauro con la cabeza, que parecía encogido e incómodo, escondido en sus hombros, como si no quisiera hablar del tema. Entonces Gael pareció comprender la gravedad del asunto. Iker tan solo le había mostrado algunos pasajes que los involucraban a ambos o a él solo, pero nada sobre Mauro, por lo que no tendría por qué saber que la peor parte se la llevaba el chico rural tranquilo y recién llegado a la ciudad.

—Es solo ficción —trató de excusarse Andrés, sin hacer contacto visual con ninguno de sus amigos. Miraba al suelo jugando con sus zapatillas y algunas piedrecitas que había en el suelo. Tenía pinta de estar mareado. De hecho, estaba más blanco de lo habitual. La sangre había abandonado todo su cuerpo, porque parecía a punto de desmayarse. El bullicio alrededor era terrible, casi ensordecedor, pero aun así procuró que su voz fuera audible para las cuatro personas que, frente a él, esperaban sus explicaciones—. No quería hacerle daño a nadie y toda historia real necesita un poco de magia. Exponerme de esa forma es duro... Darle otro punto de vista, hacer que no todo lo malo pasara por mí y por Efrén... No sé, chicos. Es solo añadir detalles para que el libro tuviera una parte más realista. Siento si he hecho mal, no era para nada mi intención.

Por un lado, Iker sabía que su amigo estaba buscando la mejor forma de excusarse, pero había resultado casi peor el remedio que la enfermedad. ¿Qué cojones era eso de la *magia*?

—Hundir a tus amigos no es *hacer magia* o *añadir detalles para construir una historia*, Andrés —le recriminó Iker, impertérrito.

—La idea no era que lo leyerais. Estaba muy cansado, supongo que me equivocaría al subirlo. Carpeta equivocada.

Andrés intentó esbozar una sonrisa de arrepentimiento, tipo

cordero degollado, que le llegó a los ojos. Pero no funcionaba. Ya no. El daño estaba hecho.

—Entonces mira a Mauro a la cara y dile que lo que piensas es mentira. Por mi parte me la suda lo que opines de mí. Siempre lo has hecho, rubito. Antes de conocer a ese hijo de puta ya me juzgabas por follar con quien me saliera de la polla y nunca te hice caso porque eres un soso, coño.

—Eh, eh. —Andrés alzó las palmas de las manos para que Iker se detuviera—. Ahora eres tú quien está pasándose, guapa. Que tampoco te he faltado al respeto.

Iker apretó los puños y alzó las cejas.

—¿Ahora me vas a venir a decir lo que puedo expresar y lo que no? —preguntó Iker de forma retórica, porque no esperaba una respuesta. Y tampoco la obtuvo. Andrés lo miraba mordiéndose los carrillos, un gesto que conocía de sobra y que utilizaba cuando por su mente corrían palabras y frases venenosas para hundirle, al mismo tiempo que sabía que la cagaría aún más. Así que aprovechó esa pequeña ventaja en su contra para continuar persiguiendo su verdadero objetivo—. Pídele perdón a Mauro. Ahora.

Andrés tornó la cabeza hacia su amigo, cogió aire y lo expulsó por la boca. Parecía que lo estuviera haciendo obligado, como cuando en el colegio te presionaban a perdonarte con el niño al que habías pegado en el patio. Lo hacías, pero no te apetecía. No lo sentías en serio.

—Lo siento, Mauro. De verdad que no pienso nada de lo que he escrito en ese libro sobre ti. Imaginé en cómo recibiría el lector vuestra historia y bueno... —dijo al tiempo que se encogía de hombros—. Pero no es lo que creo, en realidad. Siempre apoyaré lo que sea que surja.

La forma en la que dijo aquella última frase hizo que el corazón de Iker se detuviera durante unos segundos, y no por buenas razones. Había notado cierta burla, cierta condescendencia en su tono de voz.

Si estuviéramos solos...

¿Qué hago? ¿Hablo y le digo cuatro cosas?

Pero Iker trató de calmarse. Respiró hondo, miró a Mauro y vio que parecía haber sido suficiente para él. Claro, siempre era así. Su corazón era bueno y trataba de exculpar siempre a las personas que quería, por eso ellos... Por eso ellos estaban como estaban. Después de lo mal que se había comportado Iker con él, de los desplantes que le había hecho, de haber jugado con él.

Y era todo por su culpa. Su Maurito no tenía nada que ver.

Quizá, pensó durante un momento, Andrés tenía razón y Mauro se merecía algo mejor.

59

Mauro

Si hubiera sido en otra circunstancia, habría ido corriendo a abrazar a Iker.

Para los demás, ese momento de brillo en sus ojos, ese cambio de peso imperceptible de una pierna a otra, habría pasado completamente desapercibido. Pero no para Mauro.

No, le había pasado algo por la cabeza.

La energía de Iker había cambiado por completo, aunque hubiera sido durante unos segundos. Había sido más que suficiente para Mauro, que lo había pillado al vuelo. No necesitaba estar dentro de su mente para saberlo.

Lo notó. Estaban... conectados.

Quiso acercarse y rodearle la espalda con el brazo, calmarle, sintiera lo que sintiera. Haría lo que fuera para ayudarle, aun sin saber de qué se trataba.

Pero antes de poder hacer o decir nada, Iker se disculpó ante sus amigos y se dio media vuelta, caminando tan rápido que ninguno de ellos pudo reaccionar en consecuencia. Mauro se quedó ahí pasmado, sin saber cómo actuar. Seguirle era una opción, pero ahora no se trataba de eso.

Hacía tan solo un mes, Iker le había prometido que dejaría de hacer ese tipo de cosas. Sin embargo, aquella mañana, Mauro estaba dispuesto a perdonarlo.

Todo estaba pasando demasiado rápido —y con demasiado dolor— como para preocuparse por otra más; pero con cada paso que daba Iker, su corazón latía con menos fuerza, como si separarse físicamente se tradujera, de algún modo, en algo más. Como si tuviera que estar junto a él.

Nada había empezado aún entre ellos y era probable que no lo hiciera en un futuro cercano en vista de que Iker no parecía haber hecho las paces con sus demonios mentales.

Y porque se alejaba, y cada vez más y más. Ahora era un punto pequeño en mitad de cientos de caras en una isla en medio del mar. ¿La conversación de la noche anterior no había servido de nada? ¿Era todo mentira?

¿Por qué si prometía cambiar y le había dicho que sentía cosas por él, ahora hacía eso en medio de una pelea para defenderle?

No había quien entendiera a Iker Gaitán.

60

Andrés

Eres gilipollas, un inútil, una mierda de persona, un ridículo, un destrozahogares, un venenoso, un Scooter Braun, el más estúpido del mundo, un hijo de puta de los pies a la cabeza, un desagradecido con todo lo que tus amigos te han dado, un Jake Gyllenhaal, un asqueroso escritor de mierda.

Andrés no podía evitar que su cerebro lo atacara. Y sentía que lo merecía. ¿En qué había estado pensando para escribir esas líneas tan desagradables sobre sus amigos, las personas que no solo le habían rescatado de su descenso al infierno —literal—, sino que se habían preocupado por su bienestar desde el primer instante en el que vieron que las cosas estaban mal?

La verdad es que en aquel momento no podía ni explicárselo a sí mismo.

Emitió un sonoro suspiro mientras caminaban hacia la primera parada turística. Se notaba en el ambiente que no había demasiadas ganas; era evidente que Gael y Oasis querían marcharse para ir por separado y que Mauro no dejaba de pensar en Iker porque miraba constantemente hacia atrás, a ver si aparecía en algún momento, y comprobaba el teléfono para ver si respondía a las decenas de mensajes que le había ido dejando. Sin embargo, ahí estaban, tratando de disfrutar un poco de Malta. Al menos, Andrés sacaría un par de fotos para subir a Instagram, pero no tardaría demasiado en fingir estar agotado para tener una excusa y marcharse de nuevo a su camarote a tumbarse, descansar y llorar durante horas. Gracias a Ado, sabía que a las cinco abrían de nuevo las puertas, y correría como alma que lleva el diablo para entrar de nuevo en el Rainbow Sea.

Porque se sentía como la mayor mierda del universo. De verdad, no encontraba ninguna explicación lógica que le hiciera sentirse bien por haber puesto aquellas palabras en el libro. Era como si al sentarse frente al documento en blanco, sus dedos viajaran de una forma diferente por el teclado para rellenar huecos, como si un alter ego construyera fantasías que apoyaran de un mejor modo su historia, exculpándole de su idiotez, haciendo que se sintiera mejor por haber tomado decisiones nefastas, por haber estado cegado... Y por eso necesitaba excusarse en que nadie era tan buena persona como aparentaba.

Eso era lo mejor que había podido pensar para justificarse y, aun así, sentía que no era suficiente para el daño que era evidente que había provocado en sus amigos.

Sin embargo, sabía que sus pensamientos estaban encontrando una forma de autosabotearse. La forma en la que los había vendido en el manuscrito no era más y nada menos que un reflejo de todo el odio que había sentido y de que se culpaba por lo que había pasado con Efrén. Ese era el verdadero problema: que su cerebro no había superado el trauma de los abusos a los que se había visto sometido. O a que Efrén fuera conocedor de su infección y le hubiera importado una mierda jugar con la salud de Andrés. Para él, solo había sido una aventurilla de la que se había aprovechado, pero para Andrés había sido el primer amor de verdad. Uno que lo había destrozado.

Al final supuso que, para paliar todo ese dolor que sentía, esa rabia inconmensurable que era incapaz de gestionar, había sido mala persona con sus amigos... para así tener una excusa válida y tangente para culparse de todo y odiarse en paz.

61

Gael

Ni siquiera ir de la mano con Oasis hacía que Gael disfrutase de Malta. Por lo poco que había visto, podía decir que era un lugar precioso, aunque cualquier cosa le habría sorprendido porque estaba enamorado del viejo continente. Siempre quedaba fascinado con la historia y la manera en la que en Europa se conservaban estructuras tan antiguas de siglos y siglos de antigüedad en tan buen estado. Lamentablemente, en el suyo eso no existía, y la culpa era de los mismos europeos. A veces pensaba en eso y le daba mucha rabia. Era un tema que no tocaba demasiado porque siempre terminaba discutiendo, pero ver monumentos, estatuas e iglesias como las que había en ciudades centenarias como aquella le hacían sentirse diferente, como si fuera una experiencia religiosa. Y también, a veces, se le pasaba esa rabia contenida.

—Vaya plan, ¿no? —dijo Oasis en un momento dado.

Iker seguía sin aparecer, Mauro no había abierto la boca en toda la ruta y Andrés trataba de mostrarse un poquito sonriente, sacando temas de conversación que no llegaban a ninguna parte, pero se notaba que lo estaba pasando mal y que en verdad se rompería en mil pedazos en cualquier momento. Vamos, que si le dejaban solo cinco minutos se pondría a llorar como un loco.

—Lo siento, baby —se disculpó Gael, aunque no tuviera demasiado de lo que disculparse. Sí se sentía un poco mal por la situación que le había tocado vivir a Oasis. Parecía que aquel viaje solo les estuviera dando buenos momentos de verdad cuando estaban juntos, y no...

—Vamos. —Oasis le hizo un gesto con la mano hacia unos baños públicos a unos metros, interrumpiendo sus pensamientos.

Gael frunció el ceño, pero tampoco se negó.

—No me apetece ni un besito, bebé, ya lo siento —le dijo como aviso, a lo que Oasis respondió con un ademán para indicarle que no se trataba de eso—. Estoy cero arrecho.

Cuando entraron después de hacer cola durante unos minutos, Oasis sacó rápidamente de la riñonera de Dior que llevaba en la cadera una bolsa transparente con un polvo blanco.

—Un pase de mefe, venga. Uno bien fuerte y te pones contento —le dijo con una sonrisa.

Lo primero que pensó Gael es que tan solo era mediodía. Aún no habían comido y la situación no era quizá la mejor para ponerse a consumir. Además de que ni siquiera estaban bebiendo. ¿A qué venía aquello?

Pero...

Pero igual sí que ayudaba. Al menos, consideraba que necesitaba algo que le subiera un poquito los ánimos, porque si se dejaba arrastrar por esos dos... Terminarían por amargarle el día.

—¿Es lo del otro día?

Oasis asintió. Entonces Gael recordó la felicidad que le había embargado, esa fuerza para romper con todo y seguir adelante, no tener sueño ni hambre, solo ganas de vivir la vida con intensidad y sin preocuparse demasiado por los problemas terrenales. Eso antes de que lo mezclaran con a saber qué y terminara dormido y sin ningún recuerdo... Así que oye, ¿por qué no saber qué le causaba aquella cosa sin que interfiriera con nada más?

¿En serio va a hacer eso, parce? Gas.

Con la ayuda de una llave, cada uno de ellos terminó metiéndose una raya bastante cargada. Una por cada orificio nasal. El cuerpo de Gael tembló. Notó cómo entraba por su nariz y siguió mentalmente el camino que hacía ese polvito; a los pocos segundos, lo sintió por la parte trasera de la garganta mientras tragaba, bajando por el resto de su cuerpo.

—Joder —se quejó.

Está fuerte. Le va a quemar el tabique. Usted no aprende.

—Está fuerte. Mejor —sonrió de nuevo Oasis mientras lo volvía a guardar en un bolsillo secreto de la riñonera—. Espera, que tienes un poco aquí.

El gesto fue íntimo: el dedo de Oasis tocándole la nariz a Gael, que dejó de estar manchada.

—Venga, seguro que ahora los ánimos mejoran —le prometió Oasis.

Obvio, tontín. Se está drogando.

Cuando salieron del baño, el sol brillaba con más intensidad, hacía más calor y Andrés y Mauro miraban sus teléfonos sin hablarse entre ellos. Pero algo dentro del colombiano sabía que todo saldría bien, que se querrían hasta la muerte y que la vida era para disfrutarla. Apretó con fuerza la mano de Oasis y le pidió a Dios, a quien rara vez le pedía algo, que aquello no fuera un indicio de que su pasado volvía a llamar a su puerta.

Meneó la cabeza para apartar los pensamientos negativos y sonrió cuando se reencontró con sus amigos, como si no hubiera pasado nada fuera de lo habitual dentro de ese baño.

Y, en realidad, había ocurrido algo más grave de lo que en un primer momento se hubiera imaginado. Pero algunas consecuencias no se ven hasta que es demasiado tarde.

62

Blanca

Las mañanas en pleno agosto en Madrid eran, cuando menos, lo mejor que podía pasar en verano. La temperatura aún no asfixiaba, como era habitual, sino que permitía salir a dar una vuelta, desayunar en una terraza o hacer algún recado, y todo eso sin terminar desintegrado por Lorenzo. ¡Todo un logro!

El barrio estaba bastante vacío a las nueve de la mañana. Blanca amaba la calidad de vida que le otorgaba haberse mudado a esa zona de Vallecas en comparación con lo que había vivido junto a Rocío en el centro de Madrid; eso de comprar en la charcutería o en la frutería y que siempre te atendieran las mismas personas... La verdad es que no tenía precio. Era como volver al pueblo, pero en el entorno de una gran ciudad.

Justo en ese momento, Natalia, de Frutas Natalia, se encontraba dándole la vuelta de unos aguacates que había comprado para hacer una ensalada para comer cuando escuchó a un perro ladrar. Se trataba de uno de los dos miniperritos que tenía su vecina loca y que solía pasear sin correa por cualquier lado. Temía siempre por la integridad de aquellas mascotas: terminarían atropelladas por los canis de coches tintados y música a toda pastilla que derrapaban por allí fuera la hora que fuera.

—Buenos días —le dijo la señora con una sonrisa. Era calva por arriba, le faltaba un diente y normalmente llevaba pendientes que le tocaban los hombros—. Mira cómo corre Pony para verte, ¡siempre hace lo mismo!

Blanca tuvo que sonreír. No iba a negar que los perritos eran una monada. Se agachó con cuidado de que no manchar su tote bag, donde llevaba los aguacates, y lo acarició. Apenas duró unos segundos cuando le comenzó a doler la rodilla.

—Estoy mayor para esto, ay —se quejó cuando le hizo crack. Enseguida se levantó y se despidió de la señora, que hizo lo propio con la mano.

Continuó caminando calle abajo hasta que se encontró de bruces con una cola enorme en el estanco. ¿Qué estaba pasando? ¿No se suponía que Madrid se vaciaba ese mes? Suspiró mientras ponía los ojos en blanco y luego se cruzó de brazos, de pronto indignada.

—¿Quién es la última? —preguntó un hombre bajito con unas gafas de culo de botella.

—Yo —respondió Blanca con desdén, que aunque no iba dirigido al hombrecito, este se lo tomó como tal.

—Anda que uno no puede ni preguntar ya con estas feministas —dijo el señor entre dientes.

Blanca chasqueó la lengua y pensó en estamparle con la tote bag y esos aguacates tan caros, pero se calmó y simplemente sacó el teléfono para distraerse y no liarla en su propio barrio.

Fue entonces cuando se asustó. Todo Instagram se estaba volcando en un desastre terrible que había sucedido aquella noche en alta mar. Parecía ser que un crucero gigante pensado para el público del colectivo había sufrido algún tipo de accidente desconocido y había tenido que ser evacuado. Por el momento, cuatro víctimas mortales y decenas de heridos.

—¡Niña, niña! —gritaba alguien tras ella, pero no podía dejar de leer información sobre el tema—. Paso, cojones, ¿vas a entrar? ¡Joder!

El puto señor este tiene la regla, o ¿QUÉ MIERDAS LE PASA?

Vio por el rabillo del ojo cómo el hombre pasaba delante de ella cuando alzó la mirada. Ya no había cola. ¿Pero cuánto tiempo había pasado? Comprobó el reloj del móvil y, vaya... Llevaba diez minutos impactada con la información, pero sin ser capaz de asimilar por qué se había quedado tan en shock.

Su cerebro comenzó a unir los puntos, a comprender...

Blanca se dio la vuelta corriendo para volver a casa y contarle la noticia a Rocío.

—Madre mía, ¡que se han ahogado! ¡Se han muerto!

—Pero vamos a ver, ¿no dice en ningún lado cómo se llamaba el crucero? Mira que no me parece el mismo comparándolo con las fotos que han mandado...

Blanca no dejaba de mirar en todos lados, desde Twitter a Forocoches —algo que la repugnó—, en busca de más y más información, pero en todas partes se repetía lo mismo: comentarios de odio de la ultraderecha, bots copiando y pegando no sé qué movidas de una conspiración de la COVID-19 y gente quejándose de no conocer, justamente, más datos.

—¿Te imaginas que es un bulo?

—Bueno, igual en las noticias dicen algo...

Rocío se dispuso a coger el mando de la televisión cuando Blanca la detuvo, negando con la cabeza.

—En serio te vas a fiar más de la tele que de internet. —No lo dijo como una pregunta, sino más bien como una afirmación, ante la que Rocío se encogió de hombros—. Tía...

Ninguna de las dos se separó del teléfono durante un buen rato. Hacían llamadas, mandaban wasaps e incluso mensajes de texto, pero sus amigos parecían estar fuera de combate. Blanca no quería ni comenzar a imaginarse el escenario de que Mauro hubiera muerto. ¡Cómo iba a morir, así de repente!

—Me preocupa que ni siquiera tengan señal. Eso es que están modo *La Sirenita*.

Blanca podría haber matado a Rocío con la mirada si hubiera formado parte de los mutantes, pero no era el caso, así que su novia solo se hizo chiquitita en el sofá.

—Perdona, es que dudo mucho que sean ellos. Siempre tiendes a pensar en lo negativo.

—¡Disculpe por preocuparme, señora! Son tus amigos también —casi explotó Blanca.

—Sí, pero será por cruceros de maricones, hija. Anda que no hay.

—No hay tantos. —La expresión de Blanca pasó de la rabia a la burla, con los ojos en blanco y un gesto horrible en la boca que le causaba un montón de arrugas.

—Claro que hay —dijo Rocío con su típica voz de listilla. La misma que había puesto con el reto que hicieron con Mauro en la plaza de Chueca para identificar qué personas formaban parte del colectivo. A veces le gustaba que su novia fuera tan competitiva, incluso le excitaba un poco, pero otras, como en aquella ocasión, solo le provocaba enfado.

—Madre mía, ¿lo sabes todo? Es que siempre tienes que quitarme la razón —se quejó Blanca.

—Hija, que todas tenemos Google y conexión a internet. No es tan difícil.

A los pocos segundos, Rocío le mostraba en la pantalla el resultado del ranking de un periódico cualquiera con más de veinticinco opciones para elegir el mejor crucero temático... para gays.

—¿Lo ves?

Blanca entrecerró los ojos y agarró el teléfono de Rocío. Comprobó que todo estaba en regla, que no era un periódico falso ni una web de estas que te robaba los datos, y terminó por tragarse su orgullo.

—Vale, lo siento —dijo entre dientes.

—No, dime que tengo razón. —Ahí estaba la Rocío altiva.

Diosss, ¿cómo puedo odiarla tanto en este momento?

—Tienes razón —dijo Blanca en tono burlón. Siempre le tocaba admitir su derrota ante cosas obvias porque, como de costumbre, se adelantaba tres pasos a cada situación para sacar conclusiones precipitadas que no llegaban nunca a buen puerto.

Pero bueno, había surtido efecto, porque evidentemente se calmó un poco con aquello que Rocío había encontrado en internet. A decir verdad, quizá se estaba anticipando a los hechos. ¿Que era un poco hipocondriaca? Pues podía ser. ¿Que hacía unos días había ido a urgencias porque pensaba que tenía cáncer de piel cuando solo era un pelo enquistado con muy mala leche? Pues también.

La verdad es que era terrible ser así, pero no podía controlarlo.

Menos mal que Rocío tenía un poquito más amueblada la cabeza..., aunque en un primer momento no lo pareciera ni de lejos. De las dos, ella era la que tiraba hacia la rutina, las cosas terrenales, la paz y la calma en esa casa. Era como si se intercambiaran los papeles de puertas adentro. Cualquier que hablara cinco minutos con Rocío, pensaría que era todo lo contrario a lo que era en realidad en su vida diaria, al igual que pasaría con Blanca.

Al cabo de unos minutos, los chicos respondieron por fin.

LAS GOOAPAS 🪦 Alerta: SALSEO 👀

MAURO
Ayyy
Pero qué es esto?
☠️ ☠️ ☠️
Estamos bien
En Malta no hay casi cobertura

BLANCA
MENOS MAL!!!
Casi me muero del susto

GAEL
Mucho turista
[Foto]
[Foto]

MAURO
Ahí tenéis selfi
Para que veáis que estamos vivos

ROCÍO
Falta uno que yo me sé
Como siempre, a su ritmo...

Después de ese comentario, ninguno de los amigos dijo nada. El doble tic azul apareció, por lo que Iker también debía de estar pendiente del teléfono y haber leído el mensaje.

—Este chico es rarísimo. Lo quiero, ¿eh? —aclaró Blanca—, pero me tiene al Mauro cansadito. Seguro que ya se la ha liado.

Rocío asintió y puso los ojos en blanco.

63

Iker

La bebida energética que sabía a culo de rata se le había terminado, así que no había nada que pudiera utilizar para restregárselo por el cuello y refrescarse. Además, casi no le quedaban cigarros y no quería ni pensar el dineral que le iban a cobrar por un paquete. No solo estaba fuera de España, un país donde fumar era barato en comparación a otros lugares, sino en una isla. Por no hablar de que era una zona llena de turistas y era evidente que se aprovecharían de la situación. Molesto, se dispuso a mirar el teléfono móvil para comprobar que no tenía ni siquiera una raya de cobertura.

Sabía que era estúpido, pero golpeó el iPhone con la mano.

—Mierda, mierda.

De pronto, empezó a arrepentirse de haberse marchado con tantos aires del lado de sus amigos. Malta no dejaba de ser una zona turística para visitar y pasear y no tenían demasiadas horas, por lo que más o menos los demás seguirían la ruta que había preparado y que se encontraba en... Sí, en esa carpeta de Google Drive que había causado toda esa situación.

No, ha sido el rubito. Ha sido su culpa.

Terminó por reiniciar el teléfono y buscar una red cercana a la que conectarse. Aunque le cobraran dinero, si eso significaba saber algo de Mauro y qué había pasado después de su marcha, lo haría. Sin embargo, solo recibió notificaciones del grupo que tenían los cuatro con Blanca y Rocío, cuyo nombre Iker aún no entendía del todo. No tenía nada que decir, así que simplemente bloqueó el teléfono y se encendió otro cigarrillo.

El último.

Comenzó a notar la ansiedad subirle por la garganta, apretarle el pecho y la boca del estómago. Se bajó del poyete donde había pasado las últimas dos horas; notaba el culo algo húmedo debido al calor. Entonces se dispuso a buscar a sus amigos y tratar de reconducir las cosas. Lo intentaría, al menos. No quería pasar un mal día en Malta y mucho menos haberle hecho a Mauro la putada de dejarlo con Andrés después de haber leído esas palabras tan dolorosas en su manuscrito. Volvió a pensar en lo último que había dicho el rubio antes de que se marchara hecho una furia.

Siempre apoyaré lo que sea que surja.
Siempre apoyaré lo que sea que surja.
Siempre apoyaré lo que sea que surja.

No podía dejar de darle vueltas a la forma en la que había soltado aquel veneno. Porque le daba igual que no lo hubiera hecho con esa intención, pero la burla era inherente a esas palabras. ¿Como que «lo que sea que surja»? Aquellas palabras le habían atravesado el pecho como si tuviera dibujada una diana y Andrés le hubiera lanzado una flecha certera, apuntando justo donde más dolía.

Porque le entraban dudas.

¿Estaba poniendo en jaque su amistad con Mauro por el simple hecho de admitir que tenía sentimientos hacia él? Desde que se lo había contado, no había cambiado apenas nada entre ellos. Era como si Mauro lo hubiera olvidado rápido, como si le hubiera dado una palmada en la espalda, una borrachera más de Iker haciendo el idiota, otra de las tonterías que el pequeño de los Gaitán decía para llamar la atención.

Pero no era así en absoluto.

Le dolía mucho saber que sus sentimientos no se entendían como los de los demás. Al final, pensó, la culpa no era más que de él mismo. No sabía gestionar lo que pasaba por su vida si no era siendo un imbécil, huyendo de los problemas y tapándolos con sexo, como había hecho en esa escenita de la ducha y el vapor que, si pensaba ahora en ella, se sentía tremendamente idiota y avergonzado.

Te pasaste tres pueblos. Pobre Maurito.

Desesperado, caminó por calles y plazas hasta encontrar un lugar donde le vendieran tabaco. Lo hizo obnubilado, mecánico. Pagó con tarjeta. Y luego se encendió un cigarro que se fumó como si se le fuera la vida en ello.

Tenía que poner en orden sus pensamientos antes de seguir haciéndole daño a las personas de su alrededor. El problema es que quizá era demasiado tarde. Y si perdía a Mauro, no se lo perdonaría jamás.

64

Mauro

El tiempo que pasaron en la isla se estiraba como un chicle de estos que se quedan sin sabor en cuestión de minutos: la intención de disfrutarlo estaba ahí, pero perdía fuerza enseguida. Era como si el tiempo se le hiciera cuesta arriba por momentos debido a la incomodidad de estar de sujetavelas de Gael y Oasis mientras Andrés y él no se dirigían la palabra. Vale que Andrés lo había intentado en varias ocasiones en que lo miraba para decirle algo o preguntarle cualquier tontería, y Mauro siempre apartaba la mirada. Todavía era demasiado pronto para fingir que todo estaba bien otra vez. Sentía que debía de asimilar lo que había pasado y luego podrían volver a su relación anterior. Mientras tanto, se comería esa pizza recién hecha contemplando el mar sin decir nada, solo pensando en lo ricas que estaban las aceitunas.

—Bueno, vea —le dijo Gael a Andrés, y después le enseñó un par de vídeos en el teléfono.

Mauro soltó un sonoro suspiro y se limpió la boca con la servilleta de papel que tenía doblada junto al plato para que no se volara. Pasaría por alto que Gael no estuviera tan enfadado. No por nada, sino porque él tan solo... era así. No se enfadaba tanto y además, aquel día estaba especialmente feliz. Irradiaba confianza, ternura y parecía que estuviera disfrutando más que ninguno de los turistas que había en toda Malta.

—Ostras, pero esto es fuerte. ¿Por qué son tan idiotas? —comentó Andrés con un tono de voz serio. Gael se reía mientras Oasis asentía en señal de estar a favor del rubio. Mauro no pudo evitar mirar, curioso, a lo que Andrés le dijo—: Una movida que ha pasado en España, ¿quieres verlo?

Pasaron unos segundos hasta que Mauro asintió con la cabeza. Bueno, firmaría una tregua de unos minutos, tampoco es que se fuera a morir, ¿no? Además, necesitaba liberarse de tanta tensión. Prefería eso a seguir callado y con cara de oler a mierda.

Gael le pasó el teléfono para que viera el vídeo. Tenía las pupilas dilatadas.

Se trataba de los colaboradores de un programa de televisión hablando sobre la reina Letizia, que se había presentado en un evento público con un vestido de lo más normal. Según estos, les parecía horrible porque lo consideraban «enseñar demasiado». La imagen estaba cortada por el medio: por un lado se iba enfocando a los diferentes comentaristas y, por otro, pasaban las imágenes de la reina en bucle, mostrando sus piernas y el atuendo.

—No le veo el problema —dijo Mauro, encogiéndose de hombros. Le pasó el teléfono a Gael—. ¿La gente no tiene otra cosa que hacer que criticar por criticar? Además que nuestra reina...

—¿*Nuestra* reina? —cortó Andrés, perplejo y abriendo mucho los ojos. Mauro temió haber dicho algo malo y miró también a Oasis y Gael, que se habían quedado parados en el tiempo y con la boca abierta.

—Sí —respondió simplemente Mauro—, ¿qué pasa?

—Me vas a decir ahora que eres monárquico. —Andrés puso los ojos en blanco.

Ostras, pensó Mauro. Era un tema que nunca antes había salido con sus amigos, por extraño que pareciera. Ellos sí habían hecho algún comentario al respecto, en especial Gael, que como colombiano no terminaba de entender la mera existencia de una familia real.

—No, tampoco he pensado demasiado en ello —se defendió Mauro, encogiendo los hombros—. En mi pueblo son muy tradicionales.

—Entonces ¿qué opina? —Ese era Gael, que de pronto estaba sumido en la conversación como si le fuera la vida en ello. Tenía los ojos muy abiertos y había apoyado los brazos sobre la mesa.

—La verdad es que nunca me lo había preguntado —se limitó a decir Mauro. Intentó recabar datos e información a la velocidad del rayo. ¿Había una respuesta correcta? ¿Tenía que mojarse y decir lo que pensaba? El problema era que todavía no lo tenía claro—. Es difícil ver el otro punto de vista cuando solo he conocido uno.

Andrés no dijo nada mientras jugaba con su vaso sobre la mesa, como si fuera el villano de una película de poca monta.

—No voy a insistir. —Se rindió. Estaba claro: no le echaría más leña al fuego.

Mejor así. Bastante tenemos encima.

—Bueno, un brindis por Malta —intentó distraerlos Mauro, alzando su copa de vino blanco. Ninguno de los allí presentes hizo amago de seguirle el juego, así que apoyó la copa de nuevo en la mesa y trató de zanjar el tema—. A mí no me molesta que tengamos reyes. Ya está, ya lo he dicho.

Andrés se recolocó en la silla para apoyar los codos sobre la mesa, casi furioso.

—Vamos a ver, nena, que viven de nuestros impuestos y no hacen más que vender armas a países donde los maricones somos escoria como poco. Y luego encima me tiene que importar que reutilicen la vajilla o pasen unas vacaciones de lujo en Mallorca. ¡Me la suda, colega, me la suda! No aportan. Y si no aportas, aparta.

La mención a aquella frase hecha tan cringe dejó una sensación rara en la mesa, pero nadie dijo nada. Ni siquiera Mauro, que seguía dándole vueltas al tema. Al final Andrés sí que había hablado. Y él tendría que hacerlo, ¿no?

Mauro se mordió los carrillos. Recordó una frase que Iker le había dicho en algún momento durante el Orgullo, cuando se encontraron con unos amigos suyos saliendo de la plaza de las Reinas criticando la organización del Pride, pero no a los verdaderos culpables en sí. Iker se había encendido insultando a los políticos, pero esa gente... no. Continuaban defendiéndolos a toda costa, repitiendo los mismos argumentos una y otra vez.

—A veces hay que callarse antes de decir tu opinión. Primero hay que tenerla y, para eso, hay que tener dos dedos de frente y saber de lo que hablas. Si no, te la puedes meter por el culo —le había dicho Iker en cuanto los habían perdido de vista.

Esa frase se le había quedado grabada a Mauro en algún punto del cerebro, aunque no le había visto la utilidad hasta ese momento. Así que terminó por, simplemente, coger aire y soltarlo poco a poco.

—No tengo toda la información..., pero tampoco me interesa demasiado el tema, no sé. Lo siento si os decepciona —dijo, esbozando una ligera sonrisa para que entendieran que no lo decía a malas.

La reacción de sus amigos fue asentir con la cabeza, Gael con un gesto más exagerado todavía, curvando la boca hacia abajo.

—Pues mira, me parece muy bien. —Andrés alzó de nuevo la copa, que no contenía más que un sorbito de vino—. Ahora sí que podemos brindar y dejar el tema para otro día.

Los amigos rieron, brindaron y al apoyar de nuevo los vasos sobre la mesa, Mauro y Andrés cruzaron una mirada significativa. Decía: sé que la he cagado, pero te quiero.

65

Gael

Decidieron volver más pronto que tarde al Rainbow Sea. Al menos, Oasis parecía algo harto de tanto caminar. Llevaba un par de días un poco desconectado de sus amigas influencers, porque según él:

—Estoy hasta el papo de tener que fingir una sonrisa, porque contigo eso no me pasa y lo prefiero así. Me sale solo.

Cuando llegaron al puerto, había bastantes personas haciendo fila esperando para subir. Parecía un gallinero. Además, a primera vista, había más cuerpos que camisetas, porque quien no la tenía quitada por completo había optado por tirantes tan finos que parecían hilos sobre sus hombros. Un tipo de ropa habitual en los gimnasios del centro de Madrid, pero desde luego, nada que Gael se pondría para un día de turismo en una isla mediterránea. Acabaría con los hombros quemados.

—Bueno, ¿esta noche? ¿Plan? —le preguntó Oasis con una sonrisa y señalando su riñonera.

Gael no tuvo tiempo de contestar, porque alguien pasó por su lado y lo golpeó de muy malas formas. Casi se cayó el suelo, pero Oasis estuvo ahí para sujetarlo.

—Ten cuidado, gilipollas —dijo el influencer, visiblemente indignado.

Pero quien había golpeado a Gael dejó claras sus intenciones, porque se volvió con cara de muy mala hostia y miró al colombiano a los ojos.

—Vea, usted la pasa bien rico allá donde vaya, ¿sí? Pues tome, gonorrea.

Felipe acompañó esas últimas palabras con otro empellón en el pecho de Gael. La gente a su alrededor comenzó a darse la vuelta y comentar que estaba sucediendo algo. Antes de que Gael respondiera o atacara, miró a Oasis.

Le dio mucha pena cómo le devolvió la mirada. Parecía... asustado.

—Sabe que le doy una pela que no quiere más, así que márchese y déjeme tranquilo, hijueputa. —Gael trató de mostrar toda su rabia en esas palabras, en la mandíbula tensa, en las babas que habían salido despedidas por cómo había apretado los dientes al hablar.

Pero Felipe apestaba a alcohol. Muchísimo. Antes de que dijera nada, su aliento ya rodeaba a Gael, como un olor salido del mismo infierno. Su expareja se acercó poco a poco y sacó el dedo índice para apoyarlo sobre el pecho de Gael, quien lo apartó de un manotazo casi al instante. Felipe, sin embargo, volvió a repetir el movimiento con más lentitud. Ahora era incluso más amenazador que antes.

—Me va a dejar vivir tranquilo, parce —comenzó Felipe—, hasta que pueda recuperarlo, ¿sí escuchó? —Luego se acercó un poco más para susurrarle—: Y probé verga por todos lados, pero la suya sigue siendo una delicia.

Gael tragó saliva sin saber qué responder, porque se esperaba de todo menos... eso. Sin que se diera cuenta, Felipe desapareció con sus amigos entre la muchedumbre. Todos daban tumbos, así que supuso que su medio día de turismo había consistido en emborracharse en la isla durante horas. Nunca había sido un chico demasiado interesado en nada más que en salir de fiesta y poco más.

—¿Estás bien? Lo siento, no he sabido qué hacer, estas cosas me dan miedo —se disculpó Oasis como pudo. Parecía verdaderamente apurado, como si le hubiera fallado.

—No se preocupe. No hace falta que nadie me defienda —le dijo Gael con una sonrisa. Era verdad, de haber tratado de defenderle, es probable que se hubiera puesto mucho peor la cosa.

—¿Quién era? No he entendido nada. Uf. Me ha dejado mal cuerpo y todo. Le conocías, ¿no?

Antes de contarle la historia, que prometió que lo haría mientras se tomaban algo en la piscina de color rosa de la Zona D en cuanto entraran, Gael debía asimilar que Felipe quisiera volver con él. No tenía sentido pasado tanto tiempo desde que lo hubieran echado del piso y supuso que se trataba más de delirios propios del calor y el alcohol que de un anhelo real, pero de igual forma sintió algo de miedo. Porque conocía a Felipe a la perfección y si le había liado aquella movida tan grande en su propia casa, no quería imaginarse a bordo de un crucero.

Y la última frase que le había dicho... Gael tuvo que tragar saliva al revivir el momento. No, su cuerpo no había reaccionado de ninguna manera. No al menos después de haber probado cómo era el sexo con Oasis, infinitamente mejor que cualquiera que hubiera tenido en el pasado. Y era porque la conexión que sentía con él, esa tensión sexual continua pero también llena de cariño, jamás la había tenido con nadie.

Todo parecía surgir, fluir. Era bastante puro, a decir verdad. Quitando el tema del consumo —en el cual trataba siempre de no pensar por todos los medios y, en cuanto aparecía por su mente, se distraía con cualquier cosa—, todo estaba saliendo a pedir de boca. Era un cariño especial, como si estuvieran construyendo algo sin tener claras las bases, pero no importaba porque eso era parte de lo que estaban experimentando.

Así las cosas, Gael cogió de la mano a Oasis para adentrarse en el crucero. El mero contacto de sus extremidades ya hizo que todo volviera a encajar de nuevo.

66

Iker

Lo primero que vio Iker al entrar en su camarote fue a Mauro sentado sobre la cama con los brazos cruzados, molesto, enfadado. Llevaban sin verse unas horas y a Iker le dolía el pecho de la cantidad de tabaco que había fumado en tan poco tiempo, pero no había podido hacer nada para combatir la ansiedad que le carcomía el estómago.

O bueno, quizá el dolor en el pecho era más bien por eso.

—Tienes razón —atajó simplemente Iker antes de descalzarse y quitarse la camiseta. Parecía ser que en Malta estaban viviendo una verdadera ola de calor ese verano y con la humedad, era casi imposible respirar. Además, Mauro no había encendido el aire acondicionado de la habitación. ¿Estaba loco? ¡Si él también estaba chorreando! Tenía la frente perlada en sudor, la camiseta con grandes círculos oscuros.

—¿Razón en qué? —dijo, seco, tratando de no establecer contacto visual.

Iker carraspeó y buscó el mando del aire por toda la habitación en un gesto casi desesperado por ganar tiempo y encontrar las palabras perfectas para no seguir cagándola.

Sí, hijo, porque por hoy ya está bien.

Aunque a decir verdad, era una maraña de ideas y sensaciones difíciles de gestionar. Eso siempre terminaba mal. Cruzó los dedos mentalmente para que sus estupideces no terminaran de resquebrajar la poca confianza que parecía haber recobrado con Mauro. ¿Por qué era todo tan complicado? Era incapaz de conectar con sus sentimientos de verdad, todo se quedaba en la superficie.

—En que sigo siendo un idiota —dijo al final, mientras pulsaba los botones, agobiado por el calor que hacía en esa habitación—. Por cierto, antes de seguir, ¿por qué no has encendido esto? Vamos a morir.

El aire acondicionado no tardo más que unos segundos en emitir un pitido y comenzar a echarle de golpe una ráfaga de aire frío en plena cara, algo que hizo que, de pronto, Mauro también pareciera más aliviado.

—No sé cómo se pone. El primer día creo que sí lo conseguí, pero se me ha olvidado y me confundía de botones y he preferido dejarlo así —casi se disculpó con la mirada.

Iker se sentó en la cama. No demasiado cerca, no demasiado lejos. Con el espacio suficiente entre ellos para estirar el brazo y acariciarle el muslo si era necesario. Así como estaban y con la luz de la pequeña terraza entrando de manera certera e iluminando partes concretas de la cara de Mauro, Iker era capaz de apreciar hasta el más mínimo detalle. Todos esos detalles que le volvían loco. Todos esos detalles que era incapaz de gestionar.

—Me he sentido superidiota con eso que ha dicho Andrés —confesó Iker al cabo de un rato; se sentía como una mierda, débil o un fracasado. Admitir ese tipo de cosas en voz alta no era algo que le gustara demasiado y, de hacerlo, solo lo haría frente a alguien en quien confiara plenamente, como Mauro. Además, le debía todas las explicaciones del mundo.

Se comportaba como una mierda con él. No se lo merecía. Pero eso tenía que cambiar cuanto antes. Había perdido la cuenta de la cantidad de veces que se había hecho esa misma promesa, aunque esperaba que esta fuera la definitiva.

—¿Lo último? —preguntó Mauro, sorprendido.

Iker asintió con la cabeza. Debía dejar que él leyera entre líneas, a ver si había suerte; así no tendría que enfrentarse a decirlo él mismo en voz alta.

—La verdad es que a mí también me ha sonado feo, pero estoy acostumbrado —respondió finalmente Mauro, encogiéndose de hombros—. En el fondo no creo que lo haya hecho con maldad. Es lo que hay.

A Iker le partía el alma ver a su amigo así, que pensara siempre que era inferior a los demás, que no se viera bonito, que creyera que no servía para nada en cuanto al amor se refería. Que no lo merecía. Odiaba ver ese dolor en sus ojos, lo que más solían expresar. Transmitía tanto con solo una mirada... O al menos así lo pensaba Iker. Ellos siempre se habían entendido con solo mirarse, con un simple gesto. Desde el principio había sido así.

Eso tiene que significar algo, ¿no?

—Es lo que te digo, ¿ves? —le dijo Iker un poco más alto de lo necesario, porque sentía frustración, dolor y rabia contenida—. Eso es justo lo que no quiero que pase. Que te acostumbres a ese tipo de mierdas.

—Pero es normal, Iker, yo... —casi le interrumpió Mauro.

Iker se acercó un poco a su amigo y, ahora sí, apoyó la mano sobre su muslo para tratar de reconfortarle de alguna manera.

—No digas nada. Mauro, no digas nada de nada —le pidió, tratando de mostrarle ternura y comprensión con su voz—. Te mereces todo lo mejor, en serio. Deja de hacerte de menos.

Mauro estaba a punto de llorar. Se veía a leguas que con cada respiración se le anegaban más y más los ojos en lágrimas, que solo necesitaba un par de frases de ánimo más para romperse del todo. Estaba tratando de ser fuerte, pero en aquel momento no serviría. Era un momento de los dos, vulnerable. Iker estaba esforzándose mucho en escoger sus palabras de manera correcta para no cagarla como siempre. Estaba harto de cagarla, joder. No quería ver a Mauro así de mal nunca más.

—Bueno, es que para ti es muy fácil decir eso —dijo este al cabo de unos segundos y apartó la mirada lo justo para que Iker no se percatara de que la primera lágrima había brotado camino abajo por su mejilla.

—¿Por qué?

Hubo un momento de pausa en la que solo se escuchó el ruido del aire acondicionado y, luego, Mauro levantó la cabeza para mirar a Iker desde la frente hasta los pies y vuelta a empezar. Acompañó sus palabras con un gesto de la mano, como si lo que fuera a decir fuese demasiado evidente como para no mencionarlo siquiera.

—Mírate. Por favor, tienes un cuerpo perfecto, eres guapísimo. Los chicos van detrás de ti. La gente literalmente paga dinero para verte desnudo. No tienes los problemas que yo. Yo no... Tuve que ir a una secta de batidos adelgazantes para sentirme un poco mejor, y solo conseguí lo contrario. Porque tú siempre estás ahí, Iker, que aunque no lo creas, tienes las palabras perfectas en la mayoría de las ocasiones. Pero solo hay que mirarte, de verdad. Nada que ver. Tú y yo, nada que ver.

Iker se calmó un poco... a medias. La forma en la que se comparaba Mauro con él no era bonita, aunque no se notaba ni una pizca de rabia o envidia, sino más bien tristeza por su parte. Le dio pena, pero debía admitir que, en parte, tenía razón. A veces no era consciente de los privilegios que le daba tener ese aspecto después de haber luchado tanto para conseguirlo.

Una cosa era su pasado, por el cual comprendía perfectamente la situación de Mauro, pero otra muy distinta era su presente. Y es lo que estaban viviendo en ese momento. De nada servía echar la vista atrás solo para empatizar, no cambiaría las cosas.

—Eso es verdad, no te lo voy a negar —admitió Iker al final, emitiendo un largo suspiro—. Pero eso no quita que también tenga mis momentos de bajón. Y que utilice todo esto como escudo, ya lo sabes. Prefiero venderme como un trozo de carne por cuatro duros para no tener enfrentarme a mis problemas.

—Lo sé, Iker. —Mauro asintió con la cabeza—. Lo he entendido mucho tiempo después y ahora te comprendo, pero eso no quita que sea verdad. Y que arrasas con todo cuanto pasa.

Iker chasqueó la lengua. Había demasiadas capas, demasiado de lo que hablar y analizar. Y todo era su culpa.

—Por eso no quiero que te escudes en tu cuerpo para no sentirte bien o que no mereces algo mejor. No tiene nada que ver y mira, yo estoy aquí.

La habitación estaba en completo silencio. El sonido que Mauro hizo al tragar saliva antes de responder fue lo único que lo interrumpió.

—Son dos cosas totalmente diferentes, por favor. Y no sigas, que me voy a poner a llorar. —La voz le había dado un aviso, casi quebrada.

Iker extendió la mano y alcanzó la cara de Mauro. Lo cogió de la barbilla. Se quedaron mirándose el uno al otro durante un largo rato. Podrían haber sido segundos, minutos u horas. Quién sabía.

—Maurito, mírame —le dijo al cabo de un rato, en apenas un susurro—. Vas a decir en voz alta que te mereces todo lo que te propongas. Que no tienes nada que envidiarle a nadie. Que eres válido.

Los párpados de Mauro vibraban, evitando que sus lágrimas cayeran por sus mejillas.

—Iker, respecto a la conversación que tuvimos anoche...

—No, da igual, no importa —le cortó este.

—Sí, Iker, escúchame. Tiene que ver con lo que has dicho ahora.

La mano de Iker abandonó su barbilla, pero no iba a apartarse. No ahora que estaban pasando por un momento de conexión extraña y de abrirse el uno al otro. Los cuerpos de ambos se tocaban, las piernas se rozaban cómodamente.

Al final, Mauro se atrevió a hablar.

—Porque... yo también siento algo por ti. Creo que contigo todo es diferente, yo... No sé. Es un lío. Pero sí, creo que te merezco. Me propongo merecerte, ¿vale? No sé cuándo. No sé si va a ser hoy, mañana o si necesitaré un mes o tres años. Es desesperante.

Ahí sí. Las lágrimas brotaron de sus ojos como una cascada. Lloraba como si no hubiera nada más que pudiera hacer, se ahogaba en su angustia y emitía sonidos lastimosos. Iker lo rodeó con sus brazos tratando de transmitirle toda su confianza y cariño, todo su apoyo. Él siempre estaría ahí, ¿es que Mauro no lo veía?

—No puedo... Es que no...

Mauro no podía parar de llorar. Estaba empapando los hombros desnudos de Iker.

—Respira —le dijo. Parecía estar al borde de un ataque de ansiedad—. Respira, por favor.

Que todo volviera a estar en calma tardó más tiempo del que Iker esperaba, pero no se separó ni un milímetro de su abrazo a Mauro. Al cabo de unos minutos, este se secaba las lágrimas con un trozo de papel higiénico que Iker le había dado.

—Entonces —comenzó este para darle pie a su amigo y que continuara con lo que iba a decir. Parecía importante, lo suficiente como para haberle hecho estallar.

Este negó con la cabeza.

—Necesito un momento —dijo simplemente. Se levantó directo a la terraza y la abrió.

Era tan pequeña que si Iker se acercaba, apenas cabrían los dos. Desde dentro del camarote la sensación era distinta. De igual forma, Iker acompañó en silencio a Mauro. Se encendió un cigarro contemplando las vistas. La gente debía de estar duchándose después del largo día, porque ninguno de los sonidos habituales de las fiestas y los gritos llegaban ahora hasta la terraza.

Al terminar el cigarro, Iker miró a Mauro, que tenía los ojos cerrados. Había apoyado los codos sobre la barandilla.

—¿Mejor?

Asintió con la cabeza.

—Ve entrando, ahora voy.

Iker cogió aire. Se encontraba mal. No sabía si era el día de mierda que había tenido, toda esa rabia contenida por la mierda de manuscrito de Andrés o por haber visto tan destrozado a la persona que más le importaba en el mundo. Tuvo que tumbarse en la cama y colocar la cabeza contra la pared para no marearse.

—Pues... —Mauro había entrado de nuevo. Se sentó en una de las esquinas. Iker se movió un poco, enderezándose, para estar más recto. Estaban en diagonal, había distancia entre ellos—. Yo sentía algo por ti. O sea, siento. Desde el principio, ¿sabes?

Mauro ocultaba su rostro como podía, evitando mirarle, jugando con sus dedos sobre las arrugas de las sábanas de la cama sin hacer.

—Ha sido complicado entenderte. Eso lo sabes. Lo tengo claro. Pero yo... Es que no sé si estoy preparado. Me he dado cuenta hoy. —Se sorbió los mocos y alzó la mirada buscando la de Iker. Este se la devolvió—. Llevo soñando con este momento desde que te conocí. Con el momento en el que me dijeras que había alguna posibilidad, de que sentías algo por mí, aunque fuera un poquito. Y yo soñaba con que todo iba a salir bien.

Iker lo miraba con el ceño fruncido. Creía comprender hacia dónde estaba tirando Mauro, pero no quería entenderlo.

—Pues hoy... Me he enfadado contigo. Has hecho lo que prometías no hacer. Pero es que... tampoco me debes nada, ¿sabes? Seguro que yo hago miles de cosas que odias.

—No es así —se defendió Iker, pero Mauro lo ignoró.

—Saber que hay una posibilidad y que lo de Andrés te haya molestado tanto... —Negó con la cabeza—. Me abruma saber que hay alguien que ve en mí lo que yo no. Que alguien pueda apreciarme, porque yo no lo hago.

Rompió a llorar de nuevo. Sin embargo, Iker decidió darle espacio esa vez. Estaba en pleno monólogo y el llanto era más apaciguado. Solo necesitaba unos segundos para recuperarse.

—Y pues... Me propongo merecerte, ¿vale? Es la única conclusión a la que he podido llegar. Que primero necesito ordenar mis cosas y luego lo intentamos. Pero no te lo puedo pedir, Iker. Es muy egoísta. No te puedo pedir que me esperes.

Iker quería llorar. De rabia, de impotencia. Quería salir corriendo de allí, huir, desaparecer.

—No me veo capaz de tener nada ahora mismo, Iker. Me siento idiota. Me he imaginado tantas veces este momento que... No sé, siento que estoy siendo un estúpido y, a la vez, mi cabeza me dice que es como mejor puedo llevarlo.

—Entiendo —dijo simplemente Iker. No sabía si enfadarse. No sabía si tratar de convencer a su amigo de que todo eso venía de los demonios en su cabeza.

—Lo que no quiero es que cambie nada entre nosotros. Podemos..., no sé, podemos hacer cosas. Quedar para ir a cenar. Dar un paseo. Ir de compras. Son tonterías, las que hacíamos en el piso al principio, antes de que nos enfadáramos tanto. —Sonrió con resignación—. Pero por lo menos... algo. Que me recuerde a mí mismo que puede pasar. Solo si tú quieres. Solo si quieres aceptar mi propuesta tan egoísta de esperarme.

La cabeza de Iker daba vueltas, vueltas y vueltas. Él no era así. Jamás se habría imaginado que su vida cambiaría a... eso. ¿Sería capaz de hacer lo que Mauro le proponía? Era dejar de lado cada regla que se había impuesto, pero es que el chico le había roto todos los esquemas.

Era una elección difícil. Por mucho que lo quisiera... No sabía si podría prometerlo.

Se odiaba a sí mismo por ello, pero era consciente de quién era. Era Iker Gaitán. Él sí que era una decepción. Él sí que no sabía gestionar su vida como era debido, como el hombre adulto que era.

—¿Vas a decir algo?

Mauro interrumpió sus pensamientos. Lo miraba de una forma indescriptible. Era la primera vez que Iker se quedaba sin palabras y también la primera vez que veía aquella expresión en el rostro de Mauro. ¿Qué estaba pasando por su cabeza?

Fuera lo que fuera lo que dijera Iker en ese momento, cambiaría para siempre el rumbo de su relación. Para siempre.

No habría vuelta atrás.

Se humedeció los labios y abrió la boca para responder.

67

Andrés

Había cumplido con su promesa.

En cuanto llegó al camarote se lanzó a la cama sin quitarse siquiera las zapatillas de deporte. No le importó ni el calor que hacía ni que Gael le había dicho que en un rato se pasaría a buscar algo de ropa para prácticamente mudarse a la suite de Oasis.

No le importaba nada.

Lloró tanto que sus ojos se quedaron secos.

¿En qué pensabas, pedazo de idiota?

Se odiaba por el daño que había causado. El día había pasado de una forma casi automática en su cabeza. Los momentos en los que había hablado un poco más con Mauro le habían ayudado a hacer las paces consigo mismo, pero eso no quitaba que su amigo no fuera a perdonarle nunca.

Bueno, era Mauro. Seguramente lo dejaría correr. Pero eso no era lo correcto. No estaba bien tener la capacidad de hacerle daño a alguien sabiendo que te van a perdonar, aunque sea sin querer. Es aprovecharse de la vulnerabilidad de una persona. ¡De su amigo, joder!

La reacción que había tenido Iker aquella mañana había estado más que justificada. Él habría hecho lo mismo. O peor, se habría vuelto más loco si uno de sus amigos le vendiera y se burlase de sus defectos o problemas de autoestima. ¿Cómo se habría sentido él si uno de sus mejores amigos le hubiera vendido de esa forma en un libro que contaba parte de su historia?

Era horrible.

Lo pensaba y le daban ganas de vomitar.

¿Por qué siempre la cagaba tanto? ¿Por qué tenía tan pocas luces?

Sin respuestas a sus preguntas, Andrés continuó llorando, mirando al techo, hasta que llegó la noche y su estómago comenzó a rugir de hambre.

Pero para cuando llegó ese momento, él ya había tomado una decisión... o más bien había tenido una idea.

No solo compensaría todo el daño causado a sus amigos con una sorpresa que, poco a poco, iba tomando forma, sino que cambiaría el manuscrito antes de enviarlo y los mostraría como lo que eran de verdad: lo mejor que tenía en su vida.

68

Gael

A Oasis le habían echado la bronca por haber estado tan desaparecido. Su representante lo había llamado con aires de superioridad para intentar amedrentarle, a lo que Oasis se había defendido de una forma sorprendente: manteniendo la calma y asumiendo su responsabilidad.

Así que esa noche, mientras el crucero zarpaba de Malta, por fin en dirección a Mikonos, les tocaba una cena privada organizada por una de las marcas que patrocinaba el viaje de los influencers. Más concretamente, de bebidas alcohólicas. Gael ya había recogido sus pertenencias del camarote. Se había encontrado a un Andrés tirado en la cama con la vista perdida. No le había querido decir cómo estaba, por lo que supuso que necesitaba tiempo para procesar lo que había pasado.

—Cualquier cosa me avisa, ¿sí? —le había dicho antes de abandonar la habitación cargado con una mochila llena de accesorios, pantalones y camisetas.

Andrés le había respondido con la cabeza, aunque le dio tiempo a ver desde la puerta que había esbozado una sonrisa.

Ahora, en la suite de Oasis, se armó un frenesí. Bueno, podrían ser dos cosas: los nervios por la cena e ir con un modelito espectacular o que la raya que se habían metido hacía una hora le estaba haciendo efecto tardío.

—No te preocupes, que todo va a salir bien —le había dicho Oasis a Gael mientras le arreglaba la ropa para que no tuviera ninguna arruga. Oasis olía muy muy fuerte, a demasiada colonia, y llevaba una camiseta de redecilla negra que transparentaba todo su cuerpo fibrado y tatuado. Gael vestía algo más neutro, un mono vaquero que le había prestado con algunos rotos aleatorios por toda la tela—. Y vas guapísimo, aunque salgas de tu zona de confort. A veces hay que hacerlo. Es que mírate, vas precioso. Bueno, lo eres de por sí.

—Nunca me pondría algo así —se quejó el colombiano—. Es que me aprieta...

Oasis se rio y comprobó que tenía razón. Para sorpresa de nadie, la entrepierna de Gael generaba demasiada tensión y tenía que colocarse el miembro de lado, haciendo no solo que se notara cada centímetro —algo que levantaría más de una mirada aquella noche—, sino que se formara una forma extraña allí abajo. Tenía su punto cómico, aunque Gael no quería admitirlo.

¿Se veía sexy? Era lo importante.

—Vale, pues aguanta lo que puedas y ponte esto. —Oasis buscó en su maleta y sacó dos riñoneras distintas. Una era amarilla y la otra naranja, las dos de piel. Parecían de buena calidad—. Es una marca de tu tierra, ¡en serio! Se llama Wanderlust. Para mí, los mejores accesorios de cuero de todo el mundo.

A Gael no le sonaba de nada aunque fuera de su país, pero de todas formas le pareció un detalle que se lo prestara. Al final, se decidió por la riñonera amarilla, que ajustó de tal forma que le tapara la entrepierna. Ahora, mirándose al espejo, se sentía mucho más cómodo. Eso sí, acabaría con dolor de huevos.

—Siento arrastrarte a esto.

—Pero es gracioso —se rio Gael, buscando a Oasis con la mirada. Este se dio la vuelta; en su rostro, la pregunta de a qué se refería—. La primera vez que estuve con toda esta gente, ese primer evento... Yo supuestamente era su pareja.

Oasis asintió, aunque parecía algo confuso.

—Ahora pues las cosas cambiaron. Igual nadie me dijo qué somos. —Gael fingió enfurruñarse y le sacó la lengua a Oasis—. Tampoco hace falta, baby. Estamos bien así.

—Todo fluye —respondió el influencer con una sonrisa antes

de darle un pico en los labios y dirigirse hacia la cena con rapidez, dejando al colombiano solo—. Venga, ¡vamos!

Sí, todo fluye, pero quiero saber qué somos.

Emitiendo un largo suspiro, Gael salió de la suite.

Gael esperaba que la cena fuera terrible, horrorosa y llena de sonrisas falsas. Había pensado cómo actuaría, qué respondería si le hacían preguntas sobre en qué trabajaba, pero... nada de eso había servido. Porque para su sorpresa, la cena estaba siendo increíble.

La marca había reservado uno de los restaurantes de la Zona D, la más alejada. Para llegar hasta ahí, habían tenido que subir y bajar escaleras, coger ascensores e incluso tomar un poco de aire para recuperarse de tanta caminata. El mono vaquero le apretaba tanto que Gael comenzaba a notar no solo picazón por el roce, sino tirones por toda la pierna. Temía por la integridad de sus testículos como nunca antes.

Cuando llegaron al lugar del evento, tanto el colombiano como el influencer se habían quedado pasmados con la decoración temática. La marca se iba a dejar un buen dinero en dar de comer a todos los invitados —embajadores, gente de agencias de publicidad que estaba a bordo del crucero e incluso trabajadores de oficina de la propia marca— y, además, había traído todo el equipo para que aquello fuera una cena inolvidable. Había una zona con photocall y una de esas cámaras de trescientos sesenta grados que Oasis prometió probar al ver que a Gael le hacía mucha ilusión.

—¡Hola, hola! Sus nombres, por favor.

Gael dejó que Oasis se identificara y que le explicaran el funcionamiento de la cena. Porque sí, al parecer requería de instrucciones.

—Entonces, cuando terminen el primer plato os servirán un nuevo cóctel, y así con cada una de las comidas.

—Vaya. ¿Y eso por qué? —le preguntó Oasis a la mujer que sostenía la carpeta con la información de todos los invitados.

—Queremos que la gente entienda por qué asociamos la marca con experiencias como esta, por eso somos uno de los mayores patrocinadores del Rainbow Sea. —Dicho aquello, los guio entre las diferentes mesas tematizadas y les indicó que se sentasen en una de ellas. En aquel momento, el ambiente invitaba a charlar con calma, para decepción de ambos—. Enseguida se irá animando —prometió la mujer antes de desaparecer.

—Seguro que se anima y, si no, tengo medicina —le dijo Oasis para luego reírse de su propio pareado. Gael sonrió de medio lado—. ¿Estás bien? Perdona por arrastrarte aquí, estas cosas a veces pueden ser un poco...

Gael negó rápido con la cabeza.

—No se preocupe, si seguro que es una noche para recordar. —Trató de fingir lo máximo que pudo, aunque al cabo de unos minutos dejó de hacer falta.

En su mesa, terminaron rodeados de más influencers que pertenecían al colectivo. Desperdigados por la sala, había desde activistas a gente que solo creaba contenido relacionado con salir de fiesta. La inmensa mayoría de los allí presentes eran hombres, algo que se encontraban comentando en ese momento.

—Es que lo han vendido siempre como un crucero gay —decía Enrique Alex, un hombre altísimo con el pelo rosa que se dedicaba a viajar por el mundo—. Y necesitamos espacios seguros para el colectivo, que no está mal recordarlo.

—Claro, con el dinerito —añadió otro de los influencers haciendo un gesto con la mano—. Es de lo que siempre hablo, que tienen que privatizar la lucha, convertirla en una carrera en ver quién saca más dinero. Al menos han traído drags.

—A ver, Tigrillo —interrumpió Oasis, que parecía conocerlos a todos—, yo propongo que hoy disfrutemos un poquito. Que estamos en un crucero de maricones, ¿no?

Todos parecieron contrariados ante sus palabras al principio y, al cabo de unos segundos, el influencer de viajes se animó. Alzó la copa.

—Venga, que también tenemos que celebrar, digo.

Con los ánimos subidos de nuevo, Gael se dio cuenta de que se encontraba a gusto. Aquella gente no distaba demasiado de sus amigos y las conversaciones que tenían, aunque sus expectativas de fiesta siempre estaban ahí, latentes. La cosa se iba alegrando según iban llegando los platos de degustación y claro, con cada uno de ellos un nuevo cóctel también para degustar. En teoría, eran de un chef que tenía como un millón de estrellas Michelin, pero a Gael todo le sabía más o menos igual. La mejor parte de la cena estaba siendo probar las diferentes bebidas.

—Entonces ¿creemos que Miguel Ángel Silvestre está aquí o es un rumor de Twitter? —preguntó de pronto Javier Ruescas, sentado a un par de asientos más allá de Oasis. Iba acompañado de su marido, Andrés. Según había contado antes, estaban allí de luna de miel, ya que acababan de celebrar su boda—. Porque yo he visto alguna foto, ¿eh?

—Yo creo que es fake —respondió Enrique Alex—, o sea, nos habríamos enterado.

—Bueno, es que si yo me lo encuentro me lanzo al cuello, vamos —dijo entre carcajadas Uy Albert, un bailarín, y cuyos ojos azules habían encandilado a Gael. A su lado, estaba Fizpireta, una de las pocas chicas del crucero y con quien este hacía un podcast. Gael había tenido que preguntar qué narices significaba aquel nombre y ella le había respondido con una carcajada. Y así llevaba toda la cena, riéndose tan alto que el amigo que se sentaba a su lado, Kikillo, la mandaba callar todo el rato, como si estuviera pasando vergüenza.

—Menuda turra me daba en la oficina —se quejó en un momento dado.

Entre algunos de los platos, los camareros sirvieron unos vasos enormes con poco hielo y supercargados. La tal Fizpireta había buscado con la mirada a otro amigo suyo, que estaba en otra mesa, y ambos habían gritado:

—Rentsss. —Volvió a sentarse y cruzó la mirada con Gael—. Es mi amiga, la Erica, luego te la presento, que es muy maja. Y a la Natu y al Sergio, que están por allí también.

Gael asintió con una sonrisa en la cara. No tenía ni idea de quién era toda esa gente, pero con los cócteles que llevaba encima, tampoco le importaba demasiado. Era extraño cómo todos ellos lo habían recibido con los brazos abiertos, como si fuera uno más del grupo. La percepción que tenía sobre los influencers estaba cambiando a pasos agigantados, comparado con sus otras experiencias.

Siguieron comiendo y charlando de tonterías, de series, de artistas del pop —casi hubo una pelea física entre fans de Gaga versus fans de Madonna— y de vídeos virales en TikTok. El colombiano estaba tan cómodo que se había olvidado de incluir a Oasis en algunas de las conversaciones.

Cuando se quiso dar cuenta, se volvió para ver qué pasaba y por qué estaba tan callado. Oasis le devolvía la mirada de ojos redondos y con una sonrisa preciosa.

—¿Qué pasa? —le preguntó el colombiano.

—Nada. Que me hace feliz verte... así. —Se encogió de hombros—. Este también es mi mundo, ¿sabes? Son personas muy guays, no solo gente de moda que va a eventos a lucir palmito. Hay algunos... que marcan la diferencia. Hablan de libros, baile, humor, viajes, son activistas. De todo.

Gael asintió, comprendiendo. Fue entonces cuando entendió la mirada que le estaba lanzando Oasis: verdaderamente feliz de que comprendiera la realidad de su mundo, de todos los vértices que tenía, de que para él significaba mucho más que tener una suite o sacarse fotos bonitas. Gael apoyó la mano en el muslo de Oasis y lo apretó en un gesto cariñoso.

No pudo reprimir las ganas de buscar sus labios para darle un pico, algo que sorprendió al influencer.

—¿Y eso?

—¿No le puedo besar o qué?

—Mmm —respondió Oasis mientras bebía. Dejó la copa sobre la mesa y se acercó más a Gael. Otro beso.

—Gracias —dijo Gael—. Por traerme y presentarme a gente divertida.

—No seas tonto. —Oasis pareció emocionarse de más, así que se volvió para unirse a la conversación que sucedía a su lado de la mesa—. Pero ¡si eso fue hace mil años! Además, lo de que el agua deshidrataba era solo un experimento social.

—Anda, anda, anda, si es tonta del culo —casi gritaba Malbert, al tiempo que se llevaba el cóctel a la boca—. Es que no la soportooo.

Gael no tenía ni idea de a quién se refería, así que siguió a su bola, enganchándose a los debates, haciendo bromas con gente que jamás habría pensado conocer. Y junto a Oasis. Tenerlo al lado era lo que lo hacía todo distinto.

69

Mauro

Mauro había estado más de cinco minutos intentando apagar el aire acondicionado hasta que al fin lo consiguió... después de aporrearlo contra la mesilla de noche. Ni siquiera ese ruido despertó a Iker, que dormía en la cama y roncaba con una potencia descomunal.

Era la segunda noche que Mauro se dormía sintiendo su brazo rodearle el cuello. Era el mejor del mundo, porque era grande, fuerte y le hacía sentirse seguro y protegido. Eso último era sin duda lo que más le gustaba. Pero... ahí terminaba todo. Solo era un brazo alrededor del cuello, como quien está con los colegas tomándose una cerveza y le rodea diciendo máquina, campeón, fiera, después de darle dos palmadas en el pecho.

Aun así, no dejaba de ser un avance. Había algo rutinario en esas dos noches, como si estuvieran construyendo algo complejo a la par que sencillo, algo que funcionaba para ellos. Y también, pensó Mauro, seguro que avanzaba poco a poco a un abrazo. O dormir en cucharita.

Pero más adelante. No era el momento. Él lo sabía e Iker lo había respetado. La conversación que habían tenido hacía unas horas los había dejado drenados mental y físicamente, como si hubieran estado horas en el gimnasio. Era normal, Mauro lo sabía. Mucho estrés y demasiado en juego. Sin embargo, durante la noche, el brazo de Iker no había podido evitar rodearlo. No iba a negar que se había sentido bien y le despertaba miles de emociones que quería repeler, al menos por el momento. No quería hacerle daño. Ni a él ni a sí mismo.

Contempló durante unos minutos a Iker en la oscuridad, desde el otro lado de la habitación. Ahora hacía frío de tanto tiempo que había estado encendido el aire acondicionado. Se vistió con lo primero que encontró en el suelo y decidió que era un buen momento para marcharse a dar una vuelta, despejarse un poco. Iker dormía como un animal, estaba seguro de que no se despertaría por nada del mundo.

Ya por el pasillo, decidió probar suerte en el grupo.

> **MAURO**
> Me he desvelado
> Estáis alguno?

ANDRÉS
Las tres de la mañana, guapa
Claro que estoy

> **MAURO**
> Quiero dar una vuelta

ANDRÉS
Todo está abierto

GAEL
[Foto]
Yo en evento privado 🙌
Si termino pronto les aviso

ANDRÉS
No creo que queramos fiesta
No, verdad?

MAURO
Solo dar una vuelta
Cero sueño 👻
Paso a por ti?

ANDRÉS
Dame cinco minutos
O mejor, espérame donde quieras
Ve pidiendo algo

MAURO
No quiero beber

ANDRÉS
Hija, una Fanta, yo qué sé
💀 💀 💀

MAURO
OK
Ahora te mando ubi

Antes de ir al encuentro de Andrés, decidió caminar un poco más hasta la zona por la que habían entrado aquel primer día. Esos treinta pisos, la piscina con toboganes, la decoración exótica... Se recordó a sí mismo con ilusión, casi como si estuviera en Navidad esperando los regalos bajo el árbol. Sí, estaba ahí, era verdad. El Rainbow Sea había zarpado hacía días y parte de su ilusión se había quedado en tierra. Se había visto eclipsada por el drama con Iker, incluso por esa primera noche con la caída absurda en la piscina.

No obstante, Mauro había cambiado. Parecía una chorrada. ¿Quién cambia en tan pocos días? Se sentía más fuerte después de la conversación con Iker, quizá más... consciente de quién era. Eso no evitaba que siguiera sintiendo lo mismo, que no era merecedor de nada más por ahora, pero sí que le hacía sentir un calorcito en el pecho. Era como una voz, él mismo, que se susurraba:

—Vas a conseguirlo. Te vas a querer.

70

Andrés

Joder, es la oportunidad perfecta.

En cuanto había recibido el mensaje de Mauro a través del grupo de WhatsApp, fue como si un ángel le hubiera ido a visitar aquella noche. Justo en ese instante había terminado de retocar algunos de los capítulos donde se mencionaba su historia con Iker; había cambiado radicalmente de opinión y de enfoque. Igual era demasiado pronto para leérselo en voz alta, pero...

No podía evitar sentir frustración por haberse comportado como un idiota, por pensar que había generado una brecha irreparable en su amistad con Mauro. Y lo peor de todo es que él no había actuado mal con Andrés. Ni un insulto, ni una mala mirada. Solo decepción.

Si es que es tan bueno...

Andrés se sintió aún más estúpido al ver que Mauro no dudaba ni un instante en que se vieran. Eran amigos, coño, pero después del daño que le había causado con el manuscrito, él no habría actuado así. Se habría vengado o la habría liado como Iker.

Meneó la cabeza para aclarar sus pensamientos y decidió echar un último vistazo a esos capítulos. Se los leería, lo había decidido; quería zanjar el problema y darle ánimos.

Mauro se lo merecía.

71

Mauro

En vez de pedir una segunda ronda de Nestea con hielo, Andrés y Mauro decidieron que, como estaban algo animados, era mejor ir ya directamente a por un gin-tonic. ¿Por qué no? Total, ya no iban a dormir mucho más aquella noche y, hasta que llegaran a Mikonos, quedaban demasiadas horas como para contarlas... Podrían dormir al día siguiente y disfrutar un rato de la piscina, por ejemplo.

Bueno, sus amigos. Mauro, quizá no. Se quedaría en una tumbona con una camisa de estas holgadas para no morir asfixiado con el calor. Después de la escenita en Ibiza con todos bañándose y jugando, se había sentido algo mejor con su cuerpo. No había pensado demasiado en él, a decir verdad, pero estaba casi seguro de haber recuperado todo lo que, de una forma para nada sana, había perdido con aquellos batidos horribles de la secta a la que se había unido a la desesperada. Aun así, la piscina le ponía más nervioso que la playa, pues no dejaba de sentirlo como algo más privado.

En fin, que ahí estaban. El gin-tonic tenía buena pinta, pero no las pajitas, que eran de papel.

—Estoy harto —se quejó Andrés, lanzándola lejos. Llegó a parar a una de las mesas del fondo de la terraza sin que nadie se diera cuenta—. Dan muchísimo asco.

—Se deshacen —añadió Mauro, mirando la suya con repulsión.

Él no la tiró, pero sí la dejó sobre la mesa. Probó la copa y se sorprendió por su sabor—. Pues oye, está bueno.

—Voy a tener que comprarme una de estas pajitas de metal o algo así para llevarla siempre encima —dijo el rubio resentido, mirando a la nada—. Y pensar que todo es culpa de Taylor Swift y su jet privado...

Luego bromearon sobre que uno de los camareros parecía haberse teñido el pelo del color equivocado y se tapaba como podía con un gorro que le quedaba demasiado pequeño. Mauro se imaginó a sí mismo en una situación similar y estaba seguro de que antes de hacer eso, se raparía por completo.

—Esto... te quería decir algo —dijo Andrés al cabo de un rato—. Sobre lo de esta mañana.

Mauro puso los ojos en blanco. ¿En serio iba a cortar el rollo de esa forma? La gente a su alrededor, en el resto de las mesas de la terraza o en la pista de baile un poco más adelante, no parecía estar hablando de cosas serias o dolorosas. Era el Rainbow Sea: estaban ahí para pasárselo bien. Y más a esas horas, sacrificando su tiempo de sueño.

—Podemos dejarlo para otro día —le pidió Mauro, acompañando sus palabras con la mirada. No fue suficiente—. No importa, ya es agua pasada, ¿vale?

—Me siento mal, tío. En serio.

Su amigo parecía realmente arrepentido y triste. Así que Mauro tragó saliva y cruzó los dedos por debajo de la mesa, pidiendo por favor que todo pasara rápido y no le cortara demasiado el rollo. No había vuelto a pensar en el tema después de la conversación que tuvo aquella tarde con Iker en la habitación. Había sido como una cura.

—Bueno, te aviso de que no le he dado muchas más vueltas, la verdad. Iker me ha echado una mano y todo está bien —trató de calmarlo Mauro. Luego le dio un sorbo a su copa y se reclinó sobre la silla cómoda, mullida como era, para escuchar lo que su amigo tuviera que decir.

Andrés carraspeó y desbloqueó el teléfono móvil, que estaba sobre la mesa.

—He tenido tiempo de cambiar algunas cosas. Sé que... Vale, no voy a intentar excusarme con nada. Es una cagada y ya. Pero pensándolo bien durante toda la tarde y la noche... Pues he cambiado ciertos pasajes.

Mauro asentía, sin saber muy bien qué sentir. Se le arremolinaban demasiados pensamientos en su estómago y cabeza como para decidirse por uno. Andrés deslizó el iPhone por la mesa para que este lo cogiera.

Y Mauro leyó.

> Porque desde el primer momento, sentí una conexión entre los dos. Complementos de una misma prenda pero atados, cosidos desde la base, inseparables, aunque a veces se rompan y se pierdan, incapaces de solucionarse. Esas miradas a la luz de la luna. Esas charlas que todos vemos pero ellos no, que transmiten tanto que podría tocarse. Creo que son ciegos; ciegos a lo que son el uno para el otro. Mauro quizá no tenga experiencia en esto, pero ¿y qué? No hace falta tenerla para ser consciente de lo que nos rodea. El problema es Iker, que sí la tiene y sabe cómo jugar sus cartas para no demostrar sus sentimientos. ¿Cuánto más vamos a esperar a que den un paso? ¿Cuántas noches en vela de palabras sin decir y conversaciones sin comenzar? El tiempo pasa y ellos también. Les voy a regalar un espejo para que se vean cuando hablan el uno con el otro, a ver si así se percatan de lo que se hacen sentir.

—Vaya, no sé qué decir. —Era verdad. Se había quedado absolutamente sin palabras.

¿Acaso Andrés había medido el tiempo? Tenía mucho que ver con el drama que habían vivido en el camarote respecto a Iker y su *relación*. O lo que fuera. En un futuro.

Qué lío.

—Todo es verdad, Mauro. Tardé tiempo en darme cuenta, pero joder, también vivo en esa casa, ¿sabes? —Hizo una pausa para beber. Tenía las piernas cruzadas y parecía una maruja contando un secreto a voces a su grupo de amigas—. Desde el primer día, cuando te desmayaste nada más entrar... Si es que se te fueron los ojos. Y yo lo entiendo, ¿eh? Completamente. Vamos, nena, que todas hemos estado ahí.

A ver, a ver. Espera un momento.

—¿Por qué? —Mauro se dividía entre entender lo que Andrés le estaba contando entre líneas o no querer saberlo en absoluto.

Este cogió aire antes de continuar.

—A veces, entre maricones pasa que no sabemos muy bien dónde está la línea entre ser amigos o algo más. —Movía mucho las manos. Estaba algo nervioso—. Incluso yo, que no tenía experiencia, pero siempre tienes esos tonteos que no sabes muy bien hacia dónde tirar. Me pasó con un amigo de la uni, Terrence, y lo pasé fatal. —Nueva pausa para beber—. Y bueno, pues yo con Iker tuve esas movidas durante un tiempo. Justo cuando llegaste me estaba desintoxicando de esos pensamientos. Es una mierda, pero lo he comentado con algún amigo más y a casi todos nos ha pasado.

Mauro era incapaz de cerrar la boca.

—Estoy flipando —dijo al final.

—Normal —se reía Andrés, disfrutando del impacto que había tenido su historia—. No se lo he contado a nadie. Para que veas que todos tenemos secretos que se ven de lejos.

—Pero ¿esto va en serio? ¿Iker lo sabe? —casi le interrumpió Mauro. Le latía el corazón tanto que temía que le diera un infarto en ese momento.

—No, aunque supongo que se haría una idea. —Andrés encogió los hombros. Le restaba demasiada importancia a sus palabras. ¿Es que estaba loco? ¡Si aquella era la revelación del año por lo menos!—. Ahora entenderás por qué me daba tanta rabia cuando nos dejaba tirados y se piraba con alguien para follar. No es como que yo me lo quisiera tirar, era más bien una amistad un poco más... fuerte de lo normal. A veces, se confunden las cosas. Ni siquiera quería tener con él algo más, nunca fue eso. Era un sentimiento de pertenencia. Es terrible, lo sé. Muy tóxico.

—Siempre había pensado que se llevaba más con Gael —dijo Mauro en un esfuerzo de que su cabeza filtrara toda esa información.

—Volvieron a retomar el contacto cuando entraste en el piso, pero mientras tanto éramos más él y yo, ¿sabes? Estábamos viviendo solos. Que también te digo, menos mal que pasamos de ser dos y una chinchilla a cuatro, porque menudos facturotes nos venían a veces, guapa.

Mauro asentía con la cabeza.

—Entiendo, entiendo... —Aunque era mentira. ¿O sea que Andrés había estado medio enamorado de Iker? No, no. Eso no era lo que le había dicho, aunque Mauro sentía algo extraño recorrerle el cuerpo. ¡Madre mía! ¿Eran celos? ¿De su amigo? Toda la situación era surrealista—. Perdona que no diga nada más, es que no asimilo que... te gustara.

—Que no me gustaba, tía. —Sorbió de su copa. Se la iba a terminar en cuestión de minutos como siguiera así, y Andrés borracho gritaba más que de normal—. Que era como un sentimiento de pertenencia. O sea, lo peor, como decir: es mi amigo, no es de nadie más. No sé si me explico.

—Pero conmigo nunca actuaste así, sino todo lo contrario.

Andrés chasqueó la lengua acompañando el sonido con una mano.

—Tía, que me lo pones en bandeja. Que es justo por eso, Mauro. Por eso lo he escrito en el libro. Desde el primer momento se notaba que había algo distinto entre vosotros. Llámalo energía, yo qué sé, pero todo siempre ha sido así. Y créeme, conozco muy bien a Iker.

Y tanto que debes de conocerlo, intento cutre de robamaridos.

Ay, no. La mente de Mauro estaba divagando. Miró la copa y, en efecto, estaba vacía. ¿En qué momento se la había bebido tan rápido? El alcohol le estaba subiendo deprisa, lo sentía en el cuerpo, en la rojez incipiente de la cara.

Y debía calmarse. Nada de lo que Andrés le había confesado era para preocuparse; si eso, sería una buena sesión de chismorreo con el resto del grupo... en caso de que Andrés quisiera contarlo. Pero por otra parte, Mauro sabía que, en el fondo, su amigo lo estaba haciendo como una forma de pedirle perdón por lo del manuscrito, por haber escrito esas palabras tan horribles. Era la forma de pedirle perdón a su modo: dejándose en entredicho para que veas lo importante que es para ti.

Pese a todo, Mauro era incapaz de controlar sus sentimientos, arremolinados como estaban en el pecho. Con cada latido de su corazón sentía una cosa: primero celos, luego calma, confusión, celos y, después, otra vez celos. Sabía que era estúpido, pues no había ningún tipo de amenaza, y más le jodía tener esos sentimientos después de la conversación con Iker de aquella misma noche.

Aunque justamente, se dijo, podría ser que hubiera avivado un fuego que parecía menos apagado de lo que estaba en realidad.

—Voy un momento al baño —se disculpó Mauro—. Necesito mear y refrescarme.

> Iker, Iker
> Madre mía
> Tenemos que hablar
> En cuanto te despiertes avísame
> Vale?
> Porfa
> Es importante
> 😈 😈 😈

Estoy despierto

> Sí?
> No te he despertado yo?

Hijo, cincuenta mensajes seguidos...
Tenía el móvil en la cama 👀
Me ha vibrado hasta el ojete

> Vale, perdona
> Es que estoy con Andrés

Todo bien?
Si te ha dicho algo del libro...
🤜 🤜 🤜

> No, está solucionado
> Normal 🪰
> Pero es otra cosa

Qué ha pasado?

> Es importante!!
> Lo hablamos ahora?
> O prefieres en el desayuno?

Si puede esperar, prefiero dormir
Las horitas que me quedan, vamos
Te molesta?

Mauro se sorprendió ante esa última pregunta. Juraría que era la primera vez que Iker le preguntaba si algo que él hiciera le molestaba. Sin saber muy bien qué responder, se quedó bloqueado mirando la pantalla, tocándola con los dedos para que no se apagara. El baño estaba silencioso a esa hora y solo se escuchaba su respiración, con el sonido de la pista de baile reverberando en las paredes.

Hola???
Me duermo

> Sí, sí, duerme
> Mañana te despierto y te cuento

Emoji beso

???

Perdona
Es que a veces con el iPhone
Si escribes palabras clave
Te salta el emoji recomendado
Y no me salía y se ha mandado

Ah...

Ahora sí

72

Iker

Lo primero en lo que pensó Iker a la mañana siguiente fue en los mensajes que había compartido de madrugada con Mauro. Y en él, claro está. No tuvo tiempo de preguntarse dónde estaba —porque desde luego, a su lado en la cama, no; de hecho, estaba fría—, porque se lo encontró saliendo de la ducha ya vestido, secándose el pelo con una toalla.

—Buenos días —le dijo con una sonrisa.

Vale, no había ni rastro de tensión, o eso parecía. La noche anterior había sido demasiado drenante. Iker tenía la misma sensación que si hubiera estado bebiendo sin parar; tenía una resaca emocional de caballo.

—¿Qué tal? —Mauro se dirigía ahora hacia el sofá, donde estaba tirada la ropa. Comenzó a doblarla y a guardarla de nuevo en la maleta—. No sabía qué ponerme. Espero que en Mikonos encontremos algún sitio donde poder lavarla.

Iker seguía desperezándose cuando se dio cuenta de que estaba empalmado.

Qué raro, hijo.

—Venga, que nos van a cerrar el desayuno. ¡Vamos! —Pero ¿por qué Mauro estaba tan animado? ¿Es que para él haber puesto punto y aparte en lo que fuera que se estuviera desarrollando entre ellos era casi motivo de celebración?

No es como si Iker se fuera a poner a llorar, pero sentía dolor en el pecho. Era casi físico. Le había destrozado que Mauro le hubiera dicho todas aquellas cosas. Después del esfuerzo que le había supuesto haber comprendido y entendido sus sentimientos y, sobre todo, después de haberlos expresado en voz alta..., era como si todo ese esfuerzo se hubiera tirado por tierra.

Pero lo comprendía. Sabía por qué Mauro había tomado esa decisión. Quizá fuera mejor así, por un tiempo, aunque no dejaría de ser doloroso para Iker en cierta manera.

—Sí, voy. —No se le bajaba por nada del mundo y no podría disimular mucho más tiempo. Se meaba. Demasiado—. Ve yendo tú si quieres.

—Madre mía, lo que te tengo que contar de Andrés, es que no estás preparado, yo me quedé... —comenzó Mauro.

Como estaba de espaldas, Iker fue raudo en destaparse y correr hacia el baño ocultándola como podía. Tan solo llevaba unos calzoncillos. La voz de Mauro se escuchaba aún mientras él trataba de mear con una erección mañanera. Cuando se liberó de toda esa tensión, se encontró mejor. Esbozó una sonrisa y salió del baño.

Mauro trató de no mirarle demasiado, pero sus ojos lo traicionaron.

Hay cosas que no van a cambiar, ¿verdad?

—Dame cinco minutos, me ducho rápido y vamos. —Mauro simplemente asintió, sonrojado.

De camino al restaurante que servía abundantes desayunos continentales —hoy pasaban del bufet—, se cruzaron con Gael, que tenía los ojos muy abiertos. Estaba claro que no había pegado ojo.

—Bueno, ¿la fiesta sigue?

El colombiano asintió con la cabeza.

—Estos influencers no tienen fin, parce. Igual aún queda un día hasta Mikonos... —Se encogió de hombros—. Voy por unas cosas y ya.

Iker se percató de que algo no iba bien. Fue la mirada de Gael o la forma en que sus hombros estaban más bajitos de lo habitual, como si estuviera demasiado cansado o decepcionado. Fuera lo que fuera, algo andaba mal.

—¿Estás bien? —le preguntó, antes de dejarle paso para que continuara.

Sin embargo, Gael siguió hacia delante disculpándose con una sonrisa a medias.

—Bueno, cosas de parejas, supongo... Luego le pregunto —dijo Iker, conformándose con aquello. En cierto modo, Gael y él eran parecidos. Con el tema de gestionar sentimientos estaba claro que los habían cortado por el mismo patrón.

Una vez Mauro e Iker se sentaron en una de las mesas con el café, los huevos benedictinos, el beicon, las tostadas, la mantequilla, el zumo de naranja..., bueno, todas esas cosas que hacen que un desayuno se convierta en El Evento del Año, fue cuando Mauro estuvo preparado para confesar el salseo.

—No debería contártelo —dijo, como si fuera una advertencia—. Pero es muuuy jugoso.

—Bueno, ¿desde cuándo eres así de cotilla? —Iker sonreía mientras mascaba lo que le quedaba de tostada.

—Me desvelé y no podía pegar ojo, así que escribí por el grupo, bueno, lo que viste. Andrés estaba despierto y fuimos a tomarnos algo. El crucero no descansa, es increíble las ganas de fiesta que tiene la gente. —Hizo una pausa y miró al infinito. Cuando volvió en sí, clavó la mirada en la de Iker—. Le gustaste a Andrés.

Iker asintió lentamente con la cabeza. Le dio un sorbo al café, sintiendo ese ardor en la garganta de tan caliente que estaba. No le importó.

—Voy a necesitar más información.

—Cuando vivisteis solos, antes de que Gael y yo llegáramos. Como esa época, ¿sabes? Dice que estaba liado. O sea, perdona, no le gustaste.

—Aclárate. —Iker creyó escuchar sus palabras un poco más serias de lo que en un principio hubiera querido, aunque no parecieron amedrentar a Mauro, que intentaba por todos los medios expresarse de manera correcta. ¿Por qué parecía nervioso?

—Dice que se liaba con no saber si te gustaba... No, a ver, como un sentimiento de pertenencia. Eso dijo. En plan celos. Por eso la liaba cuando nos dejabas tirados para irte con un chico.

Iker alzó una ceja. Joder, Mauro se lo había puesto en bandeja. Necesitaba soltarlo, le picaban las palabras en la lengua.

—¿Tú no?

Boom.

Si hubiera existido la remota posibilidad de que allí mismo hubiera una excavadora, Mauro habría corrido a sacarse el carnet para poder utilizarla, habría hecho el hoyo más grande del planeta y se habría metido dentro.

—Y-yo... A ver, b-bueno...

Ni siquiera se podría decir que estaba rojo, sino lo siguiente. Y se le amontonaban tanto las palabras que parecía que en cualquier momento se fuera a morder la lengua. Iker se rio.

—No te preocupes. Me lo imaginaba. —Trató de restarle importancia.

—¿El qué? —preguntó Mauro, temeroso. A Iker siempre le hacía gracia ponerle nervioso.

—Lo de Andrés —contestó Iker—. No que tirara por lo romántico, que ya sé que no, sino que todos hemos vivido eso. Es habitual.

Mauro parecía contrariado. Frunció el ceño.

—¿Cómo? Él dijo lo mismo, pero no lo entiendo.

Iker se encogió de hombros.

—Supongo que son cosas normales, ¿no? Como cuando los maricones vemos una película y siempre encontramos a una pareja de chicos que shippear. Es en plan: necesitamos sentir algo.

Mauro parecía comprender, pero... estaba claro que no. Con el tiempo, había perfeccionado el poder disimular más o menos bien esa mirada bobalicona que se le quedaba cuando no comprendía conceptos nuevos. Era como si los cimientos de su mundo se tambalearan.

—A veces nos confundimos. Si a mí me sigue un buenorro en Instagram, ¿creo que va a ser mi amigo o que me lo quiero tirar? Porque claro, le da a «me gusta» en muchas fotos. ¿Y eso significa que es que le caigo bien o que solo quiere conocerme para follar? Puede que surja algo, puede que no. Amistad, una pareja, un polvo de una noche... Es que no lo sabemos. Los gays no hemos tenido una vida en el instituto con un grupo de amigos maricones, ¿sabes, Mauro? Y lo miramos todo a través del filtro del sexo. Es difícil.

—Te entiendo más o menos —dijo Mauro al cabo de un rato, asintiendo lentamente con la cabeza.

—No, si no pasa nada. Yo solo te lo cuento. —Atacó una de las lonchas de beicon y, al tragarla, añadió—: Al fin y al cabo, no venimos con manual de instrucciones. Si Andrés no me lo ha contado, es porque no era tan importante. Y antes de que te rayes de más, que sepas que no me molesta ni va a cambiar nada mi relación con el rubito.

Los ojos de Mauro, sobre la taza de café que se estaba bebiendo, se posaron en los de Iker, atentos. Este le guiñó un ojo y siguieron desayunando.

—Pues tema zanjado —dijo Mauro. Y luego se comió media tostada de un bocado.

73

Mauro

Tema zanjado, mis muertos.

—Entonces ¿puede ser que yo... haya sentido esos celos por Iker, pero de amigos?

Andrés miraba a Mauro con la boca abierta. Se encontraban en la misma terraza que la noche anterior mientras Iker buscaba —de forma desesperada— la manera de ir al gimnasio del crucero y Gael continuaba desaparecido con Oasis, algo que ya formaba casi parte de la rutina del Rainbow Sea.

—Para, nena, para, que me da un chungo. O sea, coges y se lo cuentas así, a la primera de cambio. Ya te vale. —Andrés parecía dolido, pero... no demasiado. Como si por un lado se hubiera quitado un gran peso de encima.

—Es que no sé, Iker y yo tenemos algo raro, ¿sabes? Es la primera persona en la que pienso cuando me pasa algo o para contarle algo... Es mi primera opción.

Mauro recordó cuando Iker le había visitado en su habitación hacía unos meses y le había dicho esas mismas palabras. ¿Quizá se estaba perdiendo algo? Después de tanto tiempo sintiendo algo tan fuerte por Iker, ¿era idiota por echarlo por la borda? Miró a su amigo y decidió darle un poco la vuelta a la conversación para hablar de ese tema. Le daba miedo, pero lo necesitaba. Hablar con Andrés era casi terapéutico. Lo había sido desde el principio.

—Nada, no te rayes. —Andrés removió su zumo tropical con doscientas cincuenta frutas y mucho hielo—. Se acabaría enterando igualmente. Después de haber sacado el tema, seguro que con un par de copas lo habría terminado soltando porque soy un bocas.

—Lo siento —se disculpó Mauro, y lo decía de verdad—. En fin, que me dijo más o menos lo mismo. Y por eso ahora me rayo, ¿sabes?

Andrés asintió con la cabeza.

—Mmm. —Suspiró—. En fin, que Gael me dijo el otro día que estaba pensando en que entre vosotros había cambiado algo. No añadió mucho más, pero me encargó investigarlo.

—¿Perdón?

Mauro se estaba mareando.

—Ahora que estamos siendo sinceros... Pues eso. —Andrés se echó hacia delante en la mesa, apoyando los codos y taladrando a Mauro con la mirada—. ¿Qué hay entre vosotros? ¿Habéis dado algún paso? —Y luego, más bajito—: ¿Habéis chuscado?

—AAAH. —Mauro no pudo reaccionar de otra forma que gritando.

Andrés lo miró con cara de asco.

—Estás tonta, ¿no? Chica, que no te he dicho nada que no pensemos ninguno.

—¿Quiénes son todos? ¿Por qué habláis de mí?

—Pues como tú has hablado de mí con Iker. Nena, no eres especial. Yo también me he dado cuenta de que estáis superraros. Aunque si te soy sincero, desde Sitges os veo así..., raros. Ahora mejor, pero raros.

—Vale, que sí, que ya me he enterado de que nos ves raros —dijo Mauro, mostrando cansancio en su tono. Cogió aire—. Pero sí, han pasado cosas. Lo que no te llegué a contar en la cena.

—Es que no te iba a insistir, claro que le di un montón de vueltas. Tengo muchas teorías. Pero vamos, que eso, que iba a ir por detrás preguntándote. Tendrías tus razones para no habérmelo dicho.

Mauro supo que no había escapatoria. Tendría que contarle cada detalle, ¿no? Desde el principio. O sea, desde el principio de los tiempos no, porque tampoco le interesaba demasiado a Andrés saber que había nacido en el hospital más cercano a su pueblo, ni que su madre...

—Estoy esperando —le interrumpió Andrés.

Mauro se había dejado llevar por sus pensamientos para no enfrentarse a la verdad. Pero era el momento, lo sabía.

—Bueno, pues te lo cuento rápido porque me va a ser más fácil. Y no me interrumpas ni me hagas preguntas hasta el final. Es que me muero de vergüenza —aclaró, ante la mirada de incomprensión de Andrés.

—Dale —le dijo este.

Mauro cogió aire y lo soltó todo.

—Cuando le dijeron que su padre había muerto, estaba fatal y fui a apoyarle; entonces, nos besamos. Varias veces. Fue raro. Luego, cuando volvió del funeral, dormimos juntos. No pasó nada, solo dormimos. Es la primera norma de Iker Gaitán, así que fue... extraño. No hablamos del tema y lo dejamos pasar. Luego, aquí en el crucero, también estábamos raros, pero un día, llegó de repente por la mañana, se metió en la ducha y se hizo una paja mientras me miraba. Se corrió y todo. Y luego ya me dijo que sentía cosas por mí, pero que no sabía gestionarlo. Y anoche yo le dije que necesitaba tiempo, así que ahora estamos... No sé, somos amigos.

Los ojos de Andrés parpadeaban a la velocidad de la luz. No dijo nada durante un minuto, mientras Mauro recuperaba el aliento y se arrepentía de cada palabra dicha en voz alta.

—Tengo muchas preguntas. Muchas —dijo al final el rubio—. Sé que es mediodía, pero voy a pedir una ronda de gin-tonics. Y cuando estén sobre la mesa, me vas a responder a todo lo que te pregunte, ¿vale? Esto es muy fuerte, amiga.

Mauro sonrió sin saber qué sentir, pero no se negó ante la petición de Andrés. Hablaron tanto que las horas pasaron sin que ninguno de los dos reparara en ello.

74

Gael

Había sido un estúpido.

Estar a bordo del Rainbow Sea, compartir tanto tiempo con Oasis y las aventuras que habían vivido juntos de fiesta le habían hecho desconectar demasiado de su realidad. Tanto que cuando había recibido un mensaje de un cliente, sintió que se asfixiaba del susto. Se le había paralizado el corazón. Podría jurarlo.

> Hola, buenos días
> Eres Gael?
> Me han pasado tu contacto

> Sí, soy yo
> De parte de quién?

> Un amigo mío
> siempre te recomienda
> Estoy por Mikonos :)
> Te apetece que nos veamos?

Suspiró antes de responder. Llegarían en cuestión de horas; bueno, al día siguiente realmente. O esa noche. No se aclaraba con los tiempos a bordo de un crucero, a decir verdad. Además, aún no había dormido desde la noche anterior, antes de la fiesta de influencers con Oasis. Descansaría esa noche y estaría listo para el primer día en la isla griega y así, dar un buen servicio.

La idea le repugnó.

Pensar en su cuenta bancaria también.

Claro, por supuesto
Se llama?

José Manuel

Vale, ya lo guardo

Mi idea era que pasáramos el
mayor tiempo posible
El dinero no es un problema :)

150 la hora

No es problema, Gael
De hecho, te pago el doble
si me prometes estar 24h conmigo
Tú solo para mí :)

Suena bien
Dónde se hospeda?

> En el mar
> Tengo un yate :)
> Quiero alguien que me acompañe

Vaya, así que aquel señor debía de manejar muy buen dinero. Mucha pasta, como decían los españoles. Por lo que sus amigos le habían comentado, la isla de Mikonos era cara. En absolutamente todo, por lo visto: desde comer a tomar algo, hospedarse en cualquier lado o coger un taxi. Pero sobre todo, lo más caro era el tema de los barcos y yates. Ahí era donde estaban las verdaderas fiestas de la gente exclusiva y adinerada. Todo sonaba a una vida tan lejana que Gael se mareaba con solo pensarlo.

> Cuándo llegas?

> Mañana, tarde noche

> OK
> Te pillo un transfer para que vengas :)
> Te mando la matrícula mañana
> Y te vienes

> Así pues
> Nos vemos mañana
>

Gael se guardó el teléfono en el bolsillo. Oasis se iba a decepcionar en cuanto le contara aquello, pero... no podía decir que no.

Después de tener esa conversación, Gael volvió a la realidad. Estaba buscando agua, en cualquier lado, no le importaba lo que le cobraran. La fiesta había seguido después de que las discotecas y terrazas del crucero hubieran cerrado. Se encontraban en la suite de Oasis con algunos amigos que habían hecho durante la noche; simplemente habían puesto música, bebían cervezas y consumían aquellos que querían.

No tenía sueño. Ni hambre. Solo sed. Y no podía dejar de pensar en la hostia de realidad que acababa de vivir con ese maldito cliente. Estaba condenado a esa vida, no tenía escapatoria. Y tampoco soluciones en aquel momento, por eso llevaba días ignorando las llamadas y mensajes de su abogada. Ardía de rabia, pero no la sentía. Era algo extraño, parecía un zombi en aquel momento.

Necesito una raya en cuanto vuelva a la suite.

A esas horas, en la mayoría de los restaurantes y bares del Rainbow Sea estaban sirviendo el desayuno, pero no parecían tener agua fría en ninguno de ellos.

—Lo siento, acabamos de meterla en la nevera —le había dicho una de las encargadas del tercer restaurante que había visitado. A la salida, se había cruzado con Iker y Mauro. Los dos parecían conectados de forma invisible, aunque caminaran separados. ¿La droga le hacía alucinar o es que entre ellos las cosas iban cada vez mejor?

—Bueno, ¿la fiesta sigue? —le había preguntado Iker.

Gael había asentido con la cabeza.

—Estos influencers no tienen fin, parce. Igual aún queda un día hasta Mikonos... —Se encogió de hombros—. Voy por unas cosas y ya.

Iker le echó una mirada extraña, como tratando de analizarle. Gael trató de disimular, aunque quería huir y seguir con la fiesta para olvidar sus problemas, así que cuando Iker le preguntó:

—¿Estás bien?

Él simplemente siguió hacia delante y se disculpó con una sonrisa a medias.

Había botellas de agua por todos lados, un plato de plástico negro con restos de mefedrona y tusi y un par de personas en la terraza fumando un cigarro.

Gael no quería decirle a Oasis nada sobre el tema del cliente, que había desaparecido de su mente durante horas, pero ahí estaba de nuevo. Tenía al influencer a su lado, sentado en el sofá. Estaba con los ojos cerrados, la cabeza hacia el cielo, mientras movía la cadera al ritmo de una sesión de un DJ colombiano que Gael había encontrado en SoundCloud.

¿Iba a romper la magia? ¿De verdad? ¿Con gente delante?

No, no sería tan idiota.

Así que se tragó sus problemas, como siempre hacía.

75

Iker

Iker había terminado de ponerse guapo para la fiesta pre-Mikonos. Se trataba de algo distinto, pues iba a ser una de las más grandes hasta el momento a bordo del Rainbow Sea. Aquella noche no solo actuarían drag queens increíbles, sino que habría actuaciones de algunos artistas que deseaba ver en vivo desde hacía tiempo. La temática de la fiesta era Hawái-Bombay Es Un Paraíso, por lo que había odiado con toda su alma comprarse una camisa floral en una de las tiendas del barco. ¿Acaso había más opciones?

Era tarde, ya casi de noche, porque Mauro le había pedido pasar el plan para un poco más tarde. Parecía estar ¿borracho? cuando se lo había encontrado después de ir al gimnasio y comer. Por lo visto, había estado con Andrés casi todo el día y se les había ido la mano con las copas. No juzgaría a su amigo por emborracharse a mediodía. Estaban de vacaciones.

—Yo creo que te queda bien —le había dicho Mauro cuando salió del probador.

Ambos habían echado de menos esos momentos juntos, solo para ellos. Iker recordó la primera vez que Mauro fue a un centro comercial, el que tenían al lado de casa, y sonrió como un tonto ante el recuerdo. Tenía la espinita clavada de volver a repetir, más o menos, aquella situación. Había algo bonito en hacer cosas rutinarias con Mauro.

No pienses en lo que significa eso, anda. Céntrate en la ropa. Estamos en punto y aparte.

—No suelo llevar cosas tan llamativas. Y menos tan holgadas —se quejó Iker mientras se daba la vuelta para verse por detrás y levantaba los brazos para comprobar que, en efecto, le sobraba tela por todos lados, algo que era difícil.

—A ver, no es que yo sea un experto en moda, pero siempre he visto a los viejitos de Benidorm por la tele con ese tipo de camisas.

Iker puso los ojos en blanco.

—Gracias, Maurito, ahora me siento un jubilado que madruga para coger sitio en la playa.

Los dos rieron porque el comentario de Mauro —ambos lo sabían— no tenía ningún tipo de maldad. Iker tenía varias opciones más en la silla dentro del probador y, como no había demasiada gente pululando por esa tienda (lo cual era lógico y normal, la ropa era horrible pero barata), decidió que no iba a cerrar la cortina.

Mauro abrió los ojos sorprendido cuando Iker se quedó sin nada que le cubriera el torso. Tragó saliva de manera visible, sin tratar tampoco de ocultarlo. Mientras Iker escogía otra camisa y se la ponía, le dijo con sorna a su amigo:

—Tampoco te hagas el sorprendido, que me lo has visto todo ya.

—Pero-p-pero...

No podía parar de lanzarle ese tipo de frases mordaces para picarle. Igual se estaba pasando, ¿no? Pero sentía que desde que habían aclarado sus sentimientos de alguna forma, y estando en una nueva fase, se habían quitado toneladas de la tensión habitual entre ellos.

En cuanto se cerró la camisa, dejando los dos botones de arriba abiertos para que se le vieran los pectorales, le preguntó que cómo se veía y Mauro votó desfavorablemente ante esa opción. Luego vino la tercera, la cuarta y una quinta.

—Al final, esta —dijo Iker decepcionado—. La primera que me he probado y sigue sin convencerme. Igual si me la meto por la cintura y me pongo algún accesorio, puede dar el pego, no sé. Menuda mierda.

—¿Una interior debajo?

Iker se sorprendió. A decir verdad, estar con Mauro últimamente eran sorpresas continuas, como si fuera una versión mejorada de la misma persona que había conocido hacía meses, sin tantos complejos y más segura de sí misma. Ahora bien, de ahí a convertirse en estilista había un gran paso. Aun así, se visualizó a sí mismo con una interior y...

—Oye, pues es muy buena idea. ¿Me buscas una? De tirantes. Ajustada. —Mauro asintió con la cabeza y desapareció. Iker volvió a mirarse al espejo para determinar si había algo que pudiera salvar esa camisa de alguna forma.

—Toma.

Mauro había tardado poco, y la talla era perfecta. Se la puso con rapidez. Con la camiseta de tirantes blanca debajo y la camisa hawaiana abierta por encima, el look seguía siendo una mierda, pero una mierda un poquito más bonita. Decente. Algo que no se pondría en Madrid, pero el resto de la gente iría un poco en esa línea de flores y estampados cutres, ¿no? Tampoco es que hubiera muchas más opciones. Con cara de pocos amigos, Iker buscó la aprobación de Mauro y...

—Estás increíble —le dijo este con la boca abierta, sin dudarlo un momento, y luego añadió—: Perdona, me llaman.

Rojo como un tomate, Mauro huyó con el teléfono en la oreja, sin desbloquear y al revés. Iker sonrió al mirarse en el espejo.

Estaba equivocado: sí que había algo que pudiera salvar esa camisa de alguna forma. De hecho, ya la había salvado. Si le gustaba a Mauro, no había nada más que decir.

He dicho: caso cerrado.

76

Andrés

Gael y Andrés se encontraban preparándose para la fiesta de aquella noche en su camarote. Gael parecía no haber dormido a juzgar por sus ojeras, pero no lo aparentaba porque estaba muy animado. Andrés, por su parte, había tenido que echarse un par de horas porque le había llegado la resaca. A las siete de la tarde. Pero bueno, un día es un día.

—Mira que pensaba que te habías llevado los mejores modelitos para tu supersuite. —Andrés no negaría que en sus palabras había algo de retintín, aunque el colombiano no lo notó demasiado... o no lo demostró, al menos.

—Vea, pues los peores. —Se encogió de hombros—. Igual yo me veo lindo en cualquier cosa, bebé —bromeó Gael. Luego se sorbió los mocos. Parecía haber cogido frío—. Pero tengo que seguir conquistando y viéndome lindo, así que dejé acá lo mejor para sorprender a Oasis. Y mi colonia más cara, también.

—Bueno, bueno, yo me quedo muertaaa —exageró Andrés, llevándose una mano al pecho, como si estuviera en una obra teatral.

—Tan bobo.

Después de eso, cada uno continuó a lo suyo. Andrés, frente al espejo, se probaba por encima de la ropa diferentes prendas para ver cuál combinaba más con los pantalones blancos. Soltó un largo suspiro cuando se dio por vencido al ver que nada terminaba de convencerle, y se volvió para decirle al colombiano lo que le rondaba por la mente.

—Nena, es que estás enamorada. Hasta las trancas, ¿no lo ves?

Gael musitó un «bah», como si no quisiera profundizar demasiado en el tema. Sin embargo, Andrés había nacido con alma de cotilla. De cotilla y de bicha mala. Y de reina del salseo. Vamos, todo junto, lo que le haría un perfecto candidato para cualquier programa del corazón. Necesitaba hacer una actualización en el estado sentimental de su amigo. Así que no iba a parar en ese momento. Mucho menos después de que hubiera llegado una botella de aguardiente a su camarote de parte de Oasis con una nota que les invitaba a comenzar la fiesta un poquito antes. O a seguirla, mejor dicho.

Vamos, que estaban algo animadillos.

—Ay, ¿para qué me dice nada si ya lo sabe? —se rindió al final Gael, después de que Andrés le clavara la mirada con una sonrisa dibujada al más puro estilo Demonio de Película de Terror.

—Pues para picarte, hijo, porque es raro verte así de ilusionado. De hecho, nunca te había visto plancharte la ropa con tanto esmero como hoy.

Gael se irguió, como si el comentario hubiera sido lo más raro que jamás hubiera escuchado en su vida.

—Nunca plancho —se limitó a decir.

—Pues mejor me lo pones, maricón —se rio Andrés. Luego tomó aire, sirvió dos chupitos y tras notar cómo bajaba por la garganta, continuó, algo más serio—: Pero, de verdad, ¿todo bien con él?

No le iba a confesar que había ciertas actitudes de Oasis que le preocupaban. Al menos, no de primeras ni de sopetón. Pensó en su situación con Efrén y, aunque no tenía nada que ver, al menos a simple vista, tampoco se sentía en la posición de prejuzgar tanto a Oasis. Quizá eran solo imaginaciones suyas, temas de confianza con los hombres. O simplemente estaba viendo cosas negativas porque sí, sin terminar de comprender qué pasaba entre ellos dos.

Porque claro, Oasis le daba buenas vibras y creía que era el compañero perfecto para alguien como Gael; se complementaban de una forma increíble, como si estuvieran cortados por el mismo patrón para encajar y formar algo juntos. Lo que fuera. Pero había cierta parte de Oasis que le hacía creer que las cosas iban a acabar mal, y no era algo agradable de comentarle a su amigo... y mucho menos al ver la ilusión con la que hablaba de él en cada oportunidad que tenía de hacerlo.

No obstante, había algo turbio en todo eso; algo que los dos ocultaban bien. A veces parecían demasiado animados; otras parecían demasiado tristes. Muchos cambios de humor y rostros cansados. Y así era como, justamente, se había presentado Gael hacía un rato. Algo no encajaba.

—Sí, baby, estoy muy feliz. Nos entendemos demasiado bien. El sexo, parce... Buah. Ni le digo mejor. —Gael sonreía de oreja a oreja.

—Eso es pecado. ¡Que Dios nos pille confesados!

—Baby —le dijo Gael en tono serio.

—Perdón.

A veces, al colombiano no le gustaban demasiado las bromas sobre religión; algo que para Andrés era normal podía ser dañino para Gael, cuya crianza —y fe— había sido muy distinta a la de Andrés y el resto del grupo de amigos.

—Pero sí, todo con él es demasiado chimba. Las fiestas, la suite, cómo me habla... Es como que encontré al chico ideal, ¿sí? Como que es buenito conmigo y no como ese Felipe hijueputa.

—AAAH —casi chilló Andrés—. Coño, le vi el otro el día.

—Anda que me dice nada, huevón. Pero sí, yo también le vi. Me dijo algo extraño.

—¿El qué?

Gael suspiró antes de responder. Se estaba debatiendo entre contarlo o no, entre seguir charlando de forma animada o abrir ese tema de conversación que parecía revolverle por dentro.

—Estaba prendido y pues no se lo tomo tan en cuenta, pero sí me dejó como tocado... Me dijo que le seguía gustando y que quería volver a culiar conmigo.

Andrés se llevó la mano a la boca, esta vez de verdad, con un aspaviento y todo. El día no dejaba de mejorar en cuanto a dramas se trataba. ¿Qué sería lo siguiente?

—Ay, mi madre. ¿Y qué vas a hacer? —le preguntó a su amigo. La curiosidad era real.

—¿Cómo que qué voy a hacer? ¡Pues ignorarlo! En cuanto nos

bajemos de este crucero en España, ya no creo que volvamos a coincidir nunca más.

—Está cucú —dijo simplemente Andrés. Era cierto, aunque no le había conocido tanto como el resto de sus amigos, que se vieron obligados a convivir con él. Por lo que Mauro e Iker le habían contado, fue un absoluto infierno y se lo había hecho sentir tal cual al pobre Gael.

—Ajá —afirmó el colombiano, también con la cabeza. Luego cambió de tercio—. Pero bueno, ¿cree que esto combina? O mejor me pongo esta camisa.

Después de esa minicharla para ponerse al día, comentaron diferentes opciones de outfit para la fiesta temática de la noche mientras sonaba música desde el portátil de Andrés y bebían aguardiente antioqueño.

A decir verdad..., la noche prometía. Por fin Andrés sentía que todo iba sobre ruedas y se permitiría disfrutar al cien por cien.

77

Blanca

Blanca estaba haciendo la cena en sujetador, intentando no derre-
tirse o que una gota de sudor cayera en la sartén, aunque se preguntó cómo sabría y si serviría mejor que el aceite de girasol, que
estaba muy caro por la maldita guerra de...

—¡MAURO! —gritó en cuanto vio que le llamaba por videollamada. Rocío acudió corriendo a la cocina, preocupada.

—¿Qué pasa, amor?

Blanca dejó el trapo de cocina que había usado para limpiarse
y le señaló la pantalla del teléfono.

—Hija, pues cógelo.

Descolgó y trató de que entraran las dos en el plano, algo
complicado en vista vertical, pero lo consiguieron. Ambas saludaron con la mano en cuanto la cara de Mauro apareció en la
pantalla.

—¿Qué taaal?

—¿Cómo van mis maricones de crucero?

—¿Todo bien?

—¿Estás solo?

Hubo unos segundos de pausa, muchos píxeles y, de nuevo, la
cara de Mauro. El sonido era horrible.

—Oye, preguntas de-de una en una que... he enterado de nada
y así no... quien responda —escucharon al fin, a duras penas. Aun-

que, al menos, habían conseguido establecer conexión con Mauro, que llevaba días sin poder hacer una mísera videollamada.

—Hija, ponte auriculares o algo, que hay mazo ruido —se quejó Rocío con una mueca. Mauro tardó unos segundos en hacerlo y cuando por fin conectó los auriculares de cable enredados al iPhone, el audio mejoró notablemente—. Ahora, venga, cuéntanos. ¿Cómo está yendo todo? Me dijo Blanca que dormías en la cama con Iker.

Mauro abrió los ojos como respuesta y negó con la cabeza. O eso pudieron entrever entre tanto píxel.

—Estamos... compras, estará... punto de salir —respondió bajito.

—Okey, lo pillamos —reculó Rocío, aunque Blanca sabía que bullía por saber el cotilleo y todos los detalles con pelos y señales.

—Bueno, ¿todo bien?

Blanca no era tonta. Si Mauro la había llamado sin antes enviarle un mensaje para avisarla de que iba a hacerlo, es porque algo estaba pasando. Podía ser grave, podía ser una tontería..., pero lo suficiente como para que su amigo acudiera a ella en busca de consejo.

—Te he llamado para... disimular, pero vamos, que estoy... hecho un lío —soltó finalmente Mauro, cuando pareció encontrar un lugar donde sentarse—. Eso sí, tengo... tiempo.

—Sí, ha dicho poco tiempo, ¿no? Entiendo por si sale este de la tienda —dijo Rocío. Mauro asintió con la cabeza—. ¿Qué ha pasado? Como la haya vuelto a cagar...

—Uy, si yo os contara. Está siendo un viajecito que tela... Yo creo que el único que está haciendo las cosas bien es Gael, que no da problemas. Está siendo muy juicioso, como dice él. Pero menuda lio Andrés el otro día. E Iker sigue un poco en su línea, pero haciendo esfuerzos por cambiar. Aunque bueno, con todo el tema Iker hay bastantes novedades.

—Bueno, esto tienes que contarnos en otra llamada privada y como de tres horas, a ser posible —dijo Blanca, sin poder resistirse también a los encantos del drama.

Tenía que mantener el tipo, obvio. Sus amigos no sabían que esa misma madrugada tomarían un avión para encontrarse con ellos en Mikonos. ¡Nada más y nada menos! Las maletas ya estaban hechas y los billetes impresos por si acaso, algo por lo que Blanca había tenido una pequeña discusión con Rocío, pero no podía evitar seguir pensando con mentalidad de pueblo. ¿Y si se quedaban sin batería? ¿O si en el aeropuerto dejaba de haber conexión a internet? No, no, era mejor llevarlo todo en una carpetita bien ordenado e impreso, no fuera a ser.

—Sí, si no tengo tiempo, ya si eso a la vuelta. Además que la cobertura aquí es una mierda... Pero eso, que estoy hecho un lío.

—Pero ¿por qué?

—Ay, os tengo que dejar —dijo Mauro casi en un susurro. Luego giró el móvil para enfocar a Iker, que caminaba con paso seguro y una bolsa de papel con asas en la mano—. Ya me estaba despidiendo, pero saluda a estas.

—Ey, ¿cómo vais? ¿Mucho calor?

—Ya ves, la factura va a llegar por las nubes —se quejó Rocío.

Después de eso, se despidieron y Blanca colgó. Volvió a prestarle atención de inmediato a la comida.

—Madre mía, ojalá se pudiera adelantar el vuelo. Necesito el drama YA. Madrid es un aburrimiento en agosto —dijo Rocío, al tiempo que buscaba en la nevera algo fresco que llevarse a la boca—. ¿No tenemos Coca-Cola?

Blanca negó con la cabeza.

—Se te olvidó comprar. Tengo tres euros por ahí sueltos, baja al bazar y compra, anda.

—Vaaale, ya bajo. Joder, estoy tan nerviosa por el viaje, ¿tú no?

Y la verdad es que Blanca sí que lo estaba. Más que el viaje, le imponía montar en un avión, estar en un aeropuerto, hacer escala en no sé qué país... Todo le parecía una locura, algo inimaginable. Su vida había cambiado tanto como la de Mauro, también en cuestión de meses. Le daba vértigo ir a un país donde no hablaban su idioma; le daba vértigo todo.

—Mazo —respondió, pero con una sonrisa.

Sabía que iba a ser un viaje que nunca olvidaría.

78

Gael

La fiesta Hawái-Bombay Es Un Paraíso prometía ser una de las mejores de todo el crucero, pues marcaba la última noche antes del destino soñado por todos y, aunque Gael estuviera en cuerpo, no tenía tan claro que su mente se encontrara también ahí.

Iker y Mauro llegaron al punto de encuentro. Los amigos se dirigieron, algo nerviosos, hacia el lugar donde se celebraba aquella magnífica fiesta temática. Cómo no, también alrededor de una piscina, aunque en esta ocasión no era donde Mauro se había caído, sino en otra de las enormes terrazas cuya piscina estaría teñida de color verde flúor aquella noche y era por lo menos tres veces más grande. En cuanto llegaron —un poco tarde, pero era la idea, pues según Oasis siempre había que llegar tarde a los sitios—, la gente ya parecía bastante animada. La música que sonaba a través de los altavoces era lo que Gael conocía como guaracha, una música techno pensada para bailar que apenas había aterrizado aún en Europa, aunque llegaba dispuesta a arrasar en las pistas de baile. Él conocía muy bien esa música: llevaba bailándola toda la vida. El subidón, pues, estaba garantizado.

Un escenario enorme coronaba la decoración hawaiana con una pantalla LED gigante que anunciaba las actuaciones que irían sucediéndose durante la noche. Gael deseó no emborracharse tanto para disfrutarlas y continuó viendo los detalles de la fiesta. Había desde palmeras hasta tablas de surf hinchables por todos lados, lleno de flores rojas, verdes o azules. Sobre tarimas de césped artificial a distintas alturas había gogós en bañadores turbo que... debían de tener relleno sí o sí, porque esos bultos eran surrealistas incluso para él, que se consideraba un hombre que había visto mundo. Esta vez, los camareros no llevaban parte de arriba y se habían colocado piedrecitas sobre el pecho que parecían reflejar las luces como si fueran bolas de discoteca andantes. ¿Qué tenía eso que ver con Hawái? Nadie lo sabía, pero añadía valor al espectáculo de colores, luces y ruido que se habían montado en el crucero. Era, sin duda, la fiesta más grande hasta el momento.

Seguía observando el ambiente cuando sus ojos fueron a parar a un cartel enorme, similar al de la fiesta de bienvenida, pero esta vez en otro tono.

CULTURA ES CULTURA, NO DISFRAZ
NO SE PERMITE BLACKFACE
NO SE PERMITEN IMITACIONES
¡Disfruta de la fiesta sin ofender!
#RainbowSeaLibreDeApropiaciónCultural

Gael alzó las cejas ante aquellas palabras, que le hicieron sentirse un poquito mejor. A veces, en el mundo gay era complicado tratar algunos temas problemáticos, como el racismo. Ya le había quedado bastante claro con algunos de sus clientes, o con Mauro, cuando aquel día en Baranoa tuvo que explicarle quién podía usar qué palabras concretas y por qué. Así que sintiéndose un poquito más seguro por el gesto —y eso que él no tenía nada que ver con la cultura de los nativos hawaianos—, se acercó a la barra para seguir bebiendo. Hacía un buen rato que el aguardiente pedía un compañero en su estómago, como si se aburriera solo allí dentro. Y bueno, que tenía que seguir hidratándose. Lo que había estado consumiendo desde hacía más de veinticuatro horas lo dejaba bastante seco.

Al llegar a la barra, se sorprendió al reconocer a uno de los camareros, así que lo saludó con una sonrisa en la cara.

—Alesso, ¿qué más?

Le hizo un gesto con la mano y, a los pocos segundos, notó a Iker cogerle de los hombros.

—Anda, pero mira quién es, el señor Iker Gaitán —le dijo el camarero a su amigo con una sonrisa. Iker se puso al lado de Gael; era evidente que no sabía muy bien cómo reaccionar.

¿Iker sin palabras? Uy, acá hay chisme.

—No sabía que estabas aquí —dijo, escueto. Su cara era difícil de interpretar.

Alesso se encogió de hombros, aunque su sonrisa no desapareció en ningún momento. Era superenérgico.

—Pues ya ves. Soy imagen y andan cortos de personal. No me cuesta nada, yo antes era camarero. Por echar un par de horas no se acaba el mundo.

Hablaba como si trabajar gratis fuera lo más normal, pero Gael no era nadie para juzgar. Iker, por su parte, soltó el aire contenido.

—Alegra esa cara, hombre —le dijo Alesso, acariciándole en tono juguetón la barbilla—. Venga, que os invito a una ronda de chupitos. ¿Cuántos sois?

—Cuatro —se adelantó Gael con rapidez, pues Iker parecía algo despistado aquella noche. Mientras Alesso se dedicaba a buscar vasos limpios y elegir una bebida que estuviera abierta, Gael le preguntó a su amigo por lo bajo qué le pasaba—: ¿Todo bien?

—Sí, es que no me esperaba encontrarlo aquí.

—Iker, acá está todo el mundo. No es el primer escort que me encuentro. —Ante aquello, Iker abrió mucho los ojos. Aún más, para ser precisos—. Igual, ¿de qué se conocen?

Antes de poder responder, hizo un gesto rápido con la mano antes de que Mauro entrara en escena acompañado de Andrés, que se pusieron a ambos lados de los amigos esperando su chupito correspondiente. Sin saber por qué, Mauro comenzó a golpear la barra con los puños en actitud infantil. Se lo veía vivo, con muchas ganas de fiesta.

—¡Chupitos, chupitos, chupitos! —comenzó a gritar, acompañando cada gesto con un golpe.

Algunas personas se voltearon a mirar, pero... sin más, no le prestaron demasiada atención. Estaban a otras cosas. Gael se rio por la tontería de su amigo y decidió seguirle el rollo. Andrés e Iker no tardaron demasiado en hacer la gracia mientras Alesso seguía el ritmo con un brazo en alto.

—¡Chupitos, chupitos, chupitos!

No pararon hasta que tuvieron cada uno el suyo y los chocaron para brindar.

—El que no apoya no folla —comenzó Iker y todos llevaron de nuevo el vaso hacia la superficie pringosa.

—El que no recorre no se corre —continuó Gael, que había aprendido aquella frase no hacía demasiado tiempo. Todos hicieron un círculo con el vaso sobre la mesa.

—El que no da saltitos no recibe gustito —dijo Mauro, y todos le siguieron cuando dio dos pequeños brincos en el sitio, con cuidado de no derramar ni una gota de la bebida.

—El que no roza no goza —añadió Andrés, llevándose el vaso a la barbilla.

—¡Y por la Virgen de Guadalupe, que si no follo..., que me la chupe! —gritaron todos al unísono, alzando los chupitos al cielo y luego bebiéndolos de un trago.

Gael se sintió pletórico y...

—¿Otra ronda? —Miró a sus amigos con una sonrisa cómplice.

No tardaron en repetir la rutina.

79

Mauro

¡Y comenzaba la fiesta! Nadie hubiera apostado jamás por un Mauro tan bailarín o tan fan de los chupitos de aguardiente, tequila o lo que fuera que le echaran. El único que no le había gustado era uno negro que sabía a, literalmente, agua de alcantarilla. Casi había vomitado. Pero ahí estaba él, como un campeón, un superviviente de aquel líquido infernal, disfrutando de esa música, de esas luces y de la compañía de sus amigos.

La conversación que había mantenido con Iker le había servido para aclarar un poco la mente, como si los astros por fin se alinearan y su amor —que creía platónico— fuera por fin correspondido. Seguía sin creérselo, por eso iría con pies de plomo. Primero estaba él; luego, Iker. Se lo tomaba como una carrera personal: tenía los ojos fijos en el premio final. Solo si este seguía ahí para cuando solucionara sus problemas, claro.

No iba a besar a Iker en medio de la fiesta, ¡ni loco! Por muchas ganas que tuviera. Ni tampoco le propondría hacer planes más allá de ir de compras, como aquella tarde. No; quería, antes de nada, volver a confiar en Iker como lo había hecho en un principio. Ese progreso iría de la mano con el suyo propio. ¿Hasta qué punto podría fiarse de su palabra? Entablar cualquier tipo de relación con él, incluso de amistad, era una tarea a veces imposible por el comportamiento del propio Iker, que parecía disfrutar de sabotear cada momento bueno que la gente de su alrededor le pudiera ofrecer.

Sin duda, tendrían que ir a terapia de pareja. Pero antes de la boda, no después.

Te estás adelantando. Primero tú; luego, Iker.

—Bueno, bueno, cómo estamos —le dijo Jaume a Iker. Había aparecido de la nada y, aunque Mauro no quería, sintió que lo miraba con los ojos entrecerrados—. Cuidado, que muerde —bromeó el DJ al darse cuenta del detalle.

Antes de que Iker se percatara de a qué se refería, Mauro fingió estar distraído con Andrés, que justo se estaba sacando una selfi y posó junto a él.

—Este chico no deja en paz a Iker, pero no parece molestarle tampoco —le dijo a su amigo entre dientes.

Tanto Jaume como Iker acababan de comenzar una conversación; era más que evidente por la postura corporal y porque estaban hablando de... a saber. No le importaba.

—Creo que está un poco pirado —metió cizaña Andrés.

—Sí, sí, pero que a Iker le gusta, vamos. Que si no le molara, lo habría mandado a paseo. —Mauro estaba seguro de ello. En eso sí que conocía a Iker: era directo, por más que sus palabras dolieran. Pasaba por encima de la gente como una apisonadora de sentimientos, tanto buenos como malos.

Mauro suspiró de forma audible, incluso con el sonido atronador de la música. Entonces, Gael se acercó.

—¿Todo bien?

Andrés le hizo un gesto con la cabeza para que se fijara en Iker y su romance con el DJ, que ahora se convertía en una trieja, pues el que parecía ser el novio del catalán había aparecido a su lado. ¿No se separaban ni para mear o qué? Siempre juntos, acorralando a Iker. Qué pesados.

Pero... pero ¿qué? Ahora más que nunca debía tener la mente fría. Por supuesto que habían compartido lo que sus corazones sentían el uno por el otro, pero la decisión de Mauro de poner lo que fuera que hubiera entre ellos en un punto y aparte de tiempo indeterminado, era la excusa perfecta para que cada uno hiciera vida por su lado, ¿no? Iker tampoco era idiota. Mauro no podía tomar una decisión y luego arrepentirse por las consecuencias que esta pudiera acarrear.

Igualmente, me jode. Podría cortarse un poco.

—Como dice la Andrés: ese man está cucú —dijo Gael, en tono de broma, antes de llevarse la copa a la boca. Después de sorber, añadió—: Pero ¿sí vio cómo lo mira?

—Gracias, guapo. —La forma en la que Mauro dijo aquello le hizo sentirse mal, pero el colombiano se lo tomó a broma.

Intentando no fijarse demasiado en la evidente química que surgía entre esos tres, Mauro le dio la espalda. Desde esa nueva posición, vio cómo Oasis aparecía por detrás de Gael, instándole a callarse con el dedo índice tapándose la boca. Cuando estuvo a pocos centímetros del colombiano, lo rodeó por detrás y le dio un beso en la mejilla.

Joder, Oasis era muy guapo. Y no es que fuera guapo de esos típicos de revista o que te encontrabas en la parte Explorar de Instagram, sino que tenía un aura radiante que hacía que quisieras estar a su lado y sonreír, sonreír y sonreír. A decir verdad, era una buena compañía para Gael. Todo parecía ir sobre ruedas entre ellos.

O no.

Porque en cuanto había aparecido, Andrés ahogó un respiro, como si acabase de recordar algo superimportante, y le cogió del brazo disimuladamente.

—De estos dos tenemos que hablar. —Bebió lo que quedaba en su copa de un trago. Ya estaba contentillo y arrastraba un poco las palabras—. Hay algo que me da mal rollo.

—¿En serio? Yo los veo bien.

Andrés se volvió y Mauro no supo identificar su expresión.

—Ay, eres tan inocente, cari. En serio que a veces me encantaría ser como tú. —Lo miró con cara de pena, parpadeando con lentitud—. En fin, voy a por otra copa.

Y dejando a Mauro sin entender nada, se largó.

80

Andrés

Si conseguía llegar a la barra sin pisar a nadie, sería todo un logro. Parecía que sus zapatillas fueran barcas, inmensas, anchas y demasiado grandes para su pie de la talla cuarenta y uno. O igual era que estaba mezclando demasiados cócteles multicolor con chupitos.

Eso también.

Al llegar a la barra, tuvo que esperar. No había demasiada gente, pero el amigo de Iker y Gael estaba muy ocupado preparando como veinte copas distintas para uno de los pedidos de la zona VIP, los cuales eran fácilmente identificables porque los ponían sobre bandejas con flecos. Un poco horteras, sí, pero todo el mundo se quedaba mirando.

—Anda, ¿Andrés?

La voz llegó a los oídos del rubio pese a que allí estaba más cerca de los altavoces. Y la reconoció. Después de haberle visto el primer día justo antes de abordar, se había convencido a sí mismo de que había sido una imaginación de su mente enfermiza. Pero no, ahí estaba: Lucas G. Murillo, su jefe. Exjefe, mejor dicho.

Y maricón perdido.

—Estoy... sorprendido —dijo tan solo, después de evaluarlo con la mirada.

Lucas alzó las cejas.

—¿No te esperabas que me gustara la fiesta? —Andrés no podía identificar si la mirada que le lanzaba mostraba también sorpresa o que se había ofendido.

—O que fueras gay. Así en general.

¿Perdona? ¿Qué te pasa hoy, guapa? Cálmate.

Pero... era una muy buena oportunidad. Y tanto que lo era. Las piezas del puzle comenzaron a encajar en su cabeza sin poder evitarlo.

—Pues ya ves. El mundo es un pañuelo y la vida una caja de sorpresas.

—Qué literario para estar tomando esto —le dijo Andrés, señalando la copa con un dedo.

—Es Malibú con piña. Uno tiene una edad.

—Nunca la supe. Pero supongo que rondarás los cincuenta. —A Andrés siempre le gustaba bromear sobre las edades de los chicos que le gustaban. ¿Por qué? Ni idea, pero era una forma sencilla de picarles y (si no les sentaba mal) romper el hielo con unas risas.

—Hombre, es normal que te parezca mayor, si tú rozas la legalidad. ¿Qué tal el colegio? ¿Ya aprendiste a comer sin babero? —contraatacó Lucas entre risas.

La conversación estaba fluyendo demasiado bien. ¿Qué estaba pasando? En la oficina las cosas siempre eran tensas y Lucas era un hijo de la gran puta con todos. Era cierto que aquella llamada para volver a contratarle —y encima en un puesto superior— ya le había dejado dudas, aunque era evidente que veía algo de potencial en él, si no, no tendría sentido ni habría confiado en darle algunas tareas importantes durante el tiempo que estuvo allí.

—Mejor no te la digo —retomó Lucas—. Cuando se llega a ciertas cifras, es mejor guardarlo en secreto.

—Anda, anda. No digas tonterías.

—Tampoco me molesta mucho... —Lucas no dejaba de mirar a Andrés; tenía los ojos clavados en él. Quizá fuera que estaba bebiendo demasiado y alucinaba—. Pero bueno, qué sorpresa tan agradable encontrarte en el crucero, Andrés.

—¿Estás solo?

Lucas negó con la cabeza y se dio la vuelta, como buscando a alguien con la mirada.

—No, qué va, he venido con unos amigos. Estarán por allí.

—Señaló a la nada—. Algunos de la oficina, ya sabes... Pero si no los ves, mejor.

—¿Por qué? —Madre mía, otro salseo más. Andrés abrió los ojos en señal de sorpresa—. Ay, que me meo. Algún hetero confundido de estos, ¿a que sí? Bueno, hetero entre comillas.

Lucas asintió con la cabeza y arrugó también la boca en señal de desaprobación.

—Está costando guardarle el secreto a un par de ellos. A ver, que te lo cuento así rápido, porque la verdad es que yo no sé si estoy del todo de acuerdo o no... ¿Quieres que nos vayamos a un sitio apartado?

Vaya. Andrés tardó un poco en encontrar las palabras para responderle. Le había pillado tan de sopetón que no sabía qué decir o hacer.

—Es que estoy con mis amigos —se excusó al final.

—Ah, vaya, qué pena. Entonces...

Eres idiota. ¡Aprovecha!

Puede que tomarse una copa con su exjefe no cambiara demasiado las cosas, pero no perdía nada por hacerlo, ¿verdad? Para agilizar un poco el tema del libro... Simplemente era probar suerte.

—Nada, es broma —dijo entre risas, intentando disimular lo que pudo—. Vamos, pero ¡que sea rápido! Que tampoco quiero dejarlos tirados.

81

Gael

Pues ya estaba ahí. Le había enviado varios mensajes a Oasis para saber dónde narices se había metido, aunque supuso que estaría en una de las mesas donde la gente de clase VIP se encargaba de dejar claro su estatus a todo el mundo, con esas bandejas tan horteras y botellas con bengalas.

—¿Cómo va la noche? Yo fluyendo —dijo Oasis, haciendo referencia a sí mismo.

Por eso Gael se estaba enamorando tanto y tan rápido, porque tenía esa parte bobalicona y llena de tonterías que le hacían despertar grandes sonrisas cada vez que pasaban tiempo juntos.

Gael se dio cuenta de que Mauro se había quedado un poco descolgado al rato de empezar a charlar con Oasis, ya que Andrés había desaparecido. Se habían besado, además, algo que hizo que su amigo buscara un lugar donde centrar su atención, y eso había hecho: miraba al escenario vacío a la espera de que comenzaran las actuaciones.

—Vea, ustedes apenas hablaron en Malta —dijo Gael, acercando a Oasis hacia Mauro.

—Es que era un mal día —replicó simplemente Mauro—. ¿A qué hora se supone que empiezan las actuaciones? No sé si podré durar mucho más de pie y quiero ver a Chanel.

—¿Tan mal vas? —Oasis se apresuró a buscar algo en su riñonera, pero Gael lo interrumpió con la mano—. ¿No?

La segunda pregunta fue dirigida solo a él, en un susurro apenas audible. Le estaba preguntando si era correcto ofrecerle, si su amigo consumía, vamos. Gael negó con la mirada, lanzando una advertencia con los ojos, y dejó el tema estar.

—Beba agua, mijo —le aconsejó al final a Mauro—, no quiero que me vomite.

—No suelo vomitar.

—Lo vi. —Gael se rio a carcajadas al recordar el momento de las drogas cuando salieron de fiesta en Barcelona—. ¿Se puede creer que salimos a Razzmatazz y nos drogaron? Menos mal que me di cuenta, aunque creo que fue peor el remedio que la enfermedad, porque este la lio...

—Vomitó Andrés, ¡yo solo meé en un árbol! —se defendió Mauro, con la mirada iluminada al recordarlo.

—¡Es cierto! Pero con la policía delante.

Oasis trató de aguantarse la risa.

—No te creo.

—Tuvimos que correr y correr. Casi me desmayo. —Gael negaba con la cabeza al tiempo que se reía, como si no asimilase la situación. Al verla con perspectiva, había sido uno de los mejores momentos que habían vivido los cuatro amigos. Quizá «mejor» no era la palabra, sino más bien puro. Divertido. Eran ellos en su esencia, al natural.

Entonces, Gael notó un tirón en el pecho. Como si..., como si se fuera a desmayar, ahora de verdad. Porque añoró demasiado ese instante.

Y supo que era porque tenía tiempo. Tiempo para descubrir, enmendar errores... Pero cada vez menos. Por eso había ignorado las llamadas de su abogada, por eso se estaba dejando llevar por Oasis en las fiestas, por eso no descansaba y empalmaba una con otra.

Tenía que poner en orden sus ideas y encontrar una solución cuanto antes. Todos los problemas comenzaron a arremolinarse en su cabeza. Ahora sí sentía que se iba a desmayar; el alcohol le estaba haciendo efecto de golpe y se vio a sí mismo cayendo por un bucle en blanco y negro, a lo Lady Gaga en *Paparazzi*.

—¿Estás bien?

La voz de Oasis interrumpió esa vorágine de pensamientos.

—Deme —le dijo con un gesto apenas perceptible. Oasis lo captó al momento y le pasó, sin descaro alguno, un pastillero pequeño de color azul—. Ahora vuelvo —dijo en voz alta.

Dejar a Oasis a solas con Mauro no era mala idea. Necesitaba darse un chute de algo que le elevara un poco. No podía pensar en esas mierdas, arruinarse la fiesta de esa forma.

Tuvo que hacer cola en el baño. Se encerró con fuerza y apoyó la espalda en la pared. Cuando sintió la mefedrona bajar por la parte trasera de su garganta, ya se sentía mejor.

82

Rocío

—Me estás jodiendo.

Las maletas pesaban una barbaridad. Acababan de comprobar que no se excedían de kilos, pero... había sido mala idea. Al principio habían temido que la báscula que apenas usaban, que de hecho estaba guardada en uno de los armarios del baño, soportase las maletas, pero había sobrevivido milagrosamente.

—¿Cómo va a pesar veinte kilos? ¡Si es enana!

Blanca tenía razón: su maleta era la típica de cabina y no era demasiado grande como para ir tan llena. Que pesara tantísimo no tenía ningún sentido.

—Pero vamos a ver, ¿qué le has metido?

Si no solucionaban aquello antes de la hora del despegue, estarían en graves problemas. No se iban a quedar en tierra por nada del mundo. No solo querían ver a sus amigos de sorpresa, sino, joder, disfrutar de la playa y la piscina, la comida y las cervezas.

—Ábrela y sacamos algunas cosas. La mía pesa ocho kilos, así que algo de margen tenemos.

Blanca asintió, pero estaba visiblemente enfadada. Consigo misma, claro. Al abrir la maleta, esta casi reventó por la presión y se abrió como si no aguantara más la tensión. Estaba llena de ropa, ropa y más ropa. Demasiada.

—Sabes que nos vamos unos días, ¿no? Meter el armario entero igual no es tan buena idea, chochona.

Su novia torció el gesto.

—A ver, es que me da miedo querer ponerme algo y no tenerlo a mano —casi se disculpó Blanca.

—Piensa los looks antes. Y puedes llevar alguna variación. De todas formas, la mitad del día estaremos en bikini y eso casi no ocupa —trató de calmarla Rocío.

—Y las cosas de aseo, todo... No puedo tirar nada.

Entonces Rocío comprendió por qué las miradas de su novia eran esquivas, por qué la maleta era una leonera. Blanca no había vivido demasiadas experiencias similares. Vamos, que en su vida había cogido un avión. No lo había dicho en voz alta, pero era evidente a juzgar por sus nervios y algunos de los comentarios que había hecho esos días.

—Mira, vamos a solucionarlo. No te preocupes, que lo arreglamos en un pispás. Hazme caso, que soy lesbiana, bollera y Perfecta Maletera. En ese orden.

Blanca la miró ojiplática.

—¿Perfecta Maletera? ¿En serio? ¿No había un nombre mejor?

Las dos se partieron de risa y se dispusieron a armar el equipaje desde el principio. No tardaron demasiado en dictaminar qué debía quedarse en tierra y qué llevar. Cambiaron algunas de las prendas por otras, con el armario abierto de par en par.

—Gracias —le dijo Blanca al cabo de un rato, algo más tranquila. La luz amarilla del dormitorio generaba unas sombras extrañas. Rocío la odiaba; tendrían que ir pronto a Ikea a por nuevas bombillas.

—¿Por qué?

—Por no mencionar que soy una pringada. —A Blanca le costaba hablar—. Yo... Me da miedo el avión, no sé. Y la maleta. Los controles de seguridad y todas esas cosas. Es que me siento super-paleta a tu lado, pero no he tenido esas oportunidades. Mi familia no es que fuera rica ni nada de eso, ¿sabes?

Rocío negó con la cabeza al tiempo que chasqueaba la lengua.

—Deja de decir tonterías, que te cojo de la coleta y... —Suspiró—. Sabes que de todo se aprende. Y a mí me gusta aprender contigo.

—Juntas —dijo Blanca, recuperando un poco la vitalidad que la caracterizaba—. Eso es lo que más me gusta de todo lo que hacemos. Que siempre es juntas.

83

Andrés

Estar ahí con su antiguo jefe era algo que jamás hubiera imaginado. ¿Tomarse unas copas con él en un crucero gay? Ni en mil años. Ni aunque le hubieran pagado. Jamás de los jamases. Pero si le era fiel a sus sentimientos..., no estaba siendo incómodo. Era evidente que Lucas estaba en otra onda ahora, como si en la oficina solo fuera una versión distinta, más enfurruñada y desagradable, de este mismo Lucas. Y, además, tenía buena conversación.

Andrés pensaba que estaba loco. Miró el cubata, recién pedido, pero no parecía tener rastros de nada más que de alcohol, un par de frutas aromáticas y hielos. No, no estaba drogado. Es que de verdad se sentía a gusto sentado en esa mesa con Lucas.

Menuda rayada, nena. Quién te lo iba a decir.

—No debería contarte nada de esto, pero es que me molesta un poco. Yo no he ocultado nunca en la oficina que soy gay. Si no me preguntas, no tengo por qué contarlo, ¿no?

Andrés asintió, aunque esas palabras propiciaban un debate mucho más largo realmente, pero no era el momento ni el lugar.

—Entonces me molesta que estos dos pesados engañen a tanta gente. ¡Es que luego te están enseñando las fotos de sus hijas o las escapadas románticas que hacen con sus mujeres! Y total, no trabajas ya con nosotros, así que da igual que te lo cuente, ¿no?

—Supongo. Pero es que me parece todo surrealista.

—Es que lo es. La de problemas que hemos tenido estos días para sacarnos fotos o fingir fondos distintos para las videollamadas. El otro día en Malta tuvimos que escondernos en un bar terrible para fingir que estábamos en un pueblecito de Castilla y León.

—¿Y se lo tragaron?

Lucas asintió con la cabeza. Bebió un largo sorbo de su bebida y continuó.

—Entonces, lo que te digo. Son Rafa y Óscar. —Andrés abrió mucho la boca—. ¿Ves? Yo también me quedé en shock.

De todas las personas que trabajaban en la editorial, siempre se comentaba entre los compañeros que en la segunda planta había un chico que odiaban que estuviera casado y con hijos. Óscar medía casi dos metros y tenía un cuerpo de escándalo, la barba siempre recortada al milímetro y se perfumaba con una de estas colonias que debían de tener feromonas sí o sí, porque Andrés en alguna ocasión había sentido la tentación de perseguirle. Como si estuviera en un documental de animales salvajes, vamos.

—Madre mía, Óscar... Si lo hubiera sabido antes...

—Nah. —Lucas hizo un gesto como de decepción—. Es muy especialito, o eso pensaba, porque lleva unos días...

—¿En plan? —preguntó Andrés, curioso.

—Pues para un par de semanas que tiene libre de verdad... Imagínate cómo se está poniendo, ¿no? Si se cogió una habitación para él solo. Con eso te lo digo todo.

Andrés no se podía creer que Lucas le estuviera contando más y más detalles, el secreto de Óscar y, en general, el salseo monumental que era todo aquello.

—¿Quién lo sabe de la ofi?

Lucas cerró un ojo y miró al infinito, calculando.

—No creo que más de dos o tres personas. —Lucas se encogió de hombros y pareció haberse aburrido del tema, así que lo cambió drásticamente—. Entonces, dime, ¿qué haces por aquí? El crucero es carísimo. ¿Estás en paro? ¿O tienes otro curro?

Entonces Andrés comenzó a contarle con todo lujo de detalles no solo cómo habían conseguido él y sus amigos ir al Rainbow Sea, sino esos últimos días, sus planes y sus peleas. No sabía por qué, pero no podía parar. Estaba... ¿a gusto con su exjefe, el cabrón?

Es que no tenía ningún tipo de sentido.

Y sin embargo, ahí seguía.

Había pasado una hora. Lucas se había levantado, dando tumbos, a por otra ronda para los dos. Los ánimos de fiesta habían bajado un poquito porque la música había bajado de decibelios, ya que las drag queens habían comenzado a actuar. Era algo que Andrés quería vivir en persona, pero la conversación no parecía terminar nunca. Y no le importaba. Con cada minuto que pasaba compartiendo risas o cotilleos del trabajo con Lucas, más le parecía que había malgastado el tiempo en el curro. Se había perdido un mundo de drama extra.

En cuanto Lucas volvió con las copas, Andrés tuvo que preguntarle.

—Oye, una cosa —comenzó. Carraspeó, bebió y apoyó el enorme vaso en la mesa con cuidado—. ¿Por qué me puteabas tanto?

Lucas sonrió de medio lado, como si se hubiese acordado de un chiste que solo él conocía.

—Es mi forma de enseñar. Puede parecer dura. Suelo... ser un poco cabrón. Es como me enseñaron a mí, ¿sabes? Y de pronto, un día, mi jefe fue mi amigo. Sin más. Yo tampoco lo entendí. Entonces tuvimos varios problemas con unos agentes literarios, con algún compañero que me jodía continuamente y a punto estuvimos de perder la compra de varios manuscritos. Terminé salvando yo todas las situaciones sin darme cuenta. Me había hecho ser... ¿fuerte? Sé que no es la mejor manera de hacerlo y siento si he sido demasiado duro a veces, pero a mí me sirvió para que nadie me comiera. A veces este mundillo es demasiado exigente y tienes que estar alerta a cada paso.

La verdad es que a Andrés de poco le servían ese tipo de disculpas, tanto tiempo después y habiéndole hecho sufrir tanto, pero no podía evitar darle un poquito la razón a Lucas. Había visto cómo eran las reuniones, los agentes... Era como una pelea constante. David contra Goliat.

—Bueno, supongo que gracias —dijo Andrés en un tono algo frío.

Entonces sintió la mano de Lucas alrededor de la suya. Ni siquiera se había dado cuenta de que la tenía sobre la mesa. Su cuerpo había actuado así, de forma automática, como si estuviera tan a gusto con él que rompía un poco su fortaleza.

—Lo siento. —Lucas lo miró a los ojos con una sonrisa apenada. Le acariciaba los dedos mientras hablaba—. Espero que puedas volver en algún momento. Ha entrado una chica nueva en el puesto que te comenté, pero no termina de convencerme. Te prefiero a ti.

La forma en la que dijo aquello último...

Oh, no.

No puede estar pasando.

—Siempre te preferiré a ti.

Vale, estás soñando, Andrés.

Volvió a comprobar que su bebida estaba correcta, que no tuviera polvito blanco sobre los hielos o una pastilla a medio deshacer en el fondo. La situación que estaba viviendo era, cuando menos, surrealista. ¿Su jefe tirándole los trastos? ¿O estaba entendiéndolo mal?

—La fiesta me aburre, ¿quieres que sigamos en un sitio aún más tranquilo?

La pregunta se quedó en el aire, expandiéndolo y tirando de él, creando tensión y nerviosismo en el pecho de Andrés. Sus manos seguían juntas, la de Lucas sobre la suya, sin parar de apretarla con cariño o acariciándole despacio.

Todo le daba vueltas. La mesa, sus piernas, la silla, los ojos de Lucas, esos labios que nunca se había dado cuenta de que eran tan bonitos, esa nariz recta que parecía de una escultura de la Antigua Grecia, esa presencia y esa seguridad que imponían y que tenían cierta parte excitante, o esa mirada que, clavada en la de Andrés, le hacía sentir poderoso.

Su mente quiso jugarle una mala pasada. Le mandó un flash de Lucas besándole. Y luego del manuscrito en sus manos. Y de Lucas publicándolo.

¿Y si...?

No podía ser tan idiota de venderse de esa forma. Aunque... la situación se estaba dando sin más. Jamás en su vida hubiera imaginado aquel momento, donde se planteara siquiera tener un encuentro sexual con su jefe.

Pero esa mano juguetona lo estaba poniendo tremendamente cachondo.

84

Iker

La fiesta seguía su curso. Los ánimos estaban como nunca, y eso se notaba en la pista de baile. La gente lo daba toda gritando con las actuaciones que se sucedían en el escenario. Era una de las cosas por las que muchos de los allí presentes habían reservado en el crucero y era evidente por cómo se empujaban entre todos para estar lo más cerca posible de la primera fila.

En aquel momento, Iker se encontraba casi unido a Rubén y Jaume. Así se había dado la noche, sin forzarlo en absoluto. De fondo y sobre el enorme escenario del crucero actuaban con ímpetu dos drags maravillosas a las que los tres miraban con la boca abierta. Mariana Stars y Coco Luna se habían prometido poner toda la carne en el asador aquella noche, y ambas se abrían de piernas, se quitaban vestidos para descubrir nuevos debajo y lanzaban purpurina entre voltereta y sacudida de peluca.

—Son increíbles —dijo Rubén, que aplaudió cuando Mariana lanzó polvo blanco al público mientras la letra de la canción hacía referencia a la cocaína—. También te digo, ¿Bad Gyal solo habla de drogas?

—Ay, qué pesado —se quejó Jaume—. Venga, calla un rato, guapo.

Jaume se sacó del bolsillo unas llaves y una bolsita de plástico pequeña.

—Es que, nene, mucho te quejas, pero luego bien que si te ofrezco no dices que no...

Rubén lanzó una mirada de burla en dirección a Iker y, en cuestión de segundos, esnifó todo el contenido que había cogido con la llave.

—Ahora mejor. Ya verás como no voy a ser tan pesado —bromeó de nuevo Rubén. Iker se rio, enseñando los dientes, y se llevó la copa a los labios mientras volvía a mirar hacia el escenario.

Mariana Stars había cogido el micrófono y agradecía los aplausos del público.

—Es una maldita Barbie —comentó Jaume, sorprendido—. Su maquillaje es perfecto. Parece una muñeca.

—Muy Miss Venezuela —añadió Iker.

—¡Justo!

Ellos también se dejaron llevar por el furor del público mientras Mariana se despedía al fin, dando paso a una nueva drag que, según ella, los volvería locos.

—Un fuerte aplauso para... ¡Brenda Star!

Los focos del escenario se apagaron durante unos segundos y, de pronto, una figura se iluminó en el centro. Llevaba unas alas transparentes con luces LED y comenzó la actuación haciendo un lip sync de una canción de Anitta.

—Bueno, esta noche sí está mereciendo la pena —comentó Iker—. Mira que no he sido mucho de ir a ver drags por Madrid más allá de un par de veces, pero es que vaya nivel...

—Yo a Brenda la amo. Es brutal. ¡Mira, mira, qué pedazo de salto acaba de pegar!

Y era cierto, la drag estaba completamente abierta de piernas en el escenario mientras se señalaba los labios y rapeaba. De nuevo, en cuanto terminó, el público se volvió loco aplaudiendo. Brenda se despidió con palabras de agradecimiento y recordando su usuario de Instagram.

—Me tenéis que seguir, perras —dijo entre risas con un marcado acento brasileño, y dio paso a un DJ de pelo negro y rostro angelical llamado Lágrima, que no tardó en reventar los altavoces con sus mezclas.

Una vez el escenario quedó vacío de artistas drag y la fiesta volvía a su cauce con música bailable, apareció un logo en la enorme pantalla: Shantay Party. Debajo estaban los nombres de un montón de drags y el texto rezaba que habían sido seleccionadas para el crucero gracias a esa fiesta. A Iker no le sonaba, ¿desde cuándo había una fiesta en Madrid que él desconocía? Se prometió a sí mismo ir la siguiente vez que la hicieran. Si esas drags formaban parte de ella, se había estado perdiendo algo fabuloso.

De pronto sintió la presencia de Jaume, que se acercó un poquito más a Iker. Le rozó el brazo con el suyo.

—¿Quieres?

Le ofrecía, delante de su cara, a muy poca distancia, la bolsita con polvo mágico. Al principio, Iker no supo qué decir, porque en el fondo estaba rayado con el tema de Mauro. Sí, había pasado un poco de él desde que la pareja había llegado, pero ¿se podía culpar por ello? Estaban en un maldito punto y aparte, y como abrir su corazón no había servido...

Joder, no iba a ser tan idiota de no pasarlo bien con Jaume y Rubén. Tenían algo pendiente desde hacía meses y después de tantos días encontrándose por el Rainbow Sea, parecía que el destino le decía que algo terminaría sucediendo entre ellos.

Y total, una parte de él estaba algo molesto con Mauro, no lo iba a negar.

Iker miró de nuevo la bolsa y la sonrisa de Jaume. Este se llevó la mano al bolsillo y extrajo las llaves para darle.

Qué cojones. Disfruta.

E Iker esnifó.

85

Andrés

La habitación de Lucas G. Murillo estaba hecha un desastre. Se había disculpado porque la compartía con uno de sus amigos, aunque la recogió en cuestión de minutos mientras Andrés esperaba en la terraza. Parecía que sus camarotes —los de los cuatro— eran lo peor de lo peor, porque lo hubiera dado todo para tener esa terraza, donde sí que había espacio para por lo menos un par de tumbonas y no dos microsillas roñosas como en la suya. Lucas le explicó que no era una suite, sino una habitación estándar con vistas y que no había salido tan cara como hubieran pensado en un primer momento. Pero que quizá hubieran echado mano de la agencia de viajes con la que trabajaba la editorial y bueno..., les había salido todo un poquito bastante más barato.

¿Qué hago aquí?

Andrés tenía demasiados sentimientos encontrados que se le arremolinaban no solo en la cabeza, sino en el estómago. Sentía náuseas. Ganas de correr. Pero también mucho morbo. Era como vivir una película romántica o mejor, la historia que toda mujer cuarentona descargaba a escondidas de su marido en el Kindle. Historias sobre chicas que se acostaban con su jefe o que se metían de lleno en la mafia, con bestias sexuales que las hacían volar.

Sí, era más bien eso: lo peligroso.

Andrés era consciente de que por una tontería, todo se podría ir al garete. No solo él, sino sus oportunidades laborales en la editorial. La publicación de su manuscrito. Su currículum. Todo.

Y ahora entendía por qué era tan excitante.

El morbo de darlo o perderlo todo.

Habían pedido otra ronda para tomársela tranquilamente en la terraza. El servicio de habitaciones era excelente a juzgar por las anécdotas que Lucas le había contado. Se encontraban sentados en las tumbonas. Estaban muy cerca. Tanto que los pelos de la pierna de Lucas rozaban a Andrés. Ese contacto se había mantenido por parte de ambos; en cuanto uno cambiaba un poco la postura, de manera disimulada, el otro también lo hacía. Para mantenerse así, unidos de alguna forma.

Andrés estaba a punto de perder la cabeza. Con cada sorbo de su bebida veía más y más atractivo a su antiguo jefe. ¡Y eso que jamás se lo había parecido! No sabía si culpar al alcohol o a que le era imposible excitarse con gente que le caía mal y a la cual odiaba.

Uff. Estoy imaginando cosas...

¡Cállate!

—Siempre me has parecido muy mono, ¿sabes? —le soltó de pronto Lucas, en un momento de silencio—. Tan... twink.

Andrés tragó saliva sin saber qué responder cuando una mano apareció sobre su brazo, que descansaba apoyado en uno de los reposabrazos de la tumbona. Las caricias de Lucas hacían que se le erizara todo el cuerpo.

—Vaya —dijo este, simplemente, al darse cuenta.

Dejó la copa en la mesa y se puso de medio lado para clavar los ojos en los de Andrés. El rubio tan solo volvió la cabeza, sin saber qué hacer o decir. Respiraba de forma entrecortada.

La pregunta de por qué estaba haciendo aquello revoloteaba en su cabeza. ¿Era porque le ponía cachondo como una cerda follarse a su antiguo jefe al cual, en teoría, odiaba? ¿O porque si lo encandilaba, podría publicar y por fin cumplir su sueño? Estaba hecho un lío, aunque su cuerpo parecía conocer la respuesta, porque ese simple cruce de miradas le había hecho sentir un pequeño sobresalto en sus partes íntimas.

Joder. Joder.

—Tenemos toda la noche —le susurró Lucas.

Era sexy. Claro que lo era. La forma en la que se dirigía a él y cómo lo miraba... Era de estas personas en las que en un primer momento no te fijarías demasiado, que pasaría desapercibida por completo. Pero emanaba una energía tan poderosa, tan... fuerte. Era como si en cualquier momento se fuera a romper, quitarse esa máscara y comenzar a ordenarle cosas a Andrés. Y este solo pensaba en que llegara ese momento, que fuera tal y como lo imaginaba, que...

—Ven aquí.

Dios mío de mi vida.

Esa voz casi gutural que había puesto, ¿de dónde cojones salía? El ano de Andrés palpitó. Jamás había sentido algo así con nadie. Que solo su voz lo excitara...

Le hizo caso.

Se levantó con cuidado de no golpear la mesa y tirar las copas y se tendió al lado de Lucas. La tumbona era lo bastante grande como para que cupieran ambos de lado.

—Date la vuelta. —De nuevo, aquel tono de voz. Escondía tantas cosas... Una amenaza velada, morbo, deseo.

Andrés dudó un instante. Quedaría de costado, sí, pero de espaldas a Lucas, completamente vulnerable. Por un momento, esa idea le bastó para obedecerle. Las manos de su exjefe le rodearon la cintura y lo atrajeron hacia sí. Notó su dureza en el trasero y soltó un gemido; una mezcla de pasión y miedo ante aquello que estaba pasando.

Está pasando.

¡Está pasando!

Entonces la lengua de Lucas apareció en el cuello de Andrés. Le lamió y besó los lóbulos de las orejas, la clavícula... Pronto la ropa sobraría. El calor había aumentado como un millón de grados. Porque mientras Lucas se lo comía a besos, movía la cadera con delicadeza para que Andrés notara que tenía la erección cada vez más dura, cada vez más grande.

Cuando por fin Andrés se decidió a tocar el bulto, lanzando su mano hacia la parte que los unía —aunque hubiera tela de por medio—, Lucas le soltó un manotazo.

—El tiempo lo marco yo, Andresito.

Andrés tragó saliva. Una vez. Dos veces. Tres. Tenía la boca completamente seca.

¿Por qué siempre había pensado que odiaría eso? ¿Y por qué había sentido su cuerpo como electrificado, de la cabeza a los pies, sintiendo desmayarse del placer de que le hubiera tratado... así?

Estaba demasiado cachondo. No lo podía evitar.

El movimiento de caderas de Lucas se fue convirtiendo en algo que Andrés anhelaba cada vez con más ahínco; cada roce le hacía temblar de placer. Los besos de su exjefe no paraban, esos lametones tan cargados de deseo contenido. Andrés trataba de respirar con normalidad, pero se olvidaba; estaba completamente sumido en el momento.

—¿Lo quieres? —le preguntó entonces Lucas, de nuevo con esa voz casi animal. Para acompañar sus palabras, había apretado con más fuerza la cadera contra Andrés. Este notaba cada centímetro, ardiente, contra el trasero.

Andrés asintió.

—Habla —le exigió Lucas.

—Sí —respondió Andrés, afirmando de nuevo con rapidez con la cabeza.

Lucas pareció más excitado aún con esa respuesta y sus caricias y besos se llenaron aún más de pasión. De pronto, dos dedos aparecieron en la comisura de la boca de Andrés, que no tuvo que pensar demasiado para qué estaban ahí. Se los introdujo en la boca, disfrutando del contacto y llenándolos de babas. Ahora, la mano de Lucas viajaba hacia su culo. Introdujo los dedos por debajo del calzoncillo de Andrés y buscó con soltura, como el experto que parecía ser por su edad y desenvoltura, la abertura del rubio.

—Chisss —le susurró cuando Andrés lanzó un pequeño gemido.

Se sentía volando, literal. Los dedos de Lucas comenzaron a abrirse paso poco a poco; era como una pequeña caricia con algo de presión y Andrés se dejó llevar.

No por mucho tiempo.

Algo le cruzó por la cabeza. Era un pequeño atisbo de duda que se convirtió en algo monstruosamente enorme en cuestión de segundos según Lucas iba preparando más y más el terreno para penetrarle. Que Andrés se hubiera quedado clavado en el sitio, tieso por completo, Lucas lo había interpretado como que estaba disfrutando de alguna forma extraña y no había parado.

Pero no, algo estaba mal.

Todo estaba mal.

¿En qué estaba pensando?

No podía evitar sentir que su ano se abría cada vez más para darle la bienvenida a su exjefe. A decir verdad, y siendo totalmente honesto consigo mismo, en aquel momento tan solo quería que le reventara. Pero bien. Un polvo de estos que te dejaban dolorido, de los que recuerdas sonrojándote. Estaba demasiado excitado.

Y aun así, no estaba funcionando. Era su maldita cabeza.

Para, Andrés. Te vas a arrepentir.

Los besos de Lucas habían cambiado de lugar y Andrés, que ahora tenía los calzoncillos por las rodillas, ni siquiera se había dado cuenta. Lucas disfrutaba besándole las nalgas antes de comenzar a lamerle el ano.

—Joder —dejó escapar Andrés, sin poder evitarlo. Aquella lengua era milagrosa.

Céntrate, coño. Haz que pare.

¿Cómo iba a parar? Si todo su cuerpo lo deseaba en aquel momento.

¿Cómo no iba a parar? Si se iba a arrepentir al sentir que publicaban su libro por haberse acostado con el editor.

Todo era un cúmulo de idas y venidas, gemía de placer como nunca mientras pensaba en todo lo malo que podría salir de ese encuentro. ¿Se arrepentiría? ¿Debía detenerlo? Su futuro, su carrera... Era tal el morbo que le causaba la situación que estaba viviendo que era incapaz de pensar con claridad, y mucho menos cuando Lucas le escupió el ano y se sintió deshacer de placer.

86

Mauro

—Oye, Mauro, ¿y tú qué tal? ¿Te lo estás pasando bien? Como no le importas una mierda a tus amigos, ni siquiera a Iker... Por eso te lo pregunto.

Se miraba al espejo del baño del camarote intentando tranquilizarse. Era una tarea casi imposible porque le temblaban los hombros. Había llorado mucho. Bastante. Se había sentido muy desplazado por sus amigos, diseminados por la fiesta como si él no importara en absoluto. ¿Andrés? Le había visto hablar con un hombre de unos cuarenta años y luego había desaparecido. ¿Gael? Desde que se había encontrado con Oasis en la pista de baile, Mauro había pasado a un segundo plano. Estaban como en una burbuja, ellos dos solos. ¿Iker? Con la parejita del demonio que no le daba celos, para nada.

Bueno, ¿a quién quería engañar? Era algo que no podía controlar y era horrible.

Lo que su reflejo le devolvía era un chico desesperado. Desesperado y aún incapaz de romper las barreras autoimpuestas. Algunas personas le habían hablado mientras veían el espectáculo o cuando se acercó a la barra para pedir algo. Pero algo en su interior le invitaba a mantener la boca cerrada. Iba por días. En unos se sentía en paz con su cuerpo y con su personalidad y que podía arrasar el mundo, que este estaba a sus pies.

Hoy no era uno de esos. Si es que ¿cómo iba a serlo si no era más que un complemento?

Su fuego interno se había ido apagando conforme avanzaba la noche. Las lágrimas que había sobre su rostro se estaban secando ya, pues llevaba frente al espejo por lo menos una hora, evaluando cada poro de su cara, cada pelo de sus cejas. Todo en él era horrible. Si se había creído que lo que Iker le había confesado era real, es que era idiota. Así de sencillo.

Odiaba volver a estar en el punto de partida, uno que creía haber dejado en Madrid hacía un tiempo. Pero no, ahí volvía a estar, sintiéndose como un idiota una noche más. Vuelta a empezar. ¿E igual todo este drama lo estaban causando las copas? Pues muy bien, poco le importaba. No dejaba de tener una parte de realidad.

Cogió aire para disponerse a salir cuando se empezó a escuchar mucho barullo en el pasillo. Le había sacado de su pozo sin fondo, porque al menos asomarse a cotillear sería una buena distracción, ¿no? Revisó que tenía la tarjeta para entrar en el bolsillo, que todo estuviese medianamente ordenado y se dispuso a salir.

Al abrir la puerta, casi se dio de bruces con un par de chicos que pasaban corriendo.

—Eh, eh, ¡cuidado! —gritó alguien al fondo.

Por la derecha llegaba más gente. Todos borrachos, más claro que el agua. Algunos de ellos llevaban el teléfono con el flash a tope. ¿Estaban grabando? Mauro miró hacia la izquierda, al fondo del pasillo, por donde habían volado aquellos chicos.

—¡Que se pegan!

No supo de dónde procedía aquella voz, pero sintió la necesidad de salir de su habitación y cerrar bien la puerta tras él. Total, no había nada más entretenido que hacer en aquel momento. Además de que aquel trajín de gente no parecía tener fin y temía por su integridad física. Se dejó llevar por la marabunta hasta casi el final del pasillo, por las últimas habitaciones que había, donde dos hombres bien entrados en años se encontraban en el suelo arañándose la cara y cogiéndose fuerte del cuello. Vamos, pegándose de lo lindo.

—Ya te dije que ese es mi chico en España y que yo soy el único en su vida, ¿vale? Que te separes de él —decía uno, el que parecía estar ganando la batalla. Aunque no pareciera demasiado ciclado de gimnasio, se le veía con una furia y fuerza bruta que daba miedo, casi equiparable a un competidor de lucha libre.

El que se encontraba abajo, perdiendo, era incapaz de articular palabra.

—No-no-no lo sabía —tartamudeó a duras penas.

Una chica apareció entre la gente, que se hizo paso empujando con los codos. La mayoría de las personas solo miraban cotilleando o grabando. Mauro estaba bloqueado, aunque tampoco es que fuera a actuar. Solo haría algo así de loco si quienes estuvieran en la refriega fueran sus amigos.

—¿Alguien va a hacer que paren? ¡Por favor! —casi suplicó la chica.

Nadie le hizo caso.

Por fin, las tornas cambiaron. Quien se encontraba abajo terminó por estar arriba y trataba de golpear con el puño al otro hombre en la cara.

—Que. Yo. Le. Conocí. Antes. Gilipollas —decía una y otra vez, marcando con fuerza cada palabra.

Los guardias de seguridad no tardaron mucho más tiempo en aparecer. Los ánimos se calmaron casi al instante, cuando el grupo de gente les hizo hueco. Nadie se iba a manchar las manos, por supuesto, así que fueron desapareciendo por donde habían venido. Mauro, que aún sostenía en la mano la tarjeta de la habitación, no sabía ni qué hacer. Se dio cuenta de que los guardias de seguridad llevaban las mismas chapas que aquel día, cuando habían robado la botella: Aceituno y Rufino.

Pero algo fallaba. No eran las mismas personas que les habían pillado, sino unos hombres mayores de verdad, canosos, de estos que llevan toda la vida encargándose de la seguridad de un barco.

Ostras. Andrés va a tener razón con que había algo raro.

Mauro trató de disimular como pudo y volvió con lentitud a su habitación, aguzando el oído para ver si se enteraba de algún detalle más de la pelea, pero quienes habían sido el centro de atención hacía unos minutos ya no tenían ni fuerzas para hablar. La cara de malhumor de los guardias de seguridad también había hecho que el murmullo generalizado desapareciera.

—Entre estos y lo del otro día... —comentó uno de ellos, Rufino. Llevaba cogido del brazo al hombre pelirrojo, que tenía un ojo morado.

—Y que lo digas. Sigo pensando en quién narices querría robarnos los uniformes —respondió Aceituno con cara de pocos amigos.

La mente de Mauro unió los puntos y le dio la razón definitiva a Andrés. Lo que le hizo pensar que quizá su amigo no estaba tan loco viendo cosas donde no las había y que podría ser que la opinión que tenía sobre Gael y Oasis fuera también acertada.

Era una señal. Debía ir a por él. ¿Dónde narices estaría?

87

Iker

Bueno, pues iba a suceder.

Cuando Iker entró en la habitación con Jaume y Rubén, supo que por fin, después de tantas indirectas, después de tantos comentarios...

—¿Qué te pasa?

Jaume lo miraba mientras se lamía el labio. Estaba frente a él, parecía nervioso. No, excitado, mejor dicho. Rubén se encontraba sentado sobre la cama, mirándolos, y también parecía excitado.

—Te has quedado clavado. ¿Te damos miedo? —le preguntó con sorna Jaume y se acercó.

—No —mintió Iker.

Pero a decir verdad, sabía que aquel trío sucedería en base a unas supuestas normas que la pareja quería aplicar. Si Jaume lo volvía loco, Rubén duplicaba esa locura, y tenía miedo de que aquello se descontrolara demasiado.

—Siéntate, tranquilo, y perdón por tener la habitación así —se disculpó Rubén, sonriendo.

Iker también trató de esbozar una sonrisa, pero ¿qué le estaba pasando? ¿De verdad estaba tan nervioso? ¿Cómo era posible? Sacudió un instante la cabeza; tenía demasiados problemas paseándose libremente por sus pensamientos y quería sacarlos de ahí para disfrutar. Cruzó los dedos para que así fuera, aunque comenzaba a notar los efectos de lo que fuera que Jaume le había dado, y poco a poco el drama de Andrés y su *relación* con Mauro se iban convirtiendo en ideas difusas...

Centró la mirada en Jaume, que continuaba con esa sonrisa maliciosa que prometía mucho placer y ganas de hacerle cosas innombrables.

Cuando este se le acercó y comenzó a besarle con fiereza, Iker se percató del efecto de lo que había consumido, pues la forma en la que sus labios y sus manos respondieron al contacto físico parecía nacer de una necesidad que jamás había sentido con tanta fuerza. Notaba cada poro de su piel exuberante, con un anhelo de que le tocaran cada milímetro. Y claro, su pene también despertó y sentía cosquillas.

Jaume bajó hacia la mandíbula y el cuello. Sus besos siempre habían vuelto loco a Iker, por lo que el primer gemido no se hizo esperar. Jaume, feliz de estar poniéndolo como una moto, continuó recorriendo el cuello de Iker con la lengua, que no pudo reprimir las ganas de manosearle el culo mientras el DJ se encaramaba a su cuerpo.

Paró a los segundos. Se quedaron mirando fijamente, a pocos centímetros, recuperando el aliento. La mano de Jaume viajó hacia la entrepierna de Iker y este le lanzó una mirada a Rubén, que contemplaba la escena en silencio desde la cama. Los bíceps se le marcaban por la postura en la que se encontraba, con ambos brazos apoyados detrás de la espalda. La protuberancia de su pantalón había aumentado de tamaño y ahora era imposible ignorarla.

—Tienes competencia —le susurró Jaume, haciendo referencia al tamaño de su chico.

Iker sonrió, algo ofendido, pero juguetón.

—¿Ah, sí?

Jaume lo cogió de la mano y lo condujo a la cama, al lado de Rubén. Ambos se miraron llenos de excitación y para cuando Jaume se puso de rodillas frente a ellos, Rubén se lanzó a los labios de Iker. El beso era como volar. Sus labios sabían increíbles y su lengua se movía en el interior de la boca de Iker como si se conocieran de toda la vida. El calor aumentó de pronto. No podía parar de sentir, de necesitar tocar.

De pronto, Iker notó que Jaume trataba de quitarle el pantalón.

Era uno corto, así que no le costó demasiado. Quedó en sus tobillos, al igual que el calzoncillo, que poco tardó en desaparecer también. Rubén hizo lo mismo sin separarse de los labios de Iker. Cuando los dos estuvieron desnudos de cintura para abajo, Jaume se escupió las manos y, con la ayuda de ese lubricante natural, comenzó a masturbarlos al mismo tiempo, mirándolos por turnos, aunque ellos estuvieran completamente a fuego besándose.

El placer que Iker estaba sintiendo era como pinchazos, era como...

No estaba dura.

Pausó un segundo el beso con Rubén y se miró. Jaume le frotaba el pene con ahínco, al igual que el de su novio, y ambos estaban en el mismo estado.

—No te preocupes —le calmó el DJ—. Es normal. Cuesta un poquito.

Iker comprendió que se refería a que era algo habitual con lo que habían estado tomando, pero... la sensación era como si estuviera a punto de correrse. Notaba en su interior como si su miembro estuviera durísimo, como si en cualquier instante fuera a explotar. Y así parecía que estuvieran sus dos acompañantes, pues tenían el rostro desencajado debido a la excitación. Jamás había experimentado algo así, no sabía si le gustaba.

Y para que Iker dejara de rayarse, la boca de Jaume comenzó a hacer su trabajo. La forma en la que succionaba, lamía y chupaba hacía que Iker temblara mientras sus labios no se despegaban de los de Rubén. Pero, joder, ahora quería más. Miró a Jaume, que estaba completamente entregado a comérsela, ayudándose de sus dos manos y la boca, mientras que Rubén se masturbaba solo. Iker sintió una corriente eléctrica recorrerle el cuerpo en cuanto vio con sus propios ojos que al fin su pene alcanzaba poco a poco su tamaño normal, ver cómo la boca de Jaume se abría cada vez más para poder alcanzarlo por completo, sus venas hinchadas, cómo soltaba babas alrededor de su pene al costarle más y más trabajo, casi ahogándose por el esfuerzo de introducirlo por completo en su garganta.

Eso volvió loco a Iker, que no pudo evitar agarrar la cabeza de Jaume con fuerza y empotrarle contra su pelvis. El DJ aguantó unos segundos como un campeón y para cuando se liberó, lo primero que hizo fue cruzar la mirada con la de Iker y sonreír de medio lado, la boca salivada y fuera de sí.

Entonces unas manos aparecieron de la nada. Era Rubén, que se había sentado con la espalda más recta y ahora agarraba el cráneo de su novio con sus fuertes dedos mientras lo llevaba de nuevo al miembro de Iker. Jaume parecía tener aprendida la lección, porque se dejó hacer y, con la boca bien abierta, se introdujo por completo toda la envergadura de Iker. Este vibró, notó conexiones neuronales que jamás había sentido y quiso estallar en miles de pedazos.

Cuando Rubén le permitió a Jaume respirar, este tenía los ojos llorosos y las mejillas rojas. Trataba de recuperar el aliento, como si hubiera estado bajo el agua durante minutos.

—Sigue —le ordenó Rubén, con una voz que sorprendió a Iker, mucho más grave y tan autoritaria que sintió escalofríos.

Se preguntó si esas serían sus normas, que Rubén ordenara cada paso que debía dar Jaume mientras este continuaba mamándosela como nunca nadie se la había comido en su vida. Estaba siendo la mejor de su historia, sin lugar a dudas, y eso que había tenido muchas. Quizá demasiadas.

Después de unos minutos así, cuando Jaume ya parecía a punto de la extenuación —aunque a juzgar por su mirada, él hubiera continuado durante horas—, Rubén se puso de pie. Estaba duro por completo y, vale, ahora Iker lo comprendía. Por supuesto que no le hacía competencia, pero no tenía nada que envidiarle. Era un muy buen rabo. Por algo Jaume estaba tan contento con él, pensó.

El pene de Rubén golpeó a Jaume, que seguía de rodillas, y se lo restregó por toda la cara. Jaume no dejaba de sonreír, como si aquello fueran golosinas y el azúcar le hiciera inmensamente feliz. Luego, con la ayuda de sus manos, se llevó el miembro enorme de su novio a la boca y volvió a demostrar su talento con la garganta profunda al tiempo que miraba a Iker. No separó la vista ni un instante, como si le estuviera dando un show privado. Este no pudo resistir la urgencia de masturbarse, se llevó la mano a la entrepierna y disfrutó de cómo se deslizaba por su pene erecto gracias a las babas que había dejado Jaume.

—¿Cuáles son esas normas? —preguntó al cabo de un rato, mientras disfrutaba del espectáculo que la pareja le estaba dando.

Como respuesta, Rubén separó a Jaume de su rabo y le abofeteó la cara. La reacción del DJ fue morderse el labio inferior, aún más excitado que antes, si es que era posible siquiera.

—Que esta putita no puede negarse a nada de lo que queramos —respondió con una sonrisa maliciosa—. A nada.

Iker tragó saliva. Sintió cómo ahora la sangre recorría solo su erección; todo estaba concentrado ahí, no podía pensar en otra cosa que no fuera en seguir y seguir.

—¿A nada? —dijo con la boca seca—. ¿Y sin palabra de seguridad ni nada de eso?

Jaume cerró los ojos, invadido de pronto por el placer. Negó con la cabeza.

—Soy vuestro —susurró.

Antes de hacer nada, Iker consultó a Rubén con la mirada, que le incitó con una mano a que se levantara. Era el momento de quitarse el resto de la ropa, ¿no? Ambos lo hicieron, como conectados. Lanzaron los pantalones y la ropa interior lejos, al igual que sus camisetas. Estaban frente a frente; Jaume, de rodillas, debajo, tapado por los penes que le harían volar esa noche. Los comenzó a lamer con la lengua, poco, solo las puntas, mientras Rubén e Iker no podían resistirse ahora a besarse con más furia, acariciándose los pectorales y los brazos, dos cuerpos de infarto.

La boca de Jaume trataba de abarcar los dos glandes, aunque le era imposible, pero mientras los impregnaba de babas que hacían que se deslizara con una facilidad asombrosa por el tronco de ambos miembros. Iker no podría estar mucho tiempo más así, porque su cuerpo le pedía más. Tanteó la situación y agarró con ímpetu a Jaume de la cabeza y este se detuvo. Iker guio con toda su fuerza al DJ hacia la cama y lo lanzó como si no pesara nada; gimió al aterrizar. Él aún iba vestido.

Iker se dirigió al colchón y, sin más miramientos, bajó de una sacudida el pantalón de Jaume para desvelar unos calzoncillos tipo bóxer. La verdad es que no lo pensó demasiado y simplemente agarró la tela por el centro para partirla. Ahora, el culo de Jaume estaba solo cubierto por dos jirones de tela unidos por la goma elástica. El agujero en el calzoncillo daba lugar a mucho juego y Rubén no tardó en aparecer de la nada para comenzar a lamerlo y mordisquearlo. Iker le siguió el rollo, como si fueran por turnos: uno lamía más fuerte, el otro más despacio, los dos agarrando con fuerza cada una de las nalgas de Jaume, que solo gemía de placer sin oponer resistencia.

Rubén buscó un beso de Iker al tiempo que se masturbaba con una mano y, con la otra, jugaba con la abertura de su pareja. Iker sabía que no hacía mucha falta, pues Jaume dilataba rápidamente, casi como si siempre estuviera preparado para cualquier situación. Antes de que ninguno de los dos se decidiera a comenzar con la penetración, Jaume pidió un momento de pausa.

—Quiero mear. Y que nos metamos unas rayas, ¿no?

Ni Iker ni Rubén objetaron. Se levantaron del suelo; a Iker se le había quedado la marca en las rodillas. Mientras el DJ iba al baño, Rubén preparó una nueva ronda. Iker se estaba dejando llevar, demasiado cachondo como para negarse a nada. Una vez Jaume volvió y esnifó su parte, buscó el cuerpo de Iker y lo acarició.

—Huele —le ordenó este. Alzó el brazo y dejó la axila al descubierto.

Jaume disfrutó olisqueándola y lamiéndola y luego buscó la otra con ferocidad. Cuando Iker se sintió lo bastante entero de nuevo —es decir, con el pene erecto otra vez—, lo lanzó sin miramientos contra la cama, en la postura de antes. El calzoncillo de Jaume era anecdótico, daba hasta vergüenza. Pero ahí se iba a quedar, pensó Iker, pues le daba mucho morbo.

Formó toda la saliva que pudo en la boca para humedecerse el pene. El ano de Jaume ya estaba bastante húmedo y en cuanto introdujo apenas un poco la punta, se abrió como las puertas del cielo.

—Joder —tuvo que decir Iker y puso los ojos en blanco. Notar aquello estaba siendo la gloria más absoluta, cómo el interior le daba la bienvenida y se iba adaptando poco a poco al tamaño descomunal de su miembro.

—Eso es —le dijo Rubén, que los miraba aún de pie en la habitación.

Jaume tenía los ojos cerrados, disfrutando con dolor de cómo Iker lo empalaba. Una vez la pelvis de este tocó las nalgas de Jaume, el DJ lanzó las manos hacia su trasero para abrirle más el paso, lo que Iker comprendió era una invitación para alcanzar el infinito y destrozarle como nunca.

Comenzó a embestirle sin miramientos. Le daba igual, solo quería reventarlo contra esa cama. Jaume gemía tanto que parecía a punto de correrse; sentía demasiado, cada centímetro de toda la grandeza de Iker.

—Ahora yo. —La voz de Rubén sonó como un gruñido. Iker se separó de Jaume y sintió un vacío, como si abandonara todo lo que provocaba felicidad, un agujero existencial. También se dio cuenta de que estaba empapado en sudor y había mojado toda la espalda de Jaume, que seguía tendido en la cama.

¿Cuánto tiempo había estado dándole sin parar? Los minutos se dilataban de una forma extraña. Mientras Rubén hacía lo propio con Jaume, Iker buscó dónde estaba la droga para continuar esnifando. Lo hizo y luego le ofreció a la pareja, que no pararon de follar ni un segundo y pidieron doble ración.

Menudo ritmo llevan estos, madre mía.

Al cabo de unos minutos, era evidente que Rubén quería parar. Estaba —al igual que Iker hacía un rato— empapado en sudor. El cuerpo de Jaume resbalaba, incluso.

—Ya sigo yo —le dijo Iker.

Rubén asintió con la cabeza y se fue directo a tomar el aire a la terraza, así, desnudo, como Dios lo trajo al mundo. Pero siguió masturbándose mientras miraba la escena que acontecía en el interior. Y es que Iker no iba a perder el tiempo.

Besó a Jaume con toda la pasión y fuego ardiente que pudo encontrar y, poco a poco, lo fue llevando hacia la parte de arriba de la cama, hasta las almohadas. Luego, lo agarró por las caderas para darle la vuelta y dejó su trasero bien en pompa contra la entrepierna de Iker, que también se había puesto de lado; su pecho contra la espalda anegada en sudor de Jaume.

—Más. —Iker dirigió sus manos hacia la rodilla del DJ para que se encogiera y sus nalgas sobresaliesen aún más. Buscó su abertura con los dedos, lo empapó en saliva y...

Cuando Iker introdujo la punta desde esa posición, se sintió desfallecer. Era una de sus posiciones favorita, pues tenía todo el control y disfrutaba como el que más con la penetración, pues notaba que su pene entraba por completo. Podría durar horas si quisiera. Además, según fue introduciendo el miembro, vio que para Jaume surtía el mismo efecto.

—Joder, cabrón, qué rico. La siento entera.

Iker sonrió de medio lado. Primero quería ir despacio, porque le recorrían pinchazos por todo el cuerpo, incluso el corazón, como diciendo que se calmara. La introducía con un movimiento de cadera y luego la sacaba casi al completo, tan solo dejando el glande introducido en la abertura de Jaume. Cuando volvía a, lentamente, acercar la cadera con una puntería certera, Jaume gemía de placer. Como para no hacerlo, joder. Si estaba siendo el puto paraíso.

Al cabo de un rato, Rubén apareció. Fue como si una señal invisible hiciera acto de presencia, porque en cuanto la polla de Rubén entró en la boca de Jaume y este lo miró, Iker comenzó a bombearlo como si no hubiera un mañana. Agarraba con fuerza toda su carne, le daba igual arañarlo. Sentía su cadera en la mano mientras apretaba y lo rompía en dos. Iker comenzó a sudar de nuevo, pero no iba a parar.

—Pff —casi exclamó cuando Jaume volvió a repetir el movimiento de abrirse más el culo. Además, desde que Rubén hubiera llegado, no se había dado ni un segundo para respirar en condiciones, con el pene en la boca. Este tampoco se lo permitía, pues bombeaba casi tan fuerte como Iker le reventaba por detrás.

Estaba rojo. Ardiente de deseo, sí, pero también rojo del esfuerzo, del placer.

—No hay palabra de seguridad —le recordó su novio, cuando vio que Iker frenaba un poco al ver a Jaume de esa guisa. Y encima, este lo reafirmó asintiendo con la cabeza.

Válgame.

Iker recolocó la postura, apoyado sobre el codo, pero sin separarse en ningún momento del interior tan delicioso de aquel DJ catalán. Elevó una de sus piernas para doblarla también; ahora estaba un poco más sobre Jaume, tapándole medio cuerpo con el suyo. Desde esa posición, ahora sí, tendría el control absoluto. Lo embistió mientras le agarraba del pelo y apretaba contra la pelvis de Rubén, que tenía los ojos en blanco mirando hacia el techo.

—Joder, paramos para otra raya —dijo al cabo de unos segundos.

—Yo no quiero parar —informó Iker, que había vuelto a bajar a la posición inicial y rodeado el cuello de Jaume con el brazo. Lo tenía a su merced y este, con los ojos cerrados, buscaba besarlo mientras Iker lo bombeaba con lentitud. Eran dos cuerpos unidos por sudor y deseo.

No, ninguno quería parar.

Rubén se acercó para ofrecerles la droga. Incluso mientras esnifaban, ninguno quiso deshacer la conexión que tenían. El culo de Jaume palpitaba como si estuviera agotado. Iker se sentía como si toda su vida hubiera estado encerrado y ese fuera su primer día en libertad.

Estaba siendo el mejor polvo de su vida.

88

Gael

—Entonces ¿qué vamos a hacer?

Gael había estado buscando a Mauro por toda la fiesta durante un buen rato. Le había escrito mensajes, pero no parecía recibirlos. La cobertura a bordo del crucero era una mierda, la conexión wifi también y, como estaban en medio del océano, pocas más opciones tenía más que esperar un milagro.

—No lo sé, baby. —Oasis lo miraba preocupado.

La mayoría de las actuaciones interesantes ya habían terminado. Eleni Foureira en compañía de sus bailarines había arrasado con su himno *Fuego*, mientras que la ansiada performance de Ru-Paul había consistido en él vestido de traje saltando durante tres minutos. Apenas recibió aplausos. Pero bueno, al menos Chanel Terrero cumplió expectativas. Había sido sin duda la más ovacionada de todas, e incluso había gente que llevaba pintado en la frente la palabra #CHANELAZO para animarla. En aquel momento, ya no quedaba sobre el escenario más que la mesa de un DJ que pinchaba remixes de éxitos del pop.

—Yo quiero seguirla —dijo al final Gael, después de sopesarlo un rato. Tanto Iker como Andrés como Mauro habían desaparecido en combate. Con Oasis se lo pasaba genial y aquel día estaba bastante animado, ¿por qué no? No notaba el cansancio de no haber dormido la noche anterior. Aún sentía el peso en las piernas de haberse mantenido tantas horas de un lado para otro, consumiendo con los amigos de Oasis y la gente nueva que habían conocido.

Pero en aquel momento, su cuerpo pedía... algo más.

Estaba cachondo. Muy cachondo.

Gael cogió la mano de Oasis y la llevó a su entrepierna. Tenía una erección más que notable, incluso bajo la tela del pantalón vaquero.

—Joder —dijo el influencer, aunque no apartó la mano—. Nos van a ver.

—Eso nunca te importó —le respondió Gael, esbozando una sonrisa al recordar la escenita con la manta en Ibiza.

La mano de Oasis se coló... por dentro. A Gael le fascinaba el control que tenía sobre su cuerpo; era capaz de hacer con sus manos y trasero todo lo que quisiera. ¿Dónde había estado aquel chico toda su vida? Gael sintió el contacto ardiente de la mano de Oasis rodeando su pene.

—Cuidado —le advirtió—. Si continúa así...

Entonces alguien pasó demasiado cerca. Bueno, claro, es que estaban en una pista de baile con miles de personas más. Lo raro era que nadie pasara, ¿no? Sin embargo, aquel hombre pareció darse cuenta de lo que sucedía desde el primer momento.

—Estamos buscando gente para un chill —les dijo así, sin miramientos. Era calvo, alto y de cuerpo fibrado. Llevaba puesto un bañador que le marcaba todo, apenas unos centímetros de tela sobre su piel tersa.

Oasis buscó a Gael con la mirada mientras sacaba la mano del pantalón con disimulo.

—Buscamos gente muy concreta y encajáis —continuó el hombre—. Soy Sebas, estoy por allí. —Señaló un lugar indeterminado—. En un rato me avisáis, ¿va?

Y se fue. Ni siquiera esperó a que respondieran.

Gael conocía muy bien de qué se trataba aquello, solo que le sorprendía que también se llevaran esas cosas a bordo de un crucero. ¿La gente no podía esperarse a Mikonos, adonde llegarían en unas horas? Los camarotes no eran demasiado grandes... Bueno, la suite de Oasis...

—¿Qué piensas? —le preguntó este, como si le hubiera leído la mente—. Esto me pilla grande ya, ¿eh?

—Por trabajo a mí me tocó, baby. Yo conozco. ¿Alguna vez fue a uno?

Oasis negó con la cabeza y Gael se encogió de hombros como respuesta.

—Bueno, pues como vea.

Sin más respuesta, sin más debate, sin más preguntas, sin pensar en ninguna consecuencia... Oasis agarró de la mano a Gael y se dirigieron a buscar a aquel hombre.

89

Andrés

En el momento en el que Lucas comenzó a penetrar a Andrés, todo cobró sentido.

—Perdona —le dijo el rubio simplemente y se apartó un poco, creando espacio entre ellos.

Lucas no dijo nada al principio, pero en cuanto vio que Andrés se enderezaba y dejaba de darle la espalda, ahora apoyado contra el respaldo de la tumbona, frunció el ceño.

—¿Qué pasa? —Se llevó la mano al pene, de tamaño estándar, por cierto, sin dejar de masturbarse con delicadeza. Se lo veía muy excitado.

—Creo que... —comenzó Andrés, negando con la cabeza—. Creo que esto es un error, Lucas.

Su exjefe no hizo ninguna señal de comprender lo que acababa de decirle, así que Andrés no supo identificar su silencio. ¿Qué estaba pasando por su mente? No se podría imaginar...

—Vale —dijo al fin—. No pasa nada, lo entiendo.

El chico parpadeó, sorprendido.

—No quiero estropear nada y no sé, me apetece por una parte, pero creo que está mal. ¿No lo crees? ¿No crees que es una cagada?

Lucas se lo quedó mirando unos instantes, sopesando su respuesta.

—Igual nos hemos dejado llevar —sentenció—. Aunque hay cosas que te he dicho que son verdad.

Sin saber tampoco cómo reaccionar a eso, Andrés sonrió. Se levantó y, con algo de pudor, volvió a cubrir su cuerpo con la ropa. Ahí, de pie, con Lucas empalmado y mirándole con una mezcla de sentimientos extraña, se sentía fuera de lugar.

Su mente había hecho clic. Debía parar aquello por más que lo estuviera disfrutando, porque pasaría demasiadas noches en vela arrepintiéndose. Y luego ¿qué? ¿Le mandaría su libro con un pseudónimo como si Lucas fuera idiota y no se fuera a dar cuenta? ¿Se lo publicaría por haber follado o le pediría algo más a cambio? Todo sonaba demasiado problemático.

La respuesta correcta era lo que había decidido finalmente, se dio cuenta Andrés.

La expresión de Lucas de pronto cambió a una de... orgullo. Se le veía en los ojos.

—Me parece muy valiente esto que has hecho, Andrés. Te honra como persona. Lo sabes, ¿no? —Pero Andrés negó con la cabeza. Sintió un torrente de lágrimas subirle a los ojos—. Lo siento si te he hecho sentir incómodo, yo...

—No, no —le cortó el rubio—. Yo he estado a gusto. Me parecía muy excitante todo lo que estaba pasando. Pero creo que a nivel profesional no es lo ideal.

Lucas asintió con la cabeza.

—Por eso. El error ha sido mío. Pff, menuda mierda. —Lucas se levantó también y escondió su ya no tan erecto pene bajo la ropa—. Lo siento de verdad.

—Lo hemos hecho porque ha surgido. No pasa nada, de verdad. —Y Andrés lo decía en serio. Él también estaba cachondo, maldita sea. Había descubierto un mundo lleno de posibilidades para tener que despojarse de él casi al instante, y todo por un futuro incierto. Ahora le carcomían las dudas de nuevo. ¿Y si había sido un estúpido?

No, coño, ¡que no!

—Bueno, pues... No sé, ¿qué hacemos? —le preguntó Lucas. Bebió de la copa y puso los brazos en jarras tras soltar un largo suspiro.

La situación se había tornado de pronto en algo bastante incómodo. Andrés solo quería salir de ahí corriendo, pese a saber que tampoco era justo para Lucas. El bajón que sentía en el pecho tras haber estado en las nubes por el placer y la lujuria... Menuda mierda vivir algo así, ¿no? Después de lo de Ado pensaba que nada se le podría torcer más en el sexo, pero es que parecía tener una mala pata que ni Lindsay Lohan en *Devuélveme mi suerte.*

—Si quieres, me puedo quedar un rato —dijo al fin Andrés, viendo cómo la presencia imponente de Lucas, que tan loco le había vuelto de un momento a otro, se desinflaba.

—No pasa nada, lo que quieras. —Pero el editor lo evitaba.

Andrés se sentó en la tumbona y alzó la cabeza, buscando que Lucas lo mirase. Cuando por fin lo hizo, le sonrió.

—Vamos a olvidarlo y ya está. Esto no ha pasado. Y te repito que no quiere decir que no lo estuviera disfrutando. —Antes de que Lucas pudiera añadir algo, Andrés tuvo que soltar lo que se le había pasado por la cabeza—. Vamos, hijo, que me palpita el culo.

Estallaron en carcajadas. Toda la tensión se alivió por ese comentario de nada de la boca de Andrés. Y con eso, la situación se calmó bastante. Estaban casi como al principio, cuando habían comenzado a charlar en la pista de baile.

—Bueno, pues... Al menos, terminamos las copas y volvemos a la fiesta, ¿o qué?

Así que brindaron y siguieron charlando de Óscar, los bisexuales que fingían ser solo hetero con sus mujeres y de cómo el Rainbow Sea estaba descubriéndoles partes de ellos mismos que ni siquiera hubieran imaginado conocer.

90

Rocío

Vivían en Vallecas, así que el aeropuerto no les quedaba demasiado lejos... en coche. Y de madrugada era prácticamente imposible encontrar combinaciones de transporte público que no fueran una auténtica odisea, por lo que les había tocado sentirse protagonistas de *Mujeres ricas* y pedir un taxi. De los blancos. O sea, de los caros. Una vez en el aeropuerto, Rocío se lio un cigarro y después, entraron para comprobar que no habían retrasado su vuelo y que todo iba sobre ruedas.

—Estoy nerviosa —había dicho Blanca justo antes de pasar por seguridad. Para entrar solo pusieron los teléfonos sobre un lector de códigos de barras, algo que ella todavía no era capaz de asimilar—. Entonces ¿para qué tengo todo impreso en la mochila?

—Hija, que no te va a hacer falta. Ya te lo he dicho tres mil veces. —Era en tono de broma, pero Blanca frunció el ceño—. Bueno, ahora que ya hemos pasado el control, tenemos que buscar la puerta.

Blanca solo asintió a partir de ese momento. A juzgar por su cara, era evidente que se sentía abrumada. Demasiadas nuevas experiencias para ser tan temprano. O tan tarde, depende de cómo se mirara.

—Que todo va a estar bien, en serio —la tranquilizó Rocío. Daba igual cuántas veces le dijera palabras para tratar de calmarla, pues estas parecían surtir el efecto contrario en su novia.

—Dios bendito, esto es enorme —comentó Blanca por lo bajo. Luego miró a Rocío—. Tengo muchas ganas de vivir esto contigo, ¿sabes?

A esta le embargó una sensación de hormigueo por todo el pecho. A ella también, claro estaba. Un viaje de ensueño, tan lejísimos de todo, pudiendo disfrutar ellas dos solas de las puestas de sol y la playa... Ay. Sentía que de verdad necesitaba algo así, después de tanto estrés entre una cosa y otra.

¿Y su futuro? Lo decidiría a la vuelta. Primero, relajarse. Luego, explorar opciones.

Caminaron por la terminal 4 durante bastante rato, guiándose como buenamente pudieron con los carteles que les indicaban dónde se encontraban las diferentes puertas. A esa hora había gente, aunque no tanta como de costumbre.

—Parece un aeropuerto fantasma, me meo —bromeó Rocío en un momento dado, cuando ni siquiera el McDonald's tenía todas las luces encendidas—. Mira, es por ahí.

Una vez llegaron a la zona de embarque y a la puerta correspondiente, vieron que ahí el ambiente era bien distinto. Estaba lleno de gente. Bueno, de un tipo muy concreto.

—¿El avión también es como el crucero o qué?

Blanca se quedó parada, quieta en el sitio, sujetando la maleta con fuerza y la boca abierta.

—No me digas que no va a haber ni una lesbiana de la que hacernos amigas —dijo al fin, procesando que absolutamente todos los hombres que había esperando en la puerta de embarque parecían sacados del cast de *Élite*.

Rocío se encogió de hombros.

—A ver, nena, que vamos a Mikonos. Lo contrario sería ir a Lesbos, pero ya sabes a dónde van nuestros amigos.... —A Rocío la reacción de Blanca le había hecho demasiada gracia, así que continuó caminando para ponerse a hacer cola sin prestarle demasiada atención.

Pasados unos segundos, Blanca apareció al lado de Rocío. Suspiró.

—Menos mal que lo vamos a pasar de puta madre —dijo sonriendo—. Porque estaremos las dos, y con eso me conformo.

91

Mauro

Después de varias llamadas al número de Andrés, Mauro se dio por vencido.

Vale, es definitivo, tus amigos te han dejado más solo que la una.

Estaba tan desesperado por sentirse ridículo sin compañía en una fiesta que incluso se había planteado buscar a Héctor. ¡A Héctor! Después de que le vomitara encima no le había vuelto a ver; era como si se hubiera esfumado, no solo del crucero, sino de las paradas turísticas. Aunque, a decir verdad, que estuviera allí tenía poco sentido. Nunca se habría imaginado a su expareja en todas esas macrodiscotecas.

A quien sí que había visto alguna vez era a Javi, que no se separaba ni un instante de su novio, quien por lo visto era muy turbio y le había amenazado a sus espaldas con su telaraña de mentiras. Todo olía a chamusquina en esa pareja. Las veces que se habían cruzado Javi y él después de la primera noche, simplemente se habían mirado sin hacer ningún gesto, sin decir nada. Cómo era la vida, ¿no? De invitarlo a casa a echarse unas risas a ni siquiera saludarse.

> Hooola
> Ha pasado algo?
> Estás bien?
> Dime que sí
> Qué mal
> Lo siento

Los mensajes de Andrés llegaron todos de golpe. Era habitual en esos días, al no tener apenas cobertura. En un momento de lucidez, aparecía media rayita de internet y todo lo que hubieras dejado escrito se enviaba sin poder remediarlo.

> Quedamos frente a la habitación
> Todo bien tú?

> Ahora te cuento
> Es fuerte
> O sea, es que
> Casi me acabo de acostar
> Con

No me jodas, hombre.

Otra vez. Otra vez como si estuviera en modo avión. Mauro soltó un suspiro y se dirigió de nuevo al pasillo, a esperar en su habitación a que Andrés apareciera. El tiempo desde que hubiera presenciado aquella pelea hasta ahora se había mantenido medio oculto en las sombras mientras veía cómo la gente bailaba y disfrutaba. Tenía dolor en el estómago, probablemente ansiedad. En ocasiones lo sentía.

Sabía que no pasaba nada si se lanzaba a la pista a bailar o si comenzaba una conversación con algunas de las personas que pasaban, vibrantes de energía y alcohol. Nadie le iba a tratar mal, nadie le iba a juzgar. Si es que lo sabía, en el fondo. Y aun así, a veces era incapaz de conectar con esa parte más infantil o que quisiera disfrutar de la vida. En días como aquel, el cielo estaba nublado y el sol brillaba por su ausencia.

92

Iker

Para cuando Iker se quiso dar cuenta, llevaban más de tres horas encerrados en esa habitación. Bueno, encerrados sonaba a que estaban allí en contra de su voluntad, y nada más lejos de la realidad.

En aquel momento, Jaume parecía de verdad no aguantar más y había pedido por favor una pausa. Rubén le había hecho arrodillarse para concedérsela. Ahora, el DJ tomaba agua de una botella casi congelada, despatarrado sobre una de las sillas del camarote, mientras que Rubén e Iker disfrutaban de la brisa marina y se fumaban un cigarro en la terraza. Debido a que Jaume era uno de los DJ más importantes de las fiestas gays... no le iban a poner una habitación de mierda. Así mismito se lo había dicho antes a Iker cuando le había preguntado por qué tenía un camarote tan bonito.

—¿Todo bien? —le preguntó Rubén cuando dieron la primera calada.

Iker expulsó el humo de sus pulmones y notó una gota de sudor correr por su frente. Se la limpió al tiempo que respondía.

—Sí, la verdad es que yo también necesitaba descansar un poquito —bromeó. Rubén se rio ante sus palabras y luego dirigió la vista hacia su miembro. Ambos estaban desnudos, aunque el de Iker colgaba a medio gas. Sin embargo, el de Rubén apuntaba directamente hacia el horizonte, hacia el mar, duro como una roca—. Tienes un problema.

—Sigo cachondo. Odio las pausas —dijo tan solo Rubén, y luego añadió—: Cómemela.

Iker se rio, pensando que era una broma, pero juzgar por la mirada que este le echó, no lo era en absoluto.

—Yo... —comenzó.

Se iba a deshacer en excusas. Le iba a decir que no estaba acostumbrado a hacerlo, que quizá era salir demasiado de su zona de confort. Que él siempre era el activo dominante y que nadie jamás le había pedido aquello, porque era obvio cuál era su posición en la cama.

Y sin embargo...

La mirada de Rubén era demandante. Su aura, lo que transmitía. Iker sintió la boca seca, porque había algo casi divino que lo empujaba a doblar sus rodillas y postrarse frente a él. Era eso, su energía, como si fuera dominante por naturaleza. Lo había visto con Jaume e incluso a veces le había dado miedo cómo lo trataba y se dirigía a él mientras follaban. Eso estaba genial, ¿pero dominarle a él?

Eso era harina de otro costal.

Palabras mayores.

Algo imposible.

No obstante, pareció que, de pronto, con la brisa marina llegó un cambió en el ambiente cuando Rubén volvió a insistir.

—Venga, joder —le dijo; su voz un susurro, pero dura, grave, llena de deseo.

Las rodillas de Iker flaquearon. Su boca salivó.

No te creo.

¿Perdería algo por probarlo? De pronto sintió la necesidad de cumplir aquel deseo de Rubén. Al fin y al cabo, la noche era joven, ¿no? Y si se equivocaba, no pasaría nada: había confianza de sobra entre ellos. Además, el hecho de que se lo estuviera planteando siquiera probablemente tenía que ver con lo cachondo que estaba... Cualquier cosa le valía con tal de apagar su fuego.

Se puso delante de Rubén, que sonreía de medio lado mientras se llevaba el cigarrillo a los labios. Iker abrió la boca sin evitar el contacto visual y Rubén se ayudó de su mano libre para dirigir el pene hacia la lengua de Iker; la tenía fuera, como esperando ese regalo.

Qué cojones estás haciendo y por qué te ha puesto tan cachondo.

Ni siquiera era una pregunta. Iker sintió cómo su erección crecía de nuevo y le golpeaba el ombligo, puede que lo más dura que había estado en toda la noche, y había sucedido en cuestión de segundos, como un resorte.

Entonces, como poseído por una fuerza extraña pero seguro de aquello, se introdujo la polla de Rubén en la garganta. Directa hasta el fondo, sin pensarlo, sin medirlo. Lo necesitaba; era un ansia que le recorría todo el cuerpo. No obstante, sintió una arcada de inmediato y se apartó para más inri, puesto que aquello pareció gustarle mucho a Rubén, que de nuevo le pidió más con su voz dominante y grave.

Iker obedeció sin pensárselo dos veces. No estaba acostumbrado a hacerlo, a ser él quien se sometiera ante una mamada como la que Rubén le estaba dando —de tamaño espectacular, sin hacer caso a si no podía respirar, embistiéndole como un loco—, pero ahí se mantuvo firme Iker, y con cada movimiento de cadera de Rubén, se sentía mejor en esa posición de sumisión que por primera vez probaba.

¿El nacimiento de un nuevo Iker en el sexo?

—Qué bien lo haces, activazo —se burló Rubén. Luego Iker se levantó. Estaba sonrojado por el esfuerzo y su boca estaba rodeada de saliva. Se besaron sin miramientos, buscándose con furia.

Quería más. En aquel momento, necesitaba más. Y más y más.

Se preguntó si era eso lo que sentían los chicos con los que se acostaba cuando se ponía en ese modo de desenfreno y dominación. Si así era como se sintió Alesso, con quien grabó aquella escena tan larga para OnlyFans, si era así como Jaume se había sentido las veces que se habían acostado juntos. Como si no hubiera fin, como si todo fuera tan solo el principio de su excitación.

Pero estaba, en ese momento, seguro de que necesitaba volver a sentirse utilizado por un hombre como Rubén. Porque le hacía sentirse diferente, más querido, como si el simple hecho de abrir la boca y comérsela fuera lo que más anhelaba este, como si él sostuviera la llave de la puerta del verdadero poder y, por consiguiente, de su placer.

Por lo que volvió a ponerse de rodillas, esta vez más cómodo, abrazando esa nueva parte de su sexualidad hasta entonces desconocida.

—No, no —le dijo Rubén, negando con la cabeza—. Date la vuelta. Ahora.

Iker tragó saliva, en parte muerto de miedo, en parte excitado como nunca. Se volteó sin saber qué esperar y notó las manos de Rubén abriéndole el culo. En un primer momento, Iker casi saltó, haciendo que su ano se cerrara con fuerza, pero casi al instante de notar la lengua de Rubén introduciéndose poco a poco entre sus nalgas, se fue liberando de esa presión y notando cómo con cada pequeña lamida decenas de conexiones nerviosas le hacían vibrar del gusto.

Poco a poco, se fue dejando hacer... Poco a poco fue sintiéndose en el cielo.

—Estoy flipando —escuchó que decía Jaume, desde atrás—. Seguid, joder. Seguid.

Saber que en esa posición excitaba no solo a Rubén, sino también al DJ, hizo que se permitiera volar aún más. Cerró los ojos y se inclinó un poco hacia delante, consiguiendo así que la lengua de Rubén explorara su intimidad con mayor acierto y profundidad.

¿Por qué nadie me había dicho que se sentía tan rico?

—Más —exclamó Iker, sin reprimirse y apretar la cabeza de Rubén contra él. Sintió su lengua entrar más adentro y gritó de placer—. Hostia, joder...

Ahora Jaume estaba delante de él, besándole mientras Iker no soportaba más que en su interior no estuviera el pene de su pareja. No dejó de besar a Jaume durante un instante mientras notó un cambio de posición a su espalda y... y la enorme polla de Rubén apretando contra su ano.

Joder, era su primera vez. Le iba a destrozar.

Como si le hubiera leído el pensamiento, Jaume le tranquilizó con la mirada. En la suya, Iker mostraba casi terror, pero al mismo tiempo le era complicado no dejarse llevar por la extraña sensación de necesitar ese complemento ahora mismo, de que Rubén lo dejara temblando, de sentirse empalado, usado y de que le reventara hasta que amaneciera.

O sea, así, tal cual.

Iker había pasado de un extremo a otro en cuestión de minutos.

Los primeros segundos fueron dolorosos, pero por arte de magia comenzó a oler a popper. Jaume se lo entregó y este inhaló por ambos orificios nasales.

—Lo vas a necesitar —le advirtió, para luego desaparecer de su vista. Iker se apoyó donde pudo, no sabía si era una mesa, una sombrilla o una tumbona. Tenía los ojos cerrados, concentrándose en no cagarse encima. Joder, era la primera vez y aunque estuviera disfrutando de la situación, ¿aquello era normal?

—Para, para. —Iker se incorporó, pero Rubén lo empujó de nuevo a la posición inicial.

—No —dijo, tajante.

Así que Iker volvió a cerrar los ojos y... notó que todo su cuerpo se relajaba, que su cabeza viajaba a través del espacio. El mix de la droga que habían consumido y el popper le estaba haciendo sentir cosas que hasta entonces no había experimentado mientras su ano se dilataba y el pene de Rubén se abría paso, ahora sin problema.

—Madre mía —se sorprendió Jaume—. Entera, ¿eh?

La pareja se rio. Ese tono jocoso entre ambos hizo que Iker se sintiera humillado y, de forma automática, notó que se le escapaba líquido preseminal. ¿En serio? Sentía que su cuerpo le estaba traicionando.

Cuando Rubén empezó a follárselo, primero con suavidad para adaptarse, luego más rápido y fuerte, Iker solo podía gemir. Con los ojos en blanco, la respiración entrecortada. Había perdido el apoyo de donde fuera que se hubiera agarrado y ahora era Rubén quien lo sujetaba con los brazos hacia atrás, completamente a su merced. Las nalgas de Iker rebotaban con cada embestida y cuando este comenzó a casi sacarla por completo para volver a introducirla, lo mismo que Iker había hecho hacía unas horas con Jaume, entendió que el placer alcanzaba nuevas cuotas.

—Dios —susurró, sin poder evitarlo—. Dios, Dios...

Viendo que Iker recibía aquello con agrado, Rubén continuó, cada vez con más intensidad y profundidad hasta que pareció cansarse y extrajo su enorme miembro de Iker. Este se sintió vacío y mareado. Se dio la vuelta para encontrarse con la pareja, que no había perdido el tiempo: ahora Jaume sustituía a Iker y era quien disfrutaba de la penetración.

Pero Iker quería más. Al ver la escena completa, no sabía si prefería dar o recibir.

¿Qué me está pasando?

Al cabo de unos minutos durante los que solo se masturbó mientras contemplaba la escena, decidieron marchar de nuevo al interior.

Fue Iker quien se lanzó primero a la cama, con el pene duro como una roca señalando al techo. Le hizo un gesto a Jaume para que se sentara encima. Este lo lamió primero, haciéndole una garganta profunda de campeonato que Iker sabía que jamás podría olvidar.

Jaume tomó asiento. El pene de Iker le entró sin problemas. Luego, Jaume se reclinó hacia delante e Iker lo agarró por las nalgas, levantó las rodillas y comenzó a bombearle como si no hubiera un mañana. El sudor de ambos se empezó a mezclar en sus bocas mientras se besaban. De pronto, Iker sintió una presión extra en su penetración. Abrió los ojos para encontrarse a Rubén sobre Jaume.

Estaba introduciendo su pene en el espacio sobrante. El DJ compuso una mueca y terminó tumbándose por completo contra el pecho de Iker, pero aguantó sin decir nada mientras ambos penes lo atravesaban. Una vez la penetración de Rubén fue completa, Iker sentía que se iba a correr por tanto placer y presión y ambos, como conectados por una misma mente, comenzaron a bombear a la vez.

Ahí, Jaume gritó. Pero no hizo que pararan. Iker disfrutó escuchando sus quejidos en su oreja, viendo cómo le estaban destrozando y no podía hacer nada para remediarlo. Sin palabra de seguridad, todo era posible, y él lo disfrutaba.

Toda la cama se movía, Rubén gemía como una bestia en celo mientras tomaba más fuerza e Iker hacía lo posible para que su pene se mantuviera bien erecto ahí dentro, también entrando y saliendo como un loco. Era su primera doble penetración y lo estaba disfrutando de lo lindo.

—Es demasiado —se quejó Jaume, mordiendo el hombro de Iker con fuerza—. Pero no paréis, ni se os ocurra.

No lo hicieron. De hecho, Rubén buscó una nueva postura desde la que continuar; ahora, con las dos piernas junto a la cadera de Iker, y agarrando a Jaume de la cabeza para apartarlo y dejarle espacio a él para besar a Iker. Mientras el DJ casi lloraba de placer sin poder moverse, la conexión que los dos activos en ese momento sintieron al besarse hizo que aumentaran sus ganas de destrozar el culo de Jaume... aún más.

Así siguieron las cosas, cambiando de posturas, besándose, compartiendo saliva y sudor. Llegó un punto en el que Iker no sentía las piernas y se había tumbado en la cama, despatarrado, mientras Rubén se follaba a Jaume, que estaba a cuatro patas con la boca tapada por una camiseta.

Mientras Iker se masturbaba, pensó que podría seguir así durante mucho más tiempo, pero que tampoco podría correrse, así que, ¿cómo terminar? Necesitaba descansar, ahora sí, un buen rato. Jaume decía que era el bajón típico de las drogas.

—Mmm, mmm —empezó a quejarse Jaume. Rubén, para sorpresa de Iker, se detuvo y le extrajo la camiseta de la boca—. No tardaré en correrme.

Los ojos de Iker se abrieron y de pronto sintió que se volvía a activar. Recordó cómo había terminado el DJ en plena calle de Sitges y... era de campeonato. Así que se puso de rodillas en la cama y empujó la cabeza de este para que le hiciera una garganta profunda mientras Rubén seguía a lo suyo. Con ayuda de una mano, Jaume empezó a masturbarse. Gemía más que en ningún otro momento de la noche, evidenciando que estaba al límite.

Iker no le estaba dejando respirar o apartarse de su pelvis, donde sus labios peleaban por separarse. Rubén asentía con la cabeza o le guiñaba el ojo para que siguiera así. Entonces sucedió, una explosión.

Jaume se encorvó y cerró la garganta en torno al pene de Iker, que también se contrajo de placer. Rubén también sintió cómo el ano de su chico se cerraba porque comenzaba a correrse y casi gritó de placer.

Los primeros chorros cayeron debajo de Jaume, directamente sobre la cama. Tenía los ojos en blanco. Los siguientes fueron a parar a las piernas de Iker, que terminaron empapadas. El semen estaba diluido, muy líquido. Jaume temblaba sin escapar de la prisión de los dos penes dominándole. Seguía gimiendo como podía y su ritmo no paraba, lanzando su semilla por toda la cama y las piernas de Iker. Este sintió que su miembro se ponía más y más duro con cada chorro de Jaume. Le excitaba demasiado. Así que apretó aún más la cabeza y Jaume, en su fase final, se prestó a mover de nuevo la garganta y la cabeza, succionando como nunca.

—Pff —dijo Iker, que comenzó a notar sus piernas también vibrar.

La cabeza de Jaume subía y bajaba, el sonido al ahogarse y las babas bajaban por el tronco del pene de Iker, que cerró los ojos porque sabía que venía, porque notaba pinchazos en todo el cuerpo. Se le bloquearon las piernas y empezó a gemir incapaz de evitar soltar un grito.

Sintió cómo su pene palpitaba y que sus testículos se contraían de una forma brutal, dejando salir a saber cuánta cantidad acumulada después de tantas horas follando. Jaume hizo como si no lo sintiera, porque no paró el ritmo. Cada vez, el glande de Iker estaba más sensible y, con la boca abierta, trataba de no caerse sobre Jaume del placer que le recorría todo el cuerpo.

Cuando terminó, se sentía mareado, desfallecido incluso, pero agarró la cabeza de Jaume con la mano para así terminar su contacto. Sentía que se iba a desmayar en cualquier momento. Rubén seguía y seguía, aunque a juzgar por su cara, no tardaría demasiado en terminar. Cogió a Jaume de los codos y lo elevó para que el pecho del primero chocara con la espalda del segundo. Sus bocas se encontraron; Iker vio cómo se deshacían en un beso apasionado y escuchó cómo la cadera de Rubén golpeaba los glúteos de Jaume sin parangón.

Finalmente, Rubén también puso los ojos en blanco y aminoró el ritmo en cuanto su cuerpo comenzó a temblar. Jaume gimió y gimió igual que su chico y, al cabo de unos segundos, ambos clavaron su mirada en Iker, que los contemplaba tumbado desde la cama con una sonrisa de medio lado.

—Qué pasada —susurró.

93

Andrés

—Te juro que vas a flipar —dijo Andrés en cuanto dobló como un torbellino por la esquina del pasillo. Mauro estaba sentado en el suelo y se levantó—. Pero flipar, flipar, nena. O sea, uff.

Andrés no esperó a que su amigo respondiera. Lo agarró de la mano y lo sacó de allí, camino a las luces, la fiesta, el ruido y la gente. No hablaron demasiado —ni Andrés le dio ningún detalle, de momento— hasta que se pidieron un par de copas en la barra de la fiesta hawaiana. Andrés casi había olvidado que todo había comenzado allí hacía apenas unas horas.

Bailando al son de la música como buenamente podían con tantas personas que había, Andrés empezó a contarle la historia a Mauro. Se abrió, porque ya solo con lo que había bebido en compañía de Lucas era más que suficiente para que sintiera su cabeza volar.

Mauro no dio crédito.

—Tiene que ser mentira —le dijo con sencillez, y se distrajo con un chico que pasaba por su lado y que llevaba puesto un sombrero rosa con flecos que llegaban hasta la rodilla.

—Que no, que te lo juro, tía —se defendió Andrés. ¿Era difícil de creer? Hombre, cualquier buena historia de salseo debía de tener al menos una escena de ese tipo, ¿no? Vivir la fantasía. O algo—. La cosa es que ha quedado todo bien, o eso parece. Que no me quería joder la carrera.

La reacción de Mauro ahora había cambiado: se lo estaba empezando a creer.

—Pues... creo que has hecho bien —le dijo al final—. Sería como venderte.

—¡Exacto! —casi gritó, ilusionado de que estuvieran en la misma onda.

Pero Andrés pilló tarde la referencia y le sacó la lengua a Mauro en señal de burla.

—No, ahora en serio. ¿Te ha dado morbo?

La pregunta pilló a Andrés totalmente desprevenido y reaccionó de inmediato.

—Pero bueno, ¿la Maura diciendo estas cosas? ¡Cómo estamos esta noche!

Su amigo sonrió con un deje de tristeza. Ya le había dicho que no lo había pasado demasiado bien esas últimas horas, por eso Andrés estaba intentando animarle por todos los medios posibles.

—Lo siento, por haberme pirado —se disculpó el rubio. La música continuaba atronadora, pero ellos hablaban cerca, casi al oído—. Surgió así y... fue lo bastante raro como para que tuviera que estar, no sé si me estoy explicando.

Mauro asintió con la cabeza, aunque tenía el ceño fruncido. No, es posible que no lo entendiera del todo, pero le estaba dando el beneficio de la duda.

—Ajá, pero a veces me siento la última mierda —dijo.

—No digas eso, hombre. —Andrés chasqueó la lengua, molesto, y su amigo se encogió de hombros.

—Es verdad. Iker juega a dos bandas. Casi parece géminis. Estoy cansado de tanta tontería, por eso...

Los ojos de Andrés se abrieron como platos. Lanzó su mano al brazo de Mauro e incluso llegó a apretar. ¡Necesitaba más información!

—¿Avances? ¿Noticias? —preguntó, sintiéndose un periodista de *Equipo de investigación*.

—Punto y aparte —sentenció Mauro, acompañando las palabras con un gesto de las manos—. Así es como lo llamamos. No somos nada porque me está esperando.

Andrés tardó unos segundos en responder. Para disimular, se llevó la copa a los labios y bebió con calma, mirando al infinito, recapacitando. Era la ocasión de ser buena persona o una mala bicha. En aquel momento, poco importaba, pues lo que debía decir se podía tergiversar fácilmente. No las palabras, sino la intención, y ya había tenido suficientes problemas con el maldito manuscrito.

Cogió aire y se decidió.

Que sea lo que Lana Del Rey desee.

—No quiero ser demasiado gafe, Mauro, pero es Iker —dijo, midiendo sus palabras—. La gente como él no cambia demasiado, lo sabes, ¿no?

Mauro parecía esperar algo del estilo y asintió enseguida, como si conociera tanto a Andrés que hubiera estado prevenido de que le bajaría los ánimos.

—Sí, pero... ha cambiado tanto. —Suspiró—. No sé si por mí o por él, pero es distinto. No es el Iker Gaitán que conocí.

—Venga, te lo concedo porque puedes llevar parte de razón —admitió Andrés, mirando a Mauro a los ojos, que seguía con un movimiento balanceante de cadera como si estuviera siguiendo el ritmo de la música a la que apenas prestaba atención—. Que a ver, no te voy a quitar la ilusión. Pero sé consciente de a quién le das tu corazón, Mauro. Yo lo hice y ya sabes cómo acabé.

—Iker no es así —negó este con la cabeza, tajante.

Andrés puso los ojos en blanco. ¿Se estaba expresando mal? Joder, es que no quería cagarla. Una frase mal dicha a medias y se iría todo por la borda. Quizá incluso hasta literalmente. No quería perder la amistad con Mauro.

—Lo sé —comenzó, de nuevo consciente de cada mínima sílaba que salía por sus labios—. Pero entiendes lo que te quiero decir, ¿no? Solo que tengas cuidado. No te dejes llevar por promesas vacías, Mauro. Nada me dolería más que verte ilusionado para nada.

Mauro sopesó aquellas palabras mientras se terminaba la copa. Luego, se mordió el carrillo.

—Es que esta vez todo es distinto, Andrés —dijo al cabo de un rato, evitando mirarle a los ojos, como si pronunciar esa frase en voz alta fuera más para que él se lo creyera que para que su amigo lo hiciera—. Soy yo el que ha prometido esta vez. Es él quien me está esperando ahora.

Andrés rodeó a su amigo con el brazo y le dijo al oído:

—La gente a veces se cansa de esperar.

Ante aquello, Mauro no tuvo nada que decir, por lo que simplemente agachó la cabeza.

94

Gael

Aunque estuviera muy drogado y en compañía de Oasis, Gael no tenía tan claro que estar allí era la mejor idea de todas. El hombre calvo, Sebas, les había presentado a otros cinco amigos con los que estaba. Eran todos más o menos parecidos: buenos cuerpos, poca ropa, muchas sustancias en la sangre. Gael se dio cuenta de que incluso olían distinto, como si llevaran demasiado tiempo... Vaya, él también. Cuando recordó que iba a cumplir cuarenta y ocho horas sin dormir, se sintió estúpido por juzgar a gente que iba por su mismo camino. Se había convertido en uno más.

Meneó la cabeza, confuso, evitando pensar más allá. Ni en los papeles ni en el cliente que vería en tan solo unas horas una vez llegara a Mikonos. No quería pensar en nada más, solo en que ahora mismo se encontraba en territorio conocido: la suite de Oasis, otra vez. La diferencia era que estaba a rebosar, con esas seis personas nuevas con una intención clara.

Gael se dirigió a donde Oasis había dejado a buen recaudo la mefe. La buscó con ahínco.

—Estoy aquí —le dijo Oasis. Su voz venía del piso de arriba. Para llegar a las escaleras, Gael tuvo que esquivar a un chico de rodillas que estaba besando la erección del tal Sebas por encima del minúsculo calzoncillo.

Esta gente no pierde el tiempo...

—Buscas esto, ¿no? —La sonrisa de Oasis era como siempre, plena, que le transmitía paz. Gael asintió con la cabeza. Repartieron lo que quedaba en esa pequeña bolsa—. No te preocupes, tengo más.

Los dos sintieron la droga hacerse paso por la nariz y la garganta, y se dispusieron a bajar por las escaleras. La escena había vuelto a cambiar en esos pocos minutos que habían estado arriba. Ahora se encontraron más cuerpos desnudos desperdigados por toda la suite y la música a un volumen casi atronador, así que los gemidos quedaban algo ahogados por ello. Había dos chicos besándose en el sofá, casi quedándose dormidos a juzgar por la lentitud de sus movimientos; luego, Sebas ya estaba completamente a fuego follándose al chico que antes estaba de rodillas, ahora contra la pared. Otros dos se encontraban en la terraza, uno fumando mientras el otro le comía el culo.

—Esto es una locura —dijo Gael, sin poder evitarlo. Estaba empalmado, sí, porque estaba cachondo desde hacía un buen rato, en plena fiesta. Y Oasis también, pero...

—Vamos a disfrutar un poco, anda. —El influencer le guiñó un ojo y terminaron de bajar los últimos peldaños.

¿Así? ¿No se querían? ¿No eran nada? Parecía que no importaba en ese momento, a ninguno de los dos. Los instintos primarios habían devorado cada miga de sus pensamientos lógicos y conscientes y ahí se encontraban, sin poder detenerse. Un salto al precipicio.

Nadie hizo demasiado caso a la pareja, pero en cuanto Gael se despistó un segundo, sintió una mano tocándole la erección. Joder, es que no podía evitarlo. Estaba tan cachondo después de tantas horas con esos químicos en el cuerpo, pensados para mantenerlo despierto y..., bueno, sí, también para follar.

Oasis le estaba besando, pero la mano no era suya. Todo le daba vueltas. Cuando Gael se dio cuenta, no supo sentir más que placer. Era raro, extraño. Jamás había hecho algo similar. Se debatía entre su corazón y su cerebro, ¿qué era lo que debía hacer? Su cuerpo finalmente decidió por él cuando alguien se introdujo su erección en la boca, porque sintió que se volvía loco.

Así que Gael se dejó llevar, anuló su mente por completo. Y se sumió en besos y caricias y horas sin dormir, mareos y alucinaciones por seguir consumiendo más. Solo pensaba en lamer y en follar, en ver a Oasis besarse con otros y el morbo que le daba ver cómo Sebas y Oasis abrían la boca y se la comían después de rodillas. El aire de la terraza le ayudaba a asentar la cabeza y alguien trajo a más gente y todo eran cuerpos perlados en sudor. Se sentía eléctrico y solo pensaba en follar, follar, follar. Todo se desmadró y olía a popper y a marihuana. Estaba medio dormido mientras alguien le masturbaba y la música le reventaba los tímpanos. Sudaba y seguía follando y follando sin parar y la noche era eterna y él era joven. Y cómo era.

Y cómo era.

95

Blanca

Blanca se había agarrado tan fuerte a los reposabrazos del avión que todavía le dolían los dedos. Cuando llegaron al aeropuerto de Atenas, lugar en el cual debían esperar un poco más de una hora hasta el siguiente vuelo, Rocío le compró una botella de agua y una bolsa de patatas para recuperar algo de fuerzas. Y en el segundo trayecto, ya el que las conduciría a la isla, Blanca estuvo incluso más nerviosa, pues el avión era más pequeño y, según ella, parecía más una maqueta que un avión de verdad y... seguro que se estrellaba en medio del océano.

—Esto es enano —dijo sorprendida Rocío en cuanto llegaron al aeropuerto de Mikonos.

Y era cierto. Eso sí que era la versión a escala de uno real.

Con las maletas y mochilas bien agarradas, se dispusieron a buscar un transporte que las llevara a su hotel. Eran las ocho y media, demasiado pronto. El sol todavía peleaba por iluminar todo en sus características tonalidades ámbar e inundaba cada resquicio que alcanzaban sus rayos.

Primero querían dejar todo el equipaje en el hotel para luego encontrarse con sus amigos en el puerto. Habían estado mirando y la isla no era demasiado grande, por lo que podrían ir de un lado a otro con total facilidad.

O no.

El primer taxista que pararon —después de esperar unos cuarenta minutos a que la fila fuera acortándose— les dijo que desde el aeropuerto a su hotel eran treinta y cinco euros.

—Ni de coña —le había dicho Blanca a Rocío sin que el conductor se diera cuenta—. *No, thank you.*

—¿Tocará regatear o qué? Nos ha visto cara de turistas.

El taxista desapareció alzando las cejas. El siguiente que pasó les dijo el mismo precio. Y el siguiente, ya algo mosqueado, hablaba un poco de español.

—Mikonos todo mismo precio, trayecto treinta o treinta y cinco. No Uber, no Lyft, no nada. Mejor taxi. Precio cerrado. Mismo precio toda isla —les había dicho, señalando su teléfono, el cielo y cualquier cosa que pudiera ayudarle a comunicarse.

Rocío y Blanca se miraron sin poder creérselo. Según Google Maps, no había más de diez minutos desde el aeropuerto hasta su hotel. ¿Cómo les iban a cobrar tantísimo? Pero... no parecía haber muchas más opciones, así que finalmente se montaron.

—Mi nombre Demitrius, ¿vosotras, chicas? Poca mujer en esta isla. Solo mi madre —bromeó el conductor, que arrancó con ferocidad y giró sin miramientos para esquivar a un grupo de turistas. Se lo veía calmado, como si fuera su rutina diaria salvarle la vida a los transeúntes intrépidos.

—Lo sabemos, pero venimos a ver a unos amigos —dijo Rocío, que agradeció tanto el aire acondicionado del coche que se empezó a escurrir en el asiento del gusto.

—¿Y si nos rapta? —le dijo entonces Blanca, acercándose—. En mi pueblo quienes llevan furgoneta...

—Tía, no es una furgoneta. O sea, es un coche de siete plazas mazo moderno, los he visto en la tele. Además que ahí está su identificación. —Señaló un cartel con el nombre del conductor y un número de muchas cifras—. No te rayes.

—*Do you speak English?* —les preguntó Demitrius mirándolas a través del retrovisor mientras giraba en calles muy estrechas de curvas muy angostas.

Blanca terminaría vomitando. Lo sabía. Se aferraba al asiento como buenamente podía, uñas incluidas. Había un traqueteo constante, ya que la carretera carecía de asfalto.

—Uff, *very little, my friend.* Prefiero *Spanish* si no te molesta.

Demitrius asintió, sonriente.

—Aquí mucho turista. También mucho... ¿aprovecha? ¿Dice así? —Rocío asintió—. Mucha gente robar, aprovecha turista. Pero yo amigo de gente porque es mejor para mí, dinero todo el rato. *Money, money, money, must be funny!*

Se volvió para entregarle una tarjeta con su número de teléfono y una foto de él impresa con los pulgares hacia arriba. Ponía «Demitrius Tours Amigos & Friends». Rocío tuvo que contener la risa, pero la verdad es que era un hombre que transmitía bastante ternura.

Desde ahí y hasta que llegaron al hotel, estuvieron charlando sobre la isla y el lugar donde se hospedarían, y luego las ayudó a bajar las maletas. Al despedirse y verse solas en la entrada del recinto, que era literalmente un trozo de la playa cercado, las piernas de Blanca flojearon.

No se podía creer que estuviera allí. Era... era como en las películas.

Miró a Rocío llena de ilusión y se fundieron en un beso que decía muchas cosas, pero sobre todo que no había mejor compañera para vivir algo por primera vez que la persona a la que amas. Y dándose la mano —y batallando con las maletas entre la arena— entraron en el magnífico hotel.

96

Mauro

Pues ahí estaba: Mikonos.

Y era feísimo.

Mauro no sabía qué se esperaba exactamente de aquella isla, pero lo que era el puerto... En fin, se guardaría sus comentarios hasta haber conocido un poco más el que se suponía que era el paraíso gay por excelencia del que todo el mundo hablaba. Que, por cierto, estar allí le hacía recapacitar sobre lo que ni siquiera se habría imaginado el verano pasado... Ni siquiera...

Vaya. No se habría imaginado en absoluto nada de lo que había sucedido en su vida en esos últimos meses. Tampoco se arrepentía de nada. Bueno, quizá sí de una cosa: haber depositado esperanzas en Iker para que este se las arrebatase ahora, como un niño al que le ofreces una chuche para quitársela delante de sus narices. Pese a ser algo que no podía controlar, sus sentimientos se habían terminado convirtiendo en algo extraño, y más después de la conversación que había tenido con Andrés y la advertencia de este. No quería tener miedo de perder a Iker y, ahora, era inevitable sentirlo así.

Mauro había sido incapaz de pegar ojo en lo que había quedado de noche tras la clausura de la fiesta temática. Sin noticias de Iker, sin noticias de Gael. Cuando la discoteca al aire libre cerró en torno a las seis y media de la mañana, algunos se quedaron por ahí para seguir con la fiesta por su cuenta. Andrés se había despedido para descansar un poco, pero Mauro no dejaba de darle vueltas a todo. Además, estaba lo bastante borracho como para que acostarse se convirtiera en la típica atracción de tazas giratorias de parque de atracciones. No quería terminar vomitando; lo mejor era tomar un rato el aire y esperar a que se le pasara un poco el pedo.

Así que ahí estaba, apoyado en la barandilla de uno de los laterales del barco, viendo cómo atracaba mientras el amanecer griego les daba la bienvenida. A su lado, acababa de aparecer un chico. No llevaba camiseta y parecía bastante sudado. Se había encendido un cigarro. El humo llegó a las fosas nasales de Mauro a los pocos segundos. El ruido del crucero al echar amarras era atronador y, por eso, cuando el chico le habló, Mauro no lo escuchó.

—¿Quieres uno?

Mauro se acercó y le pidió que repitiera la pregunta. Cuando por fin entendió, abrió los ojos en señal de sorpresa.

—No fumo —respondió, casi a la defensiva.

—Vale, vale, tranquilo. —El chico se guardó la cajetilla en el bolsillo trasero. Su pantalón descansaba sobre la cadera a medio abrochar. Le quedaba demasiado grande, Mauro apostaría a que ni siquiera era suyo—. Mis amigos siguen de chill todavía. Necesitaba tomar el aire en un lugar tranquilo y buscar agua.

—¿Qué?

Mauro no entendía sobre qué hablaba aquel hombre calvo y con cuerpo de atleta.

—Mmm. De chill. —Le pegó una calada enorme al cigarro—. Necesito un descansillo de vez en cuando para poder seguir, pero es que esta gente no tiene fondo. —Hizo un movimiento con la cabeza, señalando hacia el interior del barco.

—Perdona, pero es que no sé a qué te refieres —dijo Mauro, temeroso. A veces se sentía demasiado idiota—. No he dormido nada y estoy muerto. Y algo mareado.

—Ostras. ¿Había otro chill? —preguntó sorprendido aquel hombre—. Vaya, la gente no pierde el tiempo. —Lo miró por fin a los ojos y se percató de que, en efecto, Mauro no estaba entendiendo nada—. Ah, joder, que iba en serio. No tienes ni idea de lo que es un chill. ¿De dónde has salido tú, chaval?

Mauro no dijo nada. Solo tragó saliva y esperó, de nuevo, esa sensación de sentirse desplazado, idiota, aún virginal e inexperto. ¿Debería saber lo que era aquello? ¿Se estaba perdiendo algo interesante? Su día a día desde que se hubiera mudado a Madrid parecía un episodio de *Barrio Sésamo*: cada día una nueva lección.

—Pues un chill es... —trató de explicarle, buscando las palabras idóneas—, digamos que muchos hombres, muchas drogas, muchas horas y mucho sexo. Así en resumen.

No puede ser.

—¿Aquí en el barco? —La boca de Mauro estaba abierta de par en par.

El hombre se encogió de hombros.

—A ver, la verdad es que yo no pensaba ir a ninguno... Mis amigos están un poco enganchados a toda esa movida del chemsex, ¿sabes? Yo es que tengo un poco de cabeza y sé que no mola... ¿Que me dejo llevar a veces? Pues sí, no te lo voy a negar. Pero, por ejemplo, esta vez apenas he consumido y no es lo mismo, como que te falta algo. Así que me he aburrido.

Mauro fue precavido al elegir las palabras. Al final, se rindió. No perdía nada por preguntar directamente, por demostrar que tenía cero experiencia en todas esas cosas. Ya no temía ser curioso.

—Pero... ¿de cuánta gente estamos hablando? ¿Y droga?

—Cuando me he ido eran ya como siete y estaban un poco de bajón —dijo el hombre mientras le daba una calada al cigarro—, solo había tres follando de lo lindo. El resto, pues ya sabes, las drogas, como una montaña rusa: estás arriba, luego abajo, luego arriba, luego abajo... Lo pillas, ¿no?

Terminó el pitillo, lo lanzó al suelo y lo apagó con la suela del zapato. El viento se lo llevó a los pocos segundos junto con la ceniza, dejando un pequeño rastro grisáceo por la cubierta del barco.

—Bueno, entonces tú estabas de chill también, ¿no? ¿En qué habitación?

—Yo en ninguna, he estado por aquí sin más... Paseando. Cosas —respondió Mauro, sin querer entrar en demasiados detalles—. Pero vamos a ver, perdona que te haga tantas preguntas, pero es que estoy un poco en shock.

—Claro, no tengo nada más que hacer hasta que me avisen. Bueno, aunque debería ir a comprar agua...

El chico apoyó la espalda en la barandilla con los brazos cruzados. Se le marcaba hasta el último tendón del cuerpo.

—Mi camarote es bastante pequeño, no sé cómo cabrían ahí tantas personas.

—Ah, hombre. Pero es que esto es en una suite. Yo he flipado, te lo digo de verdad, porque supongo que los camarotes son todos iguales, pero ¿la suite? Tiene hasta escaleras y una terraza que te cagas.

La mente de Mauro estaba tratando de asentarse. Parecía una extensión del barco: tosca, pesada y con demasiado movimiento.

—Joe... Nunca dejo de sorprenderme —dijo, más para sí mismo que para su interlocutor.

—Pero, oye, ¿en serio nunca habías escuchado lo que es un chill? ¿De dónde has salido tú? Lo pregunto de verdad. —El hombre parecía genuinamente sorprendido.

Antes de que Mauro pudiera contestar —o defenderse, porque aún no había identificado del todo si se estaba burlando de él o siendo majo en extremo con un desconocido—, alguien los interrumpió. Se acercó al calvo y le rodeó el cuello con el brazo. Tampoco llevaba camiseta.

—Pensaba que te habías escondido o algo. Oye, creo que algunos van a seguir un buen rato —le dijo casi en un susurro, pero con tanto ruido alrededor, se vio forzado a decirlo más alto que bajo, así que Mauro lo escuchó a la perfección—. Mi chico y yo buscaremos dónde echarnos a dormir aunque sea un rato. Estamos muertos. Llevamos dos días sin parar. Pero algún día tendremos que coincidir en otro de estos... Han quedado muchas cosas por hacer...

Frente al tonteo evidente, Mauro sintió primero rechazo y luego, que se desmayaba. Buscó a tientas la barandilla con la mano para agarrarse a ella con fuerza y no caerse. Y ahí, en ese preciso instante, fue cuando la persona se dio cuenta de que había alguien más.

—¿Mauro?

Era Oasis.

97

Iker

El camarote estaba vacío, al igual que el corazón de Iker. El sol empezaba a inundar la habitación con sus rayos a través de la cortina cutre, pero intentaría dormir lo máximo que pudiera antes de comenzar los días en Mikonos que les quedaban por delante. Estaba agotado, extenuado. Como si al correrse, su cuerpo se hubiera convertido en un recipiente vacío y no tuviera ganas de hacer ni siquiera el esfuerzo de respirar.

Tirado en la cama con nada más que un calzoncillo que no tenía fuerzas ni de quitarse, revisó algunos de los vídeos que había grabado aquella noche. No eran demasiados, podía salvar tres o cuatro, y tanto Jaume como Rubén habían estado encantados de que Iker contara con algunos de sus momentos íntimos para subir contenido a OnlyFans. Eso sí, con la condición de que no se les viera la cara. La ventaja era que ninguno de ellos tenía tatuajes, por lo que identificarlos en la red sería complicado.

Bueno, mañana me pongo con eso.

Se le cerraban los ojos cuando alguien entró en la habitación.

—¿Estás bien?

Mauro cerró la puerta y se apoyó contra ella. ¿Su expresión? De susto, nivel película de terror. Luego miró a Iker y su rostro se llenó de confusión, dolor, angustia, sorpresa. Pasó por tantas expresiones que era incapaz de seguirle el ritmo.

—¿Qué pasa?

Iker ya se había incorporado cuando Mauro fue directo al baño. Desde la cama, vio que se mojaba la cara y trataba de calmarse. Se lo veía muy nervioso. Iker no se había dado cuenta de lo que lo había extrañado en esas horas. Su mente empezó a divagar y fue mejor que su amigo hablara antes de que pensara... cosas que le hicieran un lío la cabeza.

—No te voy a preguntar dónde has estado ni nada... Bueno, es que da igual. Tengo que entender en qué punto estamos. —Iker quería responder (¿cómo no hacerlo?), pero Mauro no le dio la oportunidad—. Acabo de encontrarme a Oasis tonteando con un chico y que estaban los dos como en un chili o algo así.

—¿Chili? ¿Picante? ¿Qué dices, Mauro?

Este se asomó a la habitación. Seguía asustado. Era tan mono. *Stop.*

—Un sitio donde todos tienen sexo y toman... drogas. —La última palabra la dijo en voz baja, como si temiera que alguien pudiera escucharle.

Iker estalló en carcajadas.

—No me lo puedo creer, el puto Gael. Pensaba que era broma cuando me lo ha contado. —No podía parar de reír ante la mirada de incomprensión absoluta de Mauro—. ¿Y ya han terminado? Que ya estamos llegando a Mikonos.

—Si ya hemos llegado. El barco ha atracado.

—Bien. Pues a dormir un rato, ¿no?

Iker volvió a tumbarse sobre la cama y cerró los ojos. Escuchó los pasos de Mauro por la habitación, inquieto, y como no paró en un par de minutos, Iker le lanzó una mirada. Le costaba mantenerse despierto después de tanta acción.

—¿Estás bien, Maurito?

La mirada que le echó fue suficiente.

—Vale, si quieres hablamos mañana. O sea, luego —dijo Iker, casi reculando.

Antes de quedarse dormido, escuchó que Mauro le susurraba con cierto retintín:

—Hueles a sexo, Iker Gaitán.

98

Gael

—Ya, lo siento, bebé, pero esta noche no podrá ser. ¿Me espera a mañana?

La decepción en los ojos de Oasis era más que notoria; por más que lo intentara cubrir con maquillaje, siempre sería expresivo hasta con un mínimo movimiento de pestañas.

—Vale —dijo escuetamente, soltando las manos del colombiano.

Mikonos estaba frente a ellos. El puerto era un hervidero de barcos, cruceros y yates privados. Hacía unas noches, Gael y Oasis se habían prometido pasar noches inolvidables allí. Era el destino soñado, al fin y al cabo, y donde más tiempo tendrían para sí mismos. Además, el influencer había conseguido alguna que otra colaboración con los hoteles y clubes más exclusivos de la isla, por lo que Gael estaba bastante emocionado por ver la parte más única y gastarse un total de cero unidades de euros.

Habían pasado una noche —o dos, mejor dicho— que Gael jamás hubiera imaginado pasar junto a Oasis. Se habían dejado llevar, puede que demasiado, pero eso no quitaba que la recordarían durante el resto de sus vidas. Ahora, con el bajón propio de la droga y el cansancio acumulado de dos días sin pausa, estaban en la suite después de que de forma más o menos educada hubieran decidido ponerle fin y desalojado a todos los invitados semidesnudos que todavía quedaban a esas horas de la mañana.

Era momento de descansar.

—No lo necesitas. —Oasis volvió a hablar al cabo de un rato, negando con la cabeza—. Es que no lo entiendo.

—Que yo dependo de mí, mi familia depende de mí, no de usted. Deje la bobada. Es lo que toca hacer, parce —respondió molesto Gael.

Odiaba sentirse mal por tener que continuar con su trabajo. Y también odiaba su trabajo. Y odiaba no poder dedicarse en cuerpo y alma a lo que estaba surgiendo entre ellos, pero no había otra manera de solucionar las deudas que le comían. Ni los papeles. Ni su familia en Colombia. Eran tantas cosas que a veces no pensaba más allá. Claro que verse con un cliente en cuanto pusiera un pie en Mikonos no era la idea que tenía de pasar las vacaciones, pero el dinero que le ofrecía y la necesidad de Gael eran tales después de haber comprendido el timo que la organización les había hecho con el supuesto dinero que iban a recibir...

Y no, ni muerto le pediría dinero a Oasis. Se avergonzaba tanto de pensar en la situación similar que había vivido hacía unos meses cuando no había tenido más remedio que aceptar las transferencias que este le había hecho... Por nada del mundo volvería a sentirse así de ninguneado, ni de inferior.

Sacaría adelante su vida como siempre había hecho. El amor, quizá, podía esperar una noche más.

—Lo has decidido, ¿no? Que yo te puedo aportar, pero que eso no sirve. Ni mi dinero ni yo somos suficientes —le dijo Oasis, aún dolido. Desde que hubieran separado las manos hacía unos minutos, la tensión entre ellos se había convertido en algo gélido imposible de romper; como un punto de no retorno del cual ninguno quería dar parte, pero que era demasiado evidente que ahora mismo los separaba.

—Bebé, yo tiro hacia delante. Siempre —dijo tan solo Gael, repitiendo las mismas palabras cada vez que hablaban del tema. ¿Por qué era tan complicado de entender?

Oasis soltó un suspiro intenso y dejó caer los hombros en una actitud visiblemente rendida. Ya no insistiría más, aunque la decepción no desaparecería. Gael solo deseó, rezó y pidió por todos los medios posibles que aquello no significara un antes y un después, que no destrozara su relación ni que pusiera trabas para poder entablar algo más duradero en un futuro. No quería que su vida se convirtiera en un suplicio. No quería más sufrimiento. Si lo que había pasado aquella madrugada no cambiaba nada entre ellos —o eso deseó también—, es que lo que tenían era inquebrantable.

—No importa —dictaminó Oasis al final, tirándose a la cama. Estaba deshecho y olía a sudor, pero ambos se sentían tan cansados que nada de eso importaba a esas alturas—. Vamos a dormir un rato y mañana será un nuevo día. Te mando la información de mi hotel más tarde.

—Tampoco durmamos tanto. —Gael no quería perder el cliente ni el dinero que significaba, pero tampoco quería quedarse durmiendo un día entero sin disfrutar de la isla.

Oasis respondió encogiéndose de hombros y al instante siguiente, ya estaba roncando. Gael miró directamente hacia el sol y pensó en cuánto tiempo debía pasar para que todos sus problemas se solucionaran. Rezó para que fuera cuanto antes.

99

Andrés

Había demasiado barullo como para seguir durmiendo. La noche anterior, justo antes de abandonar a Mauro y tratar de descansar, se había enterado por unos compañeros de pasillo de que no podrían disfrutar de Mikonos tanto tiempo como estaba previsto en un primer momento.

—El crucero se ha retrasado un poco. Se va a liar una gorda.

—Pero ¿qué dices?

—Sí, sí. Solo dos noches en vez de tres. No tienen permiso o algo de eso. Vamos, que mañana hasta la hora de comer no nos dejan bajar.

Aquellas palabras se habían quedado en el cerebro de Andrés como una canción repetida en bucle y, en cuanto se despertó esa mañana, aún con los ojos hinchados y sintiendo que se caía del sueño, fue lo primero que le vino a la cabeza.

> **ANDRÉS**
> Chicos
> Que resulta que solo 2 noches 💀

MAURO
Qué?
Yo estaba casi listo
Dos noches de qué?

ANDRÉS
Ahora os cuento
Los demás?
Tú siempre estás pegada al tlf, hija

MAURO

No he dormido

ANDRÉS
Vamos a comer algo
Mientras los demás se despiertan

IKER
Acabo de despertar

MAURO
No has dormido nada

IKER
Un par de horas
Suficiente
No tengo sueño ahora mismo

ANDRÉS
Hay tiempo de sobra
Hasta la hora de comer

MAURO
Vale, vamos a tomar algo
Picamos
Mientras hacemos tiempo

IKER
Pensaba que nos bajábamos ahora

MAURO
No, tranqui
Puedes dormir y descansar
Que te hace falta

ANDRÉS
Madre mía...

GAEL
👊👊👊
Dejen de escribir
Voy a ponerlo en silencio
Era mejor cuando no tenían cobertura

IKER
A callar, guarra

GAEL
Perdón? 😜
Tan atrevida

IKER
Luego hablamos tú y yo

ANDRÉS
Cada loco con su tema ☠️
En fin
Mauro y yo iremos a comer algo
Si alguien se apunta...

MAURO
Luego mando ubicación

ANDRÉS
Estará todo petado

En efecto. La gente, aparte de estar de los nervios, había tenido la misma idea que los chicos: hacer tiempo tomando algo hasta que les permitieran bajar a Mikonos. La organización del Rainbow Sea cada vez los decepcionaba más.

Mauro revisaba los mensajes que había mandado mientras esperaba a Andrés y se arrepintió de haber sido tan pasivo-agresivo con Iker. Sus sentimientos eran confusos en aquel momento..., pero nada lo suficientemente fuerte como para amargarle el día y que un buen desayuno no pudiera apaciguar.

100

Rocío

—Pero ¿estos no llegaban por la mañana? Que no me he duchado por las prisas y me huele la sobaca.

Rocío se quejaba frente al puerto, esperando en medio... de la nada. Se había dado cuenta rápido de que Mikonos era una isla prácticamente vacía, con lo justo y necesario ubicado en lo que se consideraba el centro —en uno de los laterales— y en la zona de la costa, allá donde hubiera arena o rocas para poder caminar. Por lo demás, un secarral. Blanca decía que se parecía a su pueblo, solo que en medio del mar.

—No tengo ni idea...

Las dos se encontraban cruzadas de brazos cuando no se abanicaban. Más que calor, hacía humedad, aunque el Rainbow Sea, imponente y brillante, les generaba la suficiente sombra. El sol rebotaba en el asfalto del puerto en otras partes, pero ellas habían sido inteligentes de encontrar el lugar perfecto para aprovecharse del crucero.

—Creo que les voy a escribir. A la mierda la sorpresa —dijo Rocío, sacándose el teléfono del bolsillo.

—¿Estás tonta? —Blanca la miró enfurruñada, aunque enseguida cambió de expresión—. Aunque, bueno, con lo bonito que es el hotel, tampoco vamos a estar aquí todo el día...

—Venga, posa para una foto.

Se dieron la vuelta, de espaldas al Rainbow Sea. Posaron para una selfi y la enviaron al grupo que tenían con los chicos. Ahora solo quedaba esperar.

101

Mauro

—¡NO ME LO PUEDO CREER! Dime que es *Potochop* de ese, Andrés.

Los dos amigos se encontraban comiendo tortitas, una especie de brunch cutre con dos o tres opciones recalentadas que la organización del crucero les había regalado como compensación por la molestia de dejarlos encerrados.

Andrés se acercó al teléfono de Mauro y el pelo rubio le tapó la visión a este.

—¿Qué dices? Están locas —dijo mientras corría a comprobar que le había llegado el mismo mensaje a su iPhone.

> **MAURO**
> Perdón???

> **ANDRÉS**
> Buen montaje!!
> Ni yo con el Facetune

ROCÍO
Idiotas
Qué hacéis que no bajáis?
Nos vamos a desmayar

BLANCA
Yo estoy hasta el coño

MAURO
Pero va en serio?

ROCÍO
Joder
Claro que va en serio
O qué, me he ido a Madrid Río a sacar
una foto a un crucero???
Estás mal

ANDRÉS
No me lo creo hasta que os vea

MAURO
Lo descubriremos en unas horas

ROCÍO
Horas???
Me cago en todo

ANDRÉS

No tienen permiso o no sé qué movida 💀

BLANCA

Eso no tiene sentido
Entonces qué hacemos?

MAURO

Esperar...
Aunque seguro que bajamos y ni estáis
No me quiero ilusionar

102

Iker

Cuando Iker se despertó, sintió que el techo se le caía encima. No, que había un terremoto. Ostras, ¡que estaba en un crucero! Se estaban hundiendo.

—Eh, cálmate. —Mauro lo miraba con cara de pocos amigos—. Toca irse despertando.

Antes de que Iker comprendiese qué sucedía o por qué Mauro no estaba hecho una furia, como él mismo había estado soñando hasta hacía escasos minutos, este le tiró una botella de agua fría y un trozo de fruta. Ah, y un bollo cubierto de crema dentro de un plástico transparente.

—No he podido mangar nada más —le dijo y luego se sentó en el sofá para abrocharse los cordones de las zapatillas con más fuerza.

—¿Qué hora es?

Iker buscó el teléfono por toda la cama. Lo había dejado en algún sitio, estaba seguro... Sus ojos se posaron en la mesita de noche, donde se encontraba enchufado a la corriente. Mauro lo debía de haber puesto a cargar en algún momento.

—Casi la hora de irnos —dijo Mauro—. Dúchate y nos piramos. Al final son dos noches, lo que decía Andrés. Hemos preguntado y nada, que es lo que hay. Toca aguantarse. —Iker asintió con la cabeza, procesando deprisa todos esos datos—. Venga. Van a tener que devolverles el dinero a la gente que había cogido hoteles y todo eso... Estaba todo el mundo enfadado.

Mauro, mientras hablaba, le alentaba con las manos a que espabilara.

Pero bueno, ¿y a este qué le pasa?

No parecía enfadado, para sorpresa de Iker. Tendría todo el derecho del mundo. ¿O no? Iker aún notaba palpitaciones en lugares desconocidos hasta entonces para él y sí, era cierto eso de que olía a sexo. Había sido una noche para el recuerdo y, sin embargo..., había una incógnita que faltaba en toda esa ecuación.

La tenía justo enfrente, metiéndole prisa. Verle después de su ida de olla era como volver a casa. Era pisar terreno firme.

Sonrió.

—Vale, vale, ya voy.

Ya en la ducha, Iker se frotó por todos lados. No estaba enfadado, pero quería eliminar cualquier reminiscencia de Jaume y Rubén de su cuerpo. Como si ahora le molestara.

A diferencia de cuando había grabado aquella escena con Alesso, no había pensado en Mauro ni durante ni al terminar de correrse. No obstante, de alguna forma, sentía que le había fallado, que le había engañado. Ver a su amigo así, como si no pasara nada, casi que le dolía más. Era como si hubiera asumido esa posición tan incómoda en la que, al no ser nada, Iker podía hacer lo que quisiera... No cambiaba demasiado las cosas, ¿no? Al fin y al cabo, siempre lo hacía. Pero esa vez era distinto porque sabía que había cometido un error.

La experiencia le había encantado y también servido para darse cuenta de que una noche como la que había vivido estaba bien, pero que nada era intercambiable con lo que su corazón sentía de verdad.

Solo que... no sabía cuánto tiempo podría esperar.

103

Gael

La medio discusión con Oasis le había drenado mentalmente. Podría ser que el bajón provocado por la mefe fuera más mental —que lo era— y que en verdad no estuviera tan cansado a nivel físico, pero después de aquel encuentro tenso en la suite, no tenía demasiadas ganas de hacer nada. Mucho menos de verse con un cliente. Sabía que lo único que volvería a levantarle los ánimos en aquel momento eran sus amigos.

Cuando las puertas del Rainbow Sea se abrieron para dar paso a una luz cegadora y cientos de personas correteando (algunas incluso con maletas y mochilas para hospedarse en la isla, entre ellos Gael), el colombiano sintió que de alguna forma todo encajaba un poquito más. Porque a su lado estaba Mauro, seguido de Iker muy de cerca. Entre ellos volvía a haber algo que hervía, casi quemaba, pero no había mal rollo. Era una tensión nueva, distinta, como si estuvieran construyendo otra vez algo desde cero, por muy raro y loco que pareciera ya a esas alturas. También estaba Andrés, nervioso y atusándose el tupé, que parecía estar rebelde aquella mañana.

Los cuatro amigos caminaron unos pasos y, de pronto, alguien se tiró a los brazos de Mauro tan fuerte que se cayeron al suelo de un golpe. Varios chicos se volvieron, asustados.

—Menuda hostia —comentó Iker, mientras abrazaba a Blanca.

¡Las chicas estaban ahí! Así que era verdad y no un montaje cutre hecho con alguna aplicación del móvil. Cuando todos se saludaron y Mauro volvió a recuperar la respiración, se apartaron para esperar algún medio de transporte que los llevara... a cualquier lado que no fuera aquel puerto de mala muerte.

—Literalmente no hay nada. Solo un bar y está cerrado —se quejó Rocío en referencia al muelle.

Todo estaba lleno de gente. Había gritos de entusiasmo, grupos enormes de treinta hombres chillando... Iba a ser imposible encontrar un transporte que los llevara al centro rápido, y ya habían perdido gran parte del día con el retraso del crucero.

—¿Cómo es que llevas mochila?

Gael torció el gesto.

—Me quedo con Oasis... En teoría. —No pudo evitar que la decepción se le reflejase en el rostro. Se sentía fatal por haberlo dejado tirado, de alguna forma. La sensación de que la había cagado hasta el fondo era imposible de disimular—. Él no lo entiende.

Se le aguaron los ojos sin más, así, de golpe. Enseguida vio a sus amigos reaccionar, aunque fue Mauro quien logró adelantarse y abrazarlo antes que el resto. Gael no tuvo que añadir nada más para que comprendieran lo que pasaba. Conocían de sobra su situación.

—Es una mierda —dijo Iker—. Hay que buscar la manera...

—Lo sé. Lo sé. Pero está complicado, parce. —Gael se esforzó por no llorar. Consiguió aguantar las lágrimas, pero su voz se tornó en algo lleno de rabia contenida.

Mauro aún lo abrazaba cuando dijo:

—No quiero ir.

Una confesión dicha en voz alta es el doble de fuerte, el doble de sincera. Se había purgado al pronunciar aquellas palabras. Un milagro. Sintió que se quitaba un peso enorme de los hombros y la cara de Oasis cruzó su mente.

—¿Tienes que ir ya? ¿No puedes decidirlo más tarde? —Era Rocío que, liándose un cigarro con el ceño fruncido por la concentración, se mantenía algo apartada del resto del grupo, tapando el aire que le venía de frente con la espalda ancha de Iker.

Gael negó con la cabeza. Luego asintió.

—Más tarde, ya le dije por si acaso.

—Entonces nos piramos y luego lo vemos —lo animó Andrés como buenamente pudo. Le quitó el sitio a Mauro y abrazó a su amigo. Entonces Iker le dio una cachetada en el culo a Gael, un gesto que ya formaba parte de su repertorio habitual entre los dos y que significaba, a veces, más que un abrazo. Era como darle ánimos, levantarle el espíritu.

—¿Y cómo narices salimos de aquí? Ese bus va hasta los topes. —Mauro lo señaló justo cuando abandonaba la parada, dejando a cientos de personas en tierra tratando de parar un taxi con la mano o tratando de solicitar un VTC por teléfono.

—Lo tienen crudo —dijo Rocío, encendiendo por fin el cigarro—. Aquí hay que tener contactos. Solo hay treinta taxis en toda la isla y muy muy poquitos servicios privados. Normalmente están asociados a los hoteles, ¿sabéis?

Nadie dijo nada, excepto Gael al cabo de unos segundos.

—Claro, que ustedes tienen muchos contactos, como son de acá de toda la vida...

—Llegamos por la mañana. Nos ha dado tiempo a hacer muuuchas cosas. —Blanca hablaba con los ojos abiertos y moviendo las manos, como si fuera un mago en medio de un espectáculo.

Fue Andrés quien chasqueó la lengua y se cruzó de brazos.

—Ya, claro. Vamos, que nos quedamos aquí hasta mañana esperando un taxi —se mofó.

Entonces Rocío alzó el brazo, mirando con fijeza al rubio a los ojos con cara de superioridad.

—Confía en el poder de las lesbianas —dijo casi en un susurro.

Y como por arte de magia, una furgoneta grande y negra de último modelo derrapó frente al grupo de amigos. La puerta se abrió de forma automática y en el asiento del conductor pudieron ver a un hombre joven de unos treinta años, con barba muy poblada, sonreír con todos los dientes.

—Demitrius —se presentó—. Yo poco español, pero amigas encargar recoger unos chavales. ¡Dentro, van a conocer Mikonos! ¡Vamos!

104

Andrés

Andrés nunca había sido muy fan de montarse en el coche de desconocidos, pero por cómo charlaban Rocío y Blanca con Demitrius, parecían haber entablado casi una amistad verdadera en muy poco tiempo. Les contaron a los amigos que lo habían conocido por suerte nada más llegar del aeropuerto —que por lo visto era enano, más pensado para jets privados que para vuelos comerciales— y que había sido él el encargado de llevarlas hasta el hotel, cargar las maletas y ofrecerse a ser su conductor privado durante su breve estancia en Mikonos.

—Pero sigo flipando con los precios —dijo Andrés, malhumorado. Contaba con un presupuesto ajustado para las vacaciones y lamentablemente, mientras que en Ibiza o Malta algunos de los restaurantes o discotecas tenían algún tipo de acuerdo con el Rainbow Sea, no era el caso con la isla griega. Irían a la aventura, a gastar como locos en el lugar más caro del planeta.

—Es que no se tarda más de veinte minutos de un lado al otro de la isla, pero no se puede ir andando. Y encima las carreteras son una mierda —les contó Rocío, asintiendo con la cabeza—. Vamos, el lujo no está en el interior.

Iker parecía sorprendido, pero Gael no, cuya expresión indicaba que no estaba escuchando nada nuevo.

—Ya me contaron algunos amigos. —Luego miró por la ventana. Desde que hubieran estado en el puerto, se había quedado algo apagado, sin su llama habitual o esa sonrisa que siempre llevaba dibujada en la cara. Andrés podía contar con los dedos de una mano las veces que lo había visto así; no era buena señal.

La lujosa furgoneta se fue deteniendo en una calle de bajada con unas escaleras en el lateral que también descendían hasta perderse de vista. Todo estaba adoquinado, mezclando lo antiguo con lo moderno en una batalla entre el pavimento viejo y el nuevo, entre marrones y tonalidades de blanco.

—Esto es el centro —les informó Demitrius—. Bajan escaleras y centro isla, tiendas, comida, discotecas. Centro antigua, fiesta bien, pero mejor otros sitios. ¿Sí? Puedo recomendar lugares de comer.

—¿Algo barato? —bromeó Mauro.

Todos rieron de manera tensa, aunque en realidad deseaban que ese fuera el caso, asustados por ser turistas en una isla pensada para explotarlos. Estaban a la deriva.

Entonces el conductor se despidió y los cuatro amigos más Blanca y Rocío se apearon. Gael era el único que llevaba equipaje, una mochila de gran tamaño a la espalda, mientras que los demás iban preparados para cualquier cosa, con ropa fresca pero lo suficientemente decente como para liarse en algún bar cuando cayera la noche y dejarse llevar hasta que el cuerpo aguantara. No hacía demasiado calor en la isla, algo que Andrés agradeció. Tampoco sol, así que no temería por ponerse rojo como un cangrejo. Todavía tenía alguna marquita de cuando se había bañado en Ibiza, y eso que se había echado una tonelada de crema protectora.

—Entonces... ¿bajamos? —propuso Iker, que ya se disponía a ello, alzando mucho las rodillas con cada escalón. Eran de piedra y algo serpenteantes y daban paso a unas callejuelas superestrechas de paredes blancas (a partir de esa bajada, ya todas las casas lo eran) y suelos de piedra.

Mientras descendían, Andrés no podía dejar de sentirse en medio de algo histórico. No era Atenas, vale, pero sí lo bastante griego como para que su mente soñara con dioses y leyendas del pasado. Si fuera un escritor de fantasía, sin duda se inspiraría al visitar esas calles, pero no podía dejar de tararear por lo bajo canciones de *Mamma Mia!* Decidió que ABBA sería su banda sonora para ese viaje.

Empezaron a escuchar barullo al cabo de unos diez minutos. Se habían cruzado con algún que otro turista, británicos o alemanes de sesenta años que sudaban a mares al hacer el camino a la inversa. Sin embargo, de pronto se dieron de bruces con una calle llena de luz de casas blancas con detalles en azul y tiendecitas en su interior. Y claro, todo lleno de gente. Andrés temió no poder caminar a su ritmo habitual.

—¿Perdona? ¿Versace? —se sorprendió Iker al ver que dejaban a la izquierda una tienda microscópica en el sótano de una casa—. ¿Prada? ¿Chanel?

Andrés abría más los ojos con cada marca de lujo que se exhibía en esas calles laberínticas y estrechas llenas de turistas de todo el mundo. Las tiendas también se mezclaban con pequeñas cafeterías al más puro estilo Malasaña —intensas, que casi siempre sirven té matcha y disponen de decenas de tipos de leche—, así como con puestos de souvenirs regentados por señoras mayores.

Y arriba...

—Me puedo mear —exclamó Rocío, señalando hacia arriba, allá donde no alcanzarían a ver a simple vista y en lo que casi ningún turista parecía prestar atención.

Si uno dejaba de observar lo que tenía enfrente y alzaba la mirada, se encontraba con nada más y nada menos que... gente viviendo en esas casitas. De hecho, había dos señoras mayores tendiendo la ropa en el segundo piso, junto a las pequeñas escaleras que comunicaban directamente con la calle, y un hombre de unos cuarenta años fumaba un cigarro mientras limpiaba sus ventanas. El contraste era algo que Andrés nunca había vivido.

—¿Te imaginas todo el día rodeado de maricones ruidosos como nosotros? Jesús —bromeó—. Sí que tienen ganas de vivir aquí.

La travesía duró una buena media hora más y se perdieron infinidad de veces. Todas las calles eran similares: poco espacio, muchas tiendas, todo blanco. La luz jugaba un papel fundamental, pues se reflejaba en las paredes de las casas y los negocios, lo cual hacía que aquel lugar pareciera casi el cielo. Poco a poco fueron escuchando más ruido y el olor a pescado inundó sus fosas nasales.

—Creo que nos estamos acercando al puerto —anunció Mauro, que hablaba por primera vez desde que hubieran puesto un pie en la ciudad. Parecía fascinado, al igual que Blanca. Los dos iban de la mano, muy apretados.

Qué monos, por Dios.

—Sí, pero no es el puerto en el que estabais —anunció Rocío—. No solo Demitrius nos ha contado cosas, sino la de recepción del hotel, que resulta que es de Murcia.

La anécdota fue ignorada porque Iker preguntó:

—Entonces ¿hay dos puertos? Qué rabia no haberme enterado, mi planning...

—Digamos que este es el centro, donde hay tiendas, bares y algún pesquero —cortó Rocío, que ya parecía harta de escuchar a su amigo hablar de su fabulosa investigación previaje.

Iker sacó el teléfono móvil para —como era de esperar— comprobar la información en su maravillosa carpeta de Google Drive compartida que tantos dolores de cabeza le había dado al pobre Andrés. Allí tenía subido un mapa de la isla con puntos rojos señalados; los lugares de interés, decía. Ahora bien, los intereses de Iker y los de Andrés no iban a ser muy parecidos. Estaba seguro de ello.

Que a todo esto, ¿Mauro no le había contado a su amigo su gran secreto?

El rubio se sintió mareado y paró durante un instante para luego adelantarse unos pasos hacia Iker, mientras este seguía haciendo zoom con los dedos a partes específicas del mapa.

—Oye —comenzó Andrés. Se tenía que lanzar a la piscina y sacar el tema, ahora que se acordaba—. No he notado nada de tensión ni nada de eso hasta ahora, pero Mauro te contó el otro día...

—No pasa nada. —Iker buscó la cajetilla de tabaco y se encendió un cigarro antes de contestar—. O sea, normal.

Andrés alzó las cejas, sin dar crédito.

—O sea, con lo que tú eres y ¿no le vas a dar vueltas, maricón? —Ante eso, Iker se encogió de hombros—. Ah, pues nada. Además, fue hace tiempo... Solo quiero saber que no haya problemas entre nosotros ni tensiones ni nada de eso, ¿va? Que bastante bien lo estamos pasando.

—Bueno, depende de por dónde se mire —respondió Iker esbozando una sonrisa a medias, cargada de resignación.

El rubio se acercó un poquito más y bajó el volumen de la voz.

—¿Todo bien con..., ya sabes? ¿Mauro?

Iker asintió rápido, pero era más un gesto de que no quería hablar del tema en ese momento y que prefería dejarlo pasar, uno referido a que todo estaba bien de verdad. Andrés no pudo replicar nada más porque de pronto, tras girar una esquina, se vieron en el puerto. Esperaron quietos durante unos segundos hasta que el resto del grupo llegó a su encuentro.

—Pues... vaya —dijo simplemente Rocío.

Y sí, no era nada del otro mundo.

105

Mauro

A ver, para Mauro todo era nuevo y distinto y maravilloso. Sin embargo, sí que esperaba que el supuesto centro de Mikonos —y más el puerto donde, según Rocío, estaban algunos de los lugares más míticos de la noche griega— fuera un poco más... bonito.

La decepción terminó de hacer mella cuando una gaviota pasó gritando, literalmente, por encima de él y de regalo, le plantó en la cabeza su comida ya digerida por completo. Vamos, que le cagó encima.

—AAAH —chilló Mauro, sin moverse.

Rocío fue la primera en reírse. Le dio tal ataque que también se quedó clavada en el sitio. Era de estas risas que ni siquiera hacen ruido, solo soltaba lágrimas y ponía caras raras mientras se doblaba sobre sí misma.

—No puedo respirar —anunció—. Me meo encima.

Iker acudió al rescate de Mauro al mismo tiempo que Blanca, que sacó un paquete de pañuelos de papel de su tote bag.

—Mejor buscamos un baño —dijo Andrés, controlando la respiración para no terminar como Rocío.

¿Por qué narices me tiene que pasar todo a mí?

Mauro se dejó hacer porque no podía ver o sentir. Estaba en shock. Notaba los murmullos y las miradas de la gente a su alrededor. Lo único que su cuerpo asimilaba de verdad era el calor que se le esparcía por la cabeza y el olor de Iker, el de siempre, que tapaba un poco el de la mierda de la gaviota. ¡Que tenía encima, maldita sea!

De camino a buscar un baño, un par de mujeres sesentonas quemadas cual gamba se acercaron preocupadas, pero hablaron en un idioma tan raro que Mauro temió por su integridad física y que fueran brujas y le estuvieran lanzando hechizos.

—No hay quien entienda el alemán —se quejó Iker. Luego Blanca y él lo condujeron por unas pequeñas escaleras, giraron y entraron en un local—. Perdona, ¿hablan español? *English?* Vale, pues ¿podemos usar el servicio? Gracias, muy amable.

Allí dentro olía a pis, a la colonia de Iker, a la colonia de Blanca, a la caca de gaviota y a gofres. Mauro se concentró en ese último olor para no vomitar mientras sus amigos, ya entre risas sin poder evitarlo, le mojaban el pelo.

—Ahora quiero comer algo —anunció Mauro en cuanto se terminó de secar el pelo con papel higiénico. Blanca ya se había marchado para entonces.

—Espera. —Iker le quitó algunas motas blancas que se le habían quedado pegadas—. Ahora sí.

Ese contacto, aunque había sido mínimo, volvía a poner patas arriba los sentimientos de Mauro. Y volvía a llamar a su puerta la impaciencia, así como las palabras de Andrés. Suspiró antes de salir al local.

Decídete ya. La gente se cansa de esperar, Mauro.

106

Blanca

Los molinos no eran nada que no hubiera visto antes. Blanca había viajado a algunos de los pueblos de alrededor del suyo en alguna excursión con el instituto y conocía no solo su funcionamiento, sino la historia detrás de estos. No de aquellos en concreto, claro, pero le servía para no sentirse desplazada. Eran reconocibles, vaya, no una experiencia nueva de la que tendría que aprender.

—Pues bueno, de estos tenemos en España —se quejó también Iker, aunque no dejaba de sacar fotos para sus historias de Instagram.

Mikonos estaba lleno de gatos. Los había en todas las esquinas; algunos negros, algunos blancos, pero todos igual de huidizos. Eso también era algo con lo que Blanca se sentía bien, aunque no quisieran de sus caricias. En ese preciso momento, un gato atigrado bellísimo se acercó con cuidado a una de las rocas altas desde las que Gael trataba de hacerse una selfi con los molinos de fondo.

—¡Agáchate, que te saco una buena foto! —le gritó Andrés.

Los movimientos fueron rápidos y consiguieron sacar alguna que otra decente que Gael editó rápidamente para subir a su perfil de Facebook, según él, para dar envidia a su familia y a todos sus amigos de Colombia que parecían escrutar cada mínimo movimiento en esa red social.

—Y ahora toca Instagram —dijo, concentrado en la pantalla al tiempo que ajustaba los stickers y el texto—. Uno tiene que mantenerse relevante.

—Casi no lo actualizas —le recriminó Mauro—. Yo ni siquiera abro la aplicación desde hace días, pero...

—Solo cuando hago cosas interesantes —se defendió Gael, que ya había posteado decenas de imágenes, boomerangs y vídeos en las historias en apenas unas horas—. Para que la gente vea que estoy triunfando por las Europas, mami.

—Ahora tenemos que volver, joder. No quiero mojarme —se quejó Rocío ignorando el comentario de su amigo, y luego apagó su cigarro de liar en el suelo, con ímpetu. El viento había cogido fuerza y la marea había crecido en consecuencia, creando una cantidad de olas en la parte de la Pequeña Venecia, algo que había enamorado por completo a Blanca y Mauro por igual.

Para llegar a la zona de los molinos, que era un descampado con altura desde donde había unas buenas vistas de gran parte del centro de la isla y todos sus recovecos, habían cruzado desde el puerto hasta allí a través de las terrazas de algunos bares. Estos se encontraban pegados al paseo marítimo, que no era tal, sino una construcción nueva sobre piedra antigua que daba al mar. No había ningún tipo de seguridad, solo... un borde y agua. Era complicado no sentir que uno se ahogaría y Blanca casi había sufrido un ataque de ansiedad al verlo por primera vez. Al final, atravesarlo se había convertido en una aventura, pero habían terminado empapados. Y ahora, no les quedaba otra que...

—Podemos ir por arriba —dijo Iker. No se separaba del teléfono móvil, constantemente preocupado en ser el guía que todos esperaban. Tenía el Google Maps abierto y señalaba hacia el lado contrario.

Los amigos se miraron y no tuvieron que hablar para sonreír al mismo tiempo.

—Mejor la aventura. —Rocío pegó un saltito de emoción.

—¿No decías que no te querías mojar? —Mauro puso los ojos en blanco y esta le sacó la lengua como respuesta.

Así que se dirigieron de nuevo hacia allí, bajando con cuidado por unas escaleras en mal estado que los guiaban directos hacia aquellas terrazas tan peligrosas. El suelo estaba baldosado, lo cual convertía toda la experiencia en algo mucho más mortífero, pues resbalaba.

Decidieron que, como la marea se encontraba en su punto álgido, atravesarían todo aquello en parejas y agarrados de los brazos. De esta forma, si alguien se resbalaba, tendría al menos un punto donde aferrarse. En silencio, todos cruzaron los dedos mentalmente para que no terminaran ambos integrantes del dúo en el fondo del mar.

—Eso significa que si uno se tropieza, el otro también se cae —advirtió Andrés, diciendo en voz alta lo que el resto evitaba pensar. Él siempre tenía las mejores palabras para bajarles los ánimos a todos. No es que a Blanca le cayera mal, pero siempre conseguía que su sonrisa perdiera un poquito de potencia con algunos de sus comentarios.

Sin embargo, a nadie le importó. Esquivaron a turistas que iban hacia los molinos, a camareros que servían con rapidez las copas de la gente tan atrevida que se sentaba en esas terrazas para terminar salpicados por el mar. Se encontraban caminando a gran velocidad —con cuidado de no errar al pisar y así no caerse— cuando alcanzaron un lugar de descanso a mitad de camino, donde el agua no les tocaría.

—Me he mojado hasta el coño —dijo Blanca, al darse cuenta de que su pantalón estaba empapado hasta la cadera—. Ni me he enterado.

—O el agua está muy caliente o tú muy fría —bromeó Rocío, acercándose. Le dio un pico y luego le cogió la mano—. Propongo tomar algo aquí y luego seguir hacia otro lado. Son las seis, aún queda un poquito de sol antes de la noche.

—Pero ¿cenamos ya? —Mauro siempre tenía hambre—. Estoy que me como una vaca.

Blanca puso los ojos en blanco porque... Porque bueno, solo había que echar un rápido vistazo a los carteles con los menús y la gente sentada en las mesas. Aquello era para gente del barrio de Salamanca en Madrid, no para ellos, que hacían malabares para pagar el alquiler del piso en un barrio obrero.

—Mejor probamos algo típico —dijo Iker—. Podemos probar los souvlaki. Es comida barata.

—¿Y eso qué es? —Andrés frunció el ceño—. No me hagas comer cosas raras, maricón.

Iker negó con la cabeza, muy seguro de su plan.

—Seguro que os gusta. Venga, vamos, muy cerca de aquí hay un sitio que los hace y tiene opiniones de cinco estrellas en Google. *Let's go!*

107

Gael

El cliente estaba insistiendo. Se había vuelto un poco pesado, rozando lo obsesivo. Gael ya llevaba muchas horas de retraso respecto a lo pactado e inventarse más excusas sería estúpido a esas alturas. El estómago no paraba de gruñirle y no tenía claro si era porque necesitaba comer algo o porque realmente estaba nervioso por lo que fuera a pasar aquella noche. Había escrito a Oasis y este no le había respondido, lo que denotaba que estaba bastante cabreado. ¿Podría culparle? Se sentía horrible por hacerle sentir así.

Pero cuando se sentaron en el restaurante de comida rápida, una cadena bastante famosa allí en Grecia que hacía buenos souvlaki, por fin le respondió.

> Hola, perdona
> He estado pensando mucho...
> Te dejo la dirección de mi hotel
> Vienes esta noche?
> Así podemos hablar

> OK
> Como algo y voy 😵

> Vale
> Luego podemos salir
> O no sé
> Qué planes tienes?
> Esto es un hotelazo que te cagas 🗿

> Vamos viendo

> Vale 👍

Soltó un largo suspiro y volvió a conectar con sus amigos, que debatían sobre si pedir de manera individual o compartir. Parecía que la idea de Iker no había sido original, porque el resto de las mesas en esa callejuela estaba plagado de caras que Gael reconocía del crucero.

—A ver, es que son enormes —dijo Mauro, señalando una de las de al lado. Y la verdad es que lo era: la bandeja estaba a rebosar de comida—. Ese menú es el normal, no puede venir tanto y costar tan poco.

—¿No decíais que Mikonos era caro? —se burló Iker—. Hay que saber bien dónde ir.

Gael puso los ojos en blanco y se concentró en el menú. Se decidió por un souvlaki de pollo. Era una especie de kebab gigante que incluía otros tipos de salsas y patatas fritas. Sí, dentro del mejunje. La mezcla tenía la misma buena pinta que mala, así que sería su paladar quien daría el veredicto final.

—Entonces, nenas, ¿qué planes tenemos esta noche? Creo que podemos ir al crucero a dormir y todo eso, pero tenemos que avisar o no sé cómo va, no me termino de enterar —dijo Andrés.

Rocío se encogió de hombros.

—Lo que queráis. Nosotras no queremos liarnos demasiado porque tenemos un hotel precioso y mañana queremos disfrutar de la playa y la piscina. —Luego pasó a mostrarles fotos del lugar donde se hospedaba la pareja y dejó a todos con la boca abierta.

—Madre mía, chiquilla, pero ¿cuánto te han dado de finiquito? —Iker no daba crédito.

La comida llegó al poco rato y todos dictaminaron que estaba deliciosa, llena de calorías y muy guarra, de esta que te mancha hasta el tuétano, pero que volverían a comerlo sin ningún tipo de dudas.

Al llegar la cuenta, Gael supo que era el momento de despedirse. Le dolía tener que dividirse entre sus amigos y su chico. O lo que fuera que... Pff, menudo lío tenía encima. Y que Oasis le dijera que tenían que hablar... Eso siempre terminaba mal. Así que, nervioso, se despidió de sus amigos.

—No sé si nos veremos en la noche, yo les escribo —se disculpó antes de marchar calle abajo. Pediría un taxi y ya, el primero que pasara, para verse con Oasis.

> Hola. Soy Gael
> Disculpe, finalmente no podré ir
> Me ha surgido un imprevisto
> Siento avisar así
> Un saludo

La foto de WhatsApp del cliente desapareció. Le había bloqueado y, con él, Gael perdía varios miles de euros. Al sentarse en el taxi, dejó escapar una lágrima pensando en su madre y todo lo que había dejado atrás, lo duro que era gestionar tantas emociones negativas y nadar contra corriente de forma continuada. Sin embargo, al apearse del coche y ver el hotelazo de gama alta donde Oasis se hospedaba, se le pasó un poquito.

El simple hecho de volver a verle después de tantas horas ya era suficiente para que su felicidad remontara.

Las indicaciones no eran demasiado claras. Le había costado acceder al hall principal y ubicarse. El hotel era más grande de lo que parecía desde fuera, pues parte de él estaba incrustado en las rocas. Caminó y subió escaleras hasta la suite de Oasis, la que le habían dado por la colaboración. ¿A cambio? Una foto desde la terraza y un par de historias mencionando al hotel. Nada más. Gael pensó que era poco para el lujo que había allí encerrado, aunque a decir verdad los seguidores del influencer se contaban por centenas de miles.

Una vez el colombiano llegó a la habitación, llamó a la puerta. No había nadie que le respondiera al otro lado.

> Oiga
> Estoy en la puerta
> Me abre?

Nada, solo un tic gris.

> ???
> Ole
> ??
> ?

¿Dónde narices se había metido Oasis? Intentó empujar la puerta —aunque dudaba que sirviera de algo debido a la seguridad que parecía haber en aquel lugar— y, para su sorpresa, no estaba cerrada del todo, sino encajada, por lo que terminó por abrirse sin problemas.

Contempló la habitación con la boca abierta, pero no se fijó en los detalles.

Solo en una cosa.

Sobre la cama había varios folios de color naranja. Era imposible no verlos; todo era blanco impoluto y azul, así que el color destacaba. Además, alrededor de los papeles había rosas rojas que impidieron que pudiera apartar la vista.

Gael se acercó con lentitud y vio que era la letra de Oasis. Empezó a leer aquella carta de pie y tuvo que tomar asiento enseguida. Le temblaban las piernas. Había empezado a ver borroso. Unas lágrimas cayeron sobre las letras. En su vida había llorado tanto.

Y cuando alzó la cabeza...

108

La carta

Hola, mi vida:

No sé cómo decirte esto o siquiera si soy bueno con las palabras. En teoría es así. Es lo que dicen de mis captions en Instagram, que transmiten mucho, así que voy a intentar justo eso: transmitir. Quizá así pueda hacerlo sin romper a llorar, aunque ya estoy emocionado. Verás que este papel estará mojado... Soy un lloreras. Aunque a veces no lo parezca, siento mucho. He tenido que construir un pequeño gran muro contra cientos de miles de personas; vale, algunas son fans, pero hay gente que quiere verme en la mierda. Entonces, al igual que tú (porque lo sé, porque te conozco lo suficiente a estas alturas), necesitamos poner distancia. Y por eso creo que necesito escribir esto. Siento refugio en las letras escritas, es algo que llevo desde pequeño. Mi abuelo siempre me mandaba cartas en sus vacaciones.

Pero bueno, que me distraigo, mi Gael. Llevo un tiempo dándole vueltas a muchas cosas. Estos días junto a ti han sido algo más que mágicos. Jamás pensé que el tonteo en una aplicación de citas y yo estando en una playa nudista disfrutando durante un ratito de algo de anonimato, se convertirían en esto.

¿Y qué es esto? Esa es mi gran pregunta. No lo hemos hablado, al menos nunca en serio. Hemos decidido cosas de manera unilateral sin haberlo hecho demasiado evidente, pero... Creo que es obvio. Tú tienes tu vida y yo tengo la mía. Pero sé que hay cosas que te carcomen, al igual que a mí. Somos parecidos en demasiadas cosas. Por mi parte, tengo un lado detectivesco, por llamarlo de alguna manera. Soy muy bueno adivinando los finales de las películas y series de misterio. Es por eso, y por otro motivo que ahora te explicaré, que te escribo esta carta.

Voy a coger aire y sigo. Tengo que dejarlo por escrito para que veas que no soy todo sonrisas. Me da miedo que llegues y me pilles así. No sé cuánto tardarás en comer algo y venir... Pero hay momentos en la vida en los que hay que mostrar vulnerabilidad y, aunque ahora no la veas, para mí también es crucial escribirlo. Necesito ver que tal vez no puedo estar siempre como yo quiero estar.

En fin, ya he tomado aire. Me he fumado un cigarro, alguien se olvidó una cajetilla en la suite. Ninguno de los dos fumamos, ¿de dónde ha salido? Mejor no pregunto. Lo importante es que ahora me siento mejor, más calmado. También me he tomado un chupito. O dos. Creo que ahora tengo fuerzas.

He pensado mucho mucho. Gael, mi Gael. Quiero decirte tantas cosas... Voy a ir por partes. A ver si puedo.

Lo primero que te quiero contar es cómo me siento. Estamos en Mikonos, un paraíso que quería disfrutar contigo desde el primer momento. Al principio no era así, tenía otros planes. En cuanto te vi a bordo del crucero, supe que estaría a tu lado. Somos un imán irrefrenable. No me equivocaba. Pero algo se ha torcido y ¿sabes qué es? En lo que quería evitar pensar. No soy nadie para decirte lo que hacer con tu vida y tu situación es una mierda. Si hubiera otra palabra para describirla, la usaría, pero me temo que no es así. Es una mierda. Con todas las letras, Gael. No me gusta verte desesperado, ansioso o triste. Verte hablar con tu madre con esa cara de pena, esos ojos de echarla de menos y saber que puede estar pasándolo mal, pero no te lo va a contar para que tú no te preocupes. Pero es que tú te preocupas. Siempre.

Eres buena persona y tienes un corazón que cualquiera mataría por tener. Siento —y creo— que no te mereces lo que estás viviendo. He pasado un día de mierda. No he pegado ojo, aunque estaba agotado de estos días, ¿vale? Siento haberte engañado, de alguna forma. Por mi cabeza pasaban miles de imágenes y situaciones donde te veía atrapado. Y es que lo estás, Gael. Me da rabia no poder ayudarte o que me mientas diciendo que todo está bien. Pero no puedes solucionar cada detalle de tu vida por tu cuenta. Sé que lo sabes, aunque intentes hacerme ver lo contrario, o incluso a ti. Vives en una burbuja de fortaleza constante, pero no es real, mi vida. No lo es. Estoy contigo. No somos nada y lo somos todo. Lo sé, lo sabes, lo sabemos. Dejemos de ignorar que lo que sentimos es pasajero, porque yo estoy aquí para ti.

Pero de eso hablo más tarde.

(Perdona por esta carta tan larga, en serio, son muchas cosas... Lo siento).

A lo que iba: no me gusta tu situación en cuanto al... trabajo. Voy a intentar no centrarme en mí, en cómo he pasado este día terrible esperándote despierto en esta habitación de hotel, pensando en lo que podrías terminar haciendo... La cama se me hacía enorme. Te pones en peligro y te expones solo para seguir hacia delante. Quiero ayudarte y quiero hacerlo de verdad. No eres mío ni me perteneces, porque ya sabes, yo fluyo. Contigo estoy fluyendo. Y es gracioso ver el contraste, porque ambos lo hacemos: fluimos el uno con el otro. Y sin embargo, tú me mantienes en tierra. Eres como mi ancla, pero no evitas que viaje.

Entonces, aquí confluyen ambas cosas.

No quiero que sigas haciendo lo que haces. Haré todo lo que está en mi mano para ayudarte. Ya lo he hecho en el pasado y voy a seguir haciéndolo. Te jode, te molesta, pero es porque no confías. Tu muralla, ¿sabes? Esa barrera que tienes con la gente. Déjame romperla y asomarme a ti, un agujerito lo bastante grande como para tenderte la mano y caminar juntos hacia algo mejor. Déjame ayudarte. Lo digo en serio.

Y lo que te decía, ambas cosas se unen. Es irremediable.

Sé de tu otra situación. Las dos, honestamente, son la pescadilla que se muerde la cola. Vivimos en un sistema asfixiante lleno de basura y de basureros que la recogen para generar más desechos. Primero te hacen sentirte inválido para recoger esos pedazos y lucrarse con ellos. Pero estoy aquí para que no sigas así.

Mi vida, he escuchado tus conversaciones al teléfono. No quería. Lo siento por esa parte. Pero sé lo que está pasando. No has confiado en mí para contármelo y lo entiendo por completo. No obstante, mi Gael, mi ayuda es real y va a llegar hasta el final. Lamentablemente, este sistema me da poder. Es el poder de solventar. Es el poder para avanzar. ¿Cuánto? Quién sabe. Solo quiero intentarlo.

Lo hago para solucionar y construir algo juntos... si quieres.

Lo hago por estos días, que me han hecho ver otra parte de mí que creía oculta. Ahora, está llena de luz e ilusiones.

Lo hago porque podemos probar; una oportunidad.

Lo hago por ti y por mí.

Querido Gael, ¿quieres casarte conmigo?

Te quiere,

OASIS

109

Gael

... ahí estaba Oasis.

Sujetaba en sus manos un pequeño ramo de rosas, algunas de ellas sin demasiados pétalos. Miraba a Gael con los ojos anegados en lágrimas, pidiendo perdón con la mirada. En aquel momento sucedían tantas cosas entre ellos... Tantos sentimientos que no necesitaban palabras, porque eran reales, casi tangibles.

Oasis avanzó un par de pasos. Estaba temblando.

Entonces Gael también se levantó, las rodillas amenazando con no sostenerle más. Vibraba.

—Yo... —No sabía qué decir. Solo quería seguir llorando. Notaba las lágrimas bajarle por las mejillas, sin fin.

Todo explotó y corrió a los brazos de Oasis. Las flores se aplastaron contra su pecho, sintió cada pétalo aprisionado entre ellos. Pero también sintió el pulso de ambos corazones unirse, latiendo al mismo ritmo. Le reconfortó saber que aquello era real, que él estaba ahí, que había sentido cada palabra que había escrito. Al separarse, buscó sus labios. Se fundieron en un beso largo y lento, como los primeros en Madrid, dejando que fueran sus cuerpos quienes transmitieran el mensaje de lo que sentían el uno por el otro.

—Te quiero —dijo entonces Oasis, en un susurro apenas audible, a milímetros de Gael, respirándose el uno al otro.

—Y yo —respondió este con los ojos cerrados.

—Ya concretaremos detalles y todo eso, pero... estoy seguro. Quiero intentarlo, al menos.

Ante aquello, el colombiano no pudo decir nada más. Sintió las lágrimas de Oasis mezclarse con las suyas cuando sus labios volvieron a unirse. Y permanecieron así, unidos, como si el tiempo se hubiera detenido.

110

Iker

Había hecho todo lo posible para que la resaca química no fuera demasiado evidente. Creyó haberlo conseguido. Le dolía el pecho y se sentía agitado, a veces incluso rozando el mareo. Lo más notorio eran, sin duda, sus fosas nasales, pues estaban congestionadas y llenas de mocos. Unas secreciones como nunca antes las había tenido: espesa, horrible, verde. Había tenido que comprar un paquete de clínex en una farmacia porque había llegado a un punto en que le era casi imposible respirar.

—¿Estás bien?

Mauro se había acercado a preguntarle. Se encontraban de vuelta en el centro, en el puerto. Todo estaba lleno de luces de todo tipo; la fiesta empezaba al caer la noche y los gritos de los turistas de todos los países se entremezclaban. Se disponían a entrar a Jackie O' Bar, que tenía dos plantas, aunque todo el mundo estaba en la calle. El bar de copas daba directamente a un muro de apenas medio metro que le llegaba a Iker por debajo de las rodillas y luego... el mar, similar a la Pequeña Venecia pero con ese extra añadido que otorgaba un poquito más de seguridad. Algunas gotas salpicaban a los transeúntes al chocar las olas contra este. Era un lugar de ensueño, si no fuera porque, cómo no, allí había gente con la que no quería cruzarse. Durante el día casi se había olvidado de que hacía tan solo unas horas estaba dentro del crucero.

—Sí, sí, estoy bien, no te preocupes —disuadió Iker a Mauro con rapidez; luego señaló hacia delante—. Mira.

Ya a punto de mezclarse con los demás, que portaban vasos de plástico en las manos para poder beber frente al bar, se encontraba Diego. Hablaba con un chico lleno de tatuajes que ambos reconocerían incluso en esa semioscuridad y entre tanta fiesta.

—No te creo.

Iker buscó a Andrés, que andaba unos pasos detrás de ellos charlando animadamente con Rocío y Blanca. Iker se detuvo para darle un codazo. Señaló hacia delante con las cejas.

—What. —La sorpresa en la cara del rubio fue más expresiva de lo necesario. Tampoco estaba pasando nada extraordinario, o sea...

Joder.

Ahora sí, Diego y Felipe se estaban besando. De una forma bastante apasionada, lo que denotaba unas ganas enormes por parte de ambos. Sus manos hasta parecían juguetonas, más de lo que uno se esperaría a esas horas y en plena calle.

—Menos mal que no está Gael —murmuró Mauro, sin dar crédito tampoco.

—No le importa, créeme —le dijo Andrés—. Pero estoy flipando. Me quedo muertaaa.

—Aquí compartimos todos saliva, menudo puterío —se rio Iker, que esquivó como pudo a los dos tortolitos para entrar a pedir al bar. Ellos ni se dieron cuenta de lo que ocurría a su alrededor.

La música era atronadora, no, lo siguiente. Punzaba los oídos de Iker. Ni siquiera fue capaz de pedir una ronda de gin-tonics para todos. Se vio obligado a pedir eso porque no había muchas más opciones. Además, todos los camareros parecían salidos de revistas de modelos, mejores incluso que los que dejaron atrás en Madrid, los de Lakama. Entre una cosa y otra, Iker no estaba demasiado concentrado.

—Toma —le dijo a Mauro, que había esperado detrás de él mientras miraba el techo embobado. A decir verdad, el local era bastante curioso. No solo era una mezcla entre discoteca y pub, sino que parecía una cueva. Claro, es que estaba dentro de las rocas.

—Qué pasada de sitio. —Mauro cogió los vasos sin prestarles demasiada atención y casi se le cayeron—. Perdón.

Pero Iker simplemente sonrió. ¿Pasar momentos como ese, sin importancia y de apenas unos segundos, junto a Mauro siempre le subían el ánimo? Pues sí. Era estar cerca, verle sonreír. Iker miró apenado a su amigo durante un instante, tan rápido que este ni se percató de ello.

—¿Seguro que estás bien?

Iker asintió con la cabeza y comenzó a abrirse paso entre el pasillo humano que formaba la gente, agolpada en la entrada del bar, hacia la parte delantera, junto al mar. Al salir, Iker se dio cuenta de que la música del Jackie O' se entremezclaba con la del bar de al lado, otro mítico llamado Babylon, pero que por una extraña casualidad ambas congeniaban en un mix extraño.

—¡Por nosotras! —brindaron al unísono. Blanca casi se echó encima la copa, pero Rocío le pegó tal trago que la dejó a medias.

—Válgame —dijo Andrés entre risas.

Estaban felices de estar ahí, en uno de los lugares más míticos de la isla. Había muchísimo ambiente, personas de un lado para otro, no solo del crucero —aunque estos eran quienes más destacaban, pues parecían llevar la fiesta integrada en el ADN—, sino también hombres mayores o grupos de twinks. La noche solo acababa de empezar y se notaba en los ánimos. Bailaron y charlaron durante un buen rato hasta que un chico se acercó a hablar con Iker.

Juró que le hablaba en español, pero no lograba entender ninguna palabra.

—Perdona, no te entiendo —le dijo Iker, aguzando el oído. No iba tan borracho, ¿no? Era imposible.

El chico volvió a decirle un par de frases, que dejaron de nuevo a Iker sin comprender nada..., al mismo tiempo que sí. Era como si le hablara en su idioma y al mismo tiempo, no.

Fue Andrés quien pasó a hablar con el muchacho en inglés, distracción que Iker utilizó para volverse hacia sus amigos y poner cara de:

—Qué cojones.

Mauro aguantaba la risa.

—Es griego —dijo Rocío antes de llevarse el cigarro a la boca—. Desde que he llegado, flipo, es que parecen de Toledo, vamos. Pronuncian igualito.

—No entiendo. —Iker sentía dos cosas. La primera era el desconcierto más absoluto y la segunda, una sensación de impotencia por no haber estudiado bien ese detalle con anterioridad. ¿Los mapas y los sitios recomendados? A la basura. Le faltaba experiencia en el terreno de juego, al parecer.

—Que fonéticamente es casi igual al castellano, aunque no se parezca en nada. Es una rayada.

Iker asintió entonces, comprendiendo. Aquello tenía cierto sentido.

—¿Y tú por qué te ríes? —le dijo a Mauro, en tono de broma, e hizo que terminara de estallar en carcajadas.

—El señor Gaitán, más perdido que un pulpo en un garaje —respondió, burlándose con su expresión—. Qué pena.

Pero ¿y a este qué le pasa? ¿Ahora que nos hemos quitado un peso de encima va a empezar a picarme? Porque esto puede terminar mal... o muy muy bien.

La entrepierna de Iker hormigueó. A esas alturas, Mauro debía de haberse dado cuenta que jugar a picarse o joderse le ponía a cien. Y no era ni el momento ni el lugar —y mucho menos después de estar en un punto y aparte—, pero la droga parecía continuar de alguna forma en su sistema y lo encendía con cualquier tontería.

Qué raro. Iker Gaitán pensando con la polla.

Así que tuvo que buscarse una distracción; lanzó la mano a por el tabaco del bolsillo trasero y se encendió un cigarro. Se apartó con Rocío a uno de los laterales y se sentaron a beber tranquilamente sobre el poyete que daba al mar. Estaba algo húmedo y las mismas gotas que les habían salpicado al llegar les mojaban ahora la espalda, sin un ritmo constante. Pero se estaba tan bien...

Se distrajeron charlando más de la cuenta. Algo apartados del resto del grupo, bebieron hasta terminarse las copas y fumarse un par de pitillos más. Cuando Iker se dio cuenta de que se había distraído quizá demasiado, alzó la mirada en busca de Blanca, Andrés y Mauro. Se llevó una sorpresa más que notable cuando vio que Andrés seguía hablando en inglés con el chico griego y que Mauro...

Bueno, pues Mauro también. Y el chico griego le rodeaba la cintura. Demasiado bajo para el gusto de Iker. Medio centímetro más y...

Ahí estaba. El chico acababa de tocarle el culo, con ganas, apretando los dedos. Mauro sonrió como respuesta y le miró. El griego se mordió el labio inferior, en un gesto rápido, pero que también dejaba claro lo que estaba sucediendo ahí.

Iker se levantó al instante, tirando el vaso vacío por el camino. Le dolía la cabeza y el mundo le daba vueltas. Y era probable que aquel griego también terminara dándolas. Contra el suelo.

111

Mauro

Ay, no sé si es guapo o no.

Mauro había sentido cómo aquel chico, desde el primer momento que se había acercado a hablar con Iker, le lanzaba miradas llenas de deseo. Para empezar, era imposible. Seguro que se trataba de imaginaciones de su cabeza, que estaba pasando por una etapa de cero autoestima. Pero no, cuando el chico le había rodeado la cintura y luego, a los pocos segundos, le había tocado el culo ahí mismo...

Por la Virgen de los tractores.

Pero claro, Mauro no sabía qué hacer. Porque estaba bien sentirse querido de alguna forma, ¿no? Antes de poder aclarar su mente, Iker entró en escena, colocándose al lado de Andrés con una sonrisa que disimulaba otra cosa. Estaba más claro que el agua.

No soy tonto, nene.

—¿Qué tal? —le preguntó el griego, en inglés.

Mauro y él habían intercambiado más bien pocas palabras. El traductor oficial hasta ese momento había sido Andrés, el que mejor dominio del idioma tenía de los allí presentes, sin ningún tipo de duda.

—No mejor que tú —respondió Iker, sin que esa sonrisa se borrara ni esforzándose en disimular el retintín de su tono—. Quiero ir al baño, ¿te vienes?

Miró directamente a Mauro, que tragó saliva y asintió con la cabeza. ¿Tenía más opciones, acaso? Si Iker te miraba así...

Tenías que ir. Era como si su cuerpo activara nuevas funciones hasta antes olvidadas y la química de su cerebro se alterara, desdibujaba el resto de las opciones y solo quedase su mirada. Claro que iba a ir al baño con Iker. Cómo negarle nada a esa fuerza bruta que emitía por cada poro.

Uf. Estás pedo.

El griego pareció entender la situación y se apartó algo incómodo, liberando la cintura de Mauro de su atadura. Entonces los dos amigos caminaron entre la gente y subieron las escaleras, excavadas también en la roca, hasta llegar al piso de arriba, donde la música continuaba siendo atronadora. Los baños los recibían a la izquierda.

—¿Qué pasa? Porque pasa algo —le dijo Mauro cuando llegaron. Había un par de chicos esperando a entrar, así que se apoyaron en la pared. (También de piedra, sorpresa).

—Nada. —Iker no lo miró a la cara.

Qué divertido.

¿De dónde venía ese pensamiento? Bueno, bueno... Dejaría de tomar gin-tonics durante un ratito, visto lo visto.

—No, como has desaparecido un rato con Rocío... Digo, joder, estarán teniendo una conversación superinteresante. Y yo también con este muchacho —se apresuró a añadir Mauro, sin poder evitarlo.

Iker alzó las cejas, escéptico. Y molesto. Claro que estaba molesto. Ahora ya casi ni disfrazaba sus gestos; todo en él anunciaba celos.

—¿Te sabes su nombre siquiera?

—¿Y qué importa? —Mauro se encogió de hombros.

—No, nada —respondió Iker alzando las palmas de las manos—. Qué más me da, ¿no?

Estaba siendo todo un poquito exagerado por su parte, pensó Mauro. Pero quería que dijera lo que sentía con sus propias palabras. Y por qué no, aquel jueguecito era divertido. Ver a una persona tan segura de sí misma resquebrajarse por una tontería... Ay. Eso sí era divertido. Ahora entendía la vocecita de su cabeza.

—Ah, vale. Entonces bien. —Como Iker no respondió, Mauro añadió una frase que podría sacar las cosas de quicio en cuestión de segundos—: Pues lo mismo luego me voy con él. A su casa.

Iker torció el cuello tan rápido que en otra circunstancia se habría escuchado un crac. Sin embargo, trató de mantener la calma. Las aletas de su nariz estaban abiertas, en tensión.

—¿Sí? —dijo tan solo.

La mirada era tan... penetrante que Mauro decidió recular. Le imponía de una forma que no podría describir, pero que definitivamente le hacía temblar. En el buen sentido. En el sentido de: llevo un par de copas de más y quiero volver a besarlo. Vaya, que con tan solo un par de frases ya entendía la expresión de que quien jugaba con fuego terminaba quemándose. La pregunta era si Mauro buscaba arder.

—Era broma. —Negó con la cabeza. El rostro de Iker no se relajó ni un milímetro—. Tonterías.

—Mmm.

La cola avanzó. Había dos puertas, una de ellas era donde los dos chicos de delante habían entrado, la otra se mantenía cerrada a cal y canto.

—Me hago mucho pis. Demasiado —dijo Mauro, sintiendo que con aquello rompía toda la magia, pero es que era cierto. No podía aguantar más.

—Y yo. —Iker cogió aire y dijo, en voz baja, mirando a la nada—: ¿Entramos juntos?

El mundo de Mauro dio una vuelta y media, rebotó y luego se lanzó en paracaídas hacia el abismo. Ahí estaba el inicio de la chispa. Mauro se sintió cubierto de combustible. ¿Terminaría quemándose?

—V-v-vale —respondió como pudo, en cuanto la puerta del baño se abrió y salió el chico que lo había ocupado hasta ese momento. Ninguno de los dos dio un paso hasta pasados unos segundos, esperando que fuera el otro quien tomara la iniciativa y corroborara, con su gesto, que *algo* estaba sucediendo.

112

Iker

Qué tontería que te pongas nervioso con estas cosas. Si los baños de las discotecas de España hablaran... Eres más tonto.

113

Mauro

El tiempo se dilataba tanto en aquel instante que llegar adentro y cerrar la puerta tras él se sintió como una película de tres horas.

Y ahora ¿qué debía hacer? ¿Darse la vuelta mientras Iker meaba? Si total, le había visto todo...

Pero claro, estaban en un punto y aparte.

Entonces ¿por qué estaban los dos ahí dentro?

Supuso que porque era la necesidad; si los dos se hacían pis, era lo lógico.

¿Podría pasar algo?

Era poco probable viendo en qué momento se encontraban.

¿Acaso estaba Iker celoso del chico griego?

¿Marcando territorio?

¿Qué narices iba a...?

—Huele superbién —soltó Iker, de pronto. Los dos estaban ahí, simplemente quietos, de pie, en el baño. Era grande, por lo que no tenían que estar demasiado apretados y, aun así, el hombro de Iker le rozaba a Mauro. Las respiraciones de ambos eran acompasadas.

—Sí. Como a rosas —respondió Mauro. Se sintió enrojecer. Iker también lo estaba.

No era el calor, porque había una rejilla de aire acondicionado justo arriba que le movía el pelo, así que esa rojez provenía de algún otro lugar. Era evidente, ¿no? Se estaba empezando a quemar.

—Bueno, ¿quién mea primero?

Mauro no contestó. Se sentía como un verdadero adolescente. De todas las cosas que habían pasado en su vida en los últimos meses o incluso hacía días, cuando vio a Iker masturbarse para él... Esto era algo inocente, desde luego, y sin embargo... Sentía que era importante, una primera vez de verdad. Estar ahí, los dos, era un gesto importante. No sabía explicarlo con palabras.

Íntimo. Es íntimo.

Al final, la tensión se rompió cuando Iker se volteó un poco, en señal de que Mauro fuera primero. Este se desabrochó y bueno, pues intentó mear. No le salía el chorro. Apretó, se concentró y nada.

—¿Estás bien?

Mauro asintió con la cabeza. Se sentía avergonzado y miles de pensamientos le pasaban por la cabeza al mismo tiempo. Desde que estaba ahí, con la maldita polla fuera a centímetros de Iker, sentía que aquello era reconfortantemente extraño, que su tamaño quedaba en ridículo frente al de él... Mil cosas, mil pensamientos.

Se concentró todo lo que pudo y respiró para calmarse. Lo consiguió al cabo de unos segundos y al terminar y volverse, vio que Iker no se había dado la vuelta ni nada, sino que ¿le habría estado mirando la espalda? Mauro se intercambió con él y este meó sin problemas. Al terminar y tirar de la cadena, mientras se abrochaba el pantalón de nuevo ya dispuesto a salir, le habló:

—Y ahora ¿vuelves con el griego?

Mauro frunció el ceño.

—¿Cómo?

—No sé. A seguir hablando y tonteando con él. —La expresión de Iker era una máscara completa; su tono de voz, monocorde. Pero ¿y sus ojos...? Ay.

Antes de hablar, Mauro carraspeó.

—¿No puedo?

La forma en la que aquellas palabras se escaparon de entre sus labios invocaba algo más. Había sido, sin quererlo, algo sexy. Algo atrevido. Algo que dejaba entrever muchas otras cosas. Un reto. Fantasías. Caricias. Ellos.

Iker tragó saliva.

—Punto y aparte. —Aunque lo dijo casi como una pregunta, como si estuviera cansado de eso y quisiera desistir.

Estaban demasiado cerca. La mano de Mauro se encontraba desde hacía un rato sobre el pomo de la puerta, dispuesta a girarlo para salir. Y sin embargo, ahí estaban, mirándose profundamente, viéndose más allá de lo simple, más allá de lo mortal. Se veían a través de su conexión, de todo lo que habían vivido.

Unos centímetros más para convertirse en llamas. Solo un poquito más cerca y arderían los dos juntos.

Entonces la magia se rompió cuando alguien aporreó la puerta.

—Venga, joder —se quejó alguien en perfecto español.

Mauro se apresuró a abrir la puerta por fin. Casi se dio de bruces con...

—Diego —dijo Iker entre dientes. Le lanzó una sonrisa educada, adelantó a Mauro y comenzó a bajar las escaleras—. Vamos, anda. —Le hizo un gesto a Mauro con la mano que él obedeció al instante, dejando tras de ellos a un Diego con el ceño fruncido.

—Es guapo —soltó Mauro en cuanto alcanzaron el piso de abajo. Lo tuvo que gritar una segunda vez al oído de Iker porque los volúmenes dentro del bar eran astronómicos. Era demasiado alto. Temblaba todo.

—Los hay mejores —respondió simplemente Iker. Luego, le lanzó una mirada que Mauro no pudo descifrar porque ya estaba saliendo de nuevo a la calle.

Preguntándose por qué motivo Iker se estaba comportando así esa noche, Mauro salió del local.

También se preguntaba —aunque no muy alto— por qué de pronto él hacía lo mismo.

114

Andrés

No podían parar. En el crucero había sido algo precavido con no pasarse de la raya y pedir demasiada comida o bebida que no entraran en la tarjeta de mierda, pero esa noche...

Al parecer, Rocío estaba celebrando. Según ella:

—Pronto lo sabréis.

Esa aura de misterio —y alegría a rebosar— parecía ser la razón de la borrachera épica de Andrés aquella noche. Y de las chicas, desde luego. Porque Rocío no dejaba de invitar ronda tras ronda. En el fondo, Andrés veía cómo ni la misma Rocío sabía a lo que se refería y que solo buscaba una excusa barata para emborracharse como si estuviera en las fiestas del pueblo.

—Hay dinero de sobra. Me siento la Lomana —bromeó una de las veces después de que le cobraran una cantidad desorbitada de dinero por tres copas.

—Pero se pasan —dijo Andrés, haciendo referencia a los precios.

—Solo se vive una vez. Solo se viene a Mikonos una vez.

—Hombre, siempre se puede repetir —contraatacó Blanca con los ojos entrecerrados. Pese a no haberse negado a ni una de las bebidas que su novia había pedido, no estaba demasiado de acuerdo con que gastara tantísimo dinero. Y ya empezaba a arrastrar las palabras.

Rocío negó con la cabeza, muy segura e impasible ante el gesto de su chica.

—No, pero solo se viene una vez con nuestros amigos, que están en un crucero que se llama Rainbow Sea. —Luego estalló en carcajadas—. Dejadme ser feliz, guapas.

—Arg. —Blanca hizo un gesto de desagrado, cogió su copa y se marchó con Mauro, que desde que había ido al baño con Iker no se habían separado ni un segundo.

—¿Va todo bien? —preguntó Andrés.

—Sí, no te preocupes. A ver, es que le dije que el plan era más estar nosotras solas y todo eso... De todas formas, cuando os piréis, nosotras nos quedamos. Estaremos una semanita en total. Hoy me apetece un mamoneo, a ver si no voy a poder echarme unas copitas.

—Ya, pues sí. Ella me cae genial, ¿eh?, pero no es tan fiestera.

Rocío soltó un suspiro lastimero.

—Ni tiene que serlo tampoco. Si la mayoría de las veces que me invitáis a cualquier tontería de las vuestras, paso de ir.

—Eso es porque eres homófoba, guapa —bromeó Andrés.

—Eres gilipollas. —Rocío elevó una comisura de la boca en señal de desagrado, luego cambió de expresión a una más relajada—. Nah, prefiero una peli, un dürüm y a sobar.

—También es buen plan. Pero bueno, ¿seguro que estáis bien? O sea, ¿no se va a enfadar?

—Qué va. Luego se le pasa enseguida. El problema de Blanca es que siempre se amarga de más porque piensa en lo peor, entonces ahora seguramente estará dándole vueltas a lo cansada que va a estar mañana o a que no ha traído suficientes ibuprofenos para el dolor de regla que le vendrá en cuatro días. Ella es así. —Se encogió de hombros—. Pero de repente, le cambia el chip y es el alma de la fiesta, te lo digo.

—Guay.

A Andrés le había gustado ese pequeño momento confesiones con Rocío, así que con la conversación ya arrancada, se dirigieron a sentarse en el poyete de nuevo, pues la gente que se encontraba de pie actuaba como barrera humana ante el sonido y el agua que salpicaba refrescaba un poquito. Rocío se empezaba a liar un cigarro cuando le preguntó a Andrés sobre su novela.

—Tampoco me he enterado mucho, solo que estabas ahí a tope, nena —añadió.

—Nada, está terminada. Darle un par de vueltas y poco más.

¿Debía contarle el desliz con su exjefe? Solo se lo había contado a Mauro... Rocío seguro que no le juzgaba. ¿No? Lo terrible de los secretos era no acertar con quién compartirlos.

—Pero bueno, que creo que está maldita —dijo Andrés mirando al suelo.

—¿Y eso? Normalmente cuando dicen eso de una película es que se mueren todos, o sea, espero que no gafes lo que queda de crucero y terminéis moñecos en el fondo del mar. Que la Blanca ya tuvo un susto con eso.

Andrés se rio a carcajadas al recordarlo.

—No, qué va —dijo cuando se recuperó—. Hubo una movida, pero ya está solucionado, así que no vamos a remover el cajón de mierda. —Poco le apetecía sacar el tema de sus textos errados respecto a sus amigos—. Pero la otra movida ha sido con mi exjefe. Editor. De una editorial.

—Ya sé lo que es un editor —respondió Rocío al tiempo que ponía los ojos en blanco.

—Bueno, pues ese. Lucas.

—¿Y qué le pasa?

Andrés sopesó la información que quería desvelar. Hacerlo era un arte, la verdad. Así que al final soltó simplemente un:

—Está en el crucero.

Ante aquella revelación, Rocío abrió mucho los ojos y ahogó un grito.

—Qué me dices, tía. Me quedo guion.

—Mmm —asintió Andrés con la cabeza. Bebió de su copa para hacer tiempo y sentirse un poco más interesante—. Pues como lo oyes, chata. Yo flipando, claro, pero es que... Pasaron cosas. O sea, no cosas cosas, sino a medias. ¿Me explico? Voy salpicando para que tú vayas...

—Sigues siendo igual de pesada con el sexo que antes. Habla claro —le dijo Rocío, picándole.

—Pues que casi follamos. —Andrés se lo dijo bajito, tapándose la boca para que nadie le leyera los labios.

Rocío ahora no solo abría los ojos, sino la boca también y cuando fue a hacer un gesto de sorpresa aún mayor, se echó demasiado para atrás. Tanto que empezó a escurrirse... hacia el otro lado. Andrés fue lo suficientemente rápido como para agarrarla de la mano, pero tenía el cigarro entre sus dedos, así que se quemó, se le cayó al suelo y Andrés chilló y empezó a resbalar... hacia el otro lado.

Como a cámara lenta, ambos se desplomaban hacia las rocas, directos al mar.

Por suerte, un hombre que pasaba por ahí se percató del problema y los agarró con fuerza a cada uno del brazo para tirar de ellos. Rocío tenía un mechón de pelo sobre el ojo y Andrés estaba blanco. Más de lo normal. Ya se veía empapado el resto de la noche. O bueno, a juzgar por el aspecto de aquellas piedras... Sin una pierna. Totalmente mutilado.

—Uf, mil gracias, casi me muero —le dijo Andrés a su rescatador.

El hombre que les había ayudado era nada más y nada menos que el mismísimo Lucas G. Murillo.

No me jodas... Esto no puede estar pasando.

115

Rocío

¡No me jodas! Esto no puede estar pasando.

Cuando escuchas un cotilleo sorprendente por primera vez, quieres tener todos los datos. Cuanto antes, además. Por supuesto, eso suele suceder cuando no puedes obtenerlos de primera mano o viajar en el tiempo para vivirlo en persona. Y sin embargo, a veces los astros se alinean y te traen el drama justo frente a tus ojos.

La cara de Andrés era un poema. La de Rocío, también.

—Vaya, hola. No me había dado cuenta de que erais vosotros —dijo el hombrecillo con gafas, que se mantenía en pie de milagro. Jesús, cómo apestaba a alcohol.

—Esto..., sí, je, je. Ha sido raro, je, je.

Rocío le lanzó una mirada a Andrés advirtiéndole de que estaba haciendo el ridículo. Más de lo que ya lo había hecho con esa casi caída en la que era mejor no pensar. Ni siquiera había conseguido recuperarse de la información bomba y ahí tenía no a uno, ¡sino a los dos protagonistas!

Es mi día de suerte.

—Bueno, me voy, que estoy con unos amigos. —Lucas parecía incómodo, aparte de ebrio, y todo junto era digno de ser visto. Estaba rojísimo y sudaba tanto que tenía las gafas medio empañadas.

¿Cómo había podido hacer Andrés... lo que fuera que hubiese hecho con ese señor?

—¡Valeee! —respondió este alargando de una manera innecesaria y casi infantil las últimas vocales. No estaba nervioso, aunque lo pareciera, sino también incómodo—. Ay, espera. Te mandé un correo.

Lucas se volvió extrañado. A Rocío le recordaba a un tentetieso, de estos con los que jugaban los niños: no se caían, pero no dejaban de moverse para todos lados.

—Lo miro en cuanto pueda, je, je. —Y ahora sí, se dio la vuelta.

Cuando Lucas desapareció entre la gente, Rocío agarró a Andrés del brazo. Sentía toda la euforia de un buen salseo.

—Madre mía, madre mía. Me tienes que contar todo pero YA.

Antes de hacerlo, fueron raudos a pedir otra copa. La necesitaban de inmediato.

—¿Alguien quiere otra ronda? —Iker y Mauro no parecieron escucharles. Estaban demasiado sumidos en un extraño juego de poder con un chico griego. Allí estaba pasando algo raro, pero Rocío simplemente se encogió de hombros y decidió pasar del tema. Blanca miraba de un lado a otro según hablaban los tres, como en un partido de tenis.

Cuando salieron del bar, cuya música había dejado a Rocío con un molesto pitido en los oídos, volvieron al lugar donde casi habían muerto hacía unos minutos. Eran las tres de la madrugada y la fiesta ahora parecía comenzar a desplazarse hacia otros lugares; cada vez había menos gente y menos ambiente, aunque ellos no pensaban moverse de ahí por el momento.

Andrés procedió entonces a contarle la historia, parando con cada pregunta que Rocío le hacía para ahondar más en los detalles. Ella sintió que todo aquello le quedaba demasiado lejano, aunque por otro lado, recordó los momentos dramáticos con Blanca y aquella chica... Buah, incluso había olvidado su nombre. Su mente no quería recordar lo bien —y mal— que lo habían pasado cuando su relación aún no estaba en verdad establecida. Ya formaba parte del pasado.

Rocío preguntaba y se reía con lo que Andrés le contaba. Aquella charla les sirvió para vincularse aún más, por fin entablando una relación de amistad verdadera para toda la eternidad, porque no había nada que el cotilleo no pudiera unir para siempre.

—Ey, ¿nos vamos?

Era Iker, que después de un buen rato... Ostras.

—¿Estamos solos?

Rocío había alzado la mirada para responder y tan solo quedaban ellos más aquel chico, que se les había pegado como una lapa y trataba de entenderse con Blanca, ambos retirados en el fondo. Alrededor revoloteaban algunas personas más con vasos de plástico en las manos, pero la música ya casi no se escuchaba y un par de camareros recogían las pocas mesas altas que había.

—Que os ponéis a darle al palique... —casi se quejó Mauro. Le lanzó una mirada fugaz a Iker y luego volvió a posar sus ojos en Rocío—. ¿Algo interesante?

—Nada, salseos, sin más —respondió Rocío, sin querer dar demasiadas explicaciones, aunque Andrés le había contado que Mauro sabía lo que había pasado con su exjefe de la editorial. Sin embargo, por el momento, no quería sacar ningún tema relacionado con el manuscrito frente a Iker. Ambos habían hablado del asunto y estaban seguros de que de todas las personas del grupo, él era el que menos lo había superado, sin duda.

Claro, habían teorizado mucho sobre lo que tenían enfrente.

—Ikauro —susurró Andrés con una sonrisa maliciosa en la cara.

—¡Calla! —Rocío le dio una palmada jocosa en la pierna.

—¿Qué? —preguntaron Iker y Mauro al unísono.

—¡Nada! —respondieron los amigos del mismo modo.

Entonces, ahora sí, se levantaron. Rocío fue a buscar a Blanca o, mejor dicho, a rescatarla del Hombre Lapa.

—¿Todo bien por aquí?

Blanca ya estaba en el modo que, de forma tan inteligente, Rocío había visionado hacía unas horas: bien, feliz. Se había dejado llevar y ahora formaba parte activa de las conversaciones y del buen rollo reinante.

—Sí, sí. —Se dieron un pico y se tomaron la mano—. Bueno, ¿a dormir?

Rocío puso los ojos en blanco.

—No creo, ¿no, chicos? —dijo en alto para que sus amigos la escucharan.

—La gente se está yendo a una discoteca por allí, según nos han contado —informó Iker, señalando hacia... la ciudad. Ningún punto concreto.

—¿Vamos a buscarla? Este no tiene ni idea —aseguró Mauro, poniendo un gesto que demostraba que estaba un poco cansado del griego, que los miraba con una sonrisa de oreja a oreja como si formara parte de aquel grupito de amigos.

—Nos lo tenemos que quitar de encima —le susurró Blanca en cuanto enfilaron el paseo marítimo, entre el poyete y los bares. La zona ahora estaba oscura y se quedaron un poco atrás a propósito, y cuanto más caminaban, menos luz alumbraba el camino.

—Pero ¿quién es? Todo el rato como un titi detrás de ellos. —Rocío intentó buscarlo en la oscuridad y vio que ahí seguía, rozando a Mauro con el brazo, que rozaba a Iker a su vez.

—Iker está celoso —dijo Blanca, sin poder aguantar una sonrisa—. Ay, es que con estos todo es un tira y afloja.

Rocío asintió, sin más, porque era cierto y Andrés no había hecho más que confirmárselo al contarle varios sucesos que habían pasado durante el crucero.

A cada paso que daban, Mikonos se tornaba en algo turbio. Estaban alcanzando el final de aquel lugar, que de pronto giraba hacia una esquina aún más y más oscura. Solo los acompañaba el sonido del mar y el de sus pasos, reverberando con algo de eco. La fiesta continuaba, más lejos, y solo llegaba de vez en cuando algún ritmo de alguna discoteca en algún lugar lejano.

Y frente a ellos, de pronto, una iglesia.

—Qué mal rollo —dijo Rocío, abriendo los ojos. Agarró a su novia de la mano con fuerza y se paró en seco—. Oye, ¿seguro que es por aquí?

Se le pusieron los pelos como escarpias. Por todo el cuerpo. Sintió que algo andaba mal, como si hubiera fantasmas, porque... ¿qué eran esos sonidos? Eran como lamentos, quejidos... Provenían de la construcción, que se alzaba, en ruinas, a tan solo unos pasos de ellos. Culminaba en una pequeña montaña de rocas. Apenas veía con tan poca luz, pero la cruz cristiana era cuando menos imponente a aquellas horas de la madrugada. Y más con esos sonidos.

Sin hacer ningún ruido, Iker les hizo un gesto para que siguieran caminando y se unieran a ellos más adelante. Estaban los cuatro parados, inmóviles. Mauro también se volvió y se llevó el índice a los labios para indicarles que permanecieran en silencio.

—Pero ¿qué...? Me muero. —Blanca estaba tan asustada como Rocío, pero borrachas y en medio de una isla paradisiaca con sus amigos, ¿qué les iba a pasar?

Así que avanzaron unos metros hasta llegar al encuentro de sus amigos. Entonces Rocío comprendió esos misteriosos sonidos y vio, muy a su pesar, de dónde procedían.

—Cruising —susurró el griego. Era lo primero que Rocío le escuchaba decir y se quedó perpleja.

Pero sí, tal cual. Entre los escombros de la iglesia y las rocas, entre esas aguas pantanosas que se formaban donde estas eran más planas, había varias personas disfrutando del buen sexo al aire libre. Entre ellas, reconoció a dos chicos que estaban junto a ellos hacía unas horas.

—Felipe y Diego. No te creo —susurró Iker, que apretaba los puños. ¿Furioso o molesto? Mauro lo miró con el ceño fruncido, sin comprender tampoco.

—Qué fuerte. En una iglesia —dijo Rocío.

Era demasiado evidente que quienes estaban ahí sabían que los estaban viendo, porque con mantenerse entre esas sombras durante unos segundos —y gracias a la luz de la luna, el reflejo de esta en el agua y algún que otro faro que les iluminaba la cara cada ciertos segundos—, uno se acostumbraba a la oscuridad.

Había un chico, el de los tatuajes que Rocío había reconocido, que estaba sujeto a una de las vigas de la iglesia mientras le daba durísimo a otro con la cara empotrada en la pared derruida. Gemían tanto que el eco lo devolvía casi como si fueran protagonistas de una película porno.

—Jesús —dijo Mauro, todavía en shock.

—Eso mismo —bromeó Andrés, que se retiró un paso y chocó con Blanca—. Perdona.

Rocío se sintió incómoda. ¿Qué cojones hacían ahí? ¿Mirando cómo follaban unos desconocidos? Aunque Iker y Mauro se veían bastante entregados al espectáculo, pues no se movían del sitio y eran los únicos que parecían querer quedarse. Sin embargo, el resto del grupo había comenzado la marcha.

—Vamos, vamos —susurró Rocío, animándolos—. ¡Venga! A seguir la fiesta. Les dejamos follar en paz. Con Dios.

Andrés se rio, al igual que Blanca. El griego simplemente... estaba ahí. ¿Cuándo narices se iba a pirar? ¿No se daba cuenta de que molestaba? Odiaba que siempre hubiera gente con la que te encontrabas y luego no sabía desaparecer, como si no fueran conscientes de que su presencia no aportaba nada. Le pasaba continuamente en las fiestas del barrio e incluso en el Orgullo de ese año, cuando una chica que hablaba demasiado se había arrimado a ella y Blanca durante al menos media hora. En esta ocasión, no obstante, quería conocer bien qué sucedía entre el chico, Iker y Mauro, pues parecía haber una tensión entre los tres que era imposible de determinar. Deseaba conocer cada detalle; esa noche era, sin duda, la noche del drama.

Alejándose cada vez más, consiguieron volver a donde se encontraban antes. Las luces aún seguían a medio apagar y un camarero se fumaba un cigarro en la puerta del Jackie O'.

—La fiesta sigue por allí —les dijo, porque en la mirada de los amigos estaba claro que aún tenían el shock en el cuerpo de lo que habían visto en la iglesia—. Nunca se pasa por delante de la iglesia a estas horas. ¿Nadie os ha avisado?

Iker frenó en seco.

—Llevo toda la noche pidiéndote copas como bien podía en inglés y ahora tienes acento gaditano, ¿en serio? —casi bromeó este.

El camarero se encogió de hombros. Tenía un septum y llevaba un polo rojo que parecía a punto de reventar. Claro, como cualquier otro camarero de aquel local: cachas y cachas y cachas.

—Es gracioso vernos a los españoles más perdidos que el barco del arroz. Pero vamos, que tiráis recto por esa calle y veréis un local al fondo. Está bien —les dijo, aunque no parecía demasiado ilusionado.

Iker no añadió nada más. Le agradecieron las indicaciones y siguieron caminando. Antes de girar la esquina, a unos cuantos metros, el camarero alzó la voz.

—Oye, el alto. Si tú vas a estar, voy yo también. —Luego guiñó el ojo.

Rocío fue lo suficientemente rauda como para buscar a Mauro con la mirada y ver cómo Iker le cogía de la mano y decía:

—No, gracias. Ya estoy acompañado.

La cara de su amigo dejó claro que aquello era tan inesperado para él como para los demás, que ahogaron un grito al unísono. Fuera como fuese, Iker hizo oídos sordos y siguió caminando con paso rápido, cogido de la mano de Mauro. Hablaban entre ellos no demasiado alto. ¡Qué rabia!

Todo mi dinero por este salseo.

116

Gael

Aquella mañana el sol brillaba con más fuerza. Entraba directamente desde la ventana acariciando sus párpados entreabiertos, que trataban de enfocar el rostro de Oasis. No se habían separado en toda la noche y, aunque Gael sentía el brazo algo entumecido, tampoco haría ningún movimiento para despertarlo. Esperó con paciencia, acompasando sus respiraciones con las del chico, que descansaba en sus brazos, hasta que el sol le golpeó a él también en la cara y se despertó.

—Buenos días —le deseó el colombiano en un susurro.

A Oasis se le iluminó la cara y, aunque estaba medio dormido, buscó la boca de Gael para darle un beso en los labios.

—Todo huele distinto —dijo, volvió a cerrar los ojos y buscó mayor confort en los brazos de su chico.

Porque sí, ahora todo era oficial. Por fin, ahora todo comenzaba a cuadrar en la vida de Gael. El corazón parecía amenazar con salírsele del pecho con tan solo pensar en la carta, en las palabras que contenía, en la promesa de Oasis... Todo era demasiado idílico como para creerlo, ¿no? Le costaba dar por sentado que algunas cosas sucedían de manera inexplicable, que no había una doble cara o que en cualquier momento se torcerían. Que alguien quisiera ayudarle sin pedirle nada a cambio. Y por primera vez, una voz en su cabeza le convencía de pensar al contrario, de dejarse llevar y confiar.

De fluir. Como él.

Podría extrañarse de que todo hubiera ido tan deprisa... En principio, no se lo contaría a sus amigos. No porque no quisiera hacerles partícipes de su ilusión, sino porque no quería sentirse juzgado. Casi no tanto por ellos, sino por él. Sentía que tendría que deshacerse en excusas y justificaciones en las que no quería pensar en ese momento; tan solo quería centrarse en disfrutar del momento. Estar ahí, con Oasis, disfrutar de un posible futuro juntos.

Aún no daba crédito a lo que este le había ofrecido.

Aquello debía de estar estropeado, así que volvió a intentarlo. Salió de la ducha y estiró el brazo para cerrar el grifo. Tomó aire y volvió a intentarlo. No podía estar alucinando ni nada por el estilo, ¿no? Era demasiado pronto. Aprovechó el tiempo en el que la ducha se calentaba para revisar el teléfono. Tenía unos mensajes de Andrés; le había enviado una ubicación que ya había revisado, pero quiso comprobarla de nuevo para calcular el tiempo que tardarían en llegar. Se moría de hambre.

Dejó el teléfono sobre la taza del váter y caminó de nuevo hacia la ducha. El baño era tan grande y todo tan maravilloso que era imposible que lo que salía de la ducha fuera real en un hotel de aquellas características.

Tocó de nuevo el agua y...

—Ve —avisó a Oasis—. ¿Por qué el agua es salada? ¿Será que está roto?

La respuesta del influencer fue una carcajada monumental.

—¿No lo sabes? Mikonos casi no tiene agua dulce. Ni la del grifo. Nada. Solo llueve tres días al año. Así que te vas a bañar con el mar, cariño.

Gael tragó saliva sin poder creérselo. Y luego se metió de lleno en la ducha para afrontar su destino, su pelo empapado con agua salada.

—A veces las cosas que van rápido merecen más la pena.

—¿Por qué?

Oasis buscaba las palabras correctas a aquella afirmación mientras un conductor privado que trabajaba para el hotel los acercaba a la playa donde habían quedado todos para pasar el día. Gael tenía ganas de reencontrarse con sus amigos; estaba seguro de que notarían un cambio en él, porque llevaba la felicidad dibujada en la cara, pero tenía muchas ganas de compartir un día tranquilo con ellos.

—No sé explicarlo bien, pero... En general, en mi vida todo ha sido así. —Oasis se encogió de hombros. Le agarraba la mano a Gael tan fuerte que este temía que se la partiera—. Porque de alguna forma, somos animales, ¿no? Bueno, sí lo somos. Y por eso también funcionamos por impulsos o por instintos. Para mí así es como te guías con las mejores experiencias o las personas. Cuando alguien te da buena o mala vibra.

Gael asintió con la cabeza, creía saber a dónde iba a parar Oasis.

—Por eso quiero que te quedes tranquilo. Yo digo las cosas de verdad. No me voy a arrepentir, porque así lo he sentido. Es lo que te dije anoche. —Hizo una pausa para mirar por la ventana. No le gustaba demasiado viajar por un terreno como aquel, lleno de rocas, con curvas y cuestas imposibles, así que apretó todavía más los dedos de Gael cuando el coche hizo el ademán de deslizarse hacia un lado. Sin embargo, para combatir ese miedo, cerró los ojos y se concentró en sus palabras, como un método de distracción—. Nunca hago nada que no siento. Lo has podido ver. Llega un punto en el que mi corazón me dice: tío, tienes que romper con esto, déjate fluir.

Las piedras del camino hicieron tambalear el coche.

—¿Tan lejos está ese lugar? —Gael preguntó aquello para no responder a las palabras de Oasis, tan bonitas y perfectamente elegidas, que le habían calmado bastante la ansiedad que se entremezclaba con todos los sentimientos buenos en su pecho—. Porque vaya viaje, parce.

El conductor les dijo que el acceso a veces era complicado, aunque no había demasiado de lo que preocuparse mientras una persona como él, experta en el terreno, estuviera al mando.

Oasis y Gael se miraron y alzaron las cejas al mismo tiempo. Tampoco estaban tan impresionados por la supuesta destreza de aquel hombre, pues casi habían derrapado en un par de ocasiones.

Al cabo de cinco minutos, llegaron al punto de encuentro.

—¿Lo vas a contar? —le preguntó Oasis; en su tono de voz, temor, al igual que en sus ojos. Le había agarrado del brazo, una mirada desesperada. ¿Tenía miedo?—. No son dudas, solo que no quiero que nadie te agüe la fiesta o te meta ideas raras. Nada me va a hacer cambiar de opinión y vamos a seguir adelante con esto, le guste a quien le guste.

Gael asintió lentamente, comprendiendo. Era lógico. Si ya había pensado en que no lo iba a contar, menos lo haría ahora. Ambos debían estar en la misma página.

—No —dijo al final, negando con la cabeza—. Yo tampoco quiero que nos juzguen. No quiero dar explicaciones de nada, baby. Esto es nuestro y solo nuestro. Les podemos contar más adelante, cuando todo esté bien.

Algo más calmado, Oasis relajó los hombros y salieron por la misma puerta. Cuando sus pies pisaron la tierra del aparcamiento de aquella playa, dejaron sus problemas encerrados en el coche y sonrieron a sus amigos.

117

Mauro

Después de una de las noches más raras y con más lagunas de la vida de Mauro, todo parecía volver a su cauce poco a poco. Tras la noche de fiesta se encontraban agotados, pero ¿ir al crucero a dormir unas pocas horas para volver a la isla y pagar una millonada por un taxi? Ni de coña. Así que habían decidido dormir en la playa. No era una idea que, en un primer momento, le hubiera encantado, pero se dejó llevar por la borrachera y porque Iker se lo había pedido con esos ojitos tan tiernos que le ponía a veces.

Se había despertado con arena en el culo, resaca y habiendo dormido solo un par de horas. Sin embargo, la luz del sol le había dado tanta fuerza para despertar que ahora solo podía pensar en continuar disfrutando de Mikonos. Gael acababa de llegar con Oasis. Iban de la mano.

De la mano. Como él e Iker ayer. Y luego, bailando en el otro bar...

Pff. No me acuerdo de casi nada.

—Necesito comer algo o me voy a desmayar —dijo Blanca, mirando alrededor en busca de algún lugar donde encontrar algo que llevarse a la boca.

Las playas y las calas en la isla no eran como en España, donde había un chiringuito cutre casi en cada esquina que te servía o bien comida de mierda a precio de oro o al revés. Al menos, eso es lo que le habían contado a Mauro, que no es que hubiera visitado demasiados lugares turísticos del estilo.

—Vamos a por algo. Me parece que ahí hay algo abierto. —Andrés señaló a unos cientos de metros más adelante y sí, era cierto que entre las sombrillas y tumbonas enterradas en la arena se alzaban un par de casetas con sillas y mesas.

Esperaron a que Gael y Oasis llegaran a donde estaban.

—Joder, me imaginaba otro plan —bromeó Oasis, al ver sus caras de muertos y la ropa arrugada.

—Hemos dormido aquí —respondió Mauro tajante, que de nuevo se arrepentía de haber aceptado la idea al sentir granitos de arena por toda la raja—. Qué asco.

Gael se rio.

—Bueno, vayamos a comer alguito, ¿no?

—Habéis tardado superpoco —les dijo Andrés al tiempo que se levantaba y se estiraba—. Pensaba que tardaríais más.

—No, pues también vinimos sin comer ni nada.

En ese momento, Iker se movió, salpicando arena a los zapatos de la pareja recién llegada. Gael le devolvió el gesto y le llenó la cara de tierra, así que Iker se levantó de un salto con los ojos aún medio cerrados.

—Está zombi —le dijo Gael.

Mientras Iker terminaba de desperezarse —y Mauro trataba de recordar todo lo que había pasado con su amigo durante la noche anterior—, Andrés ya había puesto rumbo al chiringuito.

—¿Qué te compro, Mauro? —le gritó Blanca, que le conocía tan bien que sabía que no iba a caminar todo eso nada más despertarse. Mauro le dijo que lo que fuera y que luego se lo pagaría; Blanca volvió a girarse para continuar con su camino.

—Ustedes no vienen, pues —asumió Gael, que correteó con Oasis hacia el grupo que ya se marchaba.

Y entonces, Iker y él, solos.

Otra vez.

De nuevo.

¿Era el destino queriéndole decir algo?

—Menuda resaca, por Dios —se quejó, llevándose las manos a la cabeza. Luego enfocó a Mauro, que lo miraba sentado todavía en el suelo—. Y bueno, ¿tú qué?

—¿Yo qué de qué?

Iker alzó una ceja.

—Pues que sigues ahí tirado. ¿No quieres ir? —Mauro negó con la cabeza—. Vale, porque yo tampoco tengo fuerzas.

Volvió a sentarse, esta vez más cerca de Mauro, que no decía nada mientras Iker lo observaba. ¿Por qué se estaban retando a un duelo de miradas?

—Todo bien, ¿no? —le preguntó Iker al cabo de un rato.

Solo se escuchaban las olas del mar romper y los neumáticos de algunos coches sobre la gravilla al aparcar a unos metros de allí. Era pronto, pero no tanto como para que la playa estuviera desierta, y los primeros turistas comenzaban a llegar y a llenarla. Poco a poco, la intimidad de la que gozaban desaparecería.

—Sí, todo bien —respondió Mauro, sin saber a qué se refería Iker.

—Bueno, pues entonces vamos a darnos un baño.

Mauro abrió los ojos sorprendido.

—Mmm. Claro. Sin bañador ni nada.

—¿Desde cuándo eso es un problema?

—Iker, sabes que...

Pero Mauro no tuvo tiempo de completar la frase cuando Iker, de repente, estaba desnudo y prácticamente volando hacia el mar. Su ropa tirada por el suelo de cualquier manera y el culo al aire, a la vista de todo el mundo.

Mauro miró hacia todos lados. Había gente y nadie miraba. A nadie le importaba. De hecho, un par de personas iban con el... A ver, volvió a enfocar. Sí, estaba claro que aquello era un pene. Y otro. Y luego otro culo, de un hombre que caminaba por allá, en la lejanía.

Como estuvieran en una playa nudista, Mauro se iba a desmayar.

Iker le hizo gestos desde el agua. Esta le cubría hasta el pecho y toda su piel brillaba con los rayos matutinos del sol estival. Mauro volvió a mirar alrededor y sintió algo distinto, la verdadera sensación de que allí a nadie le importaba nadie. De que no le iban a mirar.

Se acercó caminando por la arena. Fue recogiendo las prendas de Iker para hacer un montoncito. Buscó un par de piedras algo más gordas y las puso encima para evitar que se volaran. Y luego, como si estuviera en un trance extraño... Comenzó a desvestirse.

Sí, se arrepentiría.

Sí, era una puta locura.

Pero...

Pero estaba un poco cansado de sí mismo. De esconderse, de no disfrutar ni dejarse llevar. Sentía una sensación efervescente de alegría en el pecho, persistente desde anoche, sin recordar siquiera con exactitud de dónde procedía. Las llamas de anoche no se habían apagado aún y la ceniza se mantenía caliente en su interior. Solo tenía que avivarlas un poco para prender el fuego, para llenarse de esas ganas de volver a vivir, para dejarse de tonterías y dejarle claro que estaba avanzando.

Tenía que decirle a Iker que lo suyo podía suceder. Que no se cansara de esperar.

Era un mensaje no solo para él, sino para los dos. Para sí mismo. Cuando su camiseta tocó el suelo, se sintió liberado. Luego se avergonzó; el sol le golpeó en la cara en cuanto unas nubes lo liberaron, y aquello lo revitalizó. Iker aplaudía desde el agua. Mauro se quitó los pantalones y los enterró bajo las piedras.

Se miró la tripa. Le tapaba el paquete. Su calzoncillo estaba semienterrado entre la piel, la grasa y todo lo que odiaba. Quitárselo sería demasiado, pero su cuerpo...

Era su cuerpo. Y había una persona a unos metros deseando pasar con él un buen rato sin malos rollos, sin rayadas ni tonterías. Pese a todo, pese a verse así, pese a sus problemas. Estaba ahí, esperándole. Como siempre.

Así que comenzó a caminar paso a paso, temeroso, lleno de miedos. Sentía que con cada uno de ellos, su piel se estiraba y encogía, que rebotaba, que le sudaban los pechos y que los pelos de su estómago se rizaban, haciéndolo aún más horrible de lo que ya era. Pero también, con cada zancada, sentía que caminaba, literalmente, hacia una vía de escape. Como si la salvación a sus problemas comenzara tras una fina línea bajo los pies; al final, no era tan ciego como para no verla. Empezaba a apreciarla, a verla respirar. Estaba ahí, por fin.

Al chapotear con los pies en el agua, Iker saltó, gritó, aplaudió y se rio en voz alta.

—¡Ese es mi Maurito, vamos!

El agua estaba helada. Mauro sonreía. Lo cubrió primero por las rodillas; luego, por el ombligo; después, por el pecho. Estaba frente a Iker. Los dos brillaban, empapados. Los dos resplandecían de felicidad.

Iker lloraba.

Al principio intentó disimularlo, pero Mauro se había dado cuenta. Aun así, no dijo nada. Solo se sonrojó y buscó algún sitio donde mirar para distraerse.

—Este es mi Mauro —volvió a repetir Iker, ahora con la voz rota, ahora lleno de orgullo.

—No es la primera vez que me baño en la playa —dijo Mauro, recordando las veces anteriores, cuando su amigo le había ayudado a superar ese obstáculo.

Sin embargo, su Iker negó con la cabeza. Le cayeron más lágrimas. El agua se movía lenta, como respetando ese momento. Tan solo estaban ellos en medio del mar. Eran ellos y el sol, lágrimas, sal y agua.

—Te estás atreviendo a romper con todo. Has dado un paso de gigante, Maurito. Pasos enormes —dijo Iker, tratando de no llorar demasiado—. No eres el chico que conocí. Ya no.

Mauro tragó saliva. Sintió la arena del mar revoloteando en sus pies y los dedos enterrándose en ella. La fuerza de la marea lo estaba acercando sin quererlo a Iker, como un imán. Lo tenía a muy pocos centímetros. Tenía una gota de agua en la nariz. Estaban muy muy cerca. Una nueva ola. Respiraban el mismo aire. La mano de Iker fue a parar a la cadera de Mauro. La rodeó como si siempre hubiera sido suya, como si le perteneciera de alguna misteriosa manera. Este contuvo la respiración cuando su cuerpo decidió acercarse un poco más, de forma voluntaria. Ya casi se rozaban.

—¿Y eso es malo? —preguntó Mauro—. ¿Es malo que no sea el chico que conociste?

No era momento de preguntarse si estaban errando. Punto y aparte, sí, pero también vivir. Punto y aparte hasta que las cosas quedasen claras.

Antes de contestar, Iker negó con la cabeza. Sonreía henchido de orgullo.

—Eres el chico que siempre quisiste ser y tenías miedo de dejar libre.

Sin decir nada más, Iker acortó la distancia pendiente entre ellos, apretándolo contra sí, y se fundieron en un beso que sabía a ellos y a sol, a lágrimas y a sal y agua.

Pero también a finales que estaban escritos desde un principio y que, por más que se quieran evitar, estaban destinados a ser.

118

Andrés

Llegar al chiringuito podría haberse considerado una categoría olímpica. No solo era por el calor y el sol, sino por la arena entrando en los zapatos, la gente que los miraba por estar en la playa con ropa de salir de fiesta, algunos que reconocían a Oasis...

Todo fue un maldito circo. Incluso pedir la comida. Andrés se imaginaba... lo típico. Bocadillos de beicon con queso, salchichas, huevos, patatas fritas... Pero claro, estaba en Mikonos, y aparte de ser una playa exclusiva para gays de la tercera edad —y además nudistas—, los precios eran acordes al nivel de vida de aquellas personas.

—Veinte euros por un sándwich con patatas de bolsa. Me están vacilando, dime que está mal escrito —casi gritaba Rocío con el menú plastificado entre las manos. Se alteró tanto que, aunque acababa de apagar un cigarro, se dispuso a liarse otro.

—Esto es una mierda —se quejó de nuevo Blanca, cruzándose de brazos.

—Nena, eres un poco negativa —le dijo Andrés de malas formas. Les había dado un paseíto un poco pesado y no era mentira, además, pues nadie entró a defender a Blanca. Ni siquiera Rocío.

—Otro igual. —Puso los ojos en blanco y tomó aire—. Pero bueno, tocará comer algo de aquí. Anoche podríamos haber pensado que íbamos a tener hambre y haber comprado más de esos kebabs raros.

—Hombre, yo hambre tampoco tengo viendo que me voy a dejar un sueldo en desayunar —dijo Andrés, exagerando.

Gael y Oasis estaban algo más apartados charlando por lo bajo. La conexión entre ellos parecía haber cambiado de alguna forma, como si ahora fuera... de verdad. Andrés no podría explicarlo con palabras ni aunque lo intentara, probablemente ni siquiera frente al ordenador y un documento de Word en blanco.

Era algo distinto, algo que se notaba solo si te fijabas en cómo se miraban o sonreían. Si había barreras entre ellos, ya se habían debilitado tanto que eran casi invisibles. Eso no quitaba que Andrés quisiera hablar con Gael sobre sus fiestas, cambios de humor y...

—Invito yo —dijo Oasis, acercándose, con una sonrisa que mostraba todos sus dientes perfectos.

Bueno, la charla con Gael podrá esperar unos días. Hasta que vuelvas a Madrid. O incluso después.

—¡Hurra por el influencer! —gritó Andrés.

119

Iker

—¿Entonces...?

Veían a sus amigos volver cargados con comida desde el agua. Desde el momento en el que se besaron, todo había fluido de una forma que Iker jamás se hubiera planteado que fuera posible. Tantas vueltas, idas y venidas le habían hecho dudar de muchas cosas... Pero ahora estaba más seguro que nunca, por eso no permitía que Mauro se alejara de su lado. Le daba igual cómo: entrelazando sus dedos con los suyos, agarrándolo por la cintura, volviendo a besarle.

Mauro por primera vez no parecía reacio ni quería escapar o echarse a llorar. Ahora su Maurito lo miraba sereno, consciente, como si su cabeza por fin lo estuviera comprendiendo todo.

—Entonces no sé —dijo este, abatido.

No hacía falta ponerle palabras, etiquetas o dar explicaciones. Pero Iker sí recordaba —a diferencia de Mauro— que la noche anterior las cosas habían ido volviendo a su cauce habitual, ese donde su energía se alineaba.

Iker había sentido tantos, pero tantos celos. Toda la noche tratando de que aquel chico griego no se pasara ni intentara besar a Mauro. Se sintió un poco idiota y tóxico, estúpido. Se comportó como un adolescente en una película mala basada en cualquier libro donde se romantizaba el amor de ese tipo. Y sin embargo, Mauro estaba en su misma onda. Desde que hubieran ido al baño, no se habían separado. Algo también había hecho clic en su cabeza.

Había sido necesario firmar un acuerdo de paz, un punto y aparte, para que ambos se dieran cuenta de lo que de verdad querían. O necesitaban. Porque era lo que Iker sentía. Estaba harto de esconderse y sentirse humillado por, simplemente, sentir. ¿Y el tiempo perdido? ¿Lo imbécil que se sentía al haber tenido que perder una parte tan importante de su vida para centrarse de una vez?

Bueno, sin contar con el desliz de Jaume y Rubén... Tendría que ver cómo narices contárselo a Mauro, aunque supuso que ya se lo imaginaba de una forma u otra.

¿Ves? Esto es lo que no quieres.

Cállate, déjale vivir, hombre.

No sabe lo que quiere.

Sí. Sé lo que quiero.

—Seguimos como estamos. Primero tendremos que aclarar las cosas nosotros. No tiene por qué ser aquí. —Mauro sonaba, de nuevo, consciente y sereno, maduro.

Así que Iker asintió. No tenía nada más que aportar, porque era justo lo que había pensado en decir. Como si le hubiera robado las palabras de la punta de sus labios.

—Bueno, ¿y ahora cómo salimos del agua?

Mauro lo miró con el ceño fruncido y luego por encima de la superficie. Alzó la vista aguantándose la risa.

—No sé, pero yo tengo calzoncillos. ¡Adiós!

Y echó a correr hacia la orilla como alma que lleva el diablo.

120

Mauro

Ya no había tensiones.

Bueno, sí.

Mauro sentía que todo su cuerpo se activaba con cada movimiento de Iker. Se fijaba en cada acción que este realizaba con nuevos ojos. Después de la escena de la ducha, cuando él había huido, después de haberle puesto límites... Ahora todo cobraba un nuevo sentido.

Siguieron con su rutina normal. Primero se duchó uno; después, el otro.

Justo antes de salir por la puerta, ya vestidos y oliendo a limpio, fue Iker quien se acercó a Mauro de nuevo para robarle un beso.

Y Mauro no quería separarse de sus labios nunca más.

Al cerrar la puerta tras ellos, todo desapareció. Seguían siendo los mejores amigos ante los ojos de los demás y, la verdad, es que ante los suyos también. ¿Qué eran? No lo habían hablado. ¿Qué serían? No se había aclarado.

¿Lo harían? De momento, Mauro estaba bastante seguro de que no. No quería agobiarse y tenían aún muchas cosas que hacer en la isla. Así que cada vez que Iker le rozaba la mano o le intentaba dar un beso —algo que incluso parecía extrañarle al propio Iker, pero que no podía evitar hacer—, Mauro soñaba con que durara eternamente.

121

Andrés

El tiempo había pasado tan rápido esas últimas horas que fue consciente de que estaba de vuelta en el Rainbow Sea cuando salió de la ducha. Volvía a estar solo en el camarote, claro, pues Gael había pasado esas dos noches con Oasis en un hotel superlujoso al cual le habían invitado.

Después de comer —y de ver cómo Iker se tapaba como podía sus partes íntimas mientras buscaba su ropa entre la arena—, Andrés había propuesto alquilar un coche. O bueno, viendo que el grupo cada vez era más grande, algo tipo furgoneta.

—Es más barato y hay unas calas preciosas.

No solo necesitaba sacarse alguna foto bonita para subir a Instagram un día que tuviera la autoestima baja, sino sentir de verdad que su viaje no iba a consistir única y exclusivamente en salir de fiesta y sobrevivir a la resaca.

Aunque de momento no iba muy bien encaminado con esto último.

Demitrius casi derrapó al llegar al muelle. Una buena cantidad de chicos del crucero se agolparon junto a la ventana para pedirle que los llevaran de vuelta al centro, todos ellos vestidos con ropa un poco más elegante, ya preparados para la noche.

Andrés, Iker y Mauro se abrieron paso entre ellos a cámara lenta, como en una película mala de Lindsay Lohan en los dos mil. Andrés tuvo incluso ganas de decir:

—Aparta, fea.

Pero seguramente le lincharían.

—¡Amigos, amigos! Otra vez veros, estar muy rojos. ¿Playa? —los saludó Demitrius con su marcado acento en cuanto se montaron.

Fue Mauro quien empezó a conversar con él, estaba de un buen humor un tanto inusual, e Iker se dirigió a Andrés en voz baja.

—¿Me explicas por qué íbamos a alquilar un coche para ahorrarnos dinero y ahora le pagamos al tío este?

—El sitio de alquileres está lejos —dijo simplemente Andrés, encogiéndose de hombros. Habían hecho lo que habían podido, ni más ni menos—. La isla está mal pensada para quien no tenga coche.

Iker asintió, dándole la razón. Porque en realidad sí que estaba, en general, pensada para sacar el máximo dinero posible a cada turista. Mauro continuó charlando con Demitrius y los dos amigos no colaboraron demasiado en la conversación. Llegaron al cabo de siete minutos al lugar donde recogerían el coche. Claro, no estaba lejos conduciendo, pero era imposible caminar por el centro de la isla, allá por donde apenas había carreteras, en pleno secarral. Todo consistía en caminos antiguos empinados, cortados por escombros y llenos de rocas.

—Bueno, me toca a mí, entiendo. —Iker puso los ojos en blanco.

—No tengo carnet —se defendió Mauro.

—Si ya lo sé —se rio Iker—. Pero espero que no pase nada. Malas experiencias tenemos con los viajecitos.

Andrés recordó que le habían contado el pinchazo de la rueda, el perderse por las calles de Barcelona... Siempre que se acordaba de esos momentos, de cuando sus amigos lo habían dejado todo de lado para ir a rescatarle, se emocionaba sin poder controlarlo. Y menos mal que lo hicieron y volvieron a reunirse.

La furgoneta escogida no tenía nada de glamurosa —a diferencia de la de su conductor, Demitrius—, pero era suficiente para pasar el último día completo en la isla. ¿Cuántas más aventuras vivirían en ese corto espacio de tiempo? Andrés no tardó demasiado en descubrirlo.

122

Gael

—Vea, usted sí se queja, ami.

Gael se montó en la furgoneta mientras seguía discutiendo con Iker, que le había dicho que estaba tardando mucho en subirse y la carretera era tan estrecha que los coches pasaban casi rozándolos. Los accesos a los hoteles de la isla no estaban muy bien preparados para que dos coches llegaran al mismo tiempo. Exceptuando algunas zonas muy concretas, las carreteras solo tenían un carril. Todo parecía... extraño en Mikonos. Como si estuviera hecha a medias.

—Bueno, pues coloque en el Maps la dirección. Oasis nos invitó a un lugar relindo.

Oasis, que ya se había abrochado el cinturón a su lado, lo miró con las cejas alzadas.

—Yo desde luego que sí y voy a intentar que entremos todos. Los influencers que están por ahí son de los malos.

—¿Malos?

Oasis se encogió de hombros.

—Metemierdas, tiktokers de movidas, como yo los llamo. Y de moda. Un poco clasistas. Tampoco son mis amigos, pero con la mayoría de ellos comparto muchas campañas.

—O sea que nos van a echar.

—Hombre, tampoco es eso —contestó Oasis y en su cara se notaba que deseaba que de verdad aquello no sucediera.

En la furgoneta ya estaban todos. Habían pasado a por Rocío y Blanca y ahora se dirigían hacia Principote, un club exclusivo y que, a juzgar por las fotografías de Google, era también uno de los sitios más bonitos de toda la isla. Iker se puso en marcha una vez Blanca, su copiloto junto con Mauro, colocó en el teléfono la forma de llegar. A Gael le había extrañado que habiendo sitio de sobra en la parte trasera, Blanca decidiera ponerse en el asiento entre medias de Mauro e Iker.

—Bueno, no está demasiado lejos —dijo Iker contento—. Crucemos los dedos para no morir en el intento. Estas carreteras son una mierda.

El parking era exterior y de tierra. Muchísima. Tanta, que los vehículos se desdibujaban entre el polvo y era como estar en la película *La niebla,* que había aterrorizado a Gael en su momento. No obstante, Iker volvió a demostrar de qué pasta estaba hecho como conductor y aparcó sin problema. El único inconveniente había sido la cuesta tan empinada que habían bajado para acceder... El colombiano no quería pensar cómo saldrían más tarde de ahí.

—Vale, me dicen que están dentro desde hace un rato, que pregunte por Sebas en recepción.

Todos se bajaron de la furgoneta e Iker se cercioró dos veces de que estaba bien cerrada.

—Por si acaso —le dijo a Gael, que lo había mirado con el ceño fruncido. Estaban en un lugar de lujo con personas ricas, era poco probable que alguien quisiera robar ese vehículo cochambroso que lucía como cualquiera que te encontrabas en el barrio repartiendo fruta a primera hora de la mañana.

Caminaron durante unos minutos hasta encontrar el acceso desde el aparcamiento. De momento, y por lo que podían ver en la entrada, era un lugar nuevo y medido al milímetro. Se veía espectacular, con acabados en madera y música ambiente chill out que llegaba desde el otro lado. Tras cruzar la puerta no había demasiada gente en el hall principal, pero todos los ojos se posaron en ellos.

Oasis preguntó por aquel tal Sebas mientras los amigos se miraban entre ellos, sintiéndose fuera de lugar. No era la primera experiencia lujosa que vivía Gael —algunos clientes muy pudientes le habían hecho incluso viajar—, pero en ninguna se había sentido rechazado desde el primer momento. Es que hasta la recepcionista les echaba una mirada de asco imposible de ignorar.

Al cabo de un minuto, tras hablar con la mujer, Oasis se dio la vuelta con cara de pocos amigos.

—Nada, que solo yo. Dice que es un club privado. —Se encogió de hombros.

—Bueno, pues ¿cuánto cuesta el acceso? ¿O cómo funciona? —Gael, por lo menos, no pensaba separarse de su chico. No en ese momento. Y tampoco nunca más. Pero tampoco dejaría tirados a sus amigos, así que deseó encontrar una manera de estar todos juntos y ver el atardecer desde aquella playa.

Si se asomaba, se podían ver sombrillas, gente bailando y camareros ir y venir con paso lento pero con cócteles grandes en las bandejas. El club tenía muy muy buena pinta y el mar se escuchaba desde allí, pues estaban a tan solo unos metros. Vale, era un lugar de ensueño.

La recepcionista cuadró los hombros y sonrió de forma maliciosa. Hablaba español.

—Al ser un club privado, tan solo se puede entrar con invitación. En vuestro caso, contáis con una doble, pero no suficientes para todos. Así que el costo será el estándar para cualquier cliente en esta época del año.

No dijo nada más.

¿Esta es estúpida? ¿Por qué nos sonríe así?

—OK, y ¿cuál es el precio? —preguntó Rocío poniendo los brazos en jarras. Eso significaba que lo siguiente sería hacerse una coleta, y luego lanzarse al cuello de la recepcionista para pegarle. Eran los Tres Pasos de Rocío Para Una Pelea.

Era evidente que a ninguno de los amigos le estaba sentando bien la forma y el tono con los que la mujer se estaba dirigiendo a ellos. Esta se apartó y cuchicheó algo con su compañero, que se volvió al tiempo que sonreía igual: riéndose de ellos.

—Pues es un lugar exclusivo y muy costoso. Tenemos nuestra propia playa privada. También contamos con una zona gratuita para gente de otro nivel adquisitivo, como vosotros.

El brazo de Gael corrió a parar a Iker, que ya, envalentonado, se dirigía como una fiera hacia la mujer. Ella, como una roca, fría, con esa sonrisa de mierda dibujada en la boca.

—¿Nos vio cara de pobres? —preguntó Gael sin poder evitarlo.

La recepcionista se tomó su tiempo para responder.

—Son doscientos cincuenta euros por tumbona más cincuenta por sombrilla durante dos horas y no incluye bebidas. ¿Será en efectivo o tarjeta? —La mujer buscó algo con las manos y sacó un TPV con actitud de superioridad, esperando a que el primero de los amigos se acercara a pagar.

Ellos se quedaron blancos.

Tiene que estar jodiendo. Nadie tiene tanta plata para esto.

—Yo creo que mejor nos lo pensamos —dijo finalmente Mauro, retirándose.

—¿Qué? Nada de eso —contraatacó Rocío haciéndose la coleta mientras avanzaba un paso, al igual que Iker—. ¿Desde cuándo una playa es privada, pedazo de penca?

Blanca sujetó del brazo a su novia, pero nadie podría parar a Iker, que esquivó a un guardia de seguridad que ya se acercaba y atravesó una de las vallas de acceso.

¡¡¡!!!

En menudo lío se iban a meter. Iker empezó a reírse a carcajadas mientras otro guardia de seguridad salía al rescate del primero y decidían cómo actuar, si ir hacia un lado o hacia el otro. Era el momento ideal. Aunque fuera unos segundos, aunque fuera una tontería.

Gael buscó a Oasis con la mirada pidiéndole perdón por el lío que estaban montando sus amigos y este le devolvió el gesto con un asentimiento.

—Fluye —susurró.

¿Cómo?

Entonces se dio la vuelta y corrió igual que Iker para colarse, y siguió hasta la arena. Luego fue Mauro, seguido por Rocío y Blanca de la mano. Gael apenas tuvo tiempo de darse cuenta de lo que estaba pasando, pero se reían tan alto y habían provocado tanto caos en tan poco tiempo que daba igual. Andrés se quedó el último y le costó un poco más alcanzarlos, pero una vez llegaron a la arena, se sintieron imparables.

—Vale, ¿y ahora qué? Nos van a echar igualmente.

La gente pija que disfrutaba de sus cócteles preciosos en su club privado absurdo los miraban como si fueran terroristas, vamos, con un pavor en los ojos más propio de una película de horror que de una amenaza en la vida real.

Un equipo de quince gorilas ataviados con uniformes de seguridad privada apareció de la nada para llevárselos. Los amigos se miraron como si fueran niños que habían cometido una travesura y no opusieron resistencia, con una sonrisa en la boca por esa pequeña victoria. Y, de pronto, los flashes aparecieron. Gael miró su procedencia mientras sentía a aquellos hombres empujarlos. Se trataba del grupito de influencers que le caían mal a Oasis, con los cuales en teoría compartía un mínimo de amistad. Los estaban grabando, con los rostros plagados de expresiones de todo tipo: desde vergüenza ajena hasta diversión e incluso juraba que uno de ellos tenía en los ojos el símbolo del dólar.

Oasis se percató de la traición y se volvió para posar, con el dedo índice en alto.

—Que les jodan, ¡que les jodan! ¡Esta es mi gente de verdad! ¡Que les jodan! —gritaba mientras lo arrastraban por la arena hacia el exterior del club privado.

123

Iker

Iker estaba sonrojado mientras recordaba el momento que habían pasado en Principote.

—Menudo espectáculo, ¿no? —Lo dijo a la nada, a sabiendas de que él había sido el instigador principal de todo aquello. El primero en correr, el primero en rebelarse ante el trato recibido y el desprecio de aquella gente.

—Pero por lo menos nos hemos quejado —aseguró Mauro, al cual uno de los guardias había apretado demasiado y tenía una marca de dedos, rojiza, en el brazo.

—Sí, tú me dirás cómo. Hemos hecho el ridículo, no hay otra —se quejó Andrés, estresado porque su pelo había perdido la forma.

—Han grabado a Oasis. —Rocío hizo una pausa, como asimilando sus propias palabras—. Lo hemos visto todos, ¿no? Qué fuerte.

—En nada será viral. Joder... No sé si me siento mal o no.

Oasis se llevó las manos a la cabeza. Ahora parecía arrepentido de su pronto.

—No lo parecía, baby. Les insultaste —apuntó Gael guiñándole un ojo. Lo animaba.

—Sí. Me van a echar una bronca que te cagas, pero es que estoy harto. Harto de todo. Pero bueno, se viene el fin de mi carrera como influencer. —Oasis estaba visiblemente desanimado; no paraba de buscar los vídeos del momento en el teléfono. Y eso que solo habían pasado unos minutos.

—Hombre, tampoco digas eso. —Blanca le echó una mano.

Luego, los pasajeros de la parte de atrás se quedaron charlando. Ahora Mauro e Iker se habían sentado solos en la delantera. Había cierta intimidad, no al nivel del baño de aquella mañana, pero intimidad al fin y al cabo.

—¿Y tú estás bien? —le preguntó Mauro, casi un susurro ahogado por el ruido del motor.

Iker asintió con la cabeza.

—Sí, ¿por qué?

—Te veo alterado —dijo simplemente.

—Normal. Esa panda de subnormales me ha tocado los cojones. Y esos seguratas... Joder, menudos imbéciles.

Mauro sonrió y cogió aire.

—¿Ves como no estás bien? —Eso que notaba Iker en su voz era burla. Aquella mañana Mauro había decidido darle caña, desde luego. Pero Iker meneó la cabeza para quitarse esa idea y concentrarse en su nuevo obstáculo.

—Bueno, ahora vamos a cualquier lado y nos tranquilizamos. Primero tenemos que salir y no parece que por allí se pueda, porque hay seguratas. —Señaló el acceso principal al aparcamiento, donde unas vallas enormes vigiladas por un par de coches de la misma seguridad privada que los había echado de allí estaba pendiente de cada paso que daban. Así que no quedaba otra opción... entre el lodo y la cuesta que habían bajado antes—. Por este lado voy bien, ¿no?

Mauro asintió con la cabeza tras comprobar la aplicación e Iker aceleró para sortear un coche que venía casi de frente, giró el volante y alcanzaron la cuesta. Desde abajo, la cosa lucía mal. Bastante mal.

—Por aquí no vamos a poder subir —avisó Gael, acercándose al asiento del conductor.

Pero Iker estaba concentrado. Concentrado en no morir. La furgoneta empezó a renquear según subía la cuesta. Era la más empinada que hubiera visto en su vida, no había duda. Empezó a sentir que dominarla en sentido contrario iba a ser imposible, una experiencia muy diferente a bajarla. Puso primera y el motor pareció a punto de estallar. La velocidad, en vez de aumentar, aminoraba. Cada vez menos, cada vez menos. Y menos. Y menos. La furgoneta pesaba tanto que no importaba con cuánta fuerza Iker pisara el pedal; la gravedad estaba jugándoles una mala pasada y las ruedas comenzaron a resbalar hacia abajo, sobre la gravilla, sin un punto de sujeción.

—¡NOS CAEMOS, NOS CAEMOS! —gritaba Mauro sujetándose al asiento por debajo de las piernas.

Y sí, era verdad. Al final, la furgoneta había cedido. Ahora, el pie de Iker había abandonado el acelerador para pisar el freno como buenamente podía. No le quedó más remedio que, al darse cuenta de que estaban cogiendo más velocidad marcha atrás y con todos los gritos del resto de los amigos desde el asiento trasero, ir subiendo poco a poco el freno de mano. De esta forma consiguió que la furgoneta se quedara clavada en el sitio.

—Uf —soltó. Estaba nervioso, le sudaban las palmas de las manos.

—Pero ¿qué haces? ¿Quieres matarnos? ¡Da la vuelta!

—Puto Iker, joder. Qué susto.

—Voy a morir.

Iker trató de respirar para calmarse. Era difícil mientras recibía insultos, pero sabía que era capaz. O no. Tan solo habría subido un... ¿veinte por ciento de aquella pendiente? Y la furgoneta ya era incapaz de continuar, debido a su propio peso y a que eran ciento y la madre. Así que no le quedaba otra que seguir bajando el resto de la pendiente y volver a recorrer la zona sin asfaltar para hacer el camino alternativo y pedirles el enorme favor a esos monos ataviados con trajes de seguridad de que les dejaran pasar por las vallas. Puaj. De todas formas, le costaría, aunque les dejaran acceder al camino asfaltado. Las situaciones como aquella frente al volante siempre lo dejaban hecho polvo y ahora sentía que le temblaban los pies.

—Venga, que puedes —le susurró Mauro. Estaba asustado, pero en sus ojos se reflejaba la confianza plena y ciega que tenía en él—. Puedes con esto y con lo que te echen.

Pues sí, qué coño.

Así que Iker volvió al freno de mano para bajarlo y que el vehículo fuera cayendo hacia atrás poco a poco, jugando mientras con el embrague, la primera marcha y el freno. Cuando llegó de nuevo a una zona plana, le tocó maniobrar bastante para poder salir del lodazal. ¿Por qué estaba tan manga por hombro? ¿Es que el lujo era tan aislado que no se preocupaban por tener un buen acceso secundario? No tenía ningún sentido.

Tras un par de minutos de maniobras, terminó por salir y liberarse de todas sus inseguridades como conductor, pues Mauro le había puesto la mano de forma disimulada junto a la pierna. Invisible para los de atrás, más que suficiente para ellos en ese momento. O para él, que era quien goteaba de sudor por los nervios.

—¿Podríamos...?

El de la garita de seguridad asintió con la cabeza. Esbozaba la misma sonrisa estúpida que la chica de recepción, porque había visto el bochornoso espectáculo de la furgoneta cayéndose hacia atrás. La enorme valla se abrió sin que tuvieran que pelear, para sorpresa de Iker. Pero tanto mejor.

Al cabo de un rato, volvían a recorrer las carreteras asfaltadas de Mikonos, rodeando montañas y descubriendo nuevas playas desde las alturas. El aire entraba por las ventanas, en la radio sonaban éxitos pop y la mano de Mauro no se había separado de él.

Todo estaba bien.

124

Blanca

Blanca había echado mucho de menos a Mauro desde que este se hubiera mudado a la gran ciudad. Volver a estar juntos los había acercado de nuevo, ya que no tenían que ponerse al día mediante videollamadas, sino que podían quedar para tomarse un café sin problema. Sin embargo, en aquel viaje, las cosas no estaban yendo como ella hubiera deseado. Sentía que su amistad, de alguna forma, se estuviera deteriorando. ¿Era porque sus nuevos amigos le daban realmente todo lo que quería en su nueva vida? ¿Se había quedado ella acaso atrás?

Se lo había comentado a Rocío y esta, algo enfadada, había desestimado por completo aquella teoría.

—Tonterías de tu cabecita, nena.

Pero Blanca estaba segura de que no. De que en Mikonos, Iker y Mauro habían vuelto a... acercarse. Se notaba. Todos lo notaban, no eran ciegos. Y en vez de ir a contárselo corriendo, Mauro fingía que no pasaba nada. Antes, la primera persona en enterarse de cuanto pasara en la vida de su amigo era ella. Ahora parecía más bien el comodín de la llamada, esa persona a la que llamas cuando te faltan las demás en quien tienes más confianza.

Menos mal que, después de un buen rato de conducción por parte de Iker, habían llegado a una playa sin demasiada gente donde habían decidido sentarse en una de las terrazas para tomar algo.

Sí, se iban a arruinar cuando llegar el momento de pedir la cuenta, pero ninguna opción era más barata.

Blanca aprovechó un momento de confusión para sentarse junto a su amigo.

—¿Estamos bien? —le preguntó al cabo de un rato, cuando Rocío fue a acompañar a Iker a buscar tabaco en alguna máquina cercana.

Su amigo se encogió de hombros mientras se comía los restos del plato.

—Sí, ¿por qué lo dices?

—Nos noto distantes —dijo Blanca, procurando no sonar demasiado herida, demasiado estresada por la situación.

Mauro se quedó pensativo durante un momento.

—Bueno, puede ser —se arrancó al fin—. Pero no es nada nuestro, es... un poco todo. La situación. Me ha hecho muchísima ilusión que vengáis, en serio. Casi no hemos tenido tiempo de ponernos al día entre una cosa y otra.

—¿Entonces? —Blanca estaba dolida por la respuesta de su amigo, pero quería saber más, que le contara todo lo que pasaba por su cabeza. Si ella había hecho algo mal, necesitaba saberlo—. Es algo que he dicho o hecho, ¿a que sí?

El plato ya estaba vacío y Mauro se volteó al tiempo que negaba con la cabeza.

—No, qué va. Soy yo. Estoy centrado en mis cosas con Iker y todo eso. Ni siquiera tengo claro lo que tengo o lo que quiero, ¿sabes? O sea, sí lo tengo claro, pero supongo que todavía estoy asimilando este viaje.

—Y no ha terminado.

—Y no ha terminado —corroboró Mauro.

—Vale, me dejas más tranquila. —Blanca volvió a recostar la espalda en la silla, visiblemente calmada—. Entonces cuando volvamos todos a España, ¿me lo contarás todo?

—Sí. Prefiero que pasen unos días y asumirlo o entender por qué está pasando todo esto.

—Hijo, ¿pero qué es todo esto?

Antes de que Mauro pudiera responder, puso cara de susto y le hizo un gesto a Blanca como para que se apartara. Vaya, para que disimulara. Iker había vuelto con Rocío. Estaba claro que gran parte de la historia por contar tenía que ver con el señorito Gaitán.

—Nada, ni una puta máquina de tabaco. ¿Aquí la gente no fuma o qué coño les pasa? —Estaba claro que su novia estaba enfadada y soltó la cartera contra la mesa haciendo que un par de copas amenazaran con caerse.

—Eh, cuidado, parce —se quejó Gael. Cómo no, estaba sentado junto a Oasis, que tenía una cara el pobre... Llevaba casi dos horas sin dejar de consultar el teléfono y de llevarse las manos a la cabeza cada tres minutos.

—Joder, es que quiero un piti —casi gritó Rocío.

Como por arte de magia, apareció a su lado una cara conocida. Era Javi.

Javipollas. Lo que faltaba ahora mismo. Rocío se lo come, vamos.

Y sí, ya mismo había buscado la goma para hacerse una buena coleta. Por si acaso.

Sí que es rápida, joder.

—Tengo tabaco si queréis.

Javi iba de la mano de su novio. Parecían siameses, siempre pegados. Era evidente que no caía demasiado bien en aquella mesa, no después de su enorme cagada con todos esos comentarios estúpidos, pero... Rocío quería fumar.

—Pues en otra circunstancia te lo metía por el culo, pero entre fumadores... —Se encogió de hombros y aceptó el cigarro que Javi le dio.

—Tengo otro —le ofreció a Iker, que también lo tomó.

Después de eso, desapareció de su vista. Rocío se acercó mucho el cigarro a los ojos, comprobándolo.

—Espero que no esté envenenado, que de este no me fío un pelo —dijo, pero aun así, se lo fumó.

Echaron casi el resto del día en aquella terraza, ahora sí, poniéndose bien al día de todo. De todo lo que se pudiera hablar en presencia de los demás, claro. Las hachas de guerra se habían enterrado y las copas vacías se acumulaban en el centro de la mesa.

Ninguno tenía la sensación de haber perdido el tiempo, porque lo estaban pasando bien, tenían los pies enterrados en la arena bajo la mesa y, al fin y al cabo, eran momentos de calidad. Risas y anécdotas que recordarían para siempre.

—Hay una fiesta muy famosa. Es un poco cara, pero podríamos ir —propuso Iker en un momento dado.

Blanca miró a Rocío, con una expresión de alerta en su rostro. Estaba cansada de gastar dinero en tonterías y no soportaba la idea de que su novia continuara haciéndolo solo por ella. Sabían que aquello les iba a traer secuelas, aunque ahora no lo vieran. Blanca era más precavida en ese sentido y, por una parte, deseaba pasar días más sencillos en su pedazo de hotel junto a la piscina o en la playa ahorrando lo máximo posible para la vuelta a Madrid.

—Nosotras no creo —dijo entonces Rocío, al comprender la mirada de su chica.

—¿Y si... pasamos de todo?

Había sido Andrés, que miraba ahora al cielo, pensativo. A veces le daban esos momentos de intensidad inexplicables.

—Claro, vengo a Mikonos a... —comenzó a quejarse Iker. Mauro, al poner su mano en su pierna durante un instante, hizo que se callara.

Ay, señor. Estos están juntísimos.

—Podemos ver el atardecer. Tranquilos. Unas cervezas y la playa. Para nosotros, termina esta noche —dijo el rubio.

La forma en la que Andrés había hablado evocaba justo eso, tranquilidad y el estar reunidos. Parecía estar soñando en voz alta, con una sonrisita creciendo en la comisura de sus labios.

—Hombre, volvéis en el crucero. No cambia demasiado, ¿no? —preguntó Rocío.

—Sí, pero sin paradas, directos a toda hostia de vuelta a España —dijo Andrés—. Tardamos nada y menos.

—Y aunque volvamos, no estaréis —añadió Mauro con una sonrisa. Luego miró a Iker y este se tragó sus palabras esbozando otra.

Blanca lanzó una mirada a Rocío con ilusión en los ojos. Era como seguir el plan que ya tenían, pero mucho más romántico. Le servía.

—No suena mal. —Un susurro.

Gael y Oasis también cruzaron miradas y se tomaron de la

mano. Lucían cansados, con ojeras, pero con una vitalidad inherente que solo ellos podrían tener.

—Nosotros nos apuntamos. Nos viene bien un poco de calma —anunció Oasis.

Entonces Andrés sonrió, feliz de que su plan estuviera tomando forma.

—Pues tengo el lugar perfecto.

125

Andrés

Hacía unos días que Andrés había descubierto una web con recomendaciones para hacer en la isla y una selección de las mejores playas y calas donde ver la puesta del sol. Había tardado un poco en volver a encontrarla, pero en cuanto lo hizo, se la pasó a Iker para que pusiera una de las direcciones en Google Maps. Ahora, ya estaban todos en la furgoneta de nuevo. Harían varias paradas para aprovisionarse de comida y bebida antes de llegar. El tiempo corría en su contra, pues la meta era disfrutar del atardecer juntos.

Andrés, sin embargo, estaba un poco distraído en uno de los asientos traseros. No aburrido, sino que, por extraño que pareciera, no quería asumir que se acercaba el fin de su ansiado viaje. Para no ponerse sentimental —y es que Andrés lo era a niveles extremos—, se dedicó a cotillear las cuentas de Twitter que más actualizaban sobre el mundo pop y las cantantes de moda, a ver si conseguía ponerse al día. Quizá hubiera alguna noticia interesante que echara por tierra la que de una forma u otra debía ser información falsa sobre Taylor Swift, quien decían ser la celebridad que más contaminaba con sus constantes viajes en jet privado, pero no tuvo suerte esa vez. ¿Por qué todo el mundo trataba de hundirla? Miró por la ventana y pensó en ella con los ojos cerrados.

Sé fuerte, saldremos de esta.

Tras un buen rato insultando a personas de otros fandoms en

inglés por la red social mientras Iker conducía como podía por esas carreteras terribles, hizo algo que llevaba un par de días sin querer hacer o sin pensar en ello siquiera. Lo evitaba cuanto podía, pues el simple hecho de hacerlo le aceleraba el corazón. Abrió la cuenta de correo electrónico. Había eliminado cualquier rastro de notificaciones —e incluso los perfiles— del teléfono para no llevarse sorpresas... o, mejor dicho, para combatir la ansiedad de estar refrescando continuamente, porque se conocía, y se habría vuelto adicto a mirarla a todas horas en busca de una respuesta.

Porque... había enviado un correo electrónico. En el que no había querido pensar. Lo hizo rápido, en un momento, para no darle vueltas. En un impulso. Pum. Y hasta la noche anterior, al volver a ver a Lucas, no se había acordado. Se sorprendió a sí mismo con la capacidad de su cabeza para olvidar lo que le generaba estrés —o es que quizá había estado muy entretenido con tanto ajetreo, que también era una posibilidad.

Fuera como fuese, se trataba de un correo que podría cambiar el rumbo de su vida.

Hola, Andrés:

Uff. No sé cómo te estoy escribiendo esto con la resaca que tengo encima. Si no me dices ayer que tenía un mail tuyo, no lo miro hasta dentro de dos semanas... Pero bueno. Le voy a echar un ojo con calma, ¿vale? Quizá a la vuelta, que estaremos más tranquilos. Si quieres podemos tomarnos un café cuando estemos en Madrid. Óscar la ha liado y tengo información nueva que podemos comentar :)

De todas formas, ya sabes que el mundillo se paraliza en verano. Es bastante difícil gestionar algo ahora en agosto, pero en cuanto vuelva me reúno con el departamento, valoramos y lanzamos una propuesta. Por el dosier, creo que nos puede encajar, pero ya sabes que hace falta echarle un buen vistazo. Aunque si dices que está bien... Me fío de tu criterio. Igualmente, eso, lo que te digo: esperamos un poco.

¿Conoces al autor? Entiendo que será algún amigo tuyo al que le estás echando una mano. El pseudónimo no me suena de nada. ¿Tim McGraw? Vamos, que huele a inventado...

Ahora mismo el mercado está cambiando y el año que viene pinta bien distinto, pero creo que algo de este estilo puede petarlo. Ya te contaré cuando lo lea.

Gracias por el aviso.

Un abrazo,

Lucas G. Murillo

Sabía que aquello no significaba nada. Era como cuando un actor se presenta a un casting y le dicen: ya te llamaremos. Pues básicamente lo mismo.

Así que volvió a guardar el teléfono en el bolsillo justo en el momento en que Iker detenía el vehículo. Habían llegado a la cala que Andrés había encontrado navegando en internet; ni siquiera se había percatado de que sus amigos ya hubieran comprado lo necesario para el picnic improvisado.

—¿Todo bien? Estabas en la inopia con el móvil —le dijo Mauro en cuanto se bajaron. Andrés agarró una bolsa llena de cervezas y otra de hielos.

—Sí. Ya te contaré. Prefiero no gafarlo, que estas cosas es mejor guardarlas en secreto. —Con el guiño que le lanzó, Mauro lo pilló al vuelo y tan solo le sonrió de vuelta, dándole ánimos.

126

Mauro

El anochecer comenzaba a inundar con sus tonalidades peculiares cada centímetro cuadrado de aquella preciosa playa. Se habían desplazado en la furgoneta hasta una donde se podían apreciar los mejores atardeceres; el sol combatía contra la nubes para ver quién ocupaba más espacio, y el mar, al fondo, en el horizonte, recibía sus reflejos.

Última noche en Mikonos. Parecía la primera del resto de sus vidas.

Los planes habían cambiado sin que se dieran cuenta, todos se habían dejado llevar y, a decir verdad..., no se arrepentían en absoluto.

Blanca descansaba sobre el cuerpo de Rocío con los ojos cerrados mientras cantaba una canción que Gael había puesto en el teléfono. Oasis le acariciaba el pelo y el colombiano, sin camiseta, también estaba tumbado sobre sus piernas. Andrés miraba al horizonte con una sonrisa bobalicona que no se le quitaba desde hacía un buen rato.

E Iker...

Iker le había dado la mano. Ahí, delante de todos. Solo te dabas cuentas si te fijabas bien, porque la ocultaba tras su enorme espalda. Las latas de cerveza y las bolsas de Doritos se desperdigaban delante de ellos. Era una escena digna de final de película.

Habían estado recordando... Cuando Iker besó a Mauro frente

a Javi para que este dejara de comportarse como un gilipollas, el rescate de Andrés en medio de una discoteca en Sitges o cómo casi habían perdido el tren en dirección a Barcelona, poniendo en peligro toda la experiencia del crucero.

Y ahora estaban ahí, en calma, respirando la brisa que el mar les brindaba y repletos de felicidad y paz por estar de nuevo todos juntos.

Entonces, el modo aleatorio decidió cambiar el tono con una canción que todos conocían. La primera que empezó a cantar fue Blanca, con los ojos cerrados. El resto le fue siguiendo, animándose a entonar cada frase igual que su amiga, recordando sus aventuras.

—*Te voy a escribir la canción más bonita del mundo* —susurró Gael acariciando a Oasis.

—*Voy a capturar nuestra historia en tan solo un segundo* —le cantó Mauro a Iker con la cabeza apoyada en su hombro.

—*Un día verás que este loco de poco se olvida* —entonó Andrés mirando al cielo.

—*Por mucho que pasen los años de largo en su vida* —sonrió Iker devolviéndole el gesto a Mauro.

Se mecieron al ritmo de la pausa instrumental de la música mientras evitaban emocionarse demasiado con el torrente de pensamientos que inundaban sus mentes.

—*El día de la despedida de esta playa de mi vida* —le dijo Oasis a Gael con una sonrisa.

—*Te hice una promesa... Volverte a ver así* —se cantaron al unísono Blanca y Rocío, soltando una lagrimilla.

La canción continuó de fondo mientras los amigos rememoraban qué los había llevado hasta esa playa. El ambiente se había tornado en algo cálido y lleno de recuerdos preciosos, envueltos por la música y el sentimiento que se profesaban entre ellos.

Se querrían el resto de su vida. Lo sabían.

Mauro sintió que su apoyo se movía, que le buscaba. Levantó la cabeza del hombro de Iker para conectar sus miradas. Los separaban milímetros.

—¿Sabes? He estado pensando —le dijo este con la voz rota. Mauro sintió que se le erizaban los pelos de todo el cuerpo al sentir su aliento tan cerca.

—¿El qué?

Iker esbozó una sonrisa cargada de sentimientos.

—Que a veces no es tanto el destino, sino la travesía. Y este viaje nos ha hecho llegar hasta aquí. Eso es lo importante. —Apretó su mano contra la de Mauro, más fuerte.

Ese *aquí* significaba demasiadas cosas.

—Me ha encantado nuestro viaje. Ahora nos toca emprender uno nuevo.

Mauro asintió.

—Mi Maurito —susurró Iker.

SEIS AÑOS DESPUÉS

Epílogo

El tiempo no había pasado en vano para ninguno.

Gael, de entre todos, era probablemente la excepción que confirmaba la regla, ya que se conservaba como ese ya lejano primer día que se había cruzado con Mauro en aquel bar, la noche en la que este se tomó su primer cóctel en Chueca. Ni una simple arruga, ni una cana; ni siquiera el agotamiento producido por el estrés de aquellos últimos meses entre la mudanza a la casa nueva y la apertura del restaurante.

Le había hecho mucha ilusión que sus amigos hubieran ido a la inauguración. Hacía varios años que habían dejado de ser compañeros de piso, no mucho tiempo después de haber vuelto del crucero. De eso hacía ya casi seis años. Ahora, de nuevo en época estival, era el momento perfecto para volver a reunirse después de esos últimos meses sin verse.

No, no se veían tanto como antes. Para ocasiones especiales siempre estaban ahí los unos para los otros. Eran familia, al fin y al cabo. Gael se encontraba en el interior de su recién estrenado restaurante colombiano en pleno centro de Madrid. Vio a sus amigos llegar a través de la cristalera y se llenó de emoción. Dejó el delantal doblado en una esquina, dispuesto a salir a recibirlos con los brazos abiertos. Se tuvo que abrir paso entre los camareros, más de los que necesitaba en los primeros días de vida de un negocio recién abierto, pero todos en la misma situación que había vivido Gael durante un tiempo. Decidido a ayudar, había contratado a inmigrantes en situación irregular a los que no les permitían trabajar en ningún otro lugar. Le importaban poco las inspecciones; no lo hacía por el dinero.

La luz del sol le golpeó en la cara cuando pisó la calle.

—Ni loco me pierdo esto —le dijo Mauro al oído mientras se abrazaban.

A decir verdad, había muchas cosas que celebrar. La inauguración del restaurante era importante, claro, pero Gael también estaba feliz por otro motivo. Ese era, quizá, el más importante de todos.

Hacía ocho meses que había terminado su última sesión en la clínica de rehabilitación. La vorágine en la que Oasis y él se habían sumido había terminado de forma inesperada, tanto, que pensaron que sus vidas no remontarían jamás. Fueron tiempos oscuros. Demasiado.

Oasis había perdido contratos y sufrido una avalancha de odio en las redes sociales después del suceso en el club privado que sus supuestos amigos influencers se habían encargado de engrandecer, además de dedicarse a sacar mierda de años atrás. Oasis siempre decía que tendría que haberlo pensado mejor por una tontería así, al menos en Mikonos. Sin embargo, a su alrededor siempre hubo gente que quería aprovecharse de él hasta la última gota de sangre, como vampiros. Gael y él ni siquiera se dieron una semana después del crucero para volver a estar juntos y quemar Madrid, fiesta tras fiesta, after tras after, chill tras chill.

Llegaron a un punto en el que incluso consumían entre semana. No se dieron cuenta de dónde se estaban metiendo porque todo eran risas, un placer sexual infinito, horas de disfrute... La abogada de Gael se había dado cuenta, porque no era idiota. No obstante, no puso ningún tipo de objeción cuando ambos terminaron todo el papeleo para la boda por lo civil, pese a que se presentaron apestando a popper, sexo y alcohol.

Gael siempre agradeció aquel gesto por parte de Oasis, aunque no dejaba de ser eso, un gesto. Un papel. Pero gracias a ello, había podido remontar un poco, dejar de lado el camino de la prostitución y todo lo que conllevaba esta, pero se había sumido con Oasis en otra peor.

Se dieron cuenta a los dos años.

Dos años de vida tirados a la basura.

Ambos arrastraban problemas. Oasis, que cada vez veía más complicado su futuro profesional y vivía con lo que algunas marcas le daban por pena, migajas; Gael, porque era la pescadilla que se mordía la cola. Sin experiencia laboral, era complicado que le dieran un buen trabajo y raro era el día en el que no se presentaba a una entrevista sin haber dormido en cuarenta y ocho horas por culpa de la mefedrona.

Y es que no podían parar.

Cuando ambos tocaron fondo y se dieron cuenta del problema, decidieron solucionarlo por cuenta propia e ingresaron de forma voluntaria en una clínica de desintoxicación. Se inventaron cualquier excusa barata para no afrontar la realidad, ni que sus amigos se preocuparan. Oasis pasó a ser uno más del grupo, a formar parte de la familia, y lo querían como a uno más.

Bastante sufrimiento llevaban ellos encima como para ponerle ese peso sobre los hombros al resto.

La primera vez que les dieron el alta, su bienestar físico y mental duró tan solo un par de semanas.

La segunda vez, aguantaron sin consumir un mes.

Para la tercera, la situación cambió y fue Gael quien encontró un alijo de varios gramos escondidos entre la ropa de Oasis. Volvió él solo.

La casa que compartían se le caía encima sin él. Todo se le hacía cuesta arriba.

Coincidieron allí dentro de nuevo. La tercera recaída de los dos.

¿Por qué habían sido tan idiotas?

Y desde hacía unos meses, por fin, parecía que todo iba sobre ruedas. Decidieron empezar de cero, ahora de verdad. Fue como si el destino decidiera echarles una mano. Al salir de la cuarta rehabilitación, Oasis recibió una llamada de una cadena de televisión para que fuera a participar en uno de los realities de convivencia extrema en medio de una isla. Querían a alguien del mundo redes que se hubiera retirado porque allí se encontraría con una de sus mejores amigas de su época álgida. Buscaban el drama por el drama, un reencuentro lleno de reproches y legiones de fans ansiosas por discutir en Twitter. Oasis aceptó sin apenas subir el caché ofrecido por la productora; cualquier ayuda le vendría bien, porque ahora tenían proyectos en común.

Con ese dinero extra consiguieron abrir el restaurante en el que hoy todos disfrutaban de la comida típica del país de Gael, donde había vuelto en un par de ocasiones para visitar a su madre. La primera estuvo llena de sonrisas; la segunda, de llanto. Ya había superado su pérdida, aunque no había día en que no la echara de menos o no pensara en ella. A veces, le era más complicado superar los momentos de tristeza, sobre todo desde que no estaba con Oasis como al principio.

Después de que este volviera de la isla, hacía apenas unos meses, su popularidad había aumentado y no dejaba de salirle trabajo. La mayoría de ese dinero iba para el restaurante, pues era una empresa a nombre de ambos; uno aportaba el capital social y el otro, la mano de obra, las contrataciones... Gael estaba muy entretenido con todo eso —le venía de perlas para no recaer y distraerse—, pero se había perdido algo de la magia en la pareja. Se podría decir que estaban en crisis.

Era como si después de haber superado tantas adversidades, la llama del amor no pudiera seguir alimentándolos con tanta fuerza. No obstante, en aquel día especial, Oasis estaba a su lado y los dos brillaban. Era su día, y Gael deseó que ese buen ambiente volviera de vuelta a casa y pudieran volver a ser los que eran al principio de su relación.

—Buah, esto está que te cagas, tío. Como siempre.

Rocío disfrutaba de las empanadas colombianas con hogao como la que más. Desde que había dejado el trabajo y se había marchado junto a Blanca a Mikonos para estar con los chicos, una nueva Rocío había aparecido. Seguía siendo igual de bruta y malhablada, pero había recuperado la esperanza en muchos aspectos de su vida. Como, por ejemplo, en abrir una librería con Mauro y su novia.

No era el sueño que Rocío había tenido; sin embargo, sintió que las cosas se dieron sin más. Y que si sucedía, era por algo, una especie de señal divina. La librería se encontraba situada en el barrio de Vallecas. Ahí seguían viviendo después de tanto tiempo. Un local, la mercería donde Blanca acudía a comprar desde hilos para coser las camisetas rotas a fundas de cojines para el dormitorio, estaba a punto de cerrar y la dueña, llamada Sonsoles, estaba muy apenada con que cualquier multinacional le compara el local, tan mítico y de barrio que era reconocible por cualquier vecino de la zona.

Así que hablaron con ella. Sonsoles siempre las había tratado bien. El lugar aún se regía por la ley de la renta antigua y no fue demasiado difícil hacerse con él. Pidieron un préstamo en el banco avalado por los tres y listo. Al cabo de unos meses, terminaron la reforma con la ayuda de algunos amigos y quedó preciosa. Los tres sabían que no tenía demasiado futuro en el barrio, pero oye, eran jóvenes aún, ¿no? Vale que tenían treinta años y algunas de las nuevas redes sociales les quedaban un poco lejanas, pero intentarían hacer lo máximo posible. Y lo habían conseguido.

Llenaron la librería de ejemplares selectos de fantasía y ciencia ficción con contenido del colectivo, para luego completar los huecos con merchandising y un sinfín de juegos de mesa. Se convirtió en poco tiempo en un referente friki de Vallecas, y luego en un referente friki de foros de internet que les hacían pedidos online desde todas partes del mundo. Los tres vivían muy ilusionados con todo lo que podían ofrecer a una nueva generación de personas que, como ellos, habían vivido apartados de la sociedad por sus intereses o, simplemente, por su orientación.

Por todo esto, Rocío había vuelto a ser la chica que los demás no conocían, la de antes, la que sentía que había perdido en el camino. Un camino en el que había encontrado a Blanca, que continuaba a su lado y con la que vivía cada instante con una felicidad inmensa.

—Y mira la Andrés, qué carita tiene de niño bueno —bromeó Oasis con el rubio mientras le servía patacones en el plato.

—Calla, calla, que si yo hablara... —Todos rieron.

Andrés estaba viviendo aquello por lo que se había esforzado. Después de unos meses de tira y afloja con Lucas, consiguieron sacar adelante su primer proyecto literario... Al final, sin pseudónimo. La editorial había decidido que una cara visible —aunque anónima— funcionaba mejor que el misterio al ser una historia tan personal, por lo que no le había quedado más remedio que aceptar las condiciones propuestas.

El éxito, sin embargo, había tardado en llegar. Durante el tiempo que el libro salió a las librerías y comenzó a coger fuerza, Andrés tuvo tiempo de terminar dos novelas de ficción románticas, muy alejadas de todo lo que jamás hubiera pensado escribir. Pero ahí estaban: dos manuscritos completamente terminados. La editorial no estaba demasiado segura de seguir apostando con él

—pese a tener a Lucas G. Murillo de su parte—, hasta que gracias a las redes sociales y las recomendaciones de algún que otro influencer activista, el libro comenzó a despuntar. Entonces no tuvieron excusas posibles y ahora Andrés preparaba el lanzamiento de su cuarta novela en seis años. No se estaba matando a escribir y corregir, dejaba que todo fluyera y los resultados estaban llegando.

Tampoco era millonario, como siempre había soñado tras alcanzar lo que él consideraba el éxito profesional, pero no vivía mal. A veces, para triunfar se necesita un poco de suerte y él sintió que el karma se la debía después de Efrén, el cual... Bueno, había intentado volver a su vida de una forma u otra. Parecía que continuara obsesionado con él. Por supuesto, el libro había terminado llegando a sus manos. Era el plan de Andrés desde el principio: que se enterara y viera cómo había convertido una desgracia en una forma de salir adelante, de ganar dinero, de restregárselo en la cara, en definitiva. Su reacción había sido, en parte, la esperada. Efrén buscó la forma de ponerse en contacto con Andrés de una manera muy educada, incluso llegando a él a través de sus amigos. Estos le dieron el aviso y Andrés decidió dejarlo pasar, porque tampoco es como que le fuera a dar más explicaciones. No se las debía. Había conseguido lo que quería, ¿no? Era el momento, ahora sí, de pasar página para siempre.

Y lo mejor de todo es que después de aquello —y de tantas otras experiencias similares como la que vivió con Adonay a bordo del Rainbow Sea—, Andrés se había convertido en el eterno soltero de oro. Eterno soltero, pero no solitario. Parte del dinero recibido por los libros lo había ido utilizando para dos cosas primordialmente. La primera había sido hacerse unos retoquitos. Debido al trauma sufrido, había desarrollado una mala relación con su imagen y, para afrontarlo de alguna forma, aprovechó para ponerse un poco de bótox y retocarse la nariz. Y bueno, alguna que otra cosa más. Ahora brillaba como un Cullen al sol, y desde luego que su aspecto no era para nada natural. Sin embargo, estaba orgulloso de sus operaciones estéticas. Su psicóloga, no tanto.

Lo segundo en lo que estaba gastando su dinero era en hacer lo que le daba la real gana. Conocía a chicos con los que vivía grandes aventuras. Se iban de vacaciones, viajaban... Y ya. No estaba buscando pareja, ni la necesitaba. Había escarmentado y aprendido a vivir solo. Para él, era la mejor forma de poder seguir creciendo a nivel personal y profesional, y no quería que nada ni nadie lo alejara del foco que tenía, que era continuar con su carrera como escritor. Así las cosas, Andrés tampoco era un Iker Gaitán, pero sí un tipo de chico que nunca hubiera pensado ser. Quizá hubiera roto algún corazón por el camino, pero ¿qué le importaba? Era una bad bitch. Ahora de verdad. El poder de quererse a sí mismo por encima de los demás le había conferido la verdadera confianza de la que carecía en el pasado.

—Y bueno, ¿cómo van ustedes? ¿Nerviosos? —preguntó Gael.

Mauro se sonrojó y miró a Iker. Se tomaron de la mano, sobre la mesa. Claro que estaban nerviosos. La boda se acercaba, era inminente.

—Lo tenemos todo preparado. Espero que os estéis cuidando para venir y poneros hasta el culo, perras. No me valen bajas de última hora —bromeó Iker.

Y es que en dos semanas, la primera de septiembre, tendrían el mayor evento de sus vidas. Allí donde se dieron cuenta de que el viaje era lo importante, no el destino. Allí donde se percataron de que sí, estaban destinados el uno al otro y habían sido estúpidos por no haberse dado cuenta antes.

Se casarían en la isla de Mikonos, en una playa blanca seleccionada con mimo. La misma playa donde su aventura había terminado hacía seis años, con sus amigos entonando la que se había convertido ahora en la canción oficial del grupo y que siempre les sacaba una lágrima.

La pareja llevaba ahorrando durante un tiempo, casi desde que Mauro se lo había pedido a Iker un día en casa mientras veían una película. Siempre contaban la misma historia, de cómo Mauro había fingido que se le quemaba la pasta para distraer a Iker y cuando este fue a arreglar el estropicio, Mauro corrió a buscar el anillo a su habitación e Iker se lo encontró con una sonrisa dibujada en el rostro.

—¿Qué pasa? Casi quemas la casa —le había dicho con un trapo lleno de tomate en las manos.

Ahí fue cuando Mauro clavó la rodilla y lanzó la pregunta. Iker siempre había sido anti todo esto: anticompromiso, antibodas, anti futuro junto a una persona. Y sin embargo, desde que Mauro hubiera llegado a su vida, los cimientos de esta se habían tambaleado sin darse cuenta. Aceptó sin dudarlo. Lloraron mucho y sus besos supieron a lágrimas de felicidad y promesas. De eso había pasado más de un año, y ya se acercaba el momento en que se unirían para siempre.

Ahora Iker se dedicaba a ser entrenador personal. No era el trabajo de sus sueños, pero después de cerrar la cuenta en la plataforma de vídeos para adultos, se percató de que en ocasiones recibía más mensajes sobre su cuerpo que sobre el contenido en sí. No fue difícil redirigir a sus seguidores, sedientos de conocerle en persona, hacia sesiones prácticas con sus rutinas de ejercicio. Primero se formó y luego, todo fue sobre ruedas. No ganaba mal, aunque todavía, a sus treinta y muchos años, intentaba decidir qué es lo que quería hacer en la vida. Y no pasaba nada.

Cuando Iker y Mauro se mudaron juntos, todavía no se habían puesto ninguna etiqueta. Y a día de hoy, reunidos en el restaurante de Gael, sentían que tampoco lo necesitaban. Se iban a casar, pero ¿y qué? Lo veían más como un compromiso de apoyo y respeto mutuo de por vida que algo que los asfixiara. Habían encontrado la manera perfecta de hacer balance con las necesidades de cada uno respecto a la pareja, y así habían alcanzado el equilibrio.

Uno de los camareros se acercó con dos jarras enormes de sangría con muy buena pinta. El restaurante estaba lleno y ellos estaban sentados en una mesa gigante, aunque repleta de comida como estaba, era casi imposible de encontrar un hueco para las jarras. Gael se ofreció a ayudar a su empleado y agarró con fuerza el recipiente. Entonces Mauro se levantó para echarle una mano con la otra, con tan mala pata de que se le resbalara entre los dedos y cayera de lado sobre la mesa, empapándolo todo —y a todos— con el líquido rojizo.

Mauro puso cara de que quería que se lo tragara la tierra.

Los amigos se mantuvieron en silencio, aguantándose la risa y mirándose entre ellos. Hasta que no pudieron más, estallando en carcajadas. Y así fue, entre risas, como brindaron por la verdadera familia, esa de la que te rodeas y te apoya a cada paso. Esa con la que compartes cada instante, con la que creas vínculos eternos y compañeros de vida. La que uno encuentra en la necesidad y quien le acoge con los brazos abiertos.

Brindaron por la familia que habían creado.

Por ellos.

Porque hay cosas que nunca cambian.

CARTA DEL AUTOR

Pues ya estamos aquí. Hemos llegado al final de esta aventura. Han sido unos años de muchísimo trabajo, pero también ilusión, la cual he podido compartir con mis amigxs, familia y con vosotrxs, que habéis apoyado esta trilogía desde el primer momento, o incluso antes siquiera de que se gestara en mi cabeza, con vuestro apoyo incondicional.

Quería dedicar unas últimas palabras al terminar esta historia, algo que no quise hacer ni en la primera ni en la segunda entrega. Es importante para mí, así que espero que podáis dedicarme un par de minutos extra. (Si no estáis muy enfadadxs con el final, ¡perdón si os he hecho llorar!).

Este proyecto nace del anhelo de verme. Necesitaba algo donde pudiera reconocer los lugares donde disfruto, las calles por las que paseo, las conversaciones que tengo y las aventuras que vivo. No lo encontraba, así que lo mejor que pude haber hecho fue ponerme manos a la obra y hacerlo yo mismo.

Desde el primer momento tuve claro que esto no iba a ser una trilogía de amoríos, enredos y sexo. No. Habría más elementos, más historias que acompañarían a las de mis chicos protagonistas. Siempre considero que cuando alguien produce —sea de la manera que sea—, tiene un contexto o trasfondo político-social, sea de una manera intencionada o no. Yo supe que habría algo más, no me centraría exclusivamente en el mamarracheo. Yo lo supe, al igual que mis agentes, y me animaron a ello. Juguemos con las risas y los romances, pero no olvidemos que no todo es de color de rosa, y mucho menos en el seno de un colectivo históricamente oprimido. Sí, sé que me he centrado en, justamente, la parte del colectivo menos oprimida (dentro de lo que cabe, por supuesto). Tenemos miles de historias gays en todos lados, y sin embargo, ¿dónde están las series que representen a mis amigos inmigrantes que tienen que mandar dinero a casa y el sistema les impide una regularización sencilla, obligándoles a terminar trabajando con su cuerpo? ¿Dónde están los hombres gays con relaciones tóxicas con hombres que podrían ser sus padres, esos sugar daddies con los que tanto bromeamos? ¿Dónde está la realidad, el día a día, de las ITS?

Hay cosas de las que nadie habla, por desgracia, pero que todo el mundo conoce.

Y también es curioso encontrar a gente que siente que puede opinar de las experiencias que yo relato aquí. No hay que perder el foco en que esto es ficción, claro, pero os puedo asegurar que hay más realidad de la que tristemente me gustaría admitir. He visto amigos muy sumidos en las drogas, he visto en mi entorno las secuelas del síndrome del estrés postraumático a causa de abuso sexual, he visto vidas rotas por una vida de irregularidad en un sistema deplorable. Yo, mi experiencia, mi entorno. Nadie tiene derecho a decir si es correcto o no, pues no deja de ser parte de mi realidad.

Tampoco podía dejar de lado la situación de muchas de las personas migrantes y racializadas del colectivo. He tenido la suerte de conocer en estos últimos años a personas increíbles, procedentes de Colombia y Venezuela, cuya situación era similar a la de Gael. No, qué digo, mucho peor. He cogido un poquito de cada uno de mis amigos, de sus historias, anhelos y deseos, y he intentado honrar su lucha constante y su vida a través de este personaje. Gael es también una realidad, invisibilizada y terrible, pero real. El destino trajo a mí a un grupo de personas con las que me río pero con las que también sufro al escuchar sus vivencias, y que me recibieron desde el primer momento con los brazos abiertos, también prestándose a mis preguntas —muchas veces para nada sencillas de responder, creedme— para que yo pudiera crear a un Gael lo más verídico posible. Gracias.

Hay otros tantos temas que, de una forma u otra, he tratado de mencionar... Me hubiera gustado profundizar más en la plumofobia, en la lesbofobia y bifobia, en las relaciones de poder, la no monogamia o en la cada vez más acuciante problemática del chemsex. De algunas de estas cosillas he podido dar unas pinceladas, pero prometedme acompañarme en las siguientes aventuras para que pueda continuar mezclando el humor con la reivindicación. Es la mejor forma de aprender.

AGRADECIMIENTOS

Me he sentido tan acompañado en este camino... No ha sido fácil: escribir y publicar tres libros en un año y medio es un esfuerzo titánico. Medio millón de palabras. Pero gracias a las personas de las que me rodeo, hemos podido conseguirlo. Todxs, juntxs. No he caminado solo.

Primero que todo quiero agradecer esta trilogía a mis agentes, Pablo y David. Llevan años apoyándome y creyendo en mí como los que más. Confiaron en esta historia, yo creo, antes de que existiera. Son los mejores agentes que un autor podría tener. Gracias por no tirar nunca la toalla conmigo, vuestras palabras de apoyo y las risas que hemos compartido.

Segundo, pero no menos importante, tengo que agradecer a mis incomparables Carmen Romero y Clara Rasero, las cuales han sido imprescindibles. Carmen creyó en este proyecto desde el primer momento y me dio las alas para volar dentro de un nuevo hogar. Gracias por enamorarte de esta historia y darme esta oportunidad. Y Clara... No solo ha sido mi editora. En este proceso, nos hemos convertido en algo más: amigos, confidentes, con quien salir de cañas y charlar de nuestros amoríos, a quien llamar con una crisis a horas intempestivas un domingo o quien me comprendía mejor que nadie en cada paso del camino. Leyendo un párrafo, sabía cómo me encontraba en el momento en el que lo había escrito. Ha sido mi luz. El Rainbow Sea no habría zarpado sin ella. *Love you.*

Uno de los mensajes que intento transmitir con la trilogía es que yo creo que la familia se elige. Y yo tengo una maravillosa: mis niñas Andrea Izquierdo y May R. Ayamonte. Hemos vivido al mismo tiempo un proceso similar; desligarnos de la literatura juvenil y luchar por hacernos un hueco en un mercado más que copado, competitivo y que por edad nos ha hecho creer que no nos correspondía. Han sido las mejores compañeras y nos hemos apoyado a cada instante, como siempre, y es que así funciona nuestra amistad. Dicen que no se mezclen amigos con negocios, pero con ellas tener una empresa es una aventura diaria, risas y —aunque mucho esfuerzo— un proyecto que hemos construido con amor y orgullo. Son justamente las dos cosas que siento por ellas desde que las conocí. A por la siguiente década de aventuras.

A David Carrillo y Manu Carbajo también quiero agradecerles el haber convertido a mis chicos en algo un poquitito más real, con unos audiolibros que son una delicia y por esas risas y lágrimas que sé que soltabais en el estudio.

No me olvido de Sergio Barreda, mi representante, con quien llevo un camino de muchos años para conseguir cosas que antes creía imposibles. Confiaste en mí antes que yo. Tampoco me olvido de Natalia, mi nenu, con quien trabajar (y bueno, tomarse unas cañas también) ha sido —y es— siempre una delicia; ni de Óscar, fiel escudero, que ha conseguido en poquito tiempo saber qué quiero sin tener que preguntarlo, y que vela por mi constante bienestar. Gracias a lxs tres por seguir cogiéndome de la mano.

Quiero agradecer también a muchas de las amistades que han estado ahí apoyándome desde el primer momento, comprando el libro el día de salida a la venta, preguntando por la trilogía cada vez que quedábamos a tomar algo. En general, quiero agradecer a la gente tan especial de la que me rodeo y por la cual ahora escribo estas palabras.

Gracias, mis niñas de Seseña. Sabéis quiénes sois. Siempre estáis ahí, y espero que lo estéis siempre. ¿Os acordáis de cuando solo podía soñar en publicar? Ahora es real, chicas. Lo hemos conseguido, otra vez, pero ahora de verdad. Nada habría sido posible sin nuestras locuras en el instituto, nuestras quedadas de juegos de mesa. Son esas cosas las que me mantienen con los pies en la tierra.

Gracias, mis niños de Madrid. Osmar, Yohan, Stiven, Brayan. No solo las fiestas con vosotros son las mejores, sino que cada risa compartida se queda siempre en mi recuerdo. Sois inspiración, aunque no lo creáis, y para mí, grandes luchadores. Nada de Superman: vosotros sois mis verdaderos héroes.

Gracias, mis otrxs niñxs. Carlos, Andrea, Wanda, Pita, Nico, Alberto, Dama. Recibís con ilusión cada noticia, cada comentario. Vuestro apoyo siempre es permanente y no imagino cometer locuras si no es con vosotrxs.

Gracias a mi familia por estar siempre a mi lado, emocionarse con las buenas noticias y, simplemente, estar ahí.

Y por último, a ti, mi vida. No tengo suficientes palabras de agradecimiento para lo que significa compartir mi existencia contigo. Cada día, cada momento, cada instante. Todo es mágico a tu lado, todo huele distinto junto a ti. Me has ayudado desde el primer momento en el que la idea para esta trilogía surgió y en cada paso del camino. Has acudido en mi ayuda para rescatarme de la ansiedad y el estrés, has sido siempre mi fiel compañero a cada paso que daba, por insignificante que fuera. Eres mi ancla en esta tierra que no deja de moverse. Ya lo sabes, pero quiero compartir mi vida contigo. Siempre. Hasta que nos hagamos viejitos.

Cada persona que se ha acercado a leer esta trilogía se merece todo mi cariño. Gracias por el entusiasmo recibido en cada entrega, los mensajes diarios que me dejabais por redes sociales para hacerme saber lo bien que lo habíais pasado leyendo los libros, haber venido a las firmas lloviera o hiciese un calor de mil demonios... Este proyecto ha sido posible gracias al apoyo de vosotrxs, lxs lectorxs. Me encantaría que sigamos de la mano hacia siguientes nuevas aventuras. ¿Queréis acompañarme?

Baila con la playlist de la trilogía escaneando este QR:

LA TRILOGÍA PARA LEER CON ORGULLO

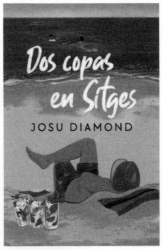

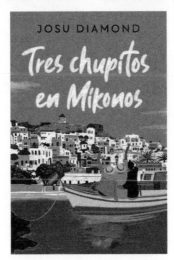